ullstein

Das Buch

So hatte Dani sich die Mitte des Lebens nicht vorgestellt: Hitzewallungen und Schlafstörungen machen ihr zu schaffen, die Figur entgleitet ihr, und auch stimmungsmäßig steht nicht alles zum Besten. Ihre Freundinnen sind sich einig – da hilft nur Fastenwandern! Mit Hafertee und viel Bewegung in einer ruhigen, beschaulichen Umgebung soll Dani wieder zu sich finden.

Gemeinsam machen sich Dani, Katrin, Nina und Ariane auf in den Schwarzwald. Frische Luft ist reichlich vorhanden, von Ruhe und Beschaulichkeit kann jedoch keine Rede sein. Dass es nichts zu essen gibt, ist für die vier wider Erwarten kein Problem – für andere Kurteilnehmer schon. Darüber hinaus sorgen mysteriöse Unfälle, ein seltsamer Hotelarzt und amouröse Verwicklungen für Aufregung. Die Freundinnen amüsieren sich trotzdem prächtig – bis plötzlich Ninas exzentrische Mutter im Kurhotel aufkreuzt …

Die Autorin

Maria Linke ist das Pseudonym einer erfolgreichen deutschen Übersetzerin und Redakteurin. Sie lebt mit ihrer Familie in der Nähe von Köln und fastet selbst gerne mal.

Maria Linke

Nimm's leicht

Roman

Ullstein

Besuchen Sie uns im Internet:
www.ullstein-taschenbuch.de

Originalausgabe im Ullstein Taschenbuch
1. Auflage April 2013

Umschlaggestaltung: ZERO Werbeagentur, München
Titelabbildung: masterfile
Satz: Pinkuin Satz und Datentechnik, Berlin
Gesetzt aus der Aldus
Papier: Pamo Super von Arctic Paper Mochenwangen GmbH
Druck und Bindearbeiten: GGP Media GmbH, Pößneck
Printed in Germany
ISBN 978-3-548-28489-7

Für Andrea

1.

Das prächtige, von Balthasar Neumann entworfene Treppenhaus von Schloss Augustusburg war bis auf den letzten Platz besetzt. Die Strahlen der Abendsonne fielen durch die hohen Fenster und tauchten den Saal in goldenes Licht. Applaus brandete auf, als der junge Pianist die Treppe herunterkam und sich ans Klavier setzte. Dann wurde es totenstill, und die ersten Takte des Klavierkonzerts G-Dur von Wolfgang Amadeus Mozart ertönten.

Dani hatte einen Platz im ersten Stock direkt an der Treppe ergattert. Von dort hatte sie einen guten Blick auf den Pianisten. Allerdings saß auch sie dort wie auf dem Präsentierteller, und gerade jetzt wäre sie lieber unsichtbar gewesen. Der Raum kam ihr auf einmal unerträglich stickig vor. Eine Hitzewelle überflutete sie, und sie hatte das Gefühl, dass ihr Gesicht rot wie eine Tomate leuchtete. Der Schweiß lief ihr in die Augen, und sie bekam kaum Luft, so heiß war ihr. Die braunen Haare klebten ihr an den Schläfen, und ihre Frisur, die sie mühsam und im Schweiße ihres Angesichts über die Rundbürste geföhnt hatte, war bestimmt völlig in sich zusammengefallen. Das Herz schlug ihr bis zum Hals. Sie hielt den Blick starr geradeaus gerichtet und versuchte, sich auf die Musik zu konzentrieren, aber es half nichts. Sie musste hier raus. Sie musste dringend an die frische Luft, sonst würde sie auf der Stelle zerfließen, aber wie sollte sie am Pianisten und an der ganzen Zuschauermenge vorbeikommen? Leise keuchend wand sie sich auf ihrem Stuhl, und dann hielt sie es nicht mehr aus. Sie sprang auf …

Die Vormittagssonne malte Kringel auf Danis Schreibunterlage und blendete sie. Dani, die den letzten Satz der Akte schon fünf Mal gelesen und immer noch nicht begriffen hatte, hielt inne und drückte sich erschöpft die Fingerspitzen an die Schläfen. Es war erst Viertel nach zehn Uhr morgens, und sie war so müde, als hätte sie die Nacht durchgemacht. Seufzend stützte sie den Kopf auf und starrte vor sich hin. Vom Fenster ihres Büros aus blickte sie weit über die Dächer der Kleinstadt in der Nähe von Köln und den Tagebau bis hin zum Waldrand des Villengürtels am Horizont, aber für die tolle Aussicht aus dem vierten Stock des Amtsgerichts hatte sie heute keinen Blick.

Die Nacht war mal wieder um zwei Uhr zu Ende gewesen. Keuchend war sie aus dem Schlaf aufgefahren. Das Herz hatte ihr bis zum Hals geschlagen, und sie erinnerte sich dumpf, dass sie von einer peinlichen Situation bei den Brühler Schlosskonzerten geträumt hatte. Noch während sie benommen versucht hatte, ihren Puls unter Kontrolle zu bekommen, hatte sie auf einmal so zu schwitzen begonnen, dass schließlich alles völlig durchnässt gewesen war. Den Tränen nahe, war sie mitten in der Nacht aufgestanden, um zu duschen und die Bettwäsche zu wechseln. Und danach war ans Schlafen natürlich nicht mehr zu denken gewesen.

»Ich halte das nicht mehr aus«, murmelte sie. »Wie lange soll das noch so gehen?«

»Wie bitte?« Ihr Chef steckte den Kopf durch die Tür. »Haben Sie etwas gesagt, Frau Maaßen? Können Sie mir bitte die Unterlagen zu der Zwangsversteigerung am Fasanenweg heraussuchen? Ich wollte mich mit der Materie noch einmal vertraut machen.«

Dani schreckte zusammen. Sie hatte sein Klopfen gar nicht gehört, aber vielleicht hatte er ja auch gar nicht angeklopft, das kam auch schon mal vor. Dr. Martin Emmerich war ein junger, vitaler Chef, und er bildete sich einiges darauf ein, immer wie ein Wirbelwind durch seine Behörde zu fegen.

»Ja, mache ich«, erwiderte sie. »Sie wissen ja Bescheid, oder? Ich muss gleich weg, ich habe einen Arzttermin.«

»Ja, ja, wenn Sie mir nur vorher die Unterlagen geben.«

Dr. Emmerich stand nur zu deutlich im Gesicht geschrieben, was er von Frauen im mittleren Alter hielt, die vergrämt und verschwitzt am Schreibtisch saßen. Besonders schlecht war er für Dani zu ertragen, wenn er sie während der Abteilungsbesprechungen auf ihre Schweißausbrüche ansprach. Einmal hatte er wahrhaftig gesagt: »Liebe Frau Maaßen, wie kommt es nur, dass Sie so schwitzen? Also, das verstehe ich nicht. Hier ist es doch nun wirklich nicht besonders warm!« Dabei hatte er beifallheischend in die Runde gelächelt.

»Blödmann!«, schimpfte Dani leise, als er das Zimmer verlassen hatte. Rasch stand sie auf und suchte ihm die Akte heraus. Dann blickte sie auf die Uhr. Sie musste los. Um elf hatte sie einen Termin bei ihrem Gynäkologen zum jährlichen Check, und sie wollte früh genug da sein, damit sie nicht zu lange im Wartezimmer sitzen musste. Sie fuhr ihren Computer herunter, schob die Unterlagen, mit denen sie sich gerade beschäftigt hatte, auf einen kleinen Stapel zusammen, griff ihre Tasche und verließ das Büro.

Auf dem Weg zum Fahrstuhl gab sie die Aktenmappe bei Dr. Emmerichs Sekretärin ab. Während sie noch auf den Fahrstuhl wartete, überlegte sie es sich anders und lief stattdessen die Treppe herunter. Es ging zwar nur abwärts, aber selbst das würde im Zweifelsfall mehr Kalorien verbrauchen als Fahrstuhlfahren. Und morgens brachte sie es einfach nicht über sich, die vier Stockwerke zu ihrem Büro hinaufzulaufen, vor allem nicht, wenn die Nacht mal wieder so anstrengend gewesen war. Außerdem hatte sie die Erfahrung gemacht, dass es sowieso nichts brachte. Wenn sie viel Sport trieb, nahm sie nur an Muskelmasse zu. Schlanker wurde sie nach ihrem subjektiven Empfinden davon nicht. Aber ein bisschen Bewegung musste natürlich sein, und es schadete ja auch nicht …

»Thomas, hast du die Bestellung aus Kandersteg gesehen? Ich habe sie auf deinen Schreibtisch gelegt.«

Thomas Walter schaltete die Kreissäge aus. »Was hast du gesagt, Beat? Die Säge ist so laut.«

Beat Imhof lächelte. »Ja, klar. Entschuldige. Ich habe nur gefragt, ob du die Bestellung aus Kandersteg auf deinem Schreibtisch gesehen hast.«

»Ja, ja. Habe ich gesehen. Unser Auftragsbuch ist langsam voll. Das sind fünf neue Chalets mit Komplettmöblierung, oder? Hättest du etwas dagegen, wenn ich für die Schreinerei noch einen Gesellen einstelle?« Er grinste. »Mein Onkel treibt sich ja lieber auf dem Golfplatz herum, als in der Werkstatt zu stehen.«

»Pass auf, was du sagst!« Beat knuffte seinen Neffen gutmütig. »Schließlich habe ich das Geschäft im Schweiße meines Angesichts aufgebaut.« Er kniff nachdenklich die Augen zusammen. »Aber du hast natürlich recht, schau dich mal nach einer guten Kraft um. Und in der Buchhaltung bräuchten wir ebenfalls noch jemanden. Für deine Tante wird es langsam auch ein bisschen viel.« Lächelnd ließ er seine Hand über das glatte, honigfarbene Holz eines Arvenbretts gleiten. »Ach, übrigens, ich fahre jetzt zum Golfspielen.«

Thomas hob gespielt resigniert die Hände. »Habe ich es nicht gesagt? Ja, ja, fahr du nur – zum Glück hast du ja einen zuverlässigen Partner, der sich um alles kümmert.«

»Ja, da habe ich wirklich Glück gehabt!« Lachend wandte sich Beat Imhof zum Haus, das neben Möbelgeschäft und Schreinerei auf dem weitläufigen Grundstück in Spiez lag.

Es war ein strahlender Tag im Spätherbst. Die Laubbäume um den Thunersee hatten sich schon bunt gefärbt und spiegelten sich im stillen Wasser. Jetzt, am späten Vormittag hatte die Sonne an Kraft gewonnen und die Nebelschleier auf den Wiesen aufgelöst. Der Tag versprach warm zu werden, und Beat Imhof hatte beschlossen, das schöne Wetter zu genießen.

»Willst du nicht mit zum Golfen kommen, Reni? Wer weiß, wie lange sich das gute Wetter noch hält. Das sollten wir ausnutzen«, sagte er zu seiner Frau und gab ihr einen Kuss.

»Ach was, fahr du nur«, erwiderte sie liebevoll und streichelte ihm über die Wange. Sie waren zwar schon seit siebenundzwanzig Jahren verheiratet, aber immer noch glücklich miteinander. »Eigentlich wird es von Tag zu Tag schöner«, pflegte Beat immer zu sagen. »Je älter wir werden, desto besser verstehen wir uns.«

»Ich werde mich wohl ein wenig hinlegen. Mir ist es heute nicht gut«, meinte seine Frau. »Und außerdem wollte ich für Thomas Älpler-Makkaroni kochen. Die mag er so gerne.« Sie lächelte ihren Mann an. »Und dir verwahre ich eine Portion für heute Abend.«

»Soll ich lieber zu Hause bleiben?«, fragte Beat zögernd. Sie schüttelte den Kopf. »Nein, natürlich nicht«, antwortete sie. »Ich komme schon zurecht. Heute Abend geht es mir bestimmt wieder besser.«

Kurz nach halb eins erhielt er einen Anruf. Sein Neffe war wie immer mittags zum Essen gekommen und hatte Reni leblos auf der Couch im Wohnzimmer vorgefunden. Als Beat nach Hause kam, war auch der Notarzt schon da, aber alle Wiederbelebungsmaßnahmen schlugen fehl. Seine Frau war tot.

Plötzlicher Herztod, lautete die Diagnose. Und nach siebenundzwanzig Jahren Ehe war Beat mit seinem Schmerz und seiner Trauer ganz allein.

Nach der Beerdigung brach er zusammen und vergrub sich in seinem schönen Haus mit Blick auf den See, das ihm auf einmal viel zu groß und leer erschien. Er kümmerte sich nur noch sporadisch um die Schreinerei und das Geschäft, die er nun fast völlig seinem Neffen überließ. Die viele freie Zeit verbrachte er nicht mehr, wie sonst, auf dem Golfplatz oder in den Bergen, sondern zu Hause, wo er unglücklich vor sich hin stierte und schon mittags das erste Glas Bier trank.

Er verwahrloste zusehends, weil er nicht mehr einsah, wozu er sich morgens waschen und kämmen sollte – er wusste ja nicht einmal mehr, warum er überhaupt aufstand –, und er vereinsamte, weil er außer mit seiner Haushälterin, die an den Wochentagen saubermachte und vorkochte, mit kaum jemandem ein Wort wechselte. Die Schönheit der Natur – sonst seine ganze Freude – interessierte ihn nicht mehr, und für das Weltgeschehen hatte er nur ein müdes Achselzucken übrig.

Fast zwei Jahre ging das so, und dann hatte er von sich selbst genug. Eines Morgens wachte er auf und merkte, dass die Vögel zwitscherten. Die Sonne fiel in sein nach Osten gelegenes Badezimmer, und er wandte sich schaudernd ab, als er im Spiegel sein aufgedunsenes, blasses Gesicht mit den Tränensäcken unter den Augen und die fettigen, ungepflegten Haare sah. Er war zweiundsechzig Jahre alt, und auf einmal schien ihm, dass das Leben auch nach dem Tod seiner geliebten Frau etwas für ihn bereithalten könnte. Wem war damit geholfen, wenn er sich so gehen ließ?

Kurz entschlossen ging er unter die Dusche, wo er sich zum ersten Mal seit langem wieder einer gründlichen Reinigung unterzog. Er rasierte sich und stutzte sogar die Haare in Nase und Ohren, was er sonst nur ganz, ganz selten tat. Dann zog er sich mit äußerster Sorgfalt an und kochte sich einen Kaffee, weil die Haushälterin noch nicht da war. Beim Frühstück las er Zeitung und anschließend machte er Termine beim Friseur und bei seinem Hausarzt. Zum Glück klappte es bei beiden noch am selben Tag, so dass er es sich nicht mehr anders überlegen konnte. Und nach einer gründlichen Untersuchung und einem langen Gespräch mit seinem Arzt buchte er am Nachmittag vierzehn Tage Fastenwandern in einem kleinen Kurhotel im Schwarzwald, nicht weit von der Schweizer Grenze entfernt. Es war wesentlich preiswerter als vergleichbare Hotels in der Schweiz und befand sich zudem in der Nähe eines schön gelegenen Golfplatzes. Es wäre doch gelacht, dachte er bei sich, wenn ich mich nicht wieder auf Vordermann bringen könnte. Und ein bisschen Tapetenwechsel kann ebenfalls nicht schaden.

Die Praxis von Danis Frauenarzt lag idyllisch in einem der kleinen Orte, aus denen die Großgemeinde bestand, direkt gegenüber vom Schlosspark. Dani ging schon seit Jahrzehnten zu Dr. Hausmann. Er war bereits in den Schwangerschaften ihr Arzt gewesen, und sie waren sozusagen alt miteinander geworden. Sie vertraute ihm, und er hatte sich über die Jahre auch als kompetenter Gesprächspartner in persönlichen Fragen bewährt.

Als sie sich das erste Mal bei ihm beschwert hatte, dass sie einfach immer weiter zunahm, ohne etwas dagegen tun zu können, hatte er nur gelacht und gesagt: »Liebe Frau Maaßen, wir werden alle nicht jünger. Ich muss mich auch sehr anstrengen, um mein Gewicht zu halten.«

Das war ein schwacher Trost, dachte Dani jetzt. Und Dr. Hausmann sah auch nicht so aus, als ob er so unter den Wechseljahren leiden würde wie sie. Männer sowieso nicht. Ach, es war alles so ungerecht!

Außer ihr saßen nur zwei schwangere Frauen im Wartezimmer. Die eine war schon ein bisschen älter. Unwillkürlich überlegte Dani, wie es wohl wäre, wenn sie jetzt noch ein jüngeres Kind, womöglich im schulpflichtigen Alter, hätte. Aber zum Glück waren ihre Kinder ja schon erwachsen, und vor allem hatte sie ihren süßen kleinen Finn, auf den sie zweimal in der Woche nachmittags aufpasste, um ihre Schwiegertochter ein wenig zu entlasten, die von zu Hause aus arbeitete. Das war das Gute an Enkelkindern – man konnte sie wieder abgeben, wenn es anstrengend wurde. Aber diese späten Mütter – die Armen, sie ahnten wahrscheinlich nicht, wie anstrengend das Leben mit Kindern sein konnte. Die schlaflosen Nächte waren ja nur der Anfang. Schaudernd wandte Dani sich ab.

»Und, wie geht's?«, fragte Dr. Hausmann, als sie vor seinem Schreibtisch saß. »Irgendwelche besonderen Vorkommnisse?«

»Nein, eigentlich nicht«, erwiderte Dani zögernd. »Es ist nur, in der letzten Zeit sind meine Klimakteriums-Beschwerden immer schlimmer geworden. Ich schlafe keine Nacht mehr, und die Schweißausbrüche werden immer häufiger und heftiger. Als Hitzewallungen kann man das langsam schon nicht mehr bezeichnen. Das sind eher Tropenstürme. Wenn es losgeht, läuft mir das Wasser wie ein Sturzbach aus den Haaren.«

Insgeheim befürchtete sie ja, dass die Heftigkeit ihrer »Zustände« etwas mit ihrem Alleinsein zu tun hatte – ihre Freundinnen, die im Gegensatz zu ihr alle noch einen Partner hatten, hatte es bei weitem nicht so schlimm getroffen wie sie.

»Wahrscheinlich spielen meine Hormone einfach verrückt«, fügte sie hinzu. »Aber ob eine Hormontherapie die richtige Lösung wäre …?« Unglücklich sah sie Dr. Hausmann an. Sie kannte ja seine Antwort schon.

»Nein«, erwiderte der Arzt in bestimmtem Tonfall. »Auf gar keinen Fall. Der Zusammenhang zwischen Brustkrebs und Hormonen ist nicht gesichert, das Risiko möchte ich auf keinen Fall eingehen.«

»Tja«, sagte Dani und schob sich eine Strähne ihrer feinen, dunkelbraunen Haare hinter die Ohren. »Sie haben ja recht, ich traue mich sowieso nicht. Nicht auszudenken, wenn ich zu alldem auch noch Brustkrebs bekäme. Aber es ist nicht nur, dass ich schlecht schlafe. Ich habe auch immer häufiger Herzrasen, und manchmal habe ich das Gefühl, depressiv zu werden.« Unsicher kaute sie auf ihrer Unterlippe und schaute Dr. Hausmann an.

»Ja, soll ich Sie schon wieder zum Kardiologen überweisen?«, fragte er und blickte sie ein wenig ratlos an. »Sie waren doch erst vor …« Er schaute auf ihre Patientenakte. »… einem Dreivierteljahr da. Herzrasen kommt zwar während des Klimakteriums häufiger vor, aber es kann natürlich auch andere Ursachen haben.«

»Nein, nein«, wehrte Dani ab, »das haben wir ja bereits alles abgeklärt.« Na ja, sie hatte ja schon geahnt, dass es nichts bringen würde, das Thema anzuschneiden. Tapfer zwang sie sich zu einem Lächeln. »Und Sie sollen mir auch keine Antidepressiva verschreiben. Ich dachte bloß, ich spreche es mal an, vielleicht gibt es ja irgendwelche neuen Erkenntnisse. Ich finde meine Zustände im Moment wirklich anstrengend.« Sie warf ihm einen leicht verzweifelten Blick zu. Dass sie außerdem gefühlt jeden Tag ein Kilo zunahm, hatte sie ihm gar nicht erzählt. Dann kam ja doch bloß wieder so ein beschwichtigender Satz. Er konnte eben, wie die meisten Männer, einfach nicht mit dem Thema umgehen. Eine Ärztin würde sie wahrscheinlich besser verstehen, aber sie hatte auch keine Lust mehr, sich jetzt noch eine neue Praxis zu suchen.

»Nein«, sagte er, »nein, leider keine neuen Erkenntnisse. Gegen die Stimmungsschwankungen kann ich Ihnen Johanniskraut empfehlen …« Er schwieg, dann fügte er in verschwörerischem Tonfall hinzu: »Sie können es aber auch lassen. Eigentlich müssten Sie das Zeug tonnenweise schlucken, damit es eine Wirkung hat. Genau dasselbe gilt für diese ganze Produktpalette von Sojakapseln bis hin zu Rotklee. Die Wirkung ist wissenschaftlich überhaupt nicht erwiesen.« Er lächelte väterlich. »Wenn Sie können, fahren Sie am besten in Urlaub«, schlug er dann vor. »Ablenkung ist immer gut. Und bei depressiven Verstimmungen wirkt ein Aktivurlaub in der Sonne manchmal Wunder.«

Dani erwiderte sein Lächeln zaghaft. Er war wirklich ein netter Mann und ganz sicher auch ein kompetenter Arzt, aber in ihrer Notlage konnte er ihr offenbar nicht helfen. Resigniert verabschiedete sie sich.

Ihr Auto stand auf dem Parkplatz neben der Praxis, aber Dani hatte noch keine Lust, wieder ins Büro zu fahren. Außer Zwangsversteigerungen, ihrem Fachgebiet, wartete dort nichts auf sie, und der Gedanke daran heiterte sie nicht gerade auf.

Spontan beschloss sie, ihre Mittagspause auszudehnen, und ging durch die Allee mit den alten, hohen Bäumen auf das Schloss zu. Dort gab es ein schönes Café mit Tischen im Innenhof. Das Wetter war viel zu schön, um sich wieder hinter dem Schreibtisch zu vergraben. Sie würde sich einen Cappuccino gönnen und sich noch ein wenig in die Sonne setzen. Vielleicht genehmigte sie sich auch ein Stückchen Kuchen.

Sie presste die Lippen zusammen. Besser nicht, dachte sie, sonst hast du gleich wieder ein Kilo drauf.

Oh, wie sie es hasste, bei jeder Nahrungsaufnahme darüber nachdenken zu müssen, ob sie es sich jetzt leisten konnte oder nicht. Früher hatte sie sich nie Gedanken darüber machen müssen. Natürlich hatte sie in den Schwangerschaften zugenommen, aber danach war sie auch immer wieder schlank geworden. Schließlich war sie nicht unsportlich. Als junge Frau hatte sie Tennis gespielt, und auch heute noch bewegte sie sich gerne. Selbst nach ihrer Scheidung war sie nicht in Lethargie verfallen.

Nein, dachte sie jetzt bitter, aber irgendwie ist die Lethargie mittlerweile in mich verfallen. Sie schob die Unterlippe vor. Blöde war das alles, saublöde. Aber nur nicht im Selbstmitleid versinken, mahnte sie sich. Sie würde es sich jetzt gutgehen lassen. Blinzelnd schaute Dani zu den Baumkronen hinauf. Sonnenstrahlen fielen durch das frische grüne Laub. Ganz in ihrer Nähe ertönte das Klopfen eines Spechts, und sie blieb einen Moment stehen, um sich nach dem Vogel umzusehen. Da, hoch oben an einer alten Buche, saß ein Buntspecht und hämmerte auf der Suche nach Futter gegen die Rinde. Danis Augen füllten sich mit Tränen, die sie verärgert wegwischte. Selbst die Schönheiten der Natur brachten sie zum Weinen. Dumme, sentimentale Kuh!, dachte sie aufgebracht.

Das Café war gut besucht. Eine kleine Gruppe von Rentnern, die offensichtlich einen Fahrradausflug an der Erft entlang machten, besetzte zwei Tische. Sie hatten ihre Helme neben die Stühle auf den Boden gelegt und unterhielten sich lebhaft. Unwillkürlich musste Dani lächeln. Es machte sicher Spaß, in der Gruppe am Fluss entlang zu radeln. Der Radweg war über die gesamte Strecke ausgebaut, und man konnte ohne weiteres von der Quelle, die in der Eifel lag, bis nach Neuss fahren, wo das Flüsschen in den Rhein mündete. Das müsste ich eigentlich auch mal machen, dachte Dani. Aber so viel Zeit hatte sie leider nicht. Sie war ja noch berufstätig. Und auch wenn sie sich manchmal schon uralt vorkam, sie wurde ja gerade mal 55. Außerdem hatte sie keinen Partner, und ihre Freundinnen waren für ein solches Projekt viel zu beschäftigt. Schließlich waren sie ja auch nicht alleine wie sie. Wenn sie pensioniert war, konnte sie sich zumindest so einem Fahrradclub anschließen. Allerdings fragte sie sich manchmal, ob sie das Rentenalter überhaupt noch erreichen würde. Wo sollte das noch enden, wenn sie sich jetzt schon so schlecht fühlte?

Sie schaute sich um. Zwei weitere Tische waren mit Einzelpersonen besetzt, aber da hinten in der Ecke, an den Rosenrabatten am Rand des Rasens, war noch ein kleiner Tisch frei.

Das kleine Café, das sich in den ehemaligen Stallungen des Schlosses befand, war urig. In dem Verkaufsraum, der noch den groben, über Jahrhunderte glatt getretenen Steinfußboden der ehemaligen Stallanlage aufwies, gab es eine kleine Theke mit selbstgebackenem Kuchen, meistens zwei oder drei verschiedene Sorten. Hier konnte man auch den Kaffee bestellen, der im Nebenraum frisch aufgebrüht wurde. Gegenüber der Theke waren lange, niedrige Holzstellagen, auf denen in Körben je nach Jahreszeit alte Apfelsorten, Obst und Gemüse zum Verkauf angeboten wurden.

Der Park mit seinen seltenen Bäumen und Pflanzen und der biologisch-dynamische Obst- und Gemüseanbau waren ein wichtiger Erwerbszweig für die Schlossbesitzer, die das alte Schloss schon lange nicht mehr bewohnten. Der Braunkohlentagebau hatte das Gebäude ernsthaft beschädigt, und in den Jahren des Streits um die Kosten für die Restaurierung war es so verfallen, dass wahrscheinlich nie wieder jemand darin wohnen konnte.

Schade, aber wahrscheinlich fehlte es an allen Ecken an Geld. Zumindest jedoch das Café war etwas ganz Besonderes, auch wenn sich wahrscheinlich keine großen Reichtümer damit verdienen ließen. Wenn die Sonne schien, saß man angenehm unter großen Marktschirmen im Burghof, und bei schlechtem Wetter hatte man die Wahl zwischen dem gemütlich eingerichteten Café-Raum oder der angrenzenden Bibliothek mit ihren alten Ledersofas und -sesseln und den deckenhohen Regalen, in denen von klassischer Literatur bis hin zu Trivialromanen, die Gäste dagelassen hatten, alles zu finden war.

Jetzt stand sie vor der kleinen Theke, bestellte einen Cappuccino und wählte ein Stück Schokoladenkuchen. »Haben Sie auch Sahne?«, fragte sie kurz entschlossen.

»Ja, sicher«, sagte die Bedienung freundlich. »Ich schlage Ihnen rasch welche.«

Als sie anderthalb Stunden später wieder an ihrem Schreibtisch saß, war es dann doch noch ein ganz schöner Tag geworden. Zügig erledigte Dani die anfallenden Arbeiten und genoss die Tatsache, dass ihr Büro am Nachmittag auf der sonnenabgewandten Seite lag.

In Zukunft würde sie sich öfter solche kleinen Fluchten gönnen, nahm sie sich vor. Es musste ja nicht immer Schokoladenkuchen mit Sahne sein – schließlich gab es auch kalorienärmere Freuden.

2.

Nina hasste es, langsam zu gehen. Es machte sie nervös, Zeit zu haben, ohne sie produktiv nutzen zu können. Jetzt schlich sie schon eine geschlagene Stunde neben ihrer Mutter her, und sie waren noch nicht so besonders weit gekommen. Seit wann bewegte sich ihre Mutter eigentlich so langsam? Stirnrunzelnd betrachtete Nina die aprikosenfarbenen Löckchen auf dem Kopf ihrer Mutter und schob stützend die Hand unter ihren Arm.

»Möchtest du mal eine Pause machen, Mama?«, fragte sie. Helene Ludwig blickte auf. Sie machte einen angestrengten Eindruck und atmete ein wenig schwer, aber ihre braunen Augen blitzten so wach wie eh und je. »Warum? Kannst du nicht mehr?«, fragte sie ihre Tochter.

Nina verdrehte die Augen. »Ich hatte eher den Eindruck, dir wird es zu viel«, sagte sie und schob ihre Sonnenbrille auf den Kopf. »Es war ja auch eine Schnapsidee, bei dieser Hitze gleich mit dem Dresden-Rundumschlag zu beginnen. Aber es konnte ja kein Mensch ahnen, dass es im April schon so heiß ist. Jetzt, wo wir uns den Zwinger angesehen haben, sollten wir vielleicht erst einmal was trinken gehen. Und ehrlich gesagt habe ich auch ein bisschen Hunger.«

Helene Ludwig hatte sich schon seit langem eine Reise nach Dresden gewünscht. »Da möchte ich noch einmal hin, bevor ich sterbe«, hatte sie immer gesagt. »Jetzt nach der Restaurierung muss es da doch wirklich wunderschön sein.«

Daraufhin hatten Nina und ihre Geschwister ihr die Reise zum achtzigsten Geburtstag geschenkt. Was hätten sie ihr auch sonst schenken sollen, die Mutter hatte ja alles, was sie brauchte. Und mit ihrem großen Hobby, den Engeln – hilfreiche, himmlische Wesen, mit denen Helene seit dem Tod des Vaters ausgiebig kommunizierte –, konnte keines der vier Kinder etwas anfangen. Da traf es sich gut, dass Nina mit ihrer Rudertruppe eine Wanderfahrt von Dresden nach Magdeburg plante, so dass sie drei Tage vor Beginn der Rudertour schon mit ihrer Mutter nach Dresden fliegen konnte. Sonst hatte natürlich mal wieder keiner Zeit gehabt mitzukommen. Die Zwillinge jetteten durch die Weltgeschichte und waren nie da, und ihr Bruder schützte wichtige Geschäftstermine vor. Zum Glück hatte er sich wenigstens bereit erklärt, Mutters Apricot-Pudel für die paar Tage in Pflege zu nehmen. Dass er das später widerrief, hatte niemand anders erwartet, aber wenn Helene von vornherein gewusst hätte, dass Benny dann doch in die Hundepension abgeschoben würde, wäre sie wahrscheinlich gar nicht erst mitgekommen. Und mit Hund *und* Mutter wäre Nina auf keinen Fall verreist. No way! Das tat sie sich nun wirklich nicht an. Vielleicht hätte ich Mutter einfach Isa und Ana mitgeben sollen, dachte Nina jetzt leicht genervt. Wo waren die beiden im Moment noch mal? Buenos Aires? Oder Rio de Janeiro? Ach, egal! Das war so typisch! Immer blieb alles an ihr hängen! Na ja, hier war es ja auch ganz schön. Und morgen war sie ihre Mutter ja wieder los, und dann begann endlich die Rudertour. »Guck mal, da vorne«, sagte sie. »Das Lokal sieht doch nett aus. Da setzen wir uns jetzt auf die Terrasse und trinken was. Okay?«

Helene Ludwig verzog missmutig das Gesicht. »Wie du willst«, sagte sie spitz. »Ich hätte auch noch weiterlaufen können. Ein Hund hält eben doch fit, da siehst du mal. Ihr Ruderer seid ja wohl nicht so gut zu Fuß. Aber ich verstehe sowieso nicht, was du an diesem Sport findest«, fügte sie abfällig hinzu.

Nina machte den Mund auf, um zu protestieren, besann sich dann aber eines Besseren und klappte ihn resigniert wieder zu. Sollte ihre Mutter doch denken, was sie wollte. Ein Streit verdarb ihnen beiden nur die Freude an der gemeinsamen Kurzreise. Außerdem redete Helene sowieso schon weiter.

In belehrendem Tonfall sagte sie: »Ich habe heute früh noch zu Uriel um Kraft gebetet. Das mache ich jeden Tag. Aber ihr jungen Leute glaubt ja nicht an die Lichtwesen.« Für jemanden, der so eifrig mit Engeln kommunizierte und so fest daran glaubte, dass die Lichtwesen jederzeit um einen waren, war ihre Mutter allerdings oft erstaunlich missmutig.

Nina zählte im Stillen bis zehn, aber sie musste doch unwillkürlich grinsen. »Du hättest ja für mich mit beten können«, meinte sie sarkastisch. »Und was Benny angeht, kannst du es ruhig zugeben«, sagte sie, »die meiste Zeit lässt du ihn doch in den Garten. Von wegen viel Bewegung und fit. Also, keinen Ton mehr, jetzt setzen wir uns erst einmal! Aber geraucht wird nicht!«, fügte sie warnend hinzu.

Ihre Mutter warf ihr einen verweisenden Blick zu. »Du solltest langsam wissen, dass ich in der Öffentlichkeit nicht rauche«, erwiderte sie spitz. »Ich bin ja schließlich nicht süchtig.«

Nina verdrehte die Augen, erwiderte aber nichts. Letztendlich war es ja egal. Helene Ludwig rauchte seit über sechzig Jahren, und sie war kerngesund. Jetzt, mit achtzig, brauchte sie auch nicht mehr aufzuhören, fand Nina.

Sie organisierte einen Tisch mit Blick auf die Frauenkirche. Der Flug war wider Erwarten witzig gewesen. Helene hatte seit Jahrzehnten keine Flugreise mehr gemacht und jede einzelne Minute genossen. Als sie ausstiegen, strahlte sie den Purser an, der am Ausgang stand. »Sagen Sie dem Kapitän einen schönen Gruß. Er ist wunderbar geflogen. Ich weiß, wovon ich rede, mein Mann war nämlich auch Pilot! Zwar nur Sportflieger, aber er hat mich oft mitgenommen!«

Zunächst hatte Nina verlegen gelächelt, wie sie es meistens bei Äußerungen ihrer Mutter tat, aber dann fand sie es eigentlich putzig, dass ihre alte Mutter solche Dinge sagte. Alle anderen taten immer so cool, als ob sie das Flugzeug wie einen Bus benutzten, und Mama empfand das Fliegen wenigstens noch als etwas Besonderes, was es ja eigentlich auch war. Der Purser freute sich offenbar auch, denn er erwiderte freundlich: »Das ist aber nett von Ihnen, gnädige Frau! Ich werde es ihm gerne ausrichten.« Kurz hatte Nina befürchtet, dass ihre Mutter noch irgendwas mit Engeln hinzufügen würde – immerhin lebten sie ja wohl im Himmel –, aber zum Glück erwähnte sie ihre geliebten Lichtwesen nicht.

Ansonsten jedoch nahm sie kein Blatt vor den Mund. Im Taxi zum Hotel saß sie vorne neben dem Fahrer, und als eine Gruppe von Frauen mit Kopftüchern an der Ampel die Straße überquerte, sagte der Mann in breitestem Sächsisch: »Überall nur diese Moslem-Weiber mit ihren Kopftüchern, das ist ja schrecklich! Wenn's nach mir ginge, kämen solche Leute überhaupt nicht hier herein! Bei Adolf hätte es das nicht gegeben.«

Nina, die hinten saß, überlegte noch, ob sie wohl richtig gehört hatte, als ihre Mutter sich auch schon so ruckartig im Sitz aufrichtete, dass ihre Löckchen wippten, und empört sagte: »Und wenn's nach mir ginge, dann dürften Leute wie Sie so etwas nicht ungestraft von sich geben! Was denken Sie sich denn eigentlich! Nazis haben wir genug gehabt, die können wir hier nicht brauchen, und wir wollen sie auch gar nicht!«

Holla, dachte Nina, das wäre jetzt eigentlich mein Part gewesen. Sie verdiente ihren Lebensunterhalt damit, dass sie im Büro des Oberbürgermeisters saß und ihm Reden und Grußworte schrieb, und war immer davon ausgegangen, dass sie eine Person mit Zivilcourage war. Aber wenn sie ehrlich darüber nachdachte, äußerte sie sich letztlich immer nur nach allen Seiten abgesichert, wie auch ihre Reden ja erst noch von mindestens drei Mitarbeitern im Büro gegengelesen werden mussten.

Wohl doch nicht so viel Zivilcourage, dachte sie leicht resigniert, sagte aber von hinten pflichtschuldig: »Ja, genau, Mama!«

Der Fahrer schwieg und konzentrierte sich auf den Verkehr, aber Nina sah im Rückspiegel, wie er ihrer alten Mutter einen giftigen Blick von der Seite zuwarf.

Als sie ausgestiegen waren – Trinkgeld hatte es natürlich keins gegeben –, sagte Nina: »Mann, Mama, alle Achtung! Ich hatte noch gar nicht kapiert, was der Typ gesagt hat, als du ihm schon Kontra gegeben hast. Ich bin mir nicht mal sicher, ob ich mich das getraut hätte.«

»Das ist doch keine Frage des Trauens«, erwiderte Helene. Sie wirkte äußerst zufrieden mit sich und der Welt. »Solchen Leuten musst du sofort über den Mund fahren, sonst glauben sie am Ende noch, sie hätten recht! Erzengel Gabriel sagt das auch immer.«

»Ach was! Das hätte ich den Engeln gar nicht zugetraut«, sagte Nina verblüfft. »Ganz schön lebensnah!«

Sie hatten einen schönen Tisch im Halbschatten mit Blick auf die Frauenkirche ergattert, und Nina war über sich selbst hinausgewachsen. Obwohl sie es eigentlich wegen der ganzen Zusatzstoffe nicht vertrug, hatte sie jeden Gedanken an gesunde Ernährung fahrenlassen und für sich und ihre Mutter Königinpastetchen bestellt. Das war Helenes Leibgericht, und obwohl Nina seit ein paar Jahren, genauer gesagt, seit dem Beginn der Wechseljahre, aufpassen musste, was sie zu sich nahm, mochte sie das Gericht eigentlich ganz gerne, auch wenn die Pastetchen industriell gefertigt waren und das Kalbsfrikassee samt Erbsen und Champignons nur aus der Dose kam.

Sie gab reichlich Worcestersauce darüber und bemühte sich redlich, ein unverfängliches Gespräch in Gang zu halten. Ihr Verhältnis zu ihrer Mutter war noch nie einfach gewesen. Schon als Kind hatte Nina sich von ihr missachtet und zurückgesetzt gefühlt, und vielleicht war das auch nicht so ganz unberechtigt gewesen. Sie waren so unterschiedlich, dass sie nur wenig Verständnis füreinander hatten, ein Umstand, der sich noch verschärft hatte, als Ninas Vater starb und die Mutter niemanden mehr hatte, der ihre Launen abfing. Erstaunlicherweise hatte sie nach seinem Tod ihre Vorliebe für Engel entdeckt, und Nina, die mit Esoterik überhaupt nichts anfangen konnte, schaute peinlich berührt zu, wie ihre Mutter immer wunderlicher wurde. Einerseits war sie froh, dass die Fürsorge für die Mutter nicht an ihr hängenblieb, aber dass sie mit Engeln sprach, machte sie nach Meinung ihrer Tochter nicht umgänglicher. Sie war und blieb in Ninas Augen einfach eine schwierige Person. Nina war es erst in den letzten Jahren gelungen, sich nicht mehr ständig mit ihr zu streiten, und selten gingen ihre Gespräche über Belanglosigkeiten hinaus. Sie tat sich immer schwerer damit, Themen zu finden, über die sie sich mit ihrer Mutter ganz normal unterhalten konnte. Allein schon deshalb konnte sie Anlässe wie diese gemeinsame Fahrt rot im Kalender anstreichen. Und ihre Geschwister sollten ihr wirklich einen Verdienstorden dafür verleihen, dachte sie bei sich. Sie wussten sicher gar nicht zu würdigen, was sie da auf sich genommen hatte!

»Dani wird übrigens in vier Wochen fünfundfünfzig«, sagte sie jetzt zu ihrer Mutter.

»Ach ja«, sagte ihre Mutter versonnen und ließ das Besteck sinken. »Jetzt seid auch ihr schon alt. Ach, ich weiß noch genau, wie ich fünfundfünfzig war. Das war eine schöne Zeit«, fügte sie ein bisschen zusammenhanglos an. »Ja, ja, gestern wart ihr noch Kinder und heute seid ihr schon erwachsen. Wie die Zeit vergeht. Hat Dani Probleme mit dem Alter? Soll ich mal mit Metatron darüber sprechen?«

Nina verschluckte sich fast an einem Bissen Kalbfleisch. »Deswegen habe ich es nicht erwähnt«, sagte sie hustend. »Was hat denn Metatron damit zu tun? Und was heißt hier Alter? Für Dani ist es einfach nur ein wichtiger Geburtstag. Sie will groß feiern, und wir wissen noch nicht, was wir ihr schenken sollen. Hast du vielleicht eine Idee? Du kennst sie doch schon genauso lange wie ich.«

»Wer ist wir?«, fragte ihre Mutter.

»Die Mädels und ich«, erwiderte Nina.

»Ach so, ja«, sagte die Mutter abfällig. »Euer Frauen-Clübchen. Also, ich konnte ja mit anderen Frauen nie viel anfangen. Ich war eher mit Männern befreundet, da konnte man sich doch ganz anders unterhalten.«

Nina verzog genervt das Gesicht. »Hör auf, Mama«, sagte sie gereizt. »Und weil du mit Frauen nie klargekommen bist, hast du jetzt auch keine Freundin, mit der du was unternehmen kannst.« Sie wusste, dass es falsch war, aber die kleine Spitze konnte sie sich nicht verkneifen.

Aber Helene ließ sich nicht beirren. Was sie nicht hören wollte, hörte sie nicht, und was sie nicht wissen wollte, interessierte sie auch nicht. »Ach, Freundinnen!«, sagte sie lässig. »Die wären ja jetzt sowieso schon alle tot. Ich finde es einfach ein bisschen seltsam, dass ihr alle keinen Mann habt. Katrin ist die einzig Normale bei euch.«

»Was redest du denn da?«, erwiderte Nina erschöpft. Manchmal fand sie die Mutter ein bisschen verwirrt. »Ariane ist mit Eberhard verheiratet, ich habe einen Mann, und …«

»Ach was, dieser junge Spund ist doch kein Mann …«

»Mama«, unterbrach Nina sie entschlossen, »das ist jetzt nicht unser Thema.« Sie hatte wirklich keine Lust, mit Helene über ihre Beziehung zu David zu diskutieren. »Wie du dich vielleicht erinnerst, habe ich dich vor zwei Minuten um Rat gefragt, ob du vielleicht eine Idee hast, was die Mädels und ich Dani zum Geburtstag schenken können.«

»Die Mädels«, das »Frauen-Clübchen«, wie Helene Ludwig es verächtlich nannte, war eine charmante Umschreibung für die vier Freundinnen, die seit Jahren die meisten Unternehmungen gemeinsam machten.

Daniela, Dani, war Ninas älteste Freundin. Sie kannten sich seit frühester Kindheit, seit den Tagen, als Ninas Mutter es kurz nach dem Umzug aus der Großstadt Köln in das kleine Braunkohlendorf am Rande der Eifel für richtig gehalten hatte, ihre vierjährige Tochter ausstaffiert wie ein Modepüppchen, mit kariertem Kleidchen und spitzenbesetztem Pumphöschen, in den Dorfkindergarten zu schicken, damit die Kinder dort mal sehen konnten, wie schick man in der Stadt angezogen war. So modische Kleidung kannte man jedoch damals auf dem Land nicht, und zu Ninas Entsetzen legte sich ein Kind nach dem anderen vor ihr auf den Boden, um das farblich zum Kleid passende Pumphöschen zu bewundern. Noch nicht einmal die Kindergärtnerin, Tante Hedi, schritt ein. Im Gegenteil, sie sah lächelnd zu. Es hätte nur noch gefehlt, dass auch sie sich auf den Boden gelegt hätte, um besser sehen zu können. Nur die kleine Dani mit den langen Zöpfen und den großen schokoladebraunen Augen in dem runden Gesicht nahm an dem allgemeinen Aufstand nicht teil. Sie verscheuchte die anderen, ergriff Ninas Hand und fragte sie, ob sie mit ihr malen wollte. Und Nina, die schon damals eigentlich eher gewöhnt war, den Ton anzugeben, war so verschreckt von den dörflichen Unsitten, dass sie das Angebot dankbar annahm. So begann ihre Freundschaft, die nun bereits über ein halbes Jahrhundert andauerte.

Später, als sie dann beide schon Mann und Kinder hatten, lernten sie Ariane kennen. Um ihren Kindern ähnlich traumatische Erfahrungen zu ersparen, hatten Dani und Nina nämlich beschlossen, sie in den privaten Montessori-Kindergarten einer Elterninitiative zu schicken, in dem die Kindergärtnerin aufmerksam darüber wachte, dass sich jedes Kind seinen Fähigkeiten gemäß entfalten konnte. Hier gab es keine »Tante«, die tatenlos zusah, wie ein Kind von allen anderen gehänselt wurde. Leider hatte der Kindergarten nicht nur Vorteile, vor allem nicht für die Eltern. Deren Pflichten erstreckten sich von der Elternbegleitung an den Waldtagen bis hin zum regelmäßigen Putzdienst. Ariane fiel, kaum dass ihr Sohn Jens aufgenommen worden war, sofort negativ auf, weil sie ihre Putzfrau schickte, statt selber den Wischlappen in die Hand zu nehmen. Prompt kam sie damit beim nächsten Elternabend auf die Tagesordnung und musste sich von den zahlreichen Supermüttern bittere Vorwürfe machen lassen.

»Wir müssen unseren Kindern mit gutem Beispiel vorangehen«, bekam sie zu hören. »Und dazu gehört auch, ihnen frühzeitig zu vermitteln, dass wir uns zur Schmutzarbeit für sie nicht zu schade sind.«

»Dass ich nicht lache«, hatte Ariane nur ungerührt erwidert und die empörte Supermutter mit einem kühlen Blick aus ihren großen blauen Augen bedacht. »Glauben Sie im Ernst, mein Sohn würde sich nur dann von mir geliebt und beachtet fühlen, wenn ich ihm was vorputze? Ich fürchte, eher das Gegenteil ist der Fall. Ich jedenfalls möchte meine freie Zeit lieber sinnvoller mit meinen Kindern verbringen. Putzen ist nicht so mein Ding. Es mag ja sein, dass es Ihnen Freude bereitet, aber ich kenne spannendere Tätigkeiten. Schuhe kaufen zum Beispiel«, hatte sie hinzugefügt, allerdings so leise, dass nur Dani und Nina es hören konnten.

Nina hatte sich nur mit Mühe das Lachen verkniffen. Der Neuzugang wurde ihr immer sympathischer. Welche Frau traute sich schon zu sagen, dass sie es spannender fand, Schuhe zu kaufen, als ihrem Kind ein gutes Vorbild zu sein? Und die hochhackigen roten Pumps, die sie zu ihrem schwarzen Overall trug, damals eine modisch gewagte Kombination, waren echt schick.

»Ja, das ist es ja gerade«, hatte die andere Mutter empört erwidert. »Glauben Sie, mir macht es Spaß zu putzen? Die Kinder müssen begreifen, dass wir auch ungeliebte Aufgaben gerne für sie tun.«

»Quatsch«, war Arianes knapper Kommentar, aber bevor die Diskussion ausufern konnte, griff Dani ein und begann mit ihrer ruhigen Art die Wogen zu glätten. Am Ende wurde der Beschluss verabschiedet, dass zum Putzdienst Putzfrauen, Mütter oder Väter gleichermaßen zugelassen waren, wenn nur sichergestellt blieb, dass die Kindergartenräume sauber waren. Die Supermutter spuckte noch ein bisschen, gab sich dann aber mit der Regelung zufrieden und wurde später sogar eine der glühendsten Anhängerinnen von Arianes lässigem Erziehungsstil.

Von ihr hörten die Freundinnen zum ersten Mal den Satz, dass es nicht so wichtig sei, wie viel Zeit man quantitativ mit seinen Kindern verbrächte. »Entscheidend ist die Qualität des Zusammenseins!«, erklärte sie oft und gerne. Sie hatte nämlich nicht allzu viel Zeit für ihre Kinder, die sie wechselnden Au-pair-Mädchen überließ, weil sie, obwohl sie promovierte Medizinerin war, als

Marketing-Geschäftsführerin im Fertighaus-Unternehmen ihres Mannes arbeitete und häufig auf Geschäftsreise war. Außerdem war sie leidenschaftliche Golfspielerin und verbrachte viele Stunden auf dem Platz. Hochgewachsen und gertenschlank, mit langen, welligen blonden Haaren und großen blauen Augen sah sie aus wie ein Model. Zu allem Überfluss hatte sie neben dem blendend aussehenden, reichen Unternehmergatten auch noch drei wohlgeratene, hübsche Kinder, die es ihr anscheinend nicht übelnahmen, dass ihre Mutter sie nicht wie eine Glucke umsorgte. Sie schien in jeder Hinsicht Glück und Erfolg gepachtet zu haben. Und dabei war sie auch noch unglaublich nett, und ihr ansteckendes, raues Lachen verbreitete gute Laune.

Die Debatte im Kindergarten jedenfalls hatte die drei Frauen einander nähergebracht, und bald schon war aus dem Freundinnen-Duo ein Trio geworden. Ab und zu gerieten sich Ariane und Nina, beide äußerst selbstbewusste, dominante Frauen, in die Haare, aber als kurz darauf dann noch Katrin zu der Gruppe stieß, war das Verhältnis wieder ausgeglichen. Katrins vier Kinder gingen in den Dorfkindergarten, respektive die Grundschule im Ort, und sie war im Gegensatz zu den anderen drei Frauen auch nicht berufstätig, obwohl sie studiert hatte und eigentlich Lehrerin war. Sie war nur Hausfrau und Mutter. Sie konnte nähen und stricken, kochte und backte phantastisch, und ihr blieb genügend Zeit, ihre Kinder zu sämtlichen sportlichen und schulischen Terminen zu kutschieren, ihren Garten so zu pflegen, dass jeder blass vor Neid wurde, und bei Einladungen zum Abendessen den Tisch so zu dekorieren, dass es den Gästen vor Begeisterung die Sprache verschlug. Ihr Mann, Topmanager bei einem internationalen Konzern, hatte etwas dagegen, dass seine Frau arbeitete, und zum Ausgleich nahm Katrin rege am Vereinsleben in ihrem Wohnort teil. Unter anderem war sie auch eifriges Mitglied im Tennisclub. Dort lernte sie Dani kennen, die in den ersten Jahren ihrer Ehe mit ihrem Mann ebenfalls Tennis spielte. Dani brachte sie mit ihren Freundinnen zusammen, und mit der Zeit wurde aus dem Trio ein Quartett.

Und Freundinnen waren sie bis heute geblieben, auch wenn es zwischendurch Schwankungen in der Intensität der Beziehungen untereinander gegeben hatte und sich die Lebensumstände der Frauen grundlegend verändert hatten. Nina, die nur schwer ohne Mann in ihrem Leben auskam, war zweimal geschieden, hatte diverse Beziehungen hinter sich und pflegte gerade eine lockere Affäre mit einem jüngeren Mann, den ihre Freundinnen – und auch sie – nicht so ganz ernst nahmen. Er hieß David, aber sie machten sich gar nicht erst die Mühe, sich seinen Namen zu merken, und nannten ihn immer nur »dein junger Mann«.

Wie Nina war auch Dani geschieden, allerdings nur einmal. Tennis spielte sie seit einer halben Ewigkeit nicht mehr – Katrin übrigens auch nicht –, und sie hätte eigentlich mit ihrem Leben als Rechtspflegerin und Großmutter ganz zufrieden sein können. Das war sie aber nicht. Vor allem in der letzten Zeit wirkte sie häufig niedergeschlagen, und die Freundinnen machten sich Sorgen um sie. Eine Rolle spielte bestimmt, dass sie keinen Mann hatte. Nina wusste zwar, dass sie sich gut in ihrem Leben eingerichtet hatte, aber sie hatte ihr schon häufig anvertraut, dass sie gerne wieder einen Mann an ihrer Seite hätte. »Es geht mir gar nicht mal so um den Sex«, hatte sie bei ihrem letzten Gespräch gesagt. »Also, nichts gegen dich, Nina, einen Jüngeren so wie du bräuchte ich nicht, ach, um Himmels willen, das wäre mir viel zu anstrengend. Aber manches kannst du eben doch nur mit einem Partner wirklich genießen. Reisen oder auch Einladungen. Ich bin es manchmal so leid, ständig alleine unterwegs zu sein.« Und dann kam sie unweigerlich auf ihr Lieblingsthema zu sprechen, den ihrer Meinung nach größten Hinderungsgrund, den gewünschten neuen Mann zu finden. Ihre Freundinnen konnten ihr noch so oft erzählen, dass sie mit Kleidergröße 44 nicht wirklich fett war, aber sie hatte ein ernsthaftes Problem mit ihrer Figur, weil sie ein schlankeres Bild von sich im Kopf hatte. Sie bekam ihr Gewicht einfach nicht mehr in den Griff. Dabei bewegte sie sich regelmäßig, war zweimal in der Woche mit einer Walking-Gruppe unterwegs, obwohl sie es eher öde fand, immer die gleichen Wege entlangzulatschen; sie erledigte alle Einkäufe mit dem Fahrrad, ging zweimal in der Woche mit ihrem Enkelkind spazieren und einmal in der Woche zum Frühschwimmen. Im vergangenen Jahr hatte sie sogar am Diätprogramm der Lokalzeitung teilgenommen, hatte sich tapfer den Fotografen und der albernen Berichterstattung der jungen Reporterin (die keine Ahnung hatte, wie man Gewichtsprobleme überhaupt buchstabierte) ausgesetzt, weil sie hoffte, ihrem Normalgewicht dadurch wieder ein bisschen näher zu kommen. Aber es hatte so gut wie gar nichts genützt. Die Pfunde, die sich mit Beginn der Wechseljahre auf ihren Hüften (und nicht nur dort) angesammelt hatten, bekam sie einfach nicht mehr weg. Sie fühlte sich unattraktiv und hässlich.

Früher war sie immer der ruhende Pol gewesen und hatte kaum jemals unter Stimmungsschwankungen gelitten. Das jedoch hatte sich in der letzten Zeit von Grund auf geändert. Sie hatte Nina anvertraut, dass sie sich manchmal vorkam wie in der Achterbahn – auf eine ruhige Fahrt bergauf folgte der angsteinflößende Sturz in den Abgrund.

»Das Leben ist so unberechenbar geworden«, beklagte sie sich bei Nina. »Manchmal denke ich, ich halte das nicht mehr aus. Ich versuche doch nun wirklich alles, um meine Zustände in den Griff zu kriegen, aber nichts hilft. Diese ganzen Hausmittel, die Ariane mir empfohlen hat, kannst du doch in der Pfeife rauchen – es mag ja sein, dass Johanniskraut stimmungsaufhellend wirkt oder Sojakapseln gut gegen Hitzewallungen sind, aber selbst Dr. Hausmann sagt, man muss wahrscheinlich jeden Tag eine Tonne von dem Zeug schlucken. Bei mir nützt es jedenfalls nichts, und Hormone will ich nicht nehmen. Das lehnt Dr. Hausmann auch ab.«

»Mann, bin ich froh, dass ich damit keine Probleme habe«, erwiderte Nina. »Vielleicht solltest du es einfach mal mit Humor nehmen. Du weißt schon, wie diese Kabarett-Frauen, die ganze Programme mit ihren Wechseljahresproblemen bestreiten und sich über sich selber kaputtlachen. Es heißt doch immer, dass frau am besten durch das Klimakterium kommt, wenn sie gelassen bleibt und sich so akzeptiert, wie sie ist.«

»Na, du bist ja mitfühlend! So einen Blödsinn kann doch nur ein Mann verzapft haben.« Dani rollte mit den Augen. »Humor und Gelassenheit! Ich möchte dich mal sehen, wenn es dir so ginge wie mir, dann bliebe dein Humor auch auf der Strecke. Und kaputtlachen ist wirklich ein toller Vorschlag! Du hast wohl Ärger im Büro gehabt, was?«, fügte sie kampflustig hinzu und verschränkte die Arme. »Dann wirst du immer so biestig.«

»Ja, du hast recht«, gab Nina zerknirscht zu. »Mitleid ist heute nicht mein Ding. Ich habe mich den ganzen Tag mit einem Grußwort für die Beerdigung des zweiten Vorsitzenden des Schützenvereins und der Trauerrede für den verstorbenen Altbürgermeister herumgeschlagen. Mein Bedarf an trostreichen Formulierungen ist gedeckt.« Ihr Gesicht hellte sich auf. »Aber so wie du immer schwitzt, müsstest du doch eigentlich pro Tag ein Pfund allein an Wasser abnehmen. Manchmal läuft dir doch die Brühe geradezu aus den Haaren.«

»Danke, du verstehst es immer wieder, mir das Gefühl zu geben, unendlich attraktiv zu sein. Das ist doch gerade das Problem.« Dani blickte sie unglücklich an. Ihre großen braunen Augen schwammen schon wieder in Tränen. »Je mehr ich schwitze, desto mehr nehme ich zu. Frag mich nicht, wie das funktioniert. Ich weiß es nicht. Aber es ist so.«

Ach, die arme Dani. Und nächsten Monat wurde sie fünfundfünfzig.

All das ging Nina durch den Kopf, als sie mit ihrer Mutter an diesem strahlenden Frühlingstag auf der Café-Terrasse des Palais Cosel saß. Jetzt im Nachhinein tat es ihr leid, dass sie so wenig empathisch auf den Kummer der Freundin reagiert hatte. Manchmal bin ich ein richtiges Trampeltier, dachte sie und fuhr sich durch die üppigen roten Locken. Bei ihr war im Gegensatz zu ihrer Mutter die Farbe immer noch echt, wobei das leuchtende Dunkelrot ihrer Jugend mehr und mehr zu einem rötlichen

Goldton verblasst war. Die wenigen grauen Strähnen versuchte sie mit einer leichten Tönung zu überdecken, aber zumindest sah es bei ihr nicht ganz so schräg aus wie bei ihrer Mutter.

Ihre weiche Stimmung und das schöne Wetter machten sie leichtsinnig, und so sprach sie aus, was sie bewegte.

»Dani geht es nicht so gut«, sagte sie. »Sie leidet sehr unter den Wechseljahren und kriegt ihre Gewichtsprobleme einfach nicht mehr in den Griff. Irgendwie ist sie im letzten Jahr ein ganz anderer Mensch geworden. Schwierig und launisch. So kenne ich sie gar nicht. Nicht mal nach der Scheidung von Ralf war sie so. Hast du nicht vielleicht eine Idee, womit wir ihr eine Freude machen könnten?«

Ihre Mutter antwortete nicht. Genussvoll widmete sie sich ihrem Königinpastetchen und schien sie nicht gehört zu haben. Oder vielleicht befand sie sich gerade im inneren Dialog mit irgendeinem der Erzengel. Resigniert verzog Nina die Mundwinkel und schaute zu den Fremdenführern, die mit Schild oder hoch erhobenem Schirm vor der Frauenkirche ihre Gruppen um sich versammelten. Sie fand es immer wieder interessant, anderen Leuten zuzusehen. Dann überlegte sie sich Lebensläufe und Geschichten, und das gab ihr frische Impulse für ihre Reden. Alleine dafür hatte sich die Reise nach Dresden schon gelohnt – auch wenn es ein bisschen anstrengend war, im Schneckentempo durch die Gegend zu schleichen und sich mit ihrer Mutter unterhalten zu müssen.

Sie war so in die Betrachtung eines dicken Mannes mit Lederhose und Tirolerhut vertieft – wie kam jemand auf die Idee, so ausstaffiert durch die Innenstadt von Dresden zu laufen? –, dass sie zusammenzuckte, als ihre Mutter sagte: »Also, Erzengel Chamuel ist der Meinung, sie braucht neue Kraft und eine neue Liebe, und dann werden alle anderen Beschwerden wie von selber verschwinden. Nun ja, nicht ganz wie von selber, ein bisschen was muss sie natürlich auch dafür tun. Aber das fällt euch jungen Leuten ja immer so schwer.«

»Was?« Verständnislos schaute Nina ihre Mutter an. »Wie kommst du denn jetzt darauf?«

»Na, du hast doch eben gesagt, Dani ginge es nicht so gut. Obwohl ich ja finde, ihr stellt euch ziemlich an mit euren Wechseljahren. Als ich in eurem Alter war, da hat es ja so etwas noch nicht gegeben. Ich hatte gar keine Zeit, mir ständig Gedanken über meine Befindlichkeiten zu machen. Und dann waren ja nach Papas Tod auch die Engel da und haben mir geholfen. Aber ihr jungen Frauen kreist ja ständig nur um euch selber, da ist es kein Wunder, dass ihr alle solche Probleme habt. Und die Engel kommen natürlich auch nur zu denen, die es verdient haben«, setzte sie selbstgefällig hinzu.

»Jetzt mach aber mal einen Punkt, Mama«, erwiderte Nina gereizt. »Außerdem, was hat das mit Dani zu tun? Du kennst sie doch. Es kann doch gar nicht die Rede davon sein, dass sie um sich selber kreist. Und was heißt hier junge Frauen? Eben hast du mir doch noch erklärt, wir wären schon so alt.«

Ihre Mutter schien nicht gewillt zu sein, auf ihre Frage einzugehen. Sie hatte sich bereits in Rage geredet und verfiel in einen ihrer Endlosmonologe, die bei Nina und ihren Geschwistern gefürchtet waren. Seufzend richtete Nina ihre Blicke wieder auf das Treiben vor der Frauenkirche und schaltete auf Durchzug. Nur bruchstückhaft drangen die Worte ihrer Mutter noch an ihr Ohr, während sie im Geiste noch einmal ihr Gepäck für die Rudertour durchging. Hatte sie auch alles eingepackt?

Sie überlegte gerade, ob sie die wasserdichte Plastikhülle für ihr Handy in ihren Rudersack gesteckt hatte, als ihre Mutter sie unsanft aus ihren Gedanken riss. »Sag mal, Kind, hörst du mir überhaupt zu? Was habe ich gerade gesagt?«

»Diese Fastenklinik im Schwarzwald«, antwortete Nina automatisch. »Und die hat dir Erzengel Michael empfohlen? Müssen Engel denn auch auf die Figur achten?« Es war unklug, sie wusste es, aber sie konnte sich die Frage einfach nicht verkneifen. Außerdem hatte sie sowieso keine Ahnung, wieso jetzt davon die Rede war. Wahrscheinlich war ihre Mutter mal wieder vom Hölzchen aufs Stöckchen gekommen.

Ihre Mutter verzog ungehalten das Gesicht. »Du solltest nicht so respektlos von den Lichtwesen reden«, meinte sie ungnädig. »Wenn dein Schutzengel nicht immer so gut auf dich aufpassen würde, wäre es dir schon häufig schlecht ergangen.«

»Ach, Mama. Du weißt doch, dass ich nicht an so einen Quatsch glaube.« Nina zuckte mit den Schultern. »Aber was meinst du denn mit der Fastenklinik im Schwarzwald? Drück dich doch mal deutlich aus.« Dass sie jetzt so gereizt reagierte, war unnötig, mahnte sie sich im Stillen. So ein bisschen Engelsgeduld würde ihr wahrscheinlich auch nicht schlecht stehen.

»Also, das ist keine Klinik, sondern ein Hotel«, sagte ihre Mutter, offensichtlich unempfindlich gegenüber den Launen ihrer Tochter. »Und mit den Engeln habe ich überhaupt nicht darüber geredet. Ich kann sie ja schließlich nicht ständig mit irgendwelchen unwichtigen

Kleinigkeiten behelligen«, fügte sie spitz hinzu. »Ich habe in der Tageszeitung einen Artikel über ein Hotel im Schwarzwald gelesen, ›Einkehr‹ oder so ähnlich. Der Name war auf jeden Fall schön, er klang so besinnlich. Die bieten unter anderem Heilfasten und Fastenwandern an. Und wenn ihr Dani eine Freude machen wollt, dann wäre das doch was. Das wäre mal ein tolles Geschenk.«

Nina blickte ihre Mutter zweifelnd an. Manchmal waren ihre Ideen gar nicht so übel. »Hmm«, sagte sie. »Meinst du? An eine Städtereise oder so hatte ich ja auch schon mal gedacht. Aber Fastenwandern? Ich weiß nicht. Ist das nicht anstrengend?«

Helene winkte ungeduldig ab, und ihre orangeroten Löckchen wippten empört. Nina fand, dass sie mit dieser Frisur aussah wie Vivienne Westwood. Nur noch älter natürlich. Eigentlich müsste ich doch stolz auf meine unkonventionelle Mutter sein, dachte sie. War sie aber nicht. Machte sie das zu einer undankbaren Tochter?

»So ein Geschenk hätte mir mal jemand machen sollen«, sagte ihre Mutter und spießte ein Stückchen Kalbfleisch auf. Nina fiel erst jetzt auf, wie sehr ihre Hand zitterte. Und die Knöchel waren ganz geschwollen. Vielleicht sollte sie wirklich ein bisschen langmütiger mit ihr sein. »Ich hätte mich ganz bestimmt darüber gefreut. Aber du findest ja immer ein Haar in der Suppe. Du warst schon als Kind so mäkelig. Immer unzufrieden. Erzengel Uriel sagt auch, du …«

Das halte ich nicht mehr aus, dachte Nina. Es reichte jetzt.

»Apropos Kind«, unterbrach sie ihre Mutter. »Habe ich dir eigentlich schon erzählt, dass Sebastian für zwei Jahre nach Vancouver geht?«

Sebastian war der jüngste der drei Söhne ihres zweiten Ehemannes. Als sie Richard damals geheiratet hatte, war er neun gewesen, zwei Jahre älter als ihre Tochter Sophie aus ihrer ersten Ehe. Seine Brüder waren sechs beziehungsweise acht Jahre älter als er, und er war erst fünf gewesen, als seine Mutter starb. Alle waren viel zu sehr mit sich selbst beschäftigt, um auf den kleinen Kerl zu achten, und als sie Richard kennenlernte, war er so ausgehungert nach weiblicher Zuneigung und Wärme, dass er sich ihr vom ersten Tag an bedingungslos angeschlossen hatte. Auch mit ihrer Tochter Sophie hatte er sich von Anfang an großartig verstanden, und die beiden hielten auch heute noch wie Pech und Schwefel zusammen.

Als nach einem Jahr dann noch Marie-Kristin dazu kam, hatte Nina geglaubt, die perfekte Familie zu haben. Das erwies sich jedoch als Trugschluss. Zehn Jahre lang drückte sie sämtliche Augen zu, wenn ihr Mann mal wieder auf Abwege geriet, was leider häufig vorkam. Aber als die dreißig Jahre jüngere Kollegin tatsächlich die Frechheit besaß, sie anzurufen und ihr zu erklären, ihr Mann sei nicht ihr Besitz, auch wenn sie noch so viele Kinder mit ihm hätte, und sie solle ihn jetzt endlich freigeben, brachte dieser Tropfen das Fass zum Überlaufen. Nina hatte ihm keine große Szene gemacht, dazu war sie einfach nicht der Typ, sondern ihm lediglich erklärt, dass sie unter diesen Umständen nicht mehr mit ihm leben wollte. Richard, der mit dieser Konsequenz nicht gerechnet hatte, war nicht so ganz glücklich darüber, dass sie ihn der jungen Frau auslieferte, aber sie hatte einfach keine Lust mehr, sich von fast noch minderjährigen Blondinen unterstellen zu lassen, sie würde klammern.

Richards ältere Söhne waren damals schon längst aus dem Haus und hatten eigene Familien. Die Trennung interessierte sie nicht sonderlich, und sie behielten ihren lockeren, freundschaftlichen Kontakt zu Nina bei. Auch Sebastian wohnte nicht mehr zu Hause, weil er in München studierte, aber seine Bindung zu Nina war wesentlich stärker, und er schlug sich emotional eindeutig auf ihre Seite. Allerdings verlangte sie von keinem der Kinder eine zu deutliche Parteinahme, weil auch nach der Scheidung ihr Verhältnis zu Richard freundschaftlich blieb. Eigentlich tat er ihr fast leid – er hatte sich seinen Stress selbst eingebrockt. Schließlich hätten sie es so schön haben können: die Kinder soweit selbständig und sie beide noch nicht zu alt und wohlhabend genug, um Reisen unternehmen und ein schönes Leben führen zu können.

Nun gut, damit war es jetzt erst einmal Essig, aber Widrigkeiten hatten Nina noch nie wirklich geschreckt, und sie machte sich mit ihren beiden Töchtern beherzt in ein neues Leben auf.

Dazu gehörte unter anderem auch, dass sie in den Ruderverein eintrat und im hohen Alter von achtundvierzig Jahren den Sport erlernte, der zu ihrer großen Passion wurde. Und weil sie in drei Tagen mit ihren Ruderfreunden von Dresden nach Magdeburg rudern wollte, saß sie jetzt mit ihrer Mutter in Dresden und hörte sich notgedrungen ihre Tiraden an.

Es war wirklich ein bisschen leichtfertig gewesen, gerade Helene wegen eines Geschenks für Dani um Rat zu fragen. Sie hätte es besser wissen müssen, schließlich war die Verweichlichung der Generation ihrer Töchter – nicht ihres Sohnes – eines ihrer Lieblingsthemen. Zum

Glück hatte Nina geschickt das Thema wechseln können. Sebastian war der Lieblingsenkel ihrer Mutter, und alles, was er machte, interessierte sie brennend. Auch jetzt reagierte sie prompt.

»Nein, davon hast du mir gar nichts gesagt. Sehe ich den Jungen denn noch mal, bevor er weggeht? Nach Vancouver! So weit weg! Was macht er denn da?«

»Ach, irgend so ein Forschungsprojekt. Und ich weiß es auch erst seit einer Woche. Nächsten Monat geht es schon los, und ich denke, er wird sich bestimmt noch von dir verabschieden, bevor er abreist. Er hat auf jeden Fall gesagt, dass er vorher noch mal nach Hause kommt«, fügte sie versöhnlich hinzu.

Sie hatte erreicht, was sie bezweckt hatte. Ihre Mutter dachte nicht mehr an Danis Geburtstag und an das Geschenk. Und Nina konnte in aller Ruhe ihre eigenen Überlegungen anstellen. Vielleicht war der Vorschlag ihrer Mutter tatsächlich ganz gut. Fastenwandern! Das klang nach Entbehrung und Anstrengung, nach wenig Essen und viel Bewegung. Und auch nach einem relativ hohen Gewichtsverlust in kürzester Zeit.

Eigentlich hielt Nina ja nicht allzu viel vom Abnehmen. Nein, das stimmte so nicht. Sie hielt viel vom Abnehmen, wenn es darum ging, das eigene, ganz persönliche Wohlfühlgewicht zu finden – was natürlich einiges damit zu tun hatte, ob einem die Lieblingshose passte oder ob sie so eng saß, dass man sich darin vorkam wie in einer Wurstpelle. Was ihr gegen den Strich ging, war ein gesellschaftlich verordnetes Schönheitsideal. Wer war nur auf die Idee gekommen zu behaupten, Frauen seien nur schön, wenn sie dünn wie Zaunlatten waren? Das musste doch jemand von der Kleiderindustrie gewesen sein. Natürlich ist es einfacher, Kleider für dünne Frauen zu produzieren, dachte sie. Dabei kann man ja nicht allzu viel falsch machen. An einem Kleiderständer kann sogar ein Sack schick wirken. Und Millionen Frauen gucken sich das an, wollen auch so dünn sein und machen eine Diät nach der anderen. Nein, das gefiel Nina wirklich nicht. Sie hatte in dieser Hinsicht schon immer eine andere Meinung gehabt.

Andererseits war krankhaftes Übergewicht natürlich auch nicht schön. Das bläulich schimmernde Fett der Rubens-Frauen war ja in jener Epoche auch nur von der Mode diktiert worden. Und heutzutage waren schon ganz junge Frauen viel zu dick. Aber mit Dani hatte das natürlich alles nichts zu tun. Dani ging es nur so wie den unzähligen Frauen, die in den Wechseljahren leider eher in Richtung Kuh tendieren und noch nie Anlagen zur Ziege gehabt hatten, weder charakterlich noch figürlich: Der Stoffwechsel verabschiedet sich, und die Figur verändert sich. Und wenn man Pech hat, dachte Nina, wird man darüber nicht nur trübsinnig, sondern bekommt echte Depressionen.

Ja, das Fastenwandern war höchstwahrscheinlich genau das Richtige. Und wenn die anderen beiden auch mitkämen, dann könnten sie sich zu viert eine gute Zeit machen. Es würde ihnen allen guttun, und Dani würde sich nicht so alleine fühlen.

3.

Katrin Lagemann wischte sich den Schweiß von der Stirn und richtete sich stöhnend auf. »Du solltest dir einen Gärtner zulegen«, erklärte Nina, die grinsend über den Rasen auf sie zukam. »So einen jungen, knackigen Kerl mit Waschbrettbauch, der beim Umgraben die Muskeln spielen lässt!«

»Sei nicht so blöd!« Katrin schob sich die aschblonden glatten Haare aus der Stirn und hinterließ dabei eine Schmutzspur. »Ist es schon so spät? Ich muss noch duschen.«

»Ja, ja, lass dir Zeit. Ich bin früher als geplant aus dem Büro weggekommen. Rainer hat mich reingelassen.« Nina runzelte die Stirn. »Machst du den Garten eigentlich gerne oder ist das nur alte Gewohnheit? Wenn Rainer schon so viel zu Hause ist, dann könnte er dir auch helfen.«

»Nina!« Katrin warf ihr einen gereizten Blick zu. »Du weißt doch, wie er ist. Es würde mich nur nervös machen, Seite an Seite mit ihm zu arbeiten. Und außerdem macht mir die Gartenarbeit Spaß, es ist einfach ein guter Ausgleich. Schließlich spiele ich noch nicht einmal mehr Tennis.«

»Ja, du hast sicher recht. Ich meine ja auch nur«, lenkte Nina ein. »Und deiner Figur tut die Betätigung ja offenbar gut. Spring du mal unter die Dusche. Ich gehe schon mal in die Küche und schaue nach dem Rechten.«

Katrin Lagemann war jahrelang nur Hausfrau und Mutter gewesen. Zwar hatte sie Deutsch und Englisch studiert, als sie Rainer kennengelernt hatte, aber dann war sie gleich schwanger geworden und hatte das Studium aufgegeben. Ihr Mann hatte erst am Beginn seiner großen Karriere gestanden, aber er war schon damals davon überzeugt gewesen, dass die Frau an seiner Seite sich ausschließlich um Haushalt und Kinder kümmern sollte. »Meine Frau braucht nicht arbeiten zu gehen«, verkündete er oft und gerne, »schließlich verdiene ich ja genug. Und selbst wenn mir etwas passieren sollte, bleibt Katrin und den Kindern noch genug für ein sorgenfreies Leben.« Er sagte wahrhaftig »wenn mir etwas passieren sollte«, aber in gewisser Weise war das auch die korrekte Wortwahl, denn es »passierte« tatsächlich nicht viel in seinem allzu geordneten Leben mit dem leicht angestaubten Weltbild. Katrin arrangierte sich damit, zumal sie rund um die Uhr beschäftigt war. Die drei Kinder, die kurz hintereinander zur Welt gekommen waren, wollten versorgt sein, und sie wohnten in einem großen Haus mit einem noch größeren Garten, der Katrins ganzer Stolz war. Nur für die gröberen und schweren Arbeiten wie das Schneiden der Bäume und Hecken hatte sie einmal im Jahr einen Gärtner, ansonsten pflegte sie das riesige Grundstück alleine. Auch im Haus war ständig etwas zu tun, da die Position ihres Mannes zahlreiche gesellschaftliche Verpflichtungen mit sich brachte. Katrin erledigte alles gewissenhaft und perfekt, aber manchmal fühlte sie sich ein bisschen einsam, und sie hatte das Gefühl, intellektuell zu verkümmern, zumal sie ja bei ihren Freundinnen sah, dass es auch anders ging. Als dann die Kinder groß waren, hatte sie sich, eher aus der Not heraus, auf die Kunst gestürzt, und zu ihrem Erstaunen fand sie schnell zu einem ganz eigenen Stil.

Sie war schon immer künstlerisch begabt gewesen, und jetzt begann sie, Kurse und Seminare zu besuchen, um sich weiterzubilden und herauszufinden, wo ihre wahren Stärken lagen. Dabei entdeckte sie, dass sie am liebsten Figuren aus verschiedenen Werkstoffen herstellte. Sie hatten eine ganz eigene Prägung und stießen auf großes Interesse. Mittlerweile waren sie weit über den Freundes- und Bekanntenkreis hinaus gefragt, und sie kam kaum noch mit der Produktion nach, weil so viele Ausstellungsanfragen und Vorbestellungen eingingen.

»Rainer hat es gar nicht so richtig mitgekriegt«, erzählte sie stolz den Freundinnen. »Kunst ist in seinen Augen keine richtige Arbeit. Er glaubt immer noch, ich mache so etwas wie Basteln in der Volkshochschule. Das habe ich schon ganz schön geschickt eingefädelt, findet ihr nicht auch? Jetzt, wo er nicht mehr fest angestellt ist, muss ich doppelt aufpassen, dass er sich mir gegenüber nicht wie ein Versager fühlt.«

Eigentlich kam ihnen das Geld, das sie mit ihren Figuren verdiente, ganz gelegen, denn Rainer Lagemann war sieben Jahre vor seiner Pensionierung arbeitslos geworden. Er hielt sich zwar so einigermaßen als Unternehmensberater über Wasser, aber Katrin war lange genug mit ihm verheiratet, um zu wissen, dass es ihm Probleme bereiten würde, wenn sie ihren Teil zum Familieneinkommen beitrug.

Mit dem Erfolg jedoch wuchs auch ihr Selbstbewusstsein, und trotz der nicht einfachen häuslichen Situation freute es sie sehr, dass sie – wenn auch erst spät – ein erfüllendes Betätigungsfeld gefunden hatte.

Ihre Affinität zu Haushalt und Haushaltsutensilien verlor sie allerdings nicht, dazu war sie einfach zu lange Hausfrau gewesen, und so fanden bei ihr mit schöner Regelmäßigkeit Verkaufsabende statt. Ob es sich um Schmuck für die modebewusste Hausfrau, um Vorratsdosen oder Reinigungsmittel handelte – von den neuesten Errungenschaften auf diesem Gebiet erfuhren Dani, Ariane und Nina unweigerlich bei Katrin. Rainer war zum Glück häufig geschäftlich unterwegs und konnte ihnen dabei nicht auf die Nerven gehen.

Die Freundinnen genossen diese gemeinsamen Abende. Ariane hatte einmal gesagt, dass ihr Haushalt viel schlechter ausgestattet wäre, wenn es Katrin nicht gäbe, und Nina meinte immer, die Verkaufsabende bei Katrin würden sie erden und erfolgreich ablenken von all dem Mist, mit dem sie tagsüber konfrontiert wurde. Dani fand die Treffen deshalb so schön, weil sie dann alle vier gemeinsam etwas machten, auch wenn manchmal noch andere Frauen dabei waren.

Und so fand auch heute bei Katrin ein Abend statt, auf dem sie von einer Verkaufsberaterin in die Wunderwelt des Universalino eingeführt wurden, ein neu entwickeltes, platzsparendes Gerät, das die gesamte Küchenwelt revolutionierte und angeblich alles konnte.

»Tut mir leid, ich habe es nicht früher geschafft.« Dani stand mit roten Wangen und erhitzt vor der Haustür, als Katrin ihr aufmachte und sie in die Küche führte, in der bereits Nina und Ariane mit einer fremden Frau standen. »Dani, das ist Frau Berger, die uns heute Abend den Universalino vorführen wird«, sagte sie. »Frau Berger, meine Freundin Daniela Maaßen.« Dani schüttelte der fremden Frau die Hand und setzte sich, immer noch außer Atem, zwischen Nina und Ariane an den Küchentisch in Katrins geräumigem Kochparadies.

Frau Berger blickte sie alle ernst an und begann mit einer kleinen Rede, die sie offensichtlich einstudiert hatte: »Guten Abend, meine Damen und Herren.« Sie unterbrach sich, blickte sich gespielt verwirrt um und sagte dann neckisch: »Ach, nein, Herren sind ja heute Abend gar nicht hier.« Ariane verdrehte die Augen und murmelte: »Wie witzig!«, aber ein Rippenstoß von Katrin brachte sie zum Schweigen, so dass Frau Berger fortfahren konnte. »Die Firma Unterbach und ich danken Frau Lagemann für die Gelegenheit, Ihnen dieses bahnbrechende Küchengerät vorstellen zu dürfen. Sie werden feststellen, dass dieser praktische Alleskönner Ihnen die gesamte Arbeit in der Küche abnimmt. Kinderleicht können Sie die leckersten Gerichte zaubern – der Universalino kann einfach alles. Er ist nicht nur ein Küchengerät, er ist sozusagen Ihr Partner in der Küche: Er kann schneiden und kneten, rühren und dünsten, häckseln, backen und garen. Wir werden heute Abend gemeinsam verschiedene Speisen zubereiten, und Sie können selbstverständlich Wünsche äußern, wenn Sie auf etwas Spezielles Appetit haben.«

»Nein, nein«, griff Katrin ein. »Das ist sehr nett von Ihnen, Frau Berger, aber ich würde vorschlagen, wir bleiben bei den Gerichten, die wir vereinbart haben. Meine Freundinnen kommen sonst noch auf die Idee, sie könnten sich Austern und Filetsteak wünschen.« Sie lächelte. »Das Einkaufen nimmt einem nämlich dieses Wundergerät nicht ab.«

»Ach, das hätte ich jetzt gedacht«, meinte Nina trocken.

»Du hast gar nichts davon gesagt, dass wir auch noch essen müssen heute Abend.« Dani klang weinerlich. Sie warf Katrin einen vorwurfsvollen Blick zu und tupfte sich mit einem Taschentuch die feuchte Stirn ab. Auf ihren Wangen standen zwei kreisrunde rote Flecken.

»Ich dachte, das versteht sich bei einer Vorführung in der Küche von selbst«, erwiderte Katrin. Sie blickte die Freundin prüfend von der Seite an. »Geht es dir nicht gut?«

»Nein, nein, alles in Ordnung«, wehrte Dani ab.

»Ja, dann können wir ja anfangen. Als Erstes machen wir einen Rohkostsalat. Das ist doch bestimmt das Richtige für Sie«, wandte sich Frau Berger an Dani. Die zog nur die Augenbrauen hoch und bedachte die Frau mit einem vernichtenden Blick aus ihren großen braunen Augen. Frau Berger wurde rot und widmete sich wieder ihrem chromglänzenden Küchenpartner. Sie ließ sich von Katrin das vorbereitete Gemüse geben, warf es nacheinander in den Rührtopf und schaltete ein. Ein ohrenbetäubender Lärm ertönte.

Die vier Frauen blickten sich erschreckt an. »Laut«, sagte Nina lapidar.

»Ja«, meinte die Vorführdame stirnrunzelnd. »Das ist ganz ungewöhnlich. Der Universalino ist sonst eigentlich eher leise. Irgendetwas scheint nicht zu stimmen.« Sie schaltete aus und öffnete besorgt den Deckel. Die vier Frauen standen ebenfalls auf und blickten in den Topf. Katrin nahm einen Löffel und fuhr damit in das geraspelte Gemüse. »Das ist ja ein ziemlicher Brei geworden«, stellte sie fest. »Nein, wartet mal. Hier sind noch Stückchen.« Sie hob den Löffel und hielt ihn sich kurzsichtig vor die Augen. »Was ist denn das Durchsichtige für ein Gemüse? Zwiebeln sind doch gar keine drin.«

Frau Berger blickte sich hektisch um. »Ach, du lieber Himmel!«, rief sie aus. »Das passiert mir ständig! Ich stehe einfach auf Kriegsfuß mit diesem Messbecher! Da ist er mir doch schon wieder zwischen das Gemüse geraten!«

»Und der Universalino zerschnipselt ihn einfach?«, fragte Ariane entgeistert.

»Ja, der Universalino wehrt sich ja nicht«, erklärte die Frau ernst. Ariane zog die Augenbrauen hoch. »Er schreddert alles, was Sie hineingeben.«

»Ach was!«, sagte Katrin ungläubig. »Das war mir noch gar nicht aufgefallen!«

»Ja, sogar Herren! Deshalb sind auch keine anwesend.« Nina konnte nicht mehr an sich halten und prustete los. Selbst Dani, die den ganzen Abend noch keine Miene verzogen hatte, musste grinsen.

»Das müssen wir jetzt aber nicht essen, oder?«, meinte Ariane, als sich der allgemeine Heiterkeitsausbruch gelegt hatte.

»Nein, natürlich nicht«, erwiderte Frau Berger schmallippig. »Das war leider ein bedauerliches Missgeschick meinerseits. Wir werden jetzt gleich die Brötchen backen.«

Alle setzten sich brav wieder hin und schauten zu, wie Frau Berger Dinkelkörner in den Behälter gab, wobei sie noch einmal auf die praktische Wiegefunktion hinwies.

»Mit anderen Worten«, fasste Nina pragmatisch zusammen, »es ist gar nicht schlimm, dass der Messbecher atomisiert worden ist. Wiegen kann man also auch mit der integrierten Wiegefunktion.«

»Ja, genau«, bestätigte Frau Berger. »Äh, ich meine, es ist natürlich trotzdem nicht gut, dass der Messbecher hineingefallen ist, aber …«

Ihre Erklärung wurde unterbrochen, weil die Maschine erneut in ein Riesengetöse ausbrach.

»Gibt es noch einen Messbecher?«, erkundigte sich Ariane grinsend.

Frau Berger bedachte sie mit einem beinahe mitleidigen Blick. »Wenn die Dinkelkörner an das Edelstahlgefäß schlagen, dann wird es leider laut«, brüllte sie über dem Krach.

Sie gab die weiteren Zutaten hinein und schaltete das Rührwerk an. Schließlich ertönte ein Klingellaut – »Wie mein Handy«, sinnierte Ariane. »Ob er das auch gefressen hat?« –, und Frau Berger holte einen Teigklumpen aus dem Edelstahltopf. Sie begann, Brötchen zu formen, die sie auf ein vorbereitetes Backblech legte.

»Ach, das muss man selber machen?«, erkundigte sich Nina. »Backen kann er also nicht? Sie haben doch eben noch gesagt, der Universalino kann alles.«

»Nein, nein, er knetet den Teig«, erwiderte Frau Berger. Leise Erschöpfung zeichnete sich auf ihrem Gesicht ab.

»Ja, immerhin.« Nina gab sich zufrieden.

»Ich weiß nicht«, meinte Ariane. »Ein bisschen kommt mir das so vor wie bei Loriot. ›Es saugt und bläst der Heinzelmann‹ …«

»… wo Mutti sonst nur …«, Nina verschluckte sich vor Lachen. »Entschuldigung, Frau Berger«, fügte sie mit erstickter Stimme hinzu, nur um gleich wieder weiterzulachen.

Die arme Frau zog jedoch ihr Programm tapfer durch.

Während die Brötchen im Backofen waren, bereiteten

sie eine Quarkspeise und einen Brotaufstrich zu, und dann durften sie von allem, was mit dem Universalino zubereitet worden war, probieren. Anschließend wurden sie über den Preis der Wunderwaffe aufgeklärt. Auch das sorgte noch einmal für Heiterkeit, denn Frau Berger teilte ihnen mit, dass sie sich in der glücklichen Lage sehe, ihnen das Gerät zu Sonderkonditionen mit einer zusätzlichen Tasche nur zweihundert Euro über Listenpreis überlassen zu können.

»Ach, du lieber Himmel«, sagte Dani entgeistert. »Für den Listenpreis alleine könnte ich mir ja schon einen Kleinwagen kaufen. Und dann noch einmal zweihundert Euro mehr?«

»Was für eine Tasche?«, fragte Nina verständnislos. »Ist die von Gucci, oder warum ist die so teuer?«

»Die Tasche ist nicht teuer«, belehrte Frau Berger sie. »Das ist eine Spezialtasche, mit der Sie den Universalino transportieren können.«

»Wozu muss er denn überhaupt transportiert werden?«, erkundigte sich Dani. »Ich dachte, er steht in der Küche?«

»Nein, er muss täglich ausgeführt werden«, kicherte Nina, was ihr erneut einen strafenden Blick von Frau Berger eintrug. Die arme Frau bereute es bestimmt schon, dass sie sich auf diese Veranstaltung eingelassen hatte. Trotzdem brachte sie sie mit Würde zu Ende und spulte ihre eingelernten Abschlussfloskeln herunter. Nachdem sich die Frauen auf ihre guten Manieren besonnen und sich artig bedankt hatten, zog Frau Berger schließlich mitsamt ihrer Ausrüstung von dannen.

»Also, ich fand's gar nicht übel«, sagte Katrin. »Wer möchte noch Wein?«

»Danke, ich nicht. Ich muss noch fahren. Schlecht fand ich es auch nicht, obwohl ihr ein bisschen albern wart«, meinte Dani und bedachte Nina und Ariane mit einem strafenden Blick. »Aber ein bisschen teuer ist das Wundergerät schon, oder?«, fügte sie hinzu. »Andererseits war ich heute Abend noch bei der Ernährungsberaterin – deshalb bin ich auch so spät gekommen«, erklärte sie den Freundinnen. »Und die hat gemeint, ich solle so viel Rohkost und Gedünstetes wie möglich essen. Dann wäre so ein Gerät natürlich toll – dann würde ich mir die ganze Schnipselei ersparen.«

»Ach so, Ernährungsberaterin«, meinte Ariane. »Deshalb hattest du so schlechte Laune. Rohkost und Gedünstetes! Wirklich kreative Tipps! Das ist doch sowieso alles nur Quatsch. Mach es einfach so wie ich: So selten, wie ich koche, brauche ich auch keinen Universalino«, sagte Ariane und hielt Katrin ihr Weinglas hin.

»Nö, ich auch nicht«, stimmte Nina ihr zu. »Fast kann einem die Frau ein bisschen leidtun, was? Das ist ein harter Job. Da schreibe ich doch lieber Grußworte für den Kaninchenzüchterverein.«

»Ja, aber gut ist das Gerät schon«, beharrte Katrin.

»Hast du dich heimlich als Beraterin bei Unterbach beworben?«, fragte Ariane. »Nein, lass mich raten. Du willst unbedingt so eine Tasche haben.« Die Freundinnen lachten.

Aber Katrin hatte insgeheim schon längst beschlossen, dass der Universalino das perfekte Geschenk zu Danis fünfundfünfzigstem Geburtstag war.

Mit Küchengeräten konnte Ariane nicht besonders viel anfangen. An solchen Verkaufsabenden nahm sie nur den Freundinnen zuliebe teil. Ihre große Leidenschaft waren Häuser.

Nach dem Abitur hatte sie eigentlich Architektur studieren wollen, aber ihre Eltern redeten ihr ein, die meisten Architekten würden am Hungertuch nagen, und deshalb würden sie ihrer Tochter so ein Studium nicht finanzieren. Und weil sie nicht nur eine gehorsame, sondern auch eine pragmatische Tochter war, fügte sie sich seufzend dem Wunsch ihrer Eltern und studierte Medizin. Sie war eine gute Schülerin gewesen, und das Studium bereitete ihr keine großen Schwierigkeiten, wenn sie auch nicht so ganz mit Herzblut bei der Sache war. Aber wie sich herausstellte, hatte das Leben sowieso etwas anderes mit ihr vor. Am Tag der offenen Tür in dem Kölner Krankenhaus, in dem sie ihr praktisches Jahr absolvierte, lernte sie Eberhard Mäurer kennen, der sich als Demonstrationsobjekt zur Verfügung gestellt hatte. Ariane führte an ihm vor, wie eine gelungene Herzmassage auszusehen hatte; im Verlauf der Übung schlug er seine graublauen Augen auf, lächelte sie schief an, und es war um sie geschehen.

Dass er Architekt war und kürzlich erst das Fertighaus-Unternehmen seiner Eltern übernommen hatte, konnte kein Zufall sein. Ariane wusste sofort, dass Eberhard der Mann ihres Lebens war. Das Schicksal hatte ihr einen Wink mit dem Zaunpfahl gegeben. Pflichtbewusst brachte sie ihr Studium zu Ende und brach auch die bereits angefangene Promotion nicht ab – »Einen Doktortitel kann man immer brauchen!« –, aber für sie war klar, dass ihre Zukunft in Eberhards Fertighaus-Unternehmen lag. Und so kam es, dass die frischgebackene Frau Doktor nicht einen einzigen Tag in ihrem erlernten Beruf arbeitete, sondern sich von vorneherein um Marketing und Pressearbeit der Mäurer GmbH kümmerte. Für sie gab es nichts Schöneres, als der Fachpresse die neu entwickelten Haustypen zu erklären und Werbetexte zu den Neuerungen zu verfassen. Zudem war sie häufig mit oder ohne Ehemann unterwegs, um die weltweiten Kontakte des Unternehmens zu pflegen. Sie liebte ihr Leben, und das Leben liebte sie.

»Oh, Mann, muss ich da wirklich mit?« Genervt verdrehte Ariane die Augen. »Lass mal sehen.« Hektisch griff sie zu ihrem Smartphone. »Wenn mich nicht alles täuscht, bin ich Anfang Juni in Hongkong. Eberhard hat die Fühler nach dem chinesischen Markt ausgestreckt, und ich wollte mir das Unternehmen, mit dem er zusammenarbeiten will, mal anschauen.«

»Das wirst du verschieben müssen«, erklärte Nina kühl. »Ich habe schon alles fest gebucht. Vier Einzelzimmer im Kurhotel ›Einkehr‹. Es kann nicht mehr abgesagt werden. Wir fahren entweder zu viert dahin oder gar nicht.« Das war eine glatte Lüge. Sie hatte noch gar nichts gebucht, sondern sich lediglich erkundigt, ob für den geplanten Zeitraum noch Zimmer frei waren. Sie wollte einfach nur vorbeugen. Wenn sie den Freundinnen die Wahl ließe, dann fänden sie tausend Gründe, um abzuspringen, das war ihr klar.

Katrin hatte sie mit ihrer kleinen Schwindelei schon auf ihre Seite gezogen, obwohl diese zunächst Bedenken angemeldet hatte. Eigentlich fand sie ja wirklich, dass der Universalino das perfekte Geschenk für Dani wäre. Sie hatte ein glühendes Plädoyer für das vielseitige Küchengerät gehalten, aber andererseits war es natürlich auch sehr teuer, und sie wollte nicht unnötig Geld zum Fenster hinauswerfen. So ein Gerät wäre schließlich nur für Dani alleine gewesen, und so beugte sie sich lieber Ninas Vorschlag, von dem sie alle etwas hatten.

Den Ausschlag hatte schließlich gegeben, dass auch Katrin vom Fastenwandern profitieren konnte. Bis zu ihrem achtzehnten Lebensjahr war sie stark übergewichtig gewesen, wie sie den ungläubigen Freundinnen mit Fotos aus dieser Zeit bewiesen hatte. Dann war sie zu Hause ausgezogen – hauptsächlich um der üppigen Küche ihrer Mutter zu entgehen, deren Lieblingssatz gewesen war »Fett ist ein wichtiger Geschmacksträger« – und hatte ein Jahr lang konsequent Diät gehalten. Seitdem führte sie akribisch Buch über ihre Figur. Die Freundinnen waren fassungslos gewesen, als sie erfuhren, dass die zierliche Katrin jeden Tag Gewicht, Bauch- und Oberschenkelumfang notierte und sich grundsätzlich nicht satt aß. So viel Disziplin brachte keine von ihnen auf, aber für Katrin war das der einzige Weg, um ihre Figur zu halten. Sie hatte panische Angst davor, wieder so dick zu werden, wie sie einmal gewesen war.

Allerdings waren auch an ihr die Wechseljahre und die zunehmende Trägheit des Stoffwechsels nicht spurlos vorübergegangen, und in den letzten Jahren hatte sie zu ihrem Entsetzen feststellen müssen, dass sich manche Körperteile ohne ihr Zutun einfach veränderten und sie einen Bauch bekam, obwohl sie nicht mehr aß – und auch kaum mehr wog – als früher. Hinzu kam, dass sie außer Hausputz keinen Sport trieb. Früher hatte sie ja zumindest Tennis gespielt, und die Kinder hatten sie auf Trab gehalten, aber mittlerweile bewegte sie sich eigentlich nur noch bei der Gartenarbeit.

Nicht nur Fasten war also angesagt, sondern gerade die Kombination von Fasten und Bewegung reizte sie. Und deshalb hatte Nina relativ leichtes Spiel mit ihr, obwohl Katrin eigentlich geglaubt hatte, mit ihrem Vorschlag den Vogel abgeschossen zu haben. »Dieser Universalino ist schon ein geniales Gerät«, wagte sie noch einen schwachen Vorstoß. »Denk doch nur, wie bequem Dani es mit dem Kochen und Backen hätte!«

»Katrin! Das musst du gerade sagen!« Nina warf ihr einen ungeduldigen Blick zu. »Ich finde, wir haben im Laufe unseres Lebens wahrhaftig schon genug Haushaltsgeräte geschenkt bekommen. Und außerdem hat Dani es nicht mehr so mit Kochen und Backen, seitdem sie sich ständig zu dick findet. Meinst du nicht auch, dass wir ihr einen größeren Gefallen tun, wenn wir alle zusammen mit ihr fasten? Und nach zwei Wochen sind wir dann alle so gut wie neu, runderneuert sozusagen.«

Katrin gab sich geschlagen. »Ja, du hast ja recht. Du kennst Dani am längsten und vermutlich auch am besten. Du glaubst also wirklich, dass wir ihr damit eine Freude machen?«

»Ich bin mir absolut sicher!«, erklärte Nina im Brustton der Überzeugung.

Und jetzt hatten sie den Vorschlag Ariane unterbreitet, die anfangs allerdings nicht gerade positiv darauf reagierte.

»Ich fasse es nicht! Du kannst doch nicht einfach über meine Zeit verfügen!«, wütete Ariane. »Das ist doch viel zu kurzfristig. Was sagst du denn dazu, Katrin?«

Katrin besänftigte die aufgebrachte Freundin. »Es geht doch in erster Linie um Dani. Sie hat nun mal in der ersten Junihälfte Urlaub. Wir müssen uns nach ihr richten, sonst findet sie einen Vorwand, um nicht mitfahren zu müssen. Und ich muss sagen, ich bin Nina dankbar, dass sie die ganze Organisation schon in die Hand genommen hat.«

»Das hätte ich mir ja denken können. Du mit deiner Harmoniesucht bist natürlich einverstanden«, murrte Ariane.

»Das ist gemein von dir!« Katrin warf Nina einen hilfesuchenden Blick zu. »Nina hat mich einfach überzeugt, dass es eine gute Idee ist. Schließlich wollen wir Dani doch eine ganz besondere Freude machen. Und uns tut es bestimmt auch gut. Beim Fasten reinigst du den ganzen Körper, und alles, was sich an Schlacken angesammelt hat, wird ausgeschieden.«

»Blödsinn!«, widersprach Ariane aufgebracht. »Im Medizinstudium ist nie die Rede davon gewesen, dass es im Körper Schlacken gibt. Schlacke gibt es im Bergwerk, aber doch nicht im menschlichen Organismus. Und außerdem: vierzehn Tage – das ist doch viel zu lang!«, protestierte sie.

»Unter zwei Wochen lohnt sich der Aufwand nicht«, sagte Nina, die alle anderen Einwände geflissentlich überhörte. »Und nur wenn wir vierzehn Tage nehmen, bekommen wir den Aufenthalt für Dani zum halben Preis. Die haben da so eine neue Marketing-Masche. Vier Personen und vierzehn Tage gleich eine Person zum halben Preis. Wir hätten auch vier Wochen fahren können, dann hätte es für Dani gar nichts gekostet.«

»Na ja, wir brauchen es ja nicht gleich zu übertreiben«, murrte Ariane, schon halb überredet.

»Nein, eben. Sei kein Spielverderber, Ariane. Komm

einfach mit – Dani zuliebe. Das wird eine irre Erfahrung, ich sag es dir.«

»Ja, irre«, murmelte Ariane. »Das ist der richtige Ausdruck. Fastenwandern – wenn ich das schon höre.« Aber dann hellte sich ihre Miene auf. An den ganzen faulen Zauber drum und dran glaubte sie ja nicht, aber es konnte nichts schaden, wenn sie ein paar Pfund abnahm. Ihr Eberhard beklagte sich ja nie, aber als sie ihn damals kennengelernt hatte, war sie eher zu dünn gewesen und hatte ein so makelloses Aussehen gehabt, dass sie nie auch nur einen einzigen Gedanken daran verschwendet hatte, es könne einmal anders werden. In den letzten Jahren jedoch war es zunehmend anstrengend geworden, immer und zu jeder Tageszeit gut auszusehen. Aber sie liebte ihren Mann und war bereit, auch etwas für seine Ansprüche zu tun. Und Kurhotel? Da gab es doch bestimmt auch Anwendungen für die Schönheit. In der letzten Zeit sah die eine oder andere Stelle schon nicht mehr so straff aus, und Eberhard hatte so eine Art, ab und zu die Augenbrauen hochzuziehen oder eine beiläufige Bemerkung zu machen, die sie auf die Palme brachte. Er hatte überhaupt keine Gewichtsprobleme und war auch mit Mitte fünfzig noch ein äußerst attraktiver Mann. Um mithalten zu können, hatte sie sogar schon ernsthaft daran gedacht, ein paar Korrekturen vornehmen zu lassen, aber als Ärztin wusste sie viel zu gut, welche Komplikationen da auftreten konnten, und das war es ihr nicht wert. Da versuchte sie es lieber mit konventionellen Mitteln.

Sie warf ihre goldblonde Lockenpracht zurück. »Na gut«, erklärte sie großmütig. »Ich bin dabei.«

»Hm. Fastenwandern.« Dani schürzte nachdenklich die Lippen. Begeistert wirkte sie nicht gerade. Oh Mann, dachte Katrin, hätten wir ihr doch besser den Universalino geschenkt. Am Ende ist sie noch beleidigt, weil sie glaubt, wir finden sie zu dick.

Die Geburtstagsparty war ein rauschendes Fest gewesen. Sie hatten im Vereinsheim des Tennisclubs gefeiert, mit einem üppigen Büfett, das vom einzigen italienischen Restaurant im Dorf geliefert worden war. Danis Sohn hatte die Rolle des DJ übernommen, und alle hatten bis tief in die Nacht ausgelassen getanzt. Kurz war es ein wenig peinlich geworden, als das Geschenk auftrat, das Danis Vetter und seine Frau ihr gemacht hatten. Mit hochrotem Kopf ließ Dani es über sich ergehen, dass ein durchtrainierter junger Mann sich zu heißen Samba-Rhythmen vor ihr auszog.

»Die Ärmste«, flüsterte Katrin. »Sie weiß ja gar nicht, wo sie hingucken soll. Zum Glück sind wir nicht auf diese Schnapsidee gekommen!«

»Ich glaube, ich würde aufstehen und gehen«, flüsterte Ariane zurück.

»Na ja, aber er sieht doch immerhin ganz knackig aus«, wandte Nina ein. Die beiden Freundinnen warfen ihr vernichtende Blicke zu. »Du hast ja auch einen Hang zu jungem Gemüse«, zischte Ariane. »Das finde ich sowieso immer ein bisschen peinlich.«

»Mein Liebesleben braucht dir ja nun wahrhaftig nicht peinlich zu sein«, gab Nina zurück. »Was mischst du dich da überhaupt ein? Das geht dich gar nichts an.«

»Du wirst es ja wohl noch aushalten, wenn ich meine Meinung dazu äußere«, erwiderte Ariane von oben herab. »Ich brauche doch nicht alles gut zu finden, was du machst. Und ich finde deine Vorliebe für junge Männer einfach unsäglich. Bei deinem … wie heißt er noch gleich … bei deinem jungen Mann käme ich mir jedenfalls immer vor, als ob ich es mit meinem eigenen Sohn treiben würde.«

»Also hör mal, David ist immerhin schon Ende dreißig, und so einen alten Sohn habe ich noch nicht, auch wenn ich vier Jahre älter bin als du«, entgegnete Nina aufgebracht.

»Sagt mal, ihr beiden«, mischte sich Katrin ein, »geht es euch noch gut? Ihr könnt euch doch nicht allen Ernstes auf Danis Geburtstagsparty über Ninas Lover streiten!« Sie funkelte die beiden Freundinnen zornig an. »Wollt ihr, dass es Dani noch schlechter geht?«

»Ich werde doch wohl noch meine Meinung sagen dürfen«, murmelte Ariane, fügte dann aber hinzu: »Okay, okay, ich bin ja schon still. Entschuldige, Nina.«

Das war das Gute an Nina. Sie war nicht nachtragend. »Ist schon gut, Entschuldigung angenommen«, sagte sie versöhnlich. »Und wenn ich euch darauf hinweisen darf«, fügte sie hinzu, »seht ihr David etwa irgendwo? Ich habe ihn extra nicht mitgebracht, um Dani wenigstens an ihrem Geburtstag nicht daran zu erinnern, dass sie als Einzige von uns solo ist. Und das mit dem Fasten weiß sie ja noch nicht.«

Die Freundinnen hatten ihr zu Beginn der Party einen Umschlag überreicht, in dem sich ein Geschenkgutschein befand, auf dem lediglich stand: »Auflösung am 16. Mai um 20.00 Uhr in der Weinstube«. Jetzt saßen die vier Frauen im winzigen Gastgarten ihrer Lieblingsweinstube mit Blick auf den Stadtweiher und erklärten Dani, was sie vorhatten. »Fasten hat gar nichts, aber auch gar nichts mit Diät zu tun«, erklärte Nina. »Wenn wir der Meinung wären, du bräuchtest eine Diät, hätten wir dir die Mitgliedschaft bei den Weight Watchers geschenkt.«

»Genau«, warf Ariane ein und riss die blauen Augen auf. »Beim Fasten geht es nur um die Reinigung des Körpers. Ich meine, wir brauchen uns ja schließlich keine Gedanken darüber zu machen, dass wir abnehmen müssten, oder?« Sie blickte die Freundinnen Bestätigung heischend an, aber nur Nina tat ihr den Gefallen. Katrin sah das Ganze anscheinend ein bisschen anders. »Na ja«, maulte sie, »ich habe gar nichts dagegen, ein bisschen abzunehmen. Du doch sicher auch nicht, Dani, oder?«

»Nein, natürlich nicht«, erwiderte Dani. »Aber ist das nicht sehr asketisch, so mit Fasten und Wandern?«

»Nein, nein, so schlimm ist es gar nicht.« Eifrig betonten alle, dass beim Fastenwandern der Schwerpunkt eher auf der Reinigung und Ertüchtigung des Körpers lag als auf dem Abspecken. »Das ist nur ein schöner Nebeneffekt«, erläuterte Nina. Da machte es auch gar nichts, dass genau in diesem Moment die Kellnerin die bestellten Flammkuchen brachte.

Die Enten schnatterten, die Frösche quakten, und aus einem nahe gelegenen Garten drang der Duft von Gegrilltem.

»Kann man denn überhaupt wandern, wenn man die ganze Zeit Hunger hat?«, fragte Dani skeptisch.

»Das frage ich mich auch gerade«, murmelte Ariane.

»Ich weiß nicht«, erwiderte Nina ehrlich. »Aber der Mann an der Rezeption, mit dem ich telefoniert habe, hat gemeint, wir hätten gar keinen Hunger. Vielleicht sollten wir es ihm einfach glauben.«

Da sie sich nicht auf die Informationen ihrer Mutter aus diesem Zeitungsartikel verlassen wollte, hatte sie im Internet über die Kombination von Fasten und Wandern recherchiert, und es hatte sich alles ganz verlockend angehört. Angeblich wurde der Körper gründlich entgiftet, und der Kopf wurde frei, so dass man völlig im Einklang mit sich und der Natur war. Und vor allem wurde das kreative Potential jedes Einzelnen freigesetzt.

In einem Erfahrungsbericht war die Rede von erstaunlichen Eingebungen und Wahrnehmungen gewesen. Nina hatte sich sofort davon angesprochen gefühlt. Sie hätte zwar nicht für sich in Anspruch genommen, unter einem Burnout zu leiden – das war für sie nur eine weitere neue Modekrankheit –, aber in der letzten Zeit war es ihr immer schwerer gefallen, jeden Tag neue Ideen zu Papier zu bringen. Da konnte so ein kleiner kreativer Jungbrunnen bestimmt nicht schaden. Wer weiß, dachte sie, nach so einer Fastenkur ist wahrscheinlich auch der Kopf so gründlich durchgepustet, dass die Einfälle nur so sprudeln. »Hier, schaut euch das mal an«, sagte sie und drückte den Freundinnen das Material in die Hand, das sie zusammengestellt hatte.

Die vier Frauen beugten sich über den Hotelprospekt und die Ausdrucke mit zusätzlichen Informationen.

»Ich habe zu Hause auch noch Ratgeber übers Fasten. Da gibt es ja ganz unterschiedliche Ansätze«, erklärte Nina. »Ich bringe sie dann mit, wenn wir mit dem Zug in den Schwarzwald fahren.«

»Warum hast du eigentlich Einzelzimmer gebucht?«, wollte Katrin wissen. »Mit zwei Doppelzimmern wären wir doch ausgekommen, und es wäre bestimmt auch preiswerter. Nicht dass dich das was anginge«, wandte sie sich an Dani. »Du kannst mal kurz weghören.«

»Nein, braucht sie nicht«, erwiderte Nina. »Doppelzimmer kommen gar nicht in Frage. Angeblich soll es wohl so sein, dass man nicht so besonders gut riecht, weil die Giftstoffe im Körper auch über die Haut ausgeschieden werden. Und man weiß ja auch nicht, wie man sich so fühlt. Ich fand es einfach besser, wenn jede von uns auch die Möglichkeit hat, sich in ihr eigenes Zimmer zurückzuziehen.« Dass jeden Morgen ein Einlauf fällig war, verschwieg sie den Freundinnen lieber. Am Ende sprang deswegen noch eine ab, und Nina wollte die gemeinsame Unternehmung auf keinen Fall gefährden. Im Hotel erfuhren sie es noch früh genug.

»Ach, du liebe Güte, ich wusste gar nicht, dass wir Dani so ein unappetitliches Geschenk gemacht haben«, warf Ariane ein.

»Von Appetit kann in diesem Fall sowieso nicht die Rede sein«, sagte Dani spitz. »Beim Fasten geht es ja wohl eher ums Gegenteil.« Sie trank einen Schluck von ihrem Winzersekt. »Findet ihr eigentlich, dass ich so viel zu dick bin?«, fragte sie entmutigt und fuhr sich durch die feinen, dunkelbraunen Haare, die sozusagen proportional zu ihrer Gewichtszunahme abnahmen. »Ich meine ja nur, dass ihr mir so ein Geschenk machen müsst?«

Alle beeilten sich, ihr zum wiederholten Mal zu versichern, dass es so schlimm nun wirklich nicht sei und dass es darum auch gar nicht gehe. »Und außerdem«, fügte Ariane hinzu, »tut das jeder Einzelnen von uns mindestens genauso gut. Es geht ja nicht nur um Gewichtsabnahme, sondern darum, dass wir sozusagen runderneuert werden. Gerade die Kombination von Wandern und Fasten soll ja wohl Wunder bewirken. Entschlacken und schlanker werden, ohne Muskeln abzubauen und so. Die Haut wird klarer, du fühlst dich fitter, schläfst wieder besser, und, und, und …«, fügte sie hinzu, als ihr die positiven Effekte ausgingen.

Nina lächelte sie an. Das war wirklich nett von Ariane. Sie wuchs ja geradezu über sich hinaus. Dabei war sie doch ursprünglich am wenigsten begeistert gewesen. »Und außerdem gibt es in dem Hotel eine große Wellnessabteilung mit Schwimmbad und Sauna, und du kannst dich auch massieren und verschönern lassen«, sagte sie. »Nicht, dass du das nötig hättest«, fügte sie hastig hinzu. »Ich meine ja nur, also, die Möglichkeit hat man da auch. Es gibt Heubäder und Massagen mit heißen Steinen und so.«

»Hm-mh, doch, das hört sich ganz gut an«, erwiderte Dani. »In der letzten Zeit ist es mir nicht so berauschend gegangen, von wegen Wechseljahren und so. Es tut mir ja vielleicht ganz gut, mal so eine Art Kur zu machen. Ja, doch, ich finde es eigentlich auch alles ganz spannend. Das war wirklich eine super Idee von euch. Und am allerbesten gefällt mir, dass ihr mitfahrt. Ich hatte dieses Jahr sowieso keine Lust, alleine zu verreisen. Deshalb habe ich ja auch nichts gebucht. Aber wir vier zusammen … Ach, das wird bestimmt lustig. Danke für das schöne Geschenk!«

Sie hob ihr Glas. »Lasst uns darauf anstoßen, solange wir noch dürfen. Also, auf eine schöne Zeit im Schwarzwald! Ich freue mich darauf!«

»Ja, ich mich auch«, erklärte Ariane. »Aber jetzt muss ich erst mal was essen!« Entschlossen nahm sie sich ein Stück Flammkuchen.

4.

»Herr Schmitt, wo stecken Sie denn schon wieder?« Die Stationsschwester rannte den Flur entlang und blickte in jedes Zimmer. In der Chirurgie von Hohenlind, dem St. Elisabeth-Krankenhaus in Köln, war der Teufel los. Auf dem Kölner Ring hatte es einen schweren Unfall gegeben, an dem zwei LKWs und fünf PKWs beteiligt gewesen waren. Zwei Schwerverletzte waren mit dem Hubschrauber eingeflogen worden, und jetzt kamen nach und nach die Krankenwagen mit den leichter verletzten Personen. Im OP I lag bereits ein Patient auf dem Tisch.

»Herr Schmitt, was machen Sie denn da? Kommen Sie, kommen Sie, Sie werden gebraucht.«

Holger Schmitt drehte sich zu seiner Vorgesetzten um und musterte sie ausdruckslos aus seinen dunklen Augen. »Ich wollte nur ...«, murmelte er und setzte sich zögernd in Bewegung.

»Ja, ja, Sie wollen immer nur«, unterbrach ihn Schwester Herlinde ungehalten. »Ich wäre Ihnen wirklich dankbar, wenn Sie endlich Ihre Arbeit tun würden, statt immer nur bei den Operationen zuzusehen. In Zimmer 16 und 18 müssen die Betten abgezogen und desinfiziert werden, und außerdem müssen Sie die Medikamente verteilen. Und beeilen Sie sich, Sie sehen doch, was hier los ist!«

Oh, wie er diese herablassende Art hasste! Wenn er

Arzt wäre, würde Schwester Herlinde sich nicht trauen, so mit ihm zu sprechen. Eine Unverschämtheit war das! Holger Schmitt war wütend, wütend auf die ganze Welt und insbesondere auf die Stationsschwester. Die anderen Schwestern und Pfleger waren auch nicht viel besser. Er hatte schon immer einen Heilberuf ergreifen wollen, aber da es bei ihm leider nur zur mittleren Reife gereicht hatte, war ihm nichts anderes übrig geblieben, als seinen Traum vom Medizinstudium zu begraben und eine Ausbildung zum Krankenpfleger zu machen.

Anfangs hatte er noch davon geträumt, dass eines Tages seine besondere Befähigung von einem der Professoren erkannt und er dann vor allen anderen gefördert würde, aber als die Jahre vergingen und er immer noch Bettschüsseln leeren und Kopfkissen aufschütteln musste, sah er ein, dass es dazu wohl nie mehr kommen würde.

Und heute war schon wieder so ein Tag, an dem ihm die Arbeit einfach nur auf die Nerven ging. »Man müsste etwas Großartiges leisten«, murmelte er vor sich hin, während er in Zimmer 16 die Bettwäsche abzog. »Dann würde keiner mehr so mit mir reden.«

Er war so mit seinem Groll beschäftigt, dass er gar nicht merkte, wie er den Putzeimer umstieß, der noch hinter dem Bett stand. Das schmutzige Wasser ergoss sich über den Linoleumboden, und ohne darauf zu achten, legte er den Stapel frischer Bettwäsche, den er mitgebracht hatte, mitten hinein. Dann machte er sich daran, das Bett zu desinfizieren. Plötzlich ging die Tür auf, und die Stationsschwester steckte den Kopf ins Zimmer.

»Schmitt, Sie können jetzt … Um Himmels willen, was haben Sie denn da gemacht?«, schrie sie ihn so laut an, dass er zusammenzuckte. »Sie sind wirklich zu gar nichts zu gebrauchen. Können Sie noch nicht einmal ein Bett vernünftig beziehen?«

Schimpfend beugte sie sich über die Bescherung auf dem Boden und begann, die feuchte Bettwäsche einzusammeln. »Lassen Sie die Finger davon«, fuhr sie ihn barsch an, als er die Flasche mit dem Desinfektionsmittel zur Seite stellte und ihr helfen wollte. »Wenn Sie bloß die Hand bewegen, richten Sie schon Unheil an. Holen Sie Lernschwester Sandra, sie soll mir helfen. Und Sie gehen mir aus den Augen. Verteilen Sie die Medikamente. Aber ohne Fehler, wenn ich bitten darf!«

Mit hochrotem Kopf floh er aus dem Zimmer. »Du sollst zur Stationsschwester kommen. Zimmer 16«, schnauzte er die pummelige, kleine Lernschwester an, die gerade Bettpfannen in den Schrank auf dem Flur räumte. Erschrocken blickte sie ihn an und eilte wortlos zu Zimmer 16. Holger Schmitt holte das Tablett mit den Medikamentenschachteln für den Tag aus dem Stationszimmer und begann seine Runde.

Er war beim vorletzten Zimmer angelangt, als ihn erneut das Schicksal in Gestalt der Stationsschwester ereilte. »Sind Sie noch nicht fertig?«, rief sie durch die offene Tür. »Beeilen Sie sich ein bisschen, Schmitt, der Professor will mit der Visite beginnen!«

Reinhard Meuser, ehemaliger Oberst bei der Bundeswehr, kicherte boshaft und sagte zu seinem Zimmernachbarn, dem Buchhalter August Boos: »Unser Herr Schmitt hier ist nicht einer der Schnellsten, nicht wahr, Herr Schmitt? Sind Sie eigentlich sicher, dass Sie den richtigen Beruf haben? Also, so wie ich das hier immer mitkriege …« Misstrauisch schaute er auf seine Medikamentenschachtel. »Sind das überhaupt die richtigen?«

Das war der Moment, in dem bei Holger Schmitt die Sicherung durchbrannte. Mit dem berühmten Satz von Sachsenkönig August dem Starken rannte er aus dem Zimmer. »Macht doch euren Mist alleine!«, schrie er wutentbrannt. Noch im Laufen zog er sich den Kittel aus. Die Ärzte und die Stationsschwester, die gerade bei der Visite waren und auf dem Flur standen, drehten sich erstaunt zu ihm um, aber er achtete nicht darauf. Schnurstracks lief er zu seinem Spind, holte seine Aktentasche, in der sich noch das unangerührte Frühstück – eine zusammengeklappte Scheibe Schwarzbrot mit Käse, ein Apfel und ein Joghurt – befand, und lief hinaus. Erst auf dem Parkplatz blieb er keuchend stehen, um zu Atem zu kommen.

»Euch werde ich es zeigen!«, murmelte er. »Was glaubt ihr denn, mit wem ihr es zu tun habt?«

Die Landschaft im südlichen Schwarzwald ist lieblich. Sanft geschwungene Wiesen und Felder, bewaldete Hügel, murmelnde Bäche, einsame Gehöfte und nur ab und zu ein blank geputztes Dorf, an dessen Häusern man den Wohlstand der Einwohner ablesen kann. Von den Höhen blickt man weit übers Land, und bei klarem Wetter scheinen hinter der Rheinebene die schneebedeckten Gipfel der Schweizer Alpen zum Greifen nah.

Der südlichste Teil im sonnenverwöhnten Südschwarzwald ist der Hotzenwald, ein Waldgebiet mit dunklen Schluchten, klaren Bächen, die über bemooste Steine murmeln, und spektakulären Aussichtspunkten, durchzogen von zahllosen Wanderwegen. Hier ist man alleine mit sich und der Natur. Wer hier wandert, begegnet kaum einer Menschenseele, und die wenigen Dörfer liegen weit verstreut.

Georg Böhler erhob sich von seinem Schreibtischstuhl. Er schob die Brille hoch und rieb sich müde die Augen. Der neue Prospekt musste fertiggemacht werden, aber heute Abend wollte ihm nichts mehr einfallen. Immer häufiger wurde er daran erinnert, dass er nicht mehr der Jüngste war. Es wurde wirklich höchste Zeit, dass er an seine Kinder übergab. Schließlich konnten sie das Hotel schon längst alleine leiten, dachte er. Er brauchte sich nicht mehr ständig um alles zu kümmern. Wenn die Kinder die Arbeit machten, dann könnte er sich endlich mit Ilse aufs Altenteil zurückziehen. Sie würden in ihrem geliebten Garten arbeiten und ab und zu eine schöne Reise unternehmen.

Aber es war nicht einfach loszulassen, das merkte er auch. Seine Frau und er hatten das Haus zu dem gemacht, was es war: das beliebte Kurhotel »Einkehr«, ein stattlicher Schwarzwaldhof mit den typischen ausladenden Balkonen aus dunklem Holz, dem tief heruntergezogenen Dach mit breitem Überstand und einer mit prächtigen Schnitzereien versehenen Eingangstür. Es war alles so authentisch, dass man beinahe erwartete, die Tür ginge auf und ein Schwarzwaldmädel mit Bollenhut käme heraus. Oder wenigstens Professor Brinkmann.

Georg Böhler hatte das Hotel von seinen Eltern geerbt, die, ihrer Zeit weit voraus, eine Art frühen Schwarzwald-Ashram daraus gemacht hatten, komplett mit vegetarischer Ernährung aus dem eigenen Garten, mit Kneipp-Güssen, Wassertreten und Meditationsübungen.

Zu diesem Zweck gab es sogar einen kleinen Meditationspavillon, der ganz romantisch am Rande des weitläufigen Parkgartens stand. Gebaut war er wie ein englisches Teehaus. Der eigentliche Zweck jedoch wurde sofort klar, wenn man durch den von zwei großen steinernen Buddhas flankierten Eingang den hellen, runden Innenraum betrat. Schlichte Holzbänke ohne Lehnen umrahmten ein Becken mit feinkörnigem Kiessand, der jeden Tag von der Hausherrin persönlich in neue Wellen gelegt wurde. Der Blick verlor sich über die Grenzen des Gartens hinaus weit ins Land, und die Stille der Umgebung umgab die Meditierenden wie ein schützender Mantel.

Als Kind war Georg still und nachdenklich gewesen. Er verbrachte zwar die meiste Zeit im Internat, aber wenn er zu Hause war, beobachtete er das Treiben im Hotel aufmerksam und machte sich seine eigenen Gedanken. Schon früh wusste er, was ihm gut gefiel – zum Beispiel der Meditationspavillon – und was er als nicht mehr zeitgemäß empfand. Als seine Eltern tot waren und er nach Hotelfachschule und Ausbildung in der Schweiz wieder nach Hause zurückkam, hatte das Hotel seine besten Zeiten hinter sich. Georg erkannte mit sicherem Blick, dass eine neue Strategie vonnöten war. Er hatte in der Schweiz geheiratet, Ilse, eine aparte, gertenschlanke Erscheinung mit kurzen, früh ergrauten Haaren, die in dem Hotel, in dem er zuletzt gearbeitet hatte, Yogakurse gegeben hatte. Nur ein einziges Mal hatte er gesehen, wie sie auf der Wiese vor dem Haus mit Gästen den Sonnengruß praktizierte, und schon war es um ihn geschehen gewesen. Er hatte sich rettungslos in sie verliebt.

Mit ihr zusammen fühlte er sich den Anforderungen in der kleinen Schwarzwaldgemeinde gewachsen, und als sie das elterliche Hotel übernahmen, begannen sie gleich damit, das Konzept dem Zeitgeist anzupassen. Georg erweiterte die Ernährungsphilosophie seiner Eltern um Dinkel, Tofu und Birchermuesli, und Ilse gab Yogakurse, was Mitte der sechziger Jahre hier in der tiefsten Provinz Aufsehen erregte. Sie bekamen Kinder, zwei Mädchen und einen Jungen, und sie stellten Personal ein: einen Gärtner, der den weitläufigen Gastgarten in eine Oase der Stille verwandelte, eine Krankengymnastin, die sich auch in fernöstlichen Therapie- und Massagemethoden auskannte, und schließlich sogar eine Ärztin, weil die Gäste mit immer komplizierteren Zivilisationskrankheiten zu ihnen kamen.

Eine Tochter, Pia, wurde Kosmetikerin, und sie richteten ihr ein kleines Studio im Hotel ein, als Basis einer Wellnessabteilung sozusagen, obwohl man das damals noch nicht so nannte. Die andere Tochter, Charlotte, ging zum Studieren nach Freiburg und kam nach Abschluss des Studiums mit Baby und Mann zurück, weil der Mann als Kunsthistoriker keine Anstellung fand und einer ja schließlich die Familie ernähren musste. Der Sohn, Adrian, schlug wie seine Eltern die Hotellaufbahn ein, und als er nach Lehre, Studium und Auslandsaufenthalt zurückkam, brach schon wieder eine neue Ära an.

Adrian brachte Computertechnologie und neue Ideen in das einsam gelegene Schwarzwaldhotel. Neben die Schwitzhütte in der hinteren Ecke des weitläufigen Gartens wurde ein großzügiges Schwimmbad gebaut, und das ursprüngliche Ernährungskonzept wurde um Heilfasten und Fastenwandern erweitert. Der Schwager Hubertus,

Charlottes Mann, wurde zum Wanderführer befördert und trug so seinen Teil zum Familieneinkommen bei, was praktisch war, da die kleine Familie das zweite Kind erwartete. Außerdem stellte sich heraus, dass er mit dieser Aufgabe seine eigentliche Berufung gefunden hatte. Ohne jedes Problem tauschte er die Kunstgeschichte, mit der im Hotzenwald kein Blumentopf zu gewinnen war, gegen Fauna und Flora ein. Adrian schließlich kümmerte sich um Marketing und Pressearbeit und arbeitete an der Rezeption. Das Geschäft blühte wieder.

Georg Böhler ergriff die Blätter, auf denen er seine Gedanken formuliert hatte – für kreative Arbeit zog er immer noch Papier und Bleistift dem Computer vor –, und ging den beleuchteten Kiesweg entlang in den hinteren Teil des Gartens, weil er wusste, dass er dort seine Frau finden würde. Sie liebte den Meditationspavillon mit seiner ganz besonderen Stimmung, und an den meisten Abenden ließ sie dort den Tag ausklingen, um bei der Betrachtung der Sandwellen zur Ruhe zu kommen.

Und richtig, da saß sie, aufrecht und still, in Gedanken versunken. »Ilse!«, rief Georg leise. »Kannst du mir helfen? Ich komme mit dem Prospekt einfach nicht weiter. Was meinst du, soll ich ausführlich auf die geschichtliche Entwicklung hier im Hotzenwald eingehen, oder glaubst du, das interessiert die Leute nicht?«

»Lass mal sehen. Hast du denn schon einen Text formuliert?« Einladend klopfte Ilse neben sich auf die Bank. »Setz dich zu mir. Ich schaue es mir an.« Aufmerksam las sie die Zeilen, die er zu Papier gebracht hatte. »Hm«, sagte sie dann. »Ich finde es ja ein wenig langweilig. Wer will denn in einem Ferienprospekt lesen, dass die wirtschaftliche Entwicklung bei uns erst spät eingesetzt hat und dass dieser Landstrich früher bettelarm war?«

»Ja, du hast wahrscheinlich recht«, gab ihr Mann zu. »Gib mal her. Ich streiche es gleich. Aber dass in den ausgedehnten Wäldern hier früher hauptsächlich Holzfäller und Salpetersieder gelebt haben, die so freiheitsliebend waren, dass sie sich weder dem Kloster St. Blasien noch der österreichischen Kaiserin unterworfen haben, das hat doch was, oder?«

»Ja«, meinte seine Frau. »Das sagt zumindest einiges über den Menschenschlag hier aus. Aber mach es nicht zu lang. Ein paar knackige Sätze, das muss reichen.«

»Ich lege den Text morgen früh noch einmal Adrian zum Überarbeiten hin«, sagte Georg Böhler. »Komm, lass uns zu Bett gehen. Ich weiß nicht, aber ich fühle mich heute völlig erledigt. Das Hotel kostet mich immer mehr Kraft. Vor allem die Suche nach einem Nachfolger für Marianne hat mich ausgelaugt. Ich bin hundemüde.«

»Du solltest auch öfter hierher kommen. Die Umgebung hier bringt einen zur Ruhe.« Ilse warf ihrem Mann einen besorgten Blick zu. »Und die Suche nach dem Nachfolger ist ja jetzt überstanden. Dr. Müller hat doch schon die erste Woche hinter sich, und noch hat sich kein Gast beschwert.«

»Nein, kein Gast, aber Adrian liegt mir jeden Tag mit seiner Abneigung gegen ihn in den Ohren.«

Ausgerechnet in dem Augenblick nämlich, wo sie auf Monate hinaus ausgebucht waren, war die langjährige Hotelärztin plötzlich krank geworden, hatte sich zum ersten Mal in ihrem Berufsleben einen Tag freigenommen, und noch ehe sich jemand darüber wundern konnte, war sie tot. Tief betroffen standen sie alle an ihrem

Grab, und auch beim Leichenschmaus anschließend war die Stimmung gedrückt. Ilse brachte es auf den Punkt: »Wie sollen wir nur so schnell Ersatz finden für Marianne? Und die Gäste haben sie so geliebt!«

Nicht nur die Gäste. Marianne Maier war eine wunderbare Ärztin und eine patente Frau gewesen. Und sie war immer erreichbar. Das Hotel war ihre Heimat. Wenn Georg und Ilse ihr gelegentlich nahegelegt hatten, doch einmal Urlaub zu machen, dann hatte sie nur abgewinkt: »Wo soll ich denn hin? Hier habe ich Erholung genug, ich brauche keine Ortsveränderung!« Und jetzt war sie tot. Wer sollte ihren Platz übernehmen? Die Familie war ratlos. Ilse ging sogar so weit, ihrer jüngsten Tochter, die sich als Kosmetikerin sehr wohl fühlte, ernsthaft vorzuwerfen, dass sie nicht Medizin studiert hatte. Aber für solche Überlegungen war es jetzt sowieso zu spät. Also gab Georg eine Annonce auf.

Ob es nun daran lag, dass sie den Bewerbern keine Reichtümer versprechen konnten, ob die Lage des Hotels den meisten zu abgelegen war oder ob sich einfach kaum jemand zutraute, der vielfältigen Aufgabenstellung in dieser Position gewachsen zu sein – jedenfalls gab es nur einen einzigen Bewerber um die Stelle.

Dr. Wolfgang Müller hatte glänzende Zeugnisse. Er hatte in Berlin studiert und anschließend in der Charité gearbeitet. Nach Beendigung der Facharztausbildung war er drei Jahre lang im Ausland gewesen, wo er unter anderem im Albert-Schweitzer-Hospital in Lambarene gearbeitet hatte. Er schien also hinreichend qualifiziert. Sein Äußeres war unauffällig. Mittelgroß und drahtig, war er mit seinen schütteren, rötlichen Haaren, den dunklen, kleinen Augen und dem schmalen Mund nicht gerade ein Adonis, aber er musste ja im Hotel auch keinen Schönheitswettbewerb gewinnen. Zwar kam er der Familie ein wenig launisch vor, weil er im Vorstellungsgespräch zunächst unzugänglich und arrogant wirkte, um dann plötzlich auf eine unangenehm devote Art überhöflich zu reagieren. Vor allem Adrian war irritiert von seinem Verhalten. Er war eigentlich keinem so recht sympathisch, aber letztendlich stellten Georg und Ilse ihn doch ein, da die Zeit drängte.

Adrian akzeptierte die Wahl seiner Eltern natürlich, es war schließlich immer noch ihr Hotel, aber glücklich war er nicht damit.

»Ich kann ja nichts Konkretes vorbringen«, sagte er zu seinem Vater. »Ich habe einfach ein ungutes Gefühl bei dem Mann. Irgendetwas stimmt mit ihm nicht. Diese schnell wechselnden Stimmungslagen, also mir kommt das alles ein bisschen merkwürdig vor.«

»Ja, das finde ich auch seltsam«, gab Georg Böhler zu. »Aber uns bleibt doch nichts anderes übrig. Es ist viel zu umständlich, wenn wir die Gäste jedes Mal zur Aufnahmeuntersuchung in die Stadt fahren müssen. Wir müssen endlich wieder einen Arzt im Haus haben. Gib ihm einfach noch ein bisschen Zeit. Und ganz ehrlich, Adrian – viel falsch machen kann er ja nicht.«

»Er könnte uns immerhin die Gäste vergraulen«, gab Adrian zu bedenken. »Also, ich möchte mich nicht so gerne von ihm untersuchen lassen. Er hat so was … ich weiß nicht … so was Fischiges. Er flutscht einem einfach durch die Finger.«

»Jetzt übertreibst du aber«, sagte der Vater. Aber Adrian konnte sich mit Wolfgang Müller nicht anfreunden – für einen Mann, der mehrere Jahre in Afrika gearbeitet hatte, kam er ihm zu kalt und distanziert vor. Eben ganz anders als Marianne, die für jeden immer ein Lächeln und ein gutes Wort gehabt hatte. Andererseits hatten die Eltern natürlich recht: Das Hotel brauchte einen Arzt, und Dr. Müller konnte zumindest sofort seinen Dienst antreten.

Allerdings nahm Adrian sich vor, ihn scharf im Auge zu behalten. »Und wehe dir, du machst einen Fehler ...«, murmelte er.

»Weißt du«, sagte Georg Böhler zu seiner Frau, »ich kann Adrian ja verstehen. So sympathisch finde ich den Mann auch nicht. Aber jetzt haben wir ihn eingestellt, und dabei bleibt es nun auch.«

»Ja, ja«, erwiderte seine Frau begütigend. »So schlimm wird es schon nicht werden. Wir behalten ihn eben im Auge. Mach dir nicht immer so viele Gedanken.«

5.

Es regnete in Strömen, als Nina, Dani, Katrin und Ariane auf die Regionalbahn nach Köln warteten.

»Hat keine von euch einen Schirm dabei?«, fragte Dani missmutig und zog sich die Kapuze ihres Anoraks tiefer in die Stirn. »Hoffentlich haben wir im Schwarzwald nicht auch so ein Wetter.«

»Dann fahre ich postwendend wieder nach Hause«, verkündete Ariane, die in ihrer Barbour-Jacke mit passendem Hut dem Regen trotzte. »Ist euch eigentlich klar, was für ein Opfer ich bringe? Ich hätte mit den Golf-Frauen nach Oman fliegen können, und da regnet es im Moment garantiert nicht.«

»Opfer!« Nina machte eine abfällige Handbewegung. »Im Oman wären wir nicht dabei gewesen«, erklärte sie ungerührt. »Sind dir die Golf-Tussen etwa lieber als wir?«

»Na ja, wenn ich die Wahl habe zwischen Golf-Frauen im Sonnenschein und euch im Regen, würde ich mich jederzeit für die Golf-Frauen entscheiden.«

»Im Ernst, hat keine von euch einen Schirm dabei?« Katrin trat von einem Fuß auf den anderen. »Mir läuft das Wasser in den Kragen.« Ihre dünne Baumwolljacke war bereits völlig durchnässt.

»Doch, ich habe einen.« Nina holte ihren Schirm aus

der Tasche. »Hast du denn keine Regenjacke eingepackt? Hier, du kannst meinen Schirm haben.« Sie musterte die Freundin besorgt. »Am besten kaufen wir dir in Bad Säckingen noch eine wasserdichte Jacke.«

»Ach was, das ist viel zu teuer.« Katrin winkte ab. »Und das Wetter soll ja auch besser werden, haben sie gesagt.«

»Na, wollen wir es mal hoffen«, schnaubte Dani. Nina warf Katrin einen fragenden Blick zu. Ob die Freundin wohl größere Geldsorgen hatte, als sie zugab? Als selbständiger Unternehmensberater verdiente Rainer natürlich nicht mehr annähernd so viel wie früher, andererseits waren die Kinder alle aus dem Haus, hatten ihre Berufe und kosteten die Eltern nichts mehr. Und Katrin hatte doch erzählt, dass ihre Figuren so gefragt waren wie nie. Sie wurde geradezu mit Aufträgen überschüttet.

Aber jetzt lagen ja vierzehn lange Ferientage vor ihnen. Vielleicht ergab sich auf den Wanderungen mal eine Gelegenheit, der Freundin ein bisschen auf den Zahn zu fühlen. Rainer war schon früher ein Geizhals gewesen, und vielleicht wurde das im Alter schlimmer.

Zum Glück fuhr der Zug ein. »Kannst du dich noch an den alten Bahnhof erinnern, Nina?«, sagte Dani, als sie einander gegenübersaßen. Jetzt, am Vormittag, war der Zug zum Glück halb leer. »Das war so ein Backsteingebäude aus der wilhelminischen Zeit«, erklärte sie Ariane und Katrin, die erst später in das kleine Dorf am Rand der Eifel gezogen waren. »Damals wären wir nicht so nass geworden. Da waren auch die Bahnsteige noch überdacht.«

»Ja, und es gab eine Bahnhofsgaststätte«, sagte Nina. »Weißt du noch, Dani, wie mein Vater sonntagsvormittags mit uns hierher gegangen ist, weil er nur hier am

Kiosk seine Zeitungen bekommen hat? Wir durften dann immer eine Limo trinken.«

»Ich finde ja, es ist eine Schande, dass die Bahn all diese alten Bahnhöfe abgerissen hat«, meinte Katrin. »Heute bereuen sie es. Die modernen Unterstände, die sie stattdessen gebaut haben, sind hässlich und viel zu teuer.«

Ariane betrachtete nachdenklich ihre nassen Wildleder-Loafer. »Mehr Regen vertragen die nicht«, stellte sie fest.

»Hast du keine anderen Schuhe dabei?«, fragte Nina besorgt.

»Doch, doch«, beruhigte die Freundin sie. »Eine ganze Tasche voll.« Sie zeigte auf die kleinere ihrer beiden Vuitton-Taschen.

Nina verzog zweifelnd das Gesicht. »Auch feste Schuhe?«

»Was verstehst du unter festen Schuhen?« Ariane hatte die ärgerliche Angewohnheit, Fragen, die sie umgehen wollte, mit einer Gegenfrage zu beantworten. Normalerweise brachte sie Nina damit auf die Palme, aber heute ließ diese sich nicht davon beeindrucken. »Schuhe, mit denen du wandern kannst«, erklärte sie. »Oder willst du dich etwa nicht bewegen?«

»Doch«, erwiderte die Freundin gedehnt. »Ich habe meine Golfschuhe dabei. Guck mal, Dani.« Sie stupste Dani, die neben ihr saß, an. »Da hinten wird es schon heller.«

»Golf kommt ja wohl gar nicht in Frage«, entrüstete sich Nina. »Und lenk bloß nicht ab! Wir fahren zum Fastenwandern! Fasten und wandern! Wir vier! Golf spielen kannst du zu Hause auch. Im Schwarzwald wird gewandert!«

»Ist ja schon gut«, beschwichtigte Ariane sie. »Reg dich nicht auf! Du gehst immer gleich hoch wie eine Rakete. Klar wandere ich mit. Ich hab nur gedacht, es kann nicht schaden, wenn ich die Golfschuhe mitnehme. Ganz in der Nähe soll ein wunderschön gelegener Golfplatz sein. Anschauen kann ich ihn mir doch wenigstens mal. Oder müssen wir vierzehn Tage wie die Kletten aneinanderkleben?«

Nina konnte einem manchmal ein bisschen auf die Nerven gehen, dachte sie. Sie benahm sich mal wieder wie die Klassenlehrerin. Ständig hatte sie diesen Feldwebelton drauf. Ob sie eigentlich nicht merkte, wie sie die anderen bevormundete?

Zum Glück waren sie mittlerweile im Kölner Hauptbahnhof angekommen und machten sich auf dem Weg zu ihrem ICE Richtung Basel. Und als sie dort im Großraumwagen saßen, waren die Unstimmigkeiten erst einmal vergessen.

Sie hatten vier Plätze mit Tisch reserviert, damit sie sich während der Fahrt unterhalten konnten.

»Ich habe ehrlich gesagt Hunger«, meldete sich Nina, als sie sich niedergelassen und häuslich eingerichtet hatten. »Sollen wir nicht in den Speisewagen gehen?«

»Müssen wir uns denn nicht auf das Fasten vorbereiten?«, fragte Dani besorgt. »In diesem Merkblatt hat doch gestanden, dass man schon ein paar Tage vorher weniger essen und viel trinken soll.«

»Genau, viel trinken ist das Stichwort«, erklärte Katrin. »Was haltet ihr denn jetzt von einem Glas Prosecco? Ich habe alles dabei. In den Speisewagen können wir auch später noch gehen.« Sie griff in ihren Rucksack und zog eine Flasche Prosecco im Kühlbehälter heraus. Aus den

Tiefen ihrer Umhängetasche kamen außerdem noch vier Plastikweingläser zum Zusammenschrauben zum Vorschein.

»Oh, solche habe ich auch dabei«, freute sich Nina. »Die nehmen wir beim Rudern immer.«

»Ach was, ich habe noch was viel Besseres!« Ariane holte eine Packung Waffelbecher mit Schokolade und eine kleine Flasche Pflaumenlikör aus der Tasche. Sie wandte sich an Dani, die ein Gesicht machte, als habe sie etwas einzuwenden. »Es ist ja nur für die Fahrt. Bis wir da sind, ist das alles aufgebraucht. Eine Eifler Wildpflaume als Aperitif und danach einen Prosecco!«

»Nein, nicht danach, am besten dazu!«, kicherte Katrin. Dani verzog missbilligend das Gesicht, nahm aber trotzdem ein gefülltes Glas entgegen.

Sie stießen an, und Katrin griff nach dem Hotelprospekt, der auf dem Tisch zwischen ihnen lag. »Ich mache euch jetzt einmal mit der Wirkungsweise des Fastenwanderns vertraut«, erklärte sie und begann laut vorzulesen, obwohl die Freundinnen lachend protestierten.

»Fastenwandern ist weder Selbstquälerei noch sportliche Höchstleistung, sondern eine Erholung für Körper und Seele«, erklärte sie mit erhobenem Zeigefinger. Murmelnd überflog sie den weiteren Text, bis sie wieder zu einer Stelle kam, die sie interessierte. »Ah, hier steht es: ›Wenn wir unserem Körper nur Nahrung entziehen würden, würde er schlaff und schwach werden, aber indem wir jeden Tag eine ausgiebige Wanderung in der gesunden, sauerstoffreichen Luft des Hotzenwalds machen, erhalten wir unsere Muskelkraft.‹«

»Komisch, mein Körper wird auch schlaff und schwach, wenn ich ihm Nahrung gebe«, erklärte Nina. Ariane und

Katrin kicherten, nur Dani schaute missbilligend in die Runde.

»Ich kann es immer noch nicht fassen, dass es wirklich Hotzenwald heißt«, warf Ariane ein. »Müsst ihr dabei nicht auch an Räuber Hotzenplotz denken?«

»Sehr witzig, aber damit hat es natürlich nichts zu tun«, dozierte Nina. »Es hängt irgendwie mit den Hosen zusammen, die die Bauern hier früher getragen haben. Das habe ich jedenfalls gelesen.«

»Typisch«, kicherte Ariane. »Alles, was mit Hosen zu tun hat, bleibt bei dir hängen!«

Nina verzog den Mund. »Fängst du schon wieder an?«, sagte sie, aber Katrin fiel ihr ins Wort.

»Nicht streiten«, griff sie besänftigend ein. »Wahrscheinlich kriegen wir das sowieso alles erklärt. Aber das hier, das muss ich euch noch vorlesen. Den Artikel habe ich extra aufgehoben und mitgenommen.« Sie kramte in ihrer Tasche und zog eine Zeitungsseite hervor. »Das Hotel scheint wirklich etwas Besonderes zu sein, obwohl es völlig abgelegen liegt.« Mit erhobener Stimme begann sie zu lesen.

»In den fünfziger Jahren des vorigen Jahrhunderts sind Gäste aus aller Herren Länder im Hotel ›Einkehr‹ abgestiegen, weil es als Erholungsort für Körper und Seele weit über die Landesgrenzen hinaus bekannt geworden ist. Der Name war und ist Programm. In einer Zeit, in der es den meisten Menschen eher um leibliches als um seelisches Wohl ging, war die Hinwendung zu Entspannungstechniken, Meditation und gesunder, fleischloser Ernährung absolut ungewöhnlich. Und lange bevor es Hippies gab, die nach Indien reisten, und Bhagwan-Zentren in Deutschland gegründet wurden, hat sich angeblich sogar einmal ein echter Yogi ein halbes Jahr lang im Hotel aufgehalten, um zu meditieren.

Die Eigentümer, die Familie Böhler, die das ›Einkehr‹ mittlerweile nun schon in der dritten Generation leiten, vertraten immer schon eine für damalige Zeiten absolut ungewöhnliche, ein wenig esoterische Ernährungsphilosophie, die hauptsächlich auf Rohkost basierte, wobei natürlich immer nur auf den Tisch kam, was die Jahreszeit hergab.

Der große Erfolg des Kurhotels ist jedoch vor allem auf das Wasser aus einer Quelle zurückzuführen, die an einer nahegelegenen Felsengruppe im Wald entspringt, deren höchster Punkt von einer kleinen Kapelle gekrönt wird. Der Legende nach wurde ein Kreuzritter, der sich auf dem Weg aus dem Heiligen Land in den tiefen, undurchdringlichen Wäldern verirrt hatte, von einem Licht zu der Quelle geführt und so samt seinem Pferd vor dem sicheren Tod durch Verdursten gerettet. Aus Dankbarkeit hat er die kleine Kapelle gestiftet, die in der Gegend nur die Lichtkapelle genannt wird. Das Wasser gilt als heilkräftig und ist wohl auch besonders stark mit Mineralien versetzt, da es inmitten der Felsen entspringt. Auf jeden Fall habe ich es selber probiert, und es schmeckt wirklich köstlich.«

Katrin blickte in die Runde. »Na? Was sagt ihr jetzt? Das hört sich doch vielversprechend an, oder? Darauf könnte ich glatt noch einen trinken!«

In Mannheim waren die ersten beiden Flaschen schon leer, und die Freundinnen beschlossen, es sich jetzt im Speisewagen gemütlich zu machen.

»Sag mal, was ist dir denn eigentlich für eine Laus über

die Leber gelaufen, Dani?«, fragte Nina. Seit Ariane die Prosecco-Flaschen geöffnet hatte, hatte diese sich kaum noch am Gespräch beteiligt und die meiste Zeit missmutig aus dem Fenster geschaut.

»Genau, über die Leber«, prustete Ariane. Katrin zog die sorgfältig gezupften Augenbrauen hoch. »Na, du verträgst aber auch nichts mehr«, meinte sie kritisch.

»Ach, ich finde euch unmöglich«, brach es aus Dani hervor. »Ihr seid wirklich das Allerletzte!« Die drei schauten sie erschrocken an.

»Was haben wir denn gemacht?«, fragte Nina schuldbewusst. Wenn die sonst eher ruhige Dani so heftig wurde, dann hatten sie irgendeinen Kardinalfehler begangen.

»Ihr nehmt das alles einfach nicht ernst«, beklagte sich Dani. Auf ihren Wangen bildeten sich hektische rote Flecken. »Da macht ihr mir so ein Geschenk, aber eigentlich seid ihr der Meinung, ihr braucht das nicht, weil ich sowieso die Einzige bin, die viel zu dick ist.« Anklagend schniefte sie. »Ihr benehmt euch so, als ob ihr auf einem Betriebsausflug wärt, und wenn ihr dann noch die ganze Zeit so laut über das Fasten redet, dass alle um uns herum es mitkriegen, ist mir das einfach nur peinlich. Es sieht doch jeder, dass ich die einzige Dicke in der Runde bin.«

»Hey, du bist nicht dick«, sagte Ariane besänftigend und legte der Freundin die Hand auf den Oberarm, aber Dani schüttelte sie erbost ab. »Ihr feiert hier halbe Orgien …«

»Jetzt mach aber mal halblang«, unterbrach Nina sie. »Orgien! Unter Orgien verstehe ich aber was anderes.« Katrins Mundwinkel zuckten verräterisch, und sie wusste nicht so recht, wohin sie gucken sollte. Ariane hingegen schoss sofort zurück.

»Ja«, warf sie sarkastisch ein, »wahrscheinlich rauschende Feste mit deinen zahlreichen jungen Männern.«

»Du lässt auch keine Gelegenheit aus, mir mein Liebesleben unter die Nase zu reiben«, schnaubte Nina. »Du bist wohl neidisch, was? Dein Eberhard ist ja nicht mehr so taufrisch.« Kaum war der Satz heraus, bereute sie ihn auch schon. Warum sagte sie so etwas immer nur? Das meinte sie doch gar nicht!

Ariane zog nur verächtlich die Augenbrauen hoch und würdigte sie keiner Antwort.

»Orgien«, wiederholte Dani unbeirrt. »Ihr nehmt das einfach nicht ernst. Ich habe mich schon seit drei Tagen aufs Fastenwandern vorbereitet. Ich habe ganz wenig gegessen und nur noch Wasser und Kräutertee getrunken.« Sie redete sich richtig in Rage. Aufgebracht funkelte sie die Freundinnen aus ihren sonst so sanften rehbraunen Augen an. Ihre Wangen waren mittlerweile hochrot. »Aber ihr habt das ja alles nicht nötig. Und wenn ihr vor meiner Nase Prosecco trinkt, dann möchte ich natürlich auch nicht an meiner Wasserflasche nuckeln«, fügte sie kläglich hinzu. »Schöne Freundinnen seid ihr!« Schniefend kramte sie in ihrer Handtasche nach ihrem Taschentuch. »Müsst ihr denn ständig Alkohol trinken?«

»Hey«, sagte Ariane noch einmal, während die anderen beiden betroffen schwiegen. »Liebes, du bist ja ganz außer dir.« Tröstend strich sie Dani über den Arm. »Da siehst du, was du mit deinem ach so großartigen Geschenk angerichtet hast«, wandte sie sich empört an Nina.

»Wieso ich?«, verteidigte sich Nina. »Was soll das denn jetzt schon wieder?«

»Ja, du siehst doch, wie es der armen Dani geht! Immer

hast du so tolle Ideen, und alle müssen sie nach deiner Pfeife tanzen«, polterte Ariane los.

»Wieso, ihr wolltet doch was trinken hier im Zug. Ich habe doch nicht davon angefangen«, wehrte sich Nina. »Bin ich jetzt auf einmal die wilde Alkoholikerin, oder was? Und schrei hier nicht so rum. Die Leute gucken schon!«

»Jetzt übertreib mal nicht!«, warf Katrin ein.

»Doch, da hinten am Gang, drei Reihen weiter. Der Typ guckt schon die ganze Zeit. Ihr seht das ja nicht.«

»Quatsch, kein Mensch guckt!« Ariane funkelte Nina wütend an. »Ich habe von Anfang an nichts von dem Ganzen gehalten. Das war aber auch eine blöde Schnapsidee. Ach, am liebsten würde ich wieder nach Hause fahren.«

»Ja, klar, und in den Oman fliegen«, erwiderte Nina spöttisch. Es kränkte sie zwar, dass sie jetzt an allem schuld sein sollte, aber sie wollte sich von Arianes feindseligem Verhalten nicht beeindrucken lassen. Und außerdem war es ihr ein bisschen peinlich, dass sie so viel Aufmerksamkeit erregten. Der Mann drei Reihen weiter hatte so bohrende dunkle Augen. Immer wieder ließ er sein Buch sinken und schaute zu ihnen herüber. »Komm, Dani«, sagte sie und legte der Freundin versöhnlich den Arm um die Schultern, »jetzt beruhige dich mal. Sollen wir aufhören mit Essen und Trinken? Wir wollen doch vor allem, dass du Spaß an der Reise hast.«

Danis Zorn verrauchte, als sie sah, dass sich Ariane und Nina wegen ihr beinahe in die Haare kriegten. »Streitet euch doch nicht«, sagte sie kleinlaut. »Es ist ja schon in Ordnung. Natürlich habe ich mich über das Geschenk gefreut. Ich finde es auch schön, dass wir zusammen verreisen. Eigentlich weiß ich gar nicht, was heute mit mir los ist. Wechseljahre, hm?« Sie lächelte wässerig in die Runde. »Ach, wisst ihr was?« Sie setzte sich aufrecht hin und fuhr sich energisch durch die Haare. »Jetzt könnt ihr mir doch noch ein Glas einschenken! Und ich gehe gleich auch mit in den Speisewagen, schließlich sind wir noch ein paar Stunden unterwegs.«

Im Zug saßen noch mehr Personen, die sich auf der Reise ins Kurhotel »Einkehr« befanden, aber das konnten die vier Freundinnen natürlich nicht wissen.

Auf dem Weg in den Speisewagen kamen sie durch ein Großraumabteil, in dem eine ältere Frau mit streichholzkurzen grauen Haaren saß. Auch ihr fielen die Freundinnen nicht auf, weil sie fast die ganze Reise über die Augen geschlossen hielt, und wenn sie sie tatsächlich einmal öffnete, dann schaute sie aus dem Fenster auf die Landschaft, die vorbeijagte.

Vera Schmidt kam aus Essen. Sie war noch eine junge Frau gewesen, als ihr Mann nach siebzehn Jahren Ehe durch plötzlichen Herztod ums Leben gekommen war. Da sie keine Kinder hatten, hatte sie während ihrer Ehe auch nie aufgehört zu arbeiten, und nach seinem Tod hatte sie sich voll und ganz ihrem Beruf verschrieben. Sie war Chefsekretärin gewesen und wurde für die große internationale Spedition, bei der sie arbeitete, eine beinahe unersetzbare Kraft. Sie war einfach gut in ihrem Beruf – einmal hatte sie sogar eine Auszeichnung als beste Sekretärin Deutschlands bekommen. Sie liebte, was sie tat, und solange sie ihre Arbeit hatte, war die Welt für sie in Ordnung. Relativ spät erst war sie in den Ruhestand gegangen, und da sie zeit ihres Lebens eine aktive Frau gewesen war, ging sie ihren Hobbys nach und reiste viel. Kurz hatte sie auch noch einmal einen Mann an ihrer Seite gehabt, aber es hatte nicht funktioniert, weil sie zu unabhängig war. Das waren die Männer ihrer Generation nicht gewohnt. Aber das Leben allein füllte sie auch nach dem Ende ihrer Berufstätigkeit aus, und sie war zufrieden. Und dann hatte auf einmal das Schicksal zugeschlagen.

Die Frauenärztin hatte bei Vera, die auch mit Mitte siebzig immer noch brav alle Vorsorgetermine wahrnahm, einen Knoten an der rechten Brust ertastet. Danach war alles sehr schnell gegangen. Operation, Bestrahlung, Chemotherapie. Die Haare waren ihr ausgefallen, und obwohl sie nicht lange zögerte und sich sofort eine gute Perücke kaufte, litt sie doch darunter, wie nackt und schutzlos sie ohne Wimpern und Augenbrauen aussah. Aber mit dem ihr eigenen Pragmatismus nahm sie die Situation einigermaßen gelassen hin. Es war ja nun nicht zu ändern, und da sie noch nicht vorhatte, von der Welt abzutreten, musste sie diese medizinischen Maßnahmen eben über sich ergehen lassen.

Krankheit hatte bisher in ihrem Denken keine Rolle gespielt. Sie war immer gesund gewesen und hatte nie daran gedacht, dass ihr Körper hinfällig werden könnte. Und eigentlich glaubte sie immer noch daran, dass sie ohne weitere Probleme alt werden würde.

Deshalb machte sie sich auch weiter keine Sorgen, als sich ihr Gesichtsfeld auf einmal einengte. Ja, sie hatte in der letzten Zeit schlechter sehen können, aber sie war ja auch nicht mehr die Jüngste, und sie würde demnächst einfach mal einen Termin beim Augenarzt machen.

Vorläufig war sie in Hochstimmung, weil sie die

letzte Chemotherapie-Sitzung hinter sich hatte und die Prognosen gut waren. Aber schließlich ließ es sich nicht mehr leugnen, dass ihr Augenlicht nachließ. Also ging sie zum Augenarzt, der ihr so schonend wie möglich beizubringen versuchte, dass sie unter Makuladegeneration litt und über kurz oder lang kaum noch etwas sehen würde.

»Ich kann nicht abschätzen, wie lange es dauert«, sagte er zu ihr. »In Ihrem Alter geht es häufig nicht ganz so schnell, so dass wir medikamentös den jetzigen Stand noch eine ganze Weile halten können. Aber in fünf bis sieben Jahren müssen Sie sich darauf einrichten, dass Sie die Welt bald nur noch in Grautönen wahrnehmen werden.«

Vera war ihm dankbar dafür, dass er nicht hinzufügte: »Aber vielleicht sind Sie ja dann sowieso schon tot.« Und damit er auch gar nicht erst auf die Idee kam, erwiderte sie betont munter: »Ja, da ich vorhabe, hundert zu werden, muss ich mich dann wohl darauf einstellen.«

Als sie dann jedoch wieder zu Hause war, setzte der Schock erst richtig ein. Im Moment ging ja alles noch, aber was sollte sie machen, wenn sie einmal gar nichts mehr sehen konnte? Schließlich lebte sie allein.

»Nun, dann musst du eben ins Pflegeheim«, sagte sie sich. Und zum ersten Mal in ihrem Leben beschlich sie leise der Gedanke, dass es vielleicht doch nicht so erstrebenswert war, lange zu leben – vor allem nicht, wenn man alleine war.

Sie versuchte, das Thema bei den Kontrollterminen mit ihrer Frauenärztin anzuschneiden, aber so nett und mitfühlend diese auch reagierte, so litt sie doch ständig unter Zeitmangel. Wenn Vera auf dem Stuhl vor ihrem

Schreibtisch Platz nahm, schaute sie schon unauffällig auf die Uhr, und schließlich gab Vera es auf, mit ihr sprechen zu wollen. Angehörige hatte sie keine mehr, und die wenigen Freundinnen, die ihr noch geblieben waren, hatte eigene Sorgen und Gebrechen.

Ihr war klar, dass sie dringend etwas für sich tun musste, damit sie aufgrund der Situation nicht in Depressionen versank. In ihrer Not fiel ihr eine Freundin von früher ein, mit der sie über all die Jahre losen Kontakt gehalten hatte, auch wenn sie sich so gut wie nie getroffen hatten. Sie hatte Ilse Böhler, die damals noch Wippermann hieß, auf der Sekretärinnenschule kennengelernt, und in den zwei Jahren, die sie gemeinsam dort verbracht hatten, waren sie unzertrennlich gewesen. Aber Sekretärin zu sein gefiel Ilse nicht. Steno und Diktat waren ihr viel zu trocken. Sie hatte immer schon einen Hang zu fernöstlichen Entspannungstechniken gehabt, und deshalb brach sie gegen den Willen ihrer Eltern die Schule ab und ging in die Schweiz, um sich zur Yogalehrerin ausbilden zu lassen. Dort hatte sie ihren Mann kennengelernt, einen Hotelier aus dem Schwarzwald, und Vera wusste aus ihren seltenen Briefen und Telefonaten, dass das Hotel, das sie nun schon fast fünfzig Jahre lang gemeinsam führten, idyllisch und abgeschieden lag, bestens geeignet zur Erholung.

Nachdem Vera die anstrengende erste Zeit nach Beendigung der Chemotherapie überstanden hatte und auch ihre Haare langsam – und glatt, obwohl sie vorher lockig gewesen waren – nachgewachsen waren, beschloss sie, dass sie jetzt nicht nur etwas für ihren Körper, sondern vor allem auch für ihre Seele tun musste. Sie rief Ilse Böhler an, und die besorgte Freundin lud sie umgehend in den Schwarzwald ein. »Du kannst bleiben, solange du willst«, sagte sie. »Dass du nur wieder auf die Beine kommst. Wenn du willst, kannst du gerne auch fasten, aber ich würde sagen, du lässt dich lieber ein bisschen von unserem Koch verwöhnen. Und vor allem solltest du dich nicht zu sehr anstrengen. Aber wir haben ja einen Arzt im Haus, der ein Auge auf dich haben kann.«

In einem der abgeschlossenen Abteile saß ein junges Paar. Sie hatten sogar die Vorhänge zugezogen, um ungestört zu sein. Timo war drei Jahre jünger als seine Freundin, ein schüchterner, pickliger Junge mit großer Hornbrille, der bei einer großen Elektronikkette Computer verkaufte. Wenn es um Technik ging, blühte er auf. Das war seine Welt. Aber der normale Alltag machte ihm eher Angst. Es war ein Glück für ihn gewesen, dass er Vanessa kennengelernt hatte. Die Sechsundzwanzigjährige war sehr bestimmend und wusste ganz genau, was sie wollte. Der nachgiebige, unsichere Timo war für ihre Zwecke genau der Richtige. Deshalb hatte sie sich kurzerhand mit ihm verlobt, und das Ziel dieser Reise war ebenfalls ihre Idee gewesen. Ihr großer Traum war es nämlich, in ein Hochzeitskleid Größe 40 hineinzupassen, das sie sich sogar schon ausgesucht hatte. Allerdings war sie von ihrem Traum noch ziemlich weit entfernt. Sie aß einfach zu gerne Fast Food und Süßigkeiten, und Sport war auch nicht ihr Ding. Ihre zahlreichen Diätversuche hatten sie allerdings gelehrt, dass ein schneller Erfolg nur möglich war, wenn man Bewegung mit der geringstmöglichen Nahrungszufuhr kombinierte. Und da sie sich nicht alleine einer solchen Tortur aussetzen wollte, musste Timo natürlich mit, auch wenn es ihm egal war, ob sie dick oder dünn war. Für ihn zählte nur, dass Vanessa das gemeinsame Leben entschlossen in die Hand nahm und er sich um nichts kümmern musste. Er hatte keine allzu genauen Vorstellungen von dem, was sie im Schwarzwald erwartete. Vanessa hatte ihm klargemacht, dass ihm der Aufenthalt dort guttun würde, und das reichte ihm. Er musste zwar nicht abnehmen, aber gegen die Pickel war Fasten sicher auch gut. Vanessa hatte jedenfalls gesagt, dass es optimal sei, und vielleicht half es ja sogar bei seinem größten Problem.

»Und wenn das Wetter so richtig heiß wird?«, sagte er gerade zu Vanessa. »Was machen wir denn dann? Du kannst doch wegen mir nicht bei geschlossenem Fenster schlafen! Du bekommst ja keine Luft.« Bekümmert schaute er seine übergewichtige Freundin an.

»Ich liege ja neben dir«, erwiderte sie. »Ich merke schon, wenn du aufstehst. Außerdem habe ich einen sehr leichten Schlaf«, fügte sie spitz hinzu. Es sollte nur keiner auf die Idee kommen, sie sei unsensibel und schwerfällig! »Und wenn es ganz schlimm kommt, dann fessele ich dich eben.«

Sie öffnete ihre Handtasche und ließ Timo einen Blick hineinwerfen. Er riss die Augen auf, als er die mit Samt gefütterten Handschellen sah. »Wo hast du die denn her?«, flüsterte er aufgeregt.

»Im Internet bestellt«, sagte sie lässig. Sie zog sie heraus und ließ sie an ihrem Zeigefinger baumeln. »Cool, oder?«

»Ja, krass.« Timo schluckte. So eine Frau wie Vanessa war ihm noch nie begegnet. Ein wohliger Schauer lief ihm über den Rücken. »Und wenn du den Schlüssel verlierst?«, krächzte er und beugte sich aufgeregt vor.

Aber mit dieser Phantasie konnte Vanessa nichts anfangen. »Quatsch! Warum sollte ich denn den Schlüssel verlieren?«, erwiderte sie. »Außerdem kann man die Dinger mit der Zange aufknipsen.«

Ernüchtert sank Timo in die Polster zurück. »Ich meine ja nur«, sagte er kleinlaut und fuhr sich mit der Zunge über die Lippen. Sein Mund war auf einmal ganz trocken.

Im Geiste sah er schon vor sich, wie sich das Samtfutter um seine Handgelenke schmiegte. Vanessa konnte ihn damit ans Bett fesseln, und er würde sich kaum noch bewegen können. Nie im Leben wäre er auf so eine großartige, simple Lösung gekommen – Vanessa war einfach genial. Lächelnd legte er den Arm um seine Verlobte.

6.

»Puh, jetzt kann ich aber nicht mehr«, stöhnte Dani und ließ sich auf ihren Platz sinken.

»Warum? Hast du zu viel gegessen?«, ertönte eine helle Stimme von der anderen Seite des Gangs. Dort hatte in Mannheim eine Mutter mit ihrer etwa zehnjährigen Tochter Platz genommen.

Dani ignorierte das pummelige kleine Mädchen mit dem altklugen Gesichtsausdruck. Die anderen drei Frauen warfen einen Blick zum Nebentisch, sagten aber auch nichts.

»Man muss antworten, wenn man was gefragt wird«, erklärte das Kind.

»Das stimmt, Lisa-Marie«, sagte die Mutter. »Aber vielleicht sind die Damen ja müde.« Sie warf den vier Freundinnen einen entschuldigenden Blick zu.

»Man muss keineswegs immer ant…«, begann Ariane mit einem strengen Blick auf das vorlaute Gör, aber Nina trat ihr vors Schienbein. »Au!«, zischte Ariane empört. »Was soll das?«

Dani legte den Finger auf die Lippen, damit sie den Mund hielt, aber es war schon zu spät. Das Kind war aufgestanden und lehnte sich an Katrins Platz. Stumm betrachtete es die vier Frauen. Katrin registrierte sofort den abgeblätterten roten Nagellack auf den Fingernägeln der Kinderhand, die auf der Lehne lag, und musterte die Mutter missbilligend. Sie hatte strähnige, schwarze Haare, die sie mit einem violetten Plastikschmetterling zu einem kurzen Pferdeschwanz zusammengefasst hatte. Zu einem langen Volantrock in Schwarz trug sie Jesuslatschen – ihre Fußnägel waren im gleichen Farbton wie die Fingernägel des Kindes lackiert, und auch bei ihr war der Lack abgeblättert – und einen weiten, dunkelroten Herrenpullover. Wahrscheinlich hoffte sie damit ihre breiten Hüften ein wenig zu kaschieren. Die Farbe machte sie blass, und sie sah erschöpft aus, aber das war wahrscheinlich kein Wunder. Die kleine Lisa-Marie war sicher ein anstrengendes Kind.

»Sind deine Haare gefärbt, oder ist das deine Naturfarbe?«, fragte sie plötzlich und zeigte mit einem rotlackierten Finger auf Arianes goldblonde Lockenpracht. Zwei Sitzreihen hinter ihnen kicherte jemand.

Ariane verschluckte sich beinahe an einem Schluck Wasser. »Man zeigt nicht mit dem nackten Finger auf angezogene Leute«, sagte sie gereizt. Dani blickte sie an und zog die Augenbrauen hoch. »Wo hat sie denn den Spruch her?«, murmelte sie an Nina gewandt.

Aber das kleine Mädchen ließ sich nicht beirren. »Meine Mama hat die Haare schwarz gefärbt«, plapperte es weiter. »Ihre Naturfarbe ist so wie meine Haare.« Sie drehte eine mausbraune Haarsträhne um den Finger. »Das stimmt doch, Mama, oder?«

Die Mutter bejahte die Frage. Offenbar war sie stolz auf die kontaktfreudige Art ihrer Tochter, die sich jetzt Nina zuwandte. »Wo fahrt ihr denn hin? Wir steigen in Freiburg aus. Ihr auch?«

»Nein«, erwiderte Nina freundlich. »Wir nicht.«

»Das ist aber schade, da können wir gar nicht zusammen aussteigen.«

»Na, Gott sei Dank«, murmelte Ariane, was ihr erneut einen leichten Tritt vors Schienbein einbrachte.

»Wo fahrt ihr denn hin?« Die Leute um sie herum drehten sich schon um und lauschten interessiert der Konversation.

»Nach Bad Säckingen«, antwortete Nina.

»Da war ich schon mal!«, stellte Lisa-Marie erfreut fest. »Aber da war ich noch kleiner. Ich bin ja neun, aber als ich da war, da war ich noch acht.« Sie drehte sich zu ihrer Mutter um. »Oder, Mama? Da war ich noch acht.«

»Ja«, bestätigte die Mutter und lächelte die Freundinnen wieder entschuldigend an.

Aber die Kleine redete ohne Punkt und Komma weiter. »Wie alt bist du?«, fragte sie Nina interessiert, fuhr aber, ohne die Antwort abzuwarten, gleich fort: »Meine Mama ist einunddreißig. Als ich geboren worden bin, war sie zweiundzwanzig.« Erneut vergewisserte sie sich bei ihrer Mutter, die brav alles bestätigte, was die Tochter von ihr verlangte.

»Ich gehe jetzt zur Toilette«, verkündete Lisa-Marie schließlich ungefragt. Sie hielt sich geziert die Hand vor den Mund und hüstelte. »Da ist es nicht so sauber. Ich muss bestimmt erst ein bisschen aufräumen.«

»Ja, tu das.« Ariane zog die Augenbrauen hoch. Was war das nur für ein seltsames Kind? Der arme Schaffner, der gerade den Gang entlangkam, wurde von der Kleinen ebenfalls sofort mit Fragen überschüttet. Ariane schüttelte den Kopf. »Völlig überdreht«, sagte sie leise zu Katrin. »Hyperaktiv wahrscheinlich. Das ist ja schrecklich.«

Katrin ließ die Zeitschrift sinken, mit der sie sich bewaffnet hatte, um nicht auch Rede und Antwort stehen zu müssen. »Wenn eines von meinen so gewesen wäre, hätte ich ihm ein Pflaster über den Mund geklebt«, erwiderte sie nicht ganz so leise. Die Freundinnen nickten einträchtig, und die Frau zwei Reihen hinter ihnen, die offensichtlich gespannt gelauscht hatte, kicherte wieder. Und auch der Mann schräg vor ihnen hatte ihnen offenbar wieder zugehört, stellte Nina fest. Er hatte den Kopf gehoben und aus starren schwarzen Knopfaugen aufmerksam zu ihnen herübergeblickt. Fast war er ihr ein wenig unheimlich. Nur die Mutter merkte von alldem nichts. Sie hatte sich Kopfhörer aufgesetzt und wippte im Takt der Musik, die nur sie hören konnte, mit dem Fuß.

Viel zu schnell kam Lisa-Marie wieder zurück. Ohne sich davon beeindrucken zu lassen, dass Katrin und Nina, die auf den Gangplätzen saßen, sich demonstrativ Zeitschriften vors Gesicht hielten, während Ariane und Dani aus dem Fenster guckten, stellte sie sich an den Tisch und stützte sich mit beiden Händen ab.

»Guck mal«, sagte sie zu niemand im Besonderen, »ich kann mit beiden Füßen vom Boden.«

»Hm«, sagte Nina hinter ihrer Zeitschrift.

»Du guckst ja gar nicht!«, protestierte das Kind. »Guck doch, wie ich das kann!«

Nina ließ die Zeitung sinken. »Setz dich mal zu deiner Mama«, sagte sie freundlich, »und lass uns in Ruhe lesen.«

»Warum?«, fragte Lisa-Marie.

Katrin ließ ebenfalls die Zeitschrift sinken. »Darum«, antwortete sie. Sie erhob sich halb von ihrem Platz und berührte die Mutter leicht am Arm. Die Frau zuckte zusammen und nahm die Kopfhörer aus den Ohren.

»Würden Sie bitte Ihrer kleinen Tochter sagen, sie soll sich neben Sie setzen und uns in Ruhe lesen lassen?«, bat Katrin sie freundlich. Nina riss die Augen auf. So hatte sie die Freundin noch nie erlebt.

Die Mutter runzelte die Stirn und blickte sie begriffsstutzig an. »Stört das Kind Sie?«, fragte sie spitz.

»Ja«, entgegnete Katrin lapidar.

»Komm her, Lisa-Marie«, sagte die Frau. »Die Damen wollen sich nicht mit dir unterhalten. Setz dich neben mich. Du darfst auch einen Schokoriegel haben.«

Lisa-Marie drehte sich zu ihrer Mutter um. »Du sollst mir doch keine Schokolade geben«, belehrte sie ihre Mutter in altklugem Tonfall. »Wir fahren doch zum Fasten.«

Unwillkürlich ließen Katrin und Nina ihre Zeitschriften, die sie schon wieder schützend vors Gesicht gehoben hatten, erneut sinken. Dani und Ariane rissen sich von der Landschaft los, die am Fenster vorüberzog, und blickten Mutter und Tochter entgeistert an.

»Ich denke, Sie steigen in Freiburg aus?«, platzte Ariane heraus.

»Ja, warum?« Anscheinend war die Frau jetzt beleidigt und wollte nicht mehr so bereitwillig Informationen preisgeben wie bisher.

Lisa-Maries Mitteilungsdrang jedoch war ungebremst. »Wir fahren erst zu meiner Oma nach Freiburg, und da bleiben wir ein paar Tage, nicht, Mama?« Sie wandte sich an ihre Mutter, damit sie ihre Aussage bestätigte. Die Mutter nickte. »Und dann fahren wir zum Fasten, das heißt, Mama fastet richtig und ich nur ein bisschen«, fügte sie erklärend hinzu. »Mama ist zu dick. Die Ärztin hat gesagt, ich hätte auch ein bisschen Übergewicht, aber ich darf ja nicht abnehmen, ich bin ja noch ein Kind. Letztes Jahr waren wir auch zum Fasten, nur woanders.« Sie machte den Mund zu, änderte dann jedoch ihre Meinung. »Aber da hat es leider nichts genützt«, ergänzte sie und hob in einer Geste gespielten Bedauerns beide Hände.

»Ach so. Ja. Schön.« Katrin hob ihre Zeitschrift wieder vors Gesicht, bevor die Kleine noch auf die Idee kam weiterzureden. Sie hatte genug gehört. Aber Ariane weckte anscheinend gerne schlafende Hunde. Während Dani und Nina in Schockstarre verfallen waren und Mutter und Kind mit schreckgeweiteten Augen anstarrten, fragte ihre vorlaute Freundin: »Und wohin fahren Sie zum Fasten?«

»Ach, in ein kleines Hotel in der Nähe von Bad Säckingen«, erwiderte die Mutter ausweichend.

»Ich weiß, wie das heißt. ›Einkehr‹ heißt das«, sprang Lisa-Marie ihr hilfreich bei. »Wir fahren ins Hotel ›Einkehr‹. Und Mama hat gesagt, dass wir da jeden Tag ganz viel spazieren gehen. Was anderes kann man da nicht machen, das Hotel liegt nämlich ganz einsam«, fügte sie noch hinzu.

Ariane schaute aus dem Fenster. »Ja«, murmelte sie, »bald leider nicht mehr.«

Zum Glück stiegen Mutter und Tochter in Freiburg endlich aus. Die vier Frauen schauten sich an.

»Ich glaube, jetzt brauche sogar ich noch einen Schluck Alkohol.« Dani legte stöhnend den Kopf zurück. »Das ist doch nicht zu fassen. Mussten die gerade bei uns im Zug sitzen?«

Ariane verdrehte die Augen. »Das kann ja wirklich heiter werden«, sagte sie seufzend. »Zufälle gibt es! Das willst du doch vorher gar nicht wissen, dass so jemand an deiner Veranstaltung teilnimmt.«

Katrin lachte. »Also wirklich, wenn das meine Tochter gewesen wäre! So hat sich keins von meinen Kindern je benommen. Merle konnte ja manchmal schon penetrant sein, aber gegen Lisa-Marie war sie ein Waisenkind!« Sie verdrehte die Augen. »Kommt, darauf müssen wir einen trinken. Ein bisschen ist noch in der Flasche. Es reicht für einen Schluck für jede.« Sie begann, den restlichen Prosecco auszuschenken.

»Hört mal, bevor wir jetzt trinken …« Nina beugte sich vor und tuschelte verschwörerisch. »Ich habe euch doch eben schon gesagt, dass da schräg hinter uns so ein Typ sitzt, der die ganze Zeit glotzt. Der hat vielleicht einen Blick! Wenn ihr nicht bei mir wärt, würde ich direkt Angst bekommen.«

»Lass mal sehen!« Katrin wollte sich umdrehen.

»Nein, nein«, flüsterte Nina erregt. »Dann merkt er doch, dass wir über ihn geredet haben. Könnt ihr das nicht geschickter machen?«

Dani, die ihn schon gemustert hatte, sagte: »Du hast recht. Er sieht wirklich ein bisschen unheimlich aus. Er hat so eng zusammenstehende Augen.«

Ariane verzog die Mundwinkel. »Na, ihr macht mir Spaß. Eng zusammenstehende Augen. Vielleicht noch ein Grübchen im Kinn?«

»Wieso?«, fragte Dani unschuldig.

»Kennst du nicht den Spruch: Grübchen im Kinn, Böses im Sinn?« Ariane lachte. »Wisst ihr was? Ich gehe jetzt mal zur Toilette, und dabei schaue ich ihn mir ganz unauffällig an.«

»Ja, gut«, stimmte Nina zu. »Ich bin ja mal gespannt, ob du ihn auch so unheimlich findest. Er guckt schon wieder die ganze Zeit.«

»Vielleicht ist er ja vom Verfassungsschutz«, erklärte Katrin und stand auf, um Ariane herauszulassen.

»Ja, klar. Oder von der Alkoholpolizei«, warf Dani ein.

Als Ariane zurückkam, zog sie schon auf dem Gang die Augenbrauen hoch. Hastig schob sie sich an Katrin vorbei und ließ sich auf ihren Sitz plumpsen. »Den kenne ich!«, flüsterte sie aufgeregt.

»Wer ist es denn?«, fragte Nina.

»Ja, wenn ich das wüsste. Irgendwoher kenne ich ihn, aber ich habe keine Ahnung, woher. Und du hast recht, allzu sympathisch sieht er wirklich nicht aus.«

Katrin, die beim Aufstehen nur einen flüchtigen Blick auf den Mann geworfen hatte, schüttelte verweisend den Kopf. »Ihr spinnt alle beide«, stellte sie fest. »Das ist wahrscheinlich ein ganz normaler, harmloser Mann. Für sein Aussehen kann niemand was.« Sie schob den anderen ihre Gläser zu. »Wir sollten lieber trinken, als uns über andere Leute das Maul zu zerreißen. Außerdem kann er uns hier sowieso nichts tun.«

»Da hast du recht«, sagte Nina und ergriff ihr Glas. »Auf ungestörtes Fastenwandern! Wir lassen uns einfach nicht aus der Ruhe bringen, weder von unheimlichen Mitreisenden noch von ungezogenen Gören!«

»Genau«, stimmte Dani ihr zu. »Wir werden einfach

allen Gefahren aus dem Weg gehen. Außerdem kommen Mutter und Tochter erst in einer Woche.«

In Basel Badischer Bahnhof mussten sie in den Regionalzug nach Bad Säckingen umsteigen. Hier sorgte der unheimliche Mann schon wieder für Aufregung, als er in den gleichen Waggon stieg wie sie.

»Was will der von uns?«, flüsterte Nina besorgt.

»Gar nichts«, beruhigte Dani sie. »Das ist Zufall.«

Ariane legte ihre Stirn in Falten. Woher kannte sie den Mann nur? So sehr sie sich auch den Kopf zermarterte, es wollte ihr nicht einfallen.

In Bad Säckingen wurden sie von einem kleinen Hotelbus abgeholt, der wie versprochen vor dem Bahnhof auf sie gewartet hatte. Zu Ninas Erleichterung ging der Mann mit den eng zusammenstehenden Augen zum Taxistand, ohne sich noch einmal nach ihnen umzusehen.

Eine schlanke, sehr fit wirkende alte Frau mit kurzen Haaren saß bereits neben dem Fahrer des Kleinbusses, und während die vier Freundinnen ihre Plätze einnahmen, kam ein junges Pärchen angetrottet. Der junge Mann war hoch aufgeschossen und dünn, während das Mädchen »ziemlich gut dabei« war, wie Ariane im Flüsterton bemerkte. Sie setzten sich sofort auf die hinterste Sitzbank.

Die Fahrgäste begrüßten einander, stellten sich vor und musterten sich verstohlen. Das waren also die Personen, mit denen sie die nächsten vierzehn Tage verbringen sollten. Nina stupste Ariane an. »Mach nicht so ein Gesicht«, flüsterte sie. »Von hier aus kommst du sowieso nicht mehr in den Oman.«

»Wetten, dass doch«, murrte Ariane. Aber dann grinste sie. »Ich will ja auch gar nicht. Guck mal, wie schön es hier ist.« Sie wies durch das Fenster.

Sie waren aus Bad Säckingen herausgefahren und tuckerten jetzt eine gewundene Straße zwischen Feldern und Wiesen entlang. Der Regen hatte schon während der Zugfahrt nachgelassen, und jetzt spannte sich blauer Himmel über die Landschaft, die frisch geputzt und wie aus dem Bilderbuch wirkte. Am Anfang kamen sie ab und zu durch ein Dorf – vor einem Haus waren Störche aus Pappe aufgestellt, die eine lange Leine mit Babykleidung in den Schnäbeln hielten – oder mitten im Feld lag ein einsames Gehöft, umgeben von Solarfeldern. Nach und nach wichen die Felder und Wiesen größeren Waldflächen. Zuerst kommentierten die Frauen noch jede Einzelheit der Landschaft, lachten und plapperten durcheinander, aber schließlich wurden sie immer stiller. Sie fuhren jetzt schon über eine halbe Stunde durch dichten Fichtenwald. Noch wirkte die Feuchtigkeit der letzten Tage nach, und Nebelschwaden hingen in den Wipfeln der Bäume, was der Landschaft eine unwirkliche, geisterhafte Atmosphäre verlieh.

»Gibt's hier keine Dörfer?«, flüsterte Nina beklommen.

»Keine Ahnung. Hast du gewusst, dass das Hotel so abgelegen liegt?« Katrin war es auch nicht ganz wohl zumute. »Hier kommen wir ja nie wieder weg.«

Ninas Blick begegnete dem des Fahrers im Rückspiegel. Er hatte sich als Anton Holzacher vorgestellt, »Gärtner, Chauffeur und Mädchen für alles« im Hotel ›Einkehr‹. Nina fand, er sah ein bisschen so aus, wie sie sich einen Waldschrat vorstellte. »Wir sind gleich da!«, nuschelte er. »Hinter der nächsten Kurve müssen wir rechts abbiegen.«

Und tatsächlich tauchte hinter der nächsten Kurve ein großes, schon leicht verwittertes Holzschild auf. »Kurhotel Einkehr« stand darauf. Dani, die auf der Sitzbank hinter dem Fahrer saß, drehte sich um. »Da drüben ist auch eine Bushaltestelle«, sagte sie.

»Ja«, erklärte der Fahrer. »Alle halbe Stunde fährt hier der Bus nach Bad Säckingen. Da können Sie auch mal einen Ausflug in die Stadt machen.« Er sagte »kennet Sie« und »Aouusflug«, und sein Genuschel war für rheinische Ohren schwer zu verstehen.

Der Kleinbus holperte bergauf über eine schmale Seitenstraße, die der letzte Frost arg mitgenommen hatte. Auf einmal lichtete sich der Wald zu beiden Seiten, und der Blick öffnete sich auf eine hügelige Wiesenlandschaft. In einer kleinen Talsenke lag ein prachtvolles, fast schwarz verwittertes, mehrstöckiges Haus mit umlaufenden Balkonen. Über eine kleine Brücke, die einen schmalen Bach überspannte, fuhren sie eine Auffahrt entlang. Unter hohen Bäumen am Rand sah man zahlreiche kleine Nebengebäude. Vor dem Hotel verbreiterte sich die Auffahrt zu einem Vorplatz, auf dem bereits die Hotelbesitzer standen, um die neuangekommenen Gäste in Empfang zu nehmen.

»Willkommen im Kurhotel ›Einkehr‹«, begrüßte sie eine große, schlanke ältere Frau. Trotz ihrer kurzen, silberweißen Haare wirkte sie jugendlich, und sie bewegte sich mit einer Grazie, um die sie die vier Freundinnen sofort beneideten. Sie fiel der älteren Dame, die vorne im Bus gesessen hatte, jubelnd um den Hals.

»Da bist du ja endlich, Vera!«, sagte sie. »Wie schön.

Ich habe schon alles vorbereitet. Warte, ich bin gleich bei dir.«

Dann wandte sie sich wieder an die übrigen Gäste und begrüßte sie.

»Ja, seien Sie herzlich willkommen«, sagte der distinguierte ältere Herr im Trachtenjanker, der neben ihr stand. »Ich bin Georg Böhler und wünsche Ihnen auch im Namen meiner Familie einen schönen Aufenthalt. Wir hoffen, dass Sie sich bei uns wohl fühlen. Hatten Sie eine gute Reise?«

»Ja, danke, keine Staus, keine Verspätungen. Es war eine angenehme Fahrt, für die Bahn fast schon ein wenig zu reibungslos«, erwiderte Nina stellvertretend für die anderen. Sie fühlte sich beinahe ein bisschen eingeschüchtert, was ungewöhnlich für sie war, aber offenbar hatte es auch der wortgewandten Ariane die Sprache verschlagen.

»Anton bringt Ihnen Ihr Gepäck, und ich zeige Ihnen jetzt erst einmal Ihre Zimmer«, sagte Georg Böhler. »Wenn Sie ausgepackt haben, können Sie sich in Ruhe umschauen. Vielleicht möchten Sie auch einen ersten kleinen Spaziergang machen. Um neunzehn Uhr beginnt unsere Informationsveranstaltung im Speisesaal, und es gibt eine kleine Mahlzeit zur Vorbereitung auf die Fastenwochen.«

Der Hoteldirektor ging ihnen voraus in den ersten Stock des weitläufigen Hauses. Die Zimmer, die nebeneinanderlagen und durch den umlaufenden Balkon miteinander verbunden waren, waren spartanisch eingerichtet. Ein schmales Bett, ein Nachttisch, ein Tisch, ein Stuhl und ein winziges, funktionales Badezimmer. Auf dem Balkon eine Liege, »für die Ruhephase über Mittag«.

»Wie auf dem Zauberberg«, flüsterte Dani ergriffen. »Ich komme mir vor, als sei ich lungenkrank!«

Ninas Mundwinkel zuckten, aber sie blieb ernst. Sie bedankte sich bei Herrn Böhler, und als er gegangen war, schauten die Freundinnen sich an und kicherten los.

»Ach, hört doch auf!«, sagte Ariane schließlich. »Ihr seid ja hysterisch!«

»Ja, das musst du gerade sagen. Dir stehen doch vor Lachen die Tränen in den Augen!« Katrin schaute sie anklagend an.

Ariane fing erneut an zu kichern. »Aber eines ist mal sicher – die Aussicht ist grandios, was?« Sie wies auf die Schweizer Alpen, die in der Ferne aufragten. Deutlich hoben sich die Schneefelder auf den Gipfeln vom strahlend blauen Himmel ab. Unter dem Balkon erstreckte sich eine weite, saftig grüne Rasenfläche, eingerahmt von Hortensienbüschen und Rhododendren, von denen jetzt, Anfang Juni, nur noch wenige blühten. Anton, der ihnen eben noch ihr Gepäck aufs Zimmer gebracht hatte, hatte sich einen grauen Kittel übergezogen und holte gerade einen altertümlichen Rasenmäher aus einem Nebengebäude.

»Hier ist bestimmt um acht Uhr abends Bettruhe«, meinte Ariane. »Dann setzen wir uns auf den Balkon und können nett noch was miteinander trinken.«

»Was verstehst du unter nettem Trinken?«, fragte Katrin. »Schwarzwaldquellwasser oder Brennnesseltee?«

Ariane verzog das Gesicht. »Oh, Mist, ich habe einen Moment lang ganz vergessen, dass wir ja zum Fasten hier sind«, sagte sie kleinlaut.

»Ja, ja, da kann einem das Lachen schon vergehen«, flötete Dani fröhlich. Die Aussicht, hier Pfunde zu verlieren, schien sie geradezu zu beflügeln. »Und die Zimmer sind auch nicht besonders luxuriös, was? Kommt, Mädels, lasst uns auspacken. Und dann, schlage ich vor, erkunden wir erst einmal die Umgebung. Wir wollen doch mal sehen, was das Haus alles so zu bieten hat. Vielleicht sind ja auch schon andere Leidensgenossen angekommen.«

7.

Eine halbe Stunde später schlenderten sie durch das Hotel. »Der Pool ist der Hammer«, erklärte Nina, als sie in dem großen, verglasten Anbau standen, in dem sich das Schwimmbad befand. Die Schiebetüren an der Längsseite konnten geöffnet werden, und der Blick fiel über die sanft abfallende Rasenfläche auf den Wald. Nina zeigte auf die schneebedeckten Gipfel der Schweizer Alpen. »Gehe ich recht in der Annahme, dass da hinten die Sonne untergeht? Das muss ja ein Traum sein, hier zu schwimmen und dabei die Aussicht zu genießen. Und anscheinend ist zurzeit auch nicht so viel los, sonst wären wir nicht alleine hier.«

»Ja«, stimmte Dani ihr zu, »wir können ja vor dem Frühstück eine Runde schwimmen gehen.«

»Vor dem Frühstück!«, höhnte Ariane. »Ich höre immer Frühstück!«

Die Freundinnen lachten. »Du denkst ja wohl nur ans Essen«, stellte Katrin fest. »Das ist mir bisher noch nie so aufgefallen.«

Hinter ihnen wurde die Tür geöffnet, und ein ziemlich übergewichtiges, junges Mädchen trat ein. Sie hatte ein hübsches, rundes Gesicht mit großen blassblauen Augen, eingerahmt von dicken, langen blonden Haaren, die ihr in weichen Wellen auf die Schultern fielen. »Hallo«, sagte sie schüchtern und blickte die Freundinnen an. »Ich bin Franziska. Nehmen Sie auch am Fastenwandern teil?«

In Katrin erwachte sofort der Mutterinstinkt. »Ja«, antwortete sie. »Aber du brauchst uns nicht zu siezen. Hungern verbindet. Ich bin Katrin.«

»Ich glaube, beim Fasten hat man gar kein Hungergefühl«, erwiderte die Kleine ernsthaft. »Meine Eltern haben jedenfalls gesagt, dass es einem gar nichts ausmacht, keine feste Nahrung zu sich zu nehmen.«

Ariane musterte das dicke Mädchen kritisch. Die Eltern hatten offenbar eher ein gestörtes Verhältnis zur Nahrungsaufnahme, sonst hätten sie nicht zugelassen, dass ihre Tochter schon in jungen Jahren so übergewichtig war. »Ach«, setzte sie an, »und woher …«

Katrin unterbrach sie. »Das ist Ariane«, stellte sie vor. »Und das sind Dani und Nina. Bist du mit deinen Eltern hier?«

Franziska schüttelte den Kopf. »Nein. Sie haben mir den Aufenthalt zum achtzehnten Geburtstag geschenkt.«

»Ich habe ihn auch zum Geburtstag bekommen«, erklärte Dani fröhlich. »Das ist ja witzig. Wo kommst du denn her?«, fragte sie neugierig.

»Aus Bad Homburg. Meine Eltern haben da eine Apotheke.« Dem jungen Mädchen war es sichtlich peinlich, so im Mittelpunkt des Interesses zu stehen. »Ich schaue mich noch ein bisschen um«, erklärte sie verlegen und wandte sich zum Gehen.

»Ja, mach das«, sagte Katrin. »Wir sehen uns ja sicher um sieben bei der Besprechung. Bis später.«

»Na, ich bin ja mal gespannt, wer sonst noch so teilnimmt«, meinte Dani. »Bis jetzt heben wir eher den Altersdurchschnitt, was?«

Als sie aus dem Schwimmbad kamen, fiel ihr Blick auf den kleinen Meditationspavillon am Rand des Grundstücks.

»Das muss ich mir ansehen«, erklärte Nina. »Kommt ihr mit?«

»Ganz schön groß, das Gelände hier, was?«, stellte Ariane fest. »Und hinreißend schön.« Bewundernd schaute sie sich in dem Raum um und wies auf die geharkte Sandfläche in der Mitte. »Das hat was Japanisches, findet ihr nicht?« Sie ließ sich auf eine Bank sinken.

»Ja, und es strahlt eine unglaubliche Ruhe aus, weil es so schlicht ist.« Katrin betrachtete das Wellenmuster im Sand. »Hier werde ich bestimmt mal sitzen.«

»Hm, das kann ich mir auch gut vorstellen«, stimmte Dani der Freundin zu. »Ich hätte so etwas hier im tiefsten Schwarzwald gar nicht vermutet. Wunderschön!«

Langsam spazierten sie wieder zum Hotel zurück. Auf dem Vorplatz standen mittlerweile mehrere Personen, die alle so aussahen, als könnten sie zu ihrer Gruppe gehören. Die vier grüßten freundlich und drückten sich möglichst unauffällig vorbei.

»Ich finde es immer interessant, wie schnell man sich im Hotel einlebt«, sagte Katrin nachdenklich. »Und wenn man bloß erst eine halbe Stunde länger da ist, man kommt sich schon viel vertrauter vor als jeder, der gerade eingetroffen ist. Und das vermittelt man den Neuankömmlingen unwillkürlich. Empfindet ihr das auch so?«

»Ja, ich weiß, was du meinst«, erwiderte Ariane. »Aber deswegen brauchen wir ja hier nicht das Empfangskomitee zu geben, oder?«

»Ich finde auch, heute Abend lernen wir alle noch früh

genug kennen. Und wenn keine netten Leute dabei sind – wir haben ja uns«, stellte Nina fest.

Zu den Neuankömmlingen gehörte Dr. Susanne Fischer. Katrins Gedankengänge hätte sie sicher nicht nachvollziehen können, weil sie so sehr von sich überzeugt war, dass sie sich zu keiner Zeit irgendwo fremd fühlte, ob sie nun gerade angekommen oder schon länger da war. Sie sah gut aus, mit langen, dunklen Haaren, leicht mandelförmig geschnittenen dunklen Augen und einer Figur, mit der sie an jedem Model-Casting hätte teilnehmen können. Das BWL-Studium hatte sie mit einer Traumnote abgeschlossen, und in ihrem Job bei einer großen Unternehmensberatung, den sie seit etwas über einem Jahr hatte, lief es erfreulich gut. Sie war beliebt bei den Kunden, konnte sich hervorragend verkaufen und hatte in der kurzen Zeit schon zweimal eine Gehaltserhöhung bekommen, weil sie durch ihre Kompetenz neue Kunden an die Firma gebunden hatte. Gesundheitliche Probleme kannte sie nicht, und eigentlich gehörte sie nicht zur Zielgruppe der Personen, die zum Fastenwandern in ein so abgeschiedenes Hotel fuhren, aber, wie sie immer zu sagen pflegte: »Von nichts kommt nichts.« Daher hatte sie sich, zur Prophylaxe sozusagen, für den Aufenthalt im Schwarzwald entschieden. Den Ausschlag hatte jedoch eigentlich gegeben, dass sich vor vier Wochen ihr Freund von ihr getrennt hatte. Die unschönen Worte, die er ihr zum Abschied gesagt hatte, lasteten ihr doch ein wenig auf der Seele – auch wenn sie sich lieber die Zunge abgebissen hätte, als das zuzugeben.

Die Trennung war im Übrigen auch der Grund dafür, warum sie sich für das preiswertere Angebot im

Schwarzwald entschieden hatte. Sie musste die teure Altbauwohnung im Frankfurter Westend, in der sie mit ihrem Freund zusammengelebt hatte, jetzt nämlich alleine bezahlen. Er war ausgezogen, nicht ohne ihr vorher noch an den Kopf zu werfen, dass sie nur noch an Geld und Äußerlichkeiten denken würde. »Ich halte das nicht mehr aus«, hatte er gesagt. »Wenn ich abends nach Hause komme, möchte ich auch mal abschalten können, aber bei dir ist ja ständig nur noch von Leistung die Rede, und Geld und Status sind dir wichtiger als alles andere. Du kreist nur noch um dich und um dein gutes Aussehen. Andere Menschen sind für dich Mittel zum Zweck. Du benutzt sie doch nur. Und nie hat man seine Ruhe. Dauernd checkst du dein Handy, und wenn du nicht gerade telefonierst, ruft bestimmt jemand aus deiner Firma an.«

Auch wenn sie sich nichts anmerken ließ, waren ihr seine Worte unter die Haut gegangen. Sie war zwar noch nie der emotionale Typ gewesen – und letztlich hatten sie vor allem deshalb nicht zusammengepasst, wie sie sich eingestehen musste –, aber frei von Gefühlen war sie natürlich auch nicht, und seine Verachtung tat ihr schon weh.

So oder so, die Fastenkur würde ihr guttun, und die Bewegung an der frischen Luft würde sie auf andere Gedanken bringen, da war sie sich sicher.

Jetzt saß sie auf der Bank vor dem Hotel und blickte über die sanft abfallende Rasenfläche in die Rheinebene. Ja, die Aussicht war ganz nett, dachte sie, aber es war ein bisschen langweilig, auf der Bank zu sitzen und in die Ferne zu starren. Ob sie sich noch rasch umziehen und eine Runde laufen sollte? Gegen die innere Unruhe würde das bestimmt helfen. Aber dann verwarf sie den Gedanken wieder. In zwanzig Minuten fand ja schon die erste Informationsveranstaltung statt, und die sollte sie wohl besser nicht verpassen. Gelangweilt blickte sie sich um. Besonders spektakulär war die Anlage ja nicht. Das Haupthaus im Schwarzwaldstil musste schon uralt sein. Und innen war zwar alles gepflegt und gut in Schuss, aber die letzte Renovierung war wohl auch schon eine Weile her. Ihr Zimmer war so spartanisch eingerichtet wie eine Klosterzelle, und zu ihrem Entsetzen hatte sie festgestellt, dass es weder einen Fernseher noch ein Radio gab. Im zweiten Stock hatte sie zwar einen Fernsehraum entdeckt, aber bevor sie sich freiwillig dort hineinsetzte, würde sie eher tot umfallen. Und ihr Handy funktionierte hier auch nicht. Der Mann am Empfang, der sich ihr als Adrian Böhler vorgestellt hatte und anscheinend der Sohn der Hotelbesitzer war, hatte ihr gesagt, dass es im gesamten Tal keinen Handyempfang gab. »Wenn Sie mit dem Handy telefonieren wollen, müssen Sie schon ein bisschen die Berge hinauflaufen«, hatte er fröhlich erklärt. »Aber es ist sowieso nicht ratsam, da Sie hier nur Schweizer Netz bekommen. Und wichtige Anrufe können Sie natürlich auch jederzeit von unserem Festnetzanschluss aus tätigen. Die Telefonzelle ist hinten am Gang.«

Telefonzelle! Susanne fasste es nicht! Das war ja wie vor hundert Jahren! Aber dann ergab sie sich seufzend in ihr Schicksal. Sie würde schon noch Gelegenheit finden, ab und zu in der Firma anzurufen.

Langsam füllte sich der große Speisesaal, in dem die Einführungsveranstaltung stattfinden sollte. In der Mitte des Saals stand ein langer, weiß eingedeckter Tisch. »Dreizehn Plätze«, zählte Nina laut. »Ganz schön große Gruppe, was?«

»Ich bin ja mal gespannt, wie die anderen so sind«, meinte Dani. »Vielleicht sind ja ein paar nette dabei.« Bisher war außer ihnen noch niemand da. Erwartungsvoll nahmen sie Platz und schauten sich neugierig in dem großen Saal um. Von den schweren, dunklen Holzmöbeln bis hin zu den Messingkronleuchtern, die an langen Ketten von den geschwärzten Balken herunterhingen, wirkte alles sehr gediegen und gemütlich, eigentlich gar nicht wie ein Hotel, sondern eher wie ein herrschaftliches Privathaus. An der langen Fensterfront waren einige Fenster und Türen zum Balkon geöffnet, und milde Abendluft drang herein. Die gesamte Kopfseite des Saals wurde von einem ebenfalls weiß gedeckten Tisch eingenommen, auf dem Schildchen darauf hinwiesen, dass dort offenbar die Getränke aufgebaut wurden. Am hinteren Ende des Saals, wo vier weitere, kleine Tische eingedeckt waren, befand sich eine Art Büfett, auf dem bis jetzt allerdings nur eine Warmhalteplatte und verschiedene Schüsseln mit Müsli und Körnern standen. Dani musterte den Tisch stirnrunzelnd. »Gibt es hier auch feste Nahrung?«, fragte sie die Freundinnen. »Ich dachte, es handelt sich um Flüssigfasten?«

Ariane zuckte mit den Schultern. »Keine Ahnung. Wir können ja gleich mal fragen.«

Langsam füllte sich der Saal, und als alle Stühle besetzt waren, öffnete sich die Tür gegenüber der Eingangstür, und vier Personen traten ein.

Nina erkannte das Ehepaar, dem das Hotel gehörte, und den jungen Mann, der sie an der Rezeption in Empfang genommen und ihnen die Zimmerschlüssel ausgehändigt hatte. Beim Anblick der vierten Person stieß sie Dani heftig in die Seite.

»Aua!«, zischte Dani. »Spinnst du?«

»Guck doch mal! Guck doch mal!«, flüsterte Nina aufgeregt. Katrin und Ariane beugten sich ebenfalls zu ihr herüber. »Das ist doch der Geheimdienstler aus dem Zug!«

»Wahrhaftig!«, stellte Dani fest. »Ist er etwa der Hotelarzt?«

Ariane musterte ihn nachdenklich. »Irgendwoher kenne ich ihn«, murmelte sie nachdenklich.

»Ja, klar, aus dem Zug«, sagte Katrin. Die anderen Gäste bedachten die Freundinnen mit mahnenden Blicken.

Erwartungsvolle Stille trat ein, als sich die vier vorne im Saal aufbauten.

»Ich heiße Sie herzlich im Kurhotel ›Einkehr‹ willkommen«, begann der distinguierte ältere Herr, der sie schon bei ihrer Ankunft begrüßt hatte. »Die meisten von Ihnen haben mich ja schon kennengelernt. Ich bin Georg Böhler, der Eigentümer dieses schönen alten Hotels. Neben mir stehen meine Frau Ilse und mein Sohn Adrian, dem Sie sicher am Empfang ebenfalls schon begegnet sind. Und das ist unser Arzt, Dr. Wolfgang Müller.« Der Mann nickte ihnen unverbindlich zu. Er hatte eng zusammenstehende Augen und schmale Lippen. Das Grübchen im Kinn hatten sie ja im Zug schon bemerkt. Seine rötlich blonden, krausen Haare waren zurückgekämmt, und Ariane fiel auf, dass seine Augen immer hin und her huschten, so als wolle er niemanden zu lange ansehen. Besonders sympathisch wirkte er nicht gerade. Aber sie wollte ja nicht mit ihm zusammenziehen. Je länger sie ihn anschaute, desto mehr verstärkte sich jedoch das Gefühl, sein Gesicht schon früher einmal gesehen zu haben. Es war wie ein Déjà-vu, dem man nicht auf die Spur kam. Aber vielleicht bildete sie sich das nur ein. Der Name Wolfgang Müller sagte ihr jedenfalls nichts. Auch der Arzt musterte sie kurz mit seinen kalten Knopfaugen. Sicher erinnerte er sich an ihre Begegnung im Zug.

Erneut wandte sie ihre Aufmerksamkeit Georg Böhler zu, der fortfuhr: »Sie sind hierhergekommen, weil Sie fasten und wandern möchten, eine für den Körper besonders wohltuende Kombination. Damit wir uns gleich besser kennenlernen, würde ich Sie zunächst bitten, sich einzeln kurz vorzustellen und zu sagen, warum Sie sich ausgerechnet fürs Fastenwandern entschieden haben und wie Sie auf uns und unser Angebot aufmerksam geworden sind. So lernen Sie auch gleich Ihre Mitstreiter kennen.« Er lächelte aufmunternd in die Runde. »Na, wer möchte anfangen?«

Die Vorstellungsrunde war in vollem Gange, und nicht jeder stieß mit seinen Äußerungen zum Fastenwandern auf Billigung. Die vier Freundinnen zogen sich elegant aus der Affäre, indem sie einfach erklärten, etwas für sich tun zu wollen. Nina hatte noch hinzugefügt, dass das Kurhotel ihr bei ihrer Internetrecherche am besten gefallen habe, was auf wohlwollendes Nicken gestoßen war. Das junge Mädchen aus dem Schwimmbad hingegen erzählte unglücklicherweise, dass ihre Eltern sie zum Abnehmen hierher geschickt hätten, und sie musste sich von der Hotelchefin sofort einen strengen Vortrag darüber anhören, dass es nur darum gehe, den Körper zu entgiften und zu entschlacken. »Dass Sie dabei abnehmen, ist ein Nebeneffekt, der jedoch nicht von Dauer zu sein braucht, weil zum Abnehmen eine Ernährungsumstellung gehört.« Das junge Mädchen hatte ganz verschreckt gewirkt, und Ilse Böhler hatte versöhnlich hinzugefügt, dass während der zwei Wochen hier auch Vorträge über die richtige Ernährung stattfinden würden.

Anschließend hatte der Hotelarzt das Wort ergriffen und ihnen noch einmal eindringlich vor Augen geführt, welche vielfältigen Möglichkeiten es gab, dem Körper Schaden zuzufügen.

»Der größte Feind«, sagte er eindringlich, »der größte Feind aber ist der Alkohol. Alkohol in jeglicher Form!« Dabei warf er den vier Freundinnen einen seiner stechenden Blicke zu. Dani wurde prompt rot, aber die anderen drei ließen seine Warnungen ungerührt über sich ergehen. Nur Katrin zischte Ariane zu: »Wenn er uns jetzt verpetzt, reise ich sofort wieder ab!«

»Ich komme mit!«, flüsterte Ariane. Nina runzelte die Stirn und stieß ihr ihren Ellbogen in die Seite.

Aber der Arzt nannte keine Namen. Er sagte lediglich noch einmal in beschwörendem Tonfall: »Alkohol ist der Feind Nummer eins. Aber natürlich sind auch fettes Essen, zu viel Fleisch und zu viele Süßigkeiten zu verdammen.« Dann schwieg er und stand wieder so unbeweglich da wie vorher.

Ilse Böhler ergriff das Wort und schilderte ihnen in leuchtenden Farben, welche segensreichen Prozesse das Fasten in Gang setzen und wie gut es ihnen gehen würde. Vielleicht nicht ganz von Anfang an, schränkte sie ein, weil der Körper sich ja zunächst einmal an den Verzicht auf Zivilisationsgifte gewöhnen musste, aber spätestens ab dem vierten Tag würden sich ihnen allen neue Dimensionen des Wohlgefühls und der Kreativität eröffnen.

»Ja, genau«, murmelte Nina Dani zu. »Darauf warte ich!«

Während sie dasaßen und sich anhörten, wie heilsam sich Fasten auf Krankheiten wie Magenschleimhautentzündung, hohen Blutdruck oder erhöhte Cholesterinwerte auswirkte, füllten sich die vier gedeckten Tische im Hintergrund des Speisesaals. Auch die alte Dame mit den kurzen Haaren, die sie im Bus gesehen hatten, setzte sich an einen der Tische im Essensbereich.

»Ich glaube, hier gibt es tatsächlich was zu essen!« Katrin stupste Dani an. Verstohlen blickten sie sich um.

Ein Kellner kam durch die Schwingtür zur Küche und stellte zwei dampfende Schüsseln auf das Büfett.

»Das glaube ich jetzt nicht«, flüsterte Dani erregt. Wie immer, wenn sie nervös war, bekam sie hektische rote Flecken am Hals, und ihre Wangen färbten sich rosig. »Ich kann doch nicht fasten, wenn um mich herum gegessen wird. Das halte ich nicht aus.«

Ein strenger Blick der Hotelchefin brachte sie zum Schweigen. Ilse Böhler erklärte gerade, dass sie in den nächsten beiden Wochen auch nicht fastende Gäste hätten. »Aber keine Sorge«, fügte sie lächelnd hinzu. »Es wird Ihnen gar nicht schwerfallen, auf feste Nahrung zu verzichten. Und wenn Magen und Darm leer sind, werden Sie auch kein Hungergefühl verspüren. Sie glauben mir das jetzt vielleicht nicht, aber ich kann Ihnen versichern, dass Sie sich wirklich gut fühlen werden. Und falls Sie nach den beiden Fastenwochen noch unsere Küche ausprobieren möchten, werden Sie feststellen, wie köstlich unsere selbstverständlich fleischlose, vollwertige Kost ist.«

»Ja, das kann ich nur bestätigen«, erklärte eine drahtige Frau mit dünnen Haaren, die ganz vorne am Fastentisch saß. »Mein Name ist Hiltrud. Ich komme aus Heidelberg und war schon mehrere Male hier. Und es hat mir immer sehr gutgetan. Vor allem die Kombination aus Fasten und körperlicher Bewegung ist sehr zu empfehlen, weil so die Muskeln nicht erschlaffen, obwohl ihnen Nahrung entzogen wird.«

»Die hat den Prospekt auswendig gelernt«, murmelte Nina und musterte mit kritischen Blicken die Frau, die offensichtlich gerne noch weitergeredet hätte, wenn sich nicht eine andere, sehr dicke Frau mit schwarz gefärbten Haaren zu Wort gemeldet hätte. Sie hieß Sheila und hatte sich als Professorin aus Ohio vorgestellt. Anscheinend lehrte sie Deutsch an der Universität, denn bis auf einen leichten Akzent war ihre Aussprache tadellos. »Aber ich kann doch auch vier Wochen oder sogar länger fasten, wenn ich will, oder?«

Ilse Böhler schaute Dr. Müller an. »Im Prinzip ja«, erwiderte der Arzt. »Sie werden morgen alle untersucht, und wenn es vom ärztlichen Standpunkt aus unbedenklich ist, dann können Sie auch mehrere Wochen fasten.«

»Na, dann bin ich aber mal gespannt, wie umfassend die Untersuchung ausfällt«, murmelte Ariane. »Vielleicht misst er ja nur den Alkoholpegel.« Erneut glitt ihr Blick zum Arzt. Woher kannte sie den Mann nur? Normalerweise konnte sie sich Gesichter gut merken, aber dieses Mal fand sie keinen Anhaltspunkt. Müßig betrachtete sie die anderen Teilnehmer. Der ältere Mann hinten in der Ecke wirkte entschieden krank, fand sie. Er war blass und hatte tiefe Ringe unter den Augen. Von den Nasenflügeln zu den Mundwinkeln verliefen die scharf eingeschnittenen Falten, die typisch für Magenkranke waren. Gerade begann er mit stockender Stimme, sich vorzustellen.

»Mein Name ist Dimitri, und bin ich Russe«, erklärte er mit starkem Akzent. »Bin ich vor zwölf Jahren aus Ukraine mit meiner Familie …« Er stockte und schaute verlegen in die Runde. »Mit Frau und zwei Töchter«, fuhr er dann fort, »nach Unna-Massen gekommen und wohne in Duisburg. Hatte ich letztes Jahr Magenoperation, ist aber wieder gut, und meine Frau und meine älteste Tochter haben mich geschickt.«

Georg Böhler nickte freundlich. »Und was versprechen Sie sich vom Fastenwandern?«, fragte er ihn aufmunternd.

Der Russe zuckte mit den Schultern. »Weiß nicht«, erwiderte er. »Meine Tochter meinte, ist gut.«

Ariane lächelte. Der Mann war ihr sympathisch. Zumindest war er nicht so ideologisch aufgeladen wie manche anderen hier. Diese ausgezehrte, ältere Frau zum Beispiel, Hiltrud aus Heidelberg, die schon zum fünften Mal hier war. Sie meldete sich ständig, wie in der Schule, es fehlte nur noch, dass sie mit den Fingern geschnipst hätte. Die andere, jüngere Zicke aus Frankfurt hatte sich gleich neben sie gesetzt, und es sah so aus, als hätten sie sich jede Menge zu erzählen. Überhaupt waren die meisten Teilnehmer Frauen. In der Runde saßen nur vier Männer. Beat, ein Schreiner aus der Schweiz, nicht mehr ganz jung. Er sah sehr nett aus, fand Ariane. Irgendwie … schweizerisch, mit seinen kurzgeschorenen grauen Haaren und dem klaren Blick unter den buschigen Brauen. Außerdem ein gut aussehender Mann, den sie auf Ende dreißig, Anfang vierzig schätzte. Er machte einen sehr hektischen Eindruck und hatte sich noch nicht vorgestellt. Dimitri, der Russe, und schließlich noch Timo, der junge, pickelige Kerl, der mit seiner Frau hier war. Die beiden kannten sie ja schon aus dem Bus. Vielleicht war sie auch nur seine Freundin, aber irgendwie wirkten sie frisch verheiratet, was Nina zu der geflüsterten Bemerkung veranlasste, ob sie sich für ihre Hochzeitsreise kein romantischeres Ziel hatten aussuchen können. Alles in allem also eine magere Ausbeute, dachte Ariane. Aber sie war ja zum Glück nicht auf der Suche nach einem Mann. Nervös rutschte sie auf ihrem Stuhl hin und her. Die Dinger waren aber auch unbequem! Dani stupste sie an. »Jetzt sitz doch mal still!«, flüsterte sie. »Hör lieber zu!«

Gerade hatte wieder einer der wenigen Männer in der Runde das Wort ergriffen. Holla, das ist ja mal ein Sahneschnittchen, dachte Nina. Ariane hatte ihren Blick bemerkt und stieß sie grinsend an. »Na, wohl ganz deine Kragenweite, was?«, flüsterte sie und musterte den athletisch gebauten Enddreißiger mit dem markanten Kinn und den etwas längeren blonden Haaren. Er hatte etwas Lässiges, Weltmännisches und wirkte in diesem schlichten Ambiente irgendwie fehl am Platz. »Aber anscheinend gefällt er nicht nur dir!«

»Pst!«, zischte Dani wieder. Nina fiel auf, dass er keinen Ehering trug. Auch die junge Frau aus Frankfurt beugte sich äußerst aufmerksam vor, als er sich vorstellte. Sheila, die dicke Amerikanerin, schien ebenfalls nicht uninteressiert zu sein.

»Ich heiße Michael«, sagte er mit einer tiefen, weichen Stimme. Ein wenig nervös fuhr er sich mit einer Hand durch die Haare. Für einen Mann hatte er außergewöhnlich gepflegte, schöne Hände mit langen Fingern. Er ging bestimmt regelmäßig zur Maniküre. »Ich bin neununddreißig und fliege für eine kleine private Fluggesellschaft. Wir befördern unsere Kunden in Sportflugzeugen zu Orten in ganz Europa. Unser Standort ist Stuttgart.«

Auch er bekam die obligatorische Frage gestellt. »Warum sind Sie hierhergekommen?«, wollte Georg wissen. »Was versprechen Sie sich von dem Aufenthalt bei uns?«

Michael zuckte ein wenig ratlos die Achseln und sagte mit entwaffnender Ehrlichkeit: »Keine Ahnung. Meine Frau hat den Aufenthalt für mich gebucht. Sie ist der Meinung, dass ich mal ausspannen und mich vor allen Dingen ausruhen sollte. Ich hatte sehr viel beruflichen Stress in den letzten zwei Jahren.«

Allerdings verschwieg er der Runde, dass die Buchung eine Verzweiflungstat seiner ebenso klugen wie unkonventionellen Ehefrau gewesen war, die ihm ganz bewusst kein mondänes Hotel ausgesucht hatte. Ihr hatte vor allen Dingen gefallen, dass er in der Abgeschiedenheit des »Einkehr« keinen Handyempfang hatte – das erschwerte ihm nicht nur die Kommunikation mit seinem kleinen Unternehmen, das durchaus ganz gut einmal zwei Wochen ohne ihn auskam, sondern machte es ihm auch fast unmöglich, mit seinen zahlreichen Geliebten in Kontakt zu bleiben.

»Du bist krank, Michael«, hatte seine Frau ihm erklärt, »und dagegen musst du etwas tun. Vielleicht kommst du in diesem einsamen Schwarzwaldhotel ja zur Vernunft.«

Natürlich wusste auch Michael, dass es so nicht weitergehen konnte, aber es war wie eine Sucht – einer schönen Frau konnte er einfach nicht widerstehen. Dann erwachte der Casanova in ihm, und er ruhte nicht, bis sie in seinen Armen lag. Das Leben war doch viel zu kurz, um es langweilig im Ehebett zu verschlafen, fand er. Aber dass seine Frau sich scheiden ließ, wollte er eigentlich auch nicht. Und da er sowieso gerade von zwei seiner Geliebten ziemlich bedrängt wurde, nahm er die Gelegenheit wahr, im Schwarzwald unterzutauchen. Außerdem litt er in der letzten Zeit an erhöhtem Blutdruck, und da konnte eine gesündere Lebensweise ja auch nicht schaden.

All das erzählte er natürlich nicht. Er präsentierte sich der Fastengruppe so, wie er sich sah: ein beruflich erfolgreicher, attraktiver Yuppie, der sich vierzehn Tage lang auf Wunsch seiner Frau seinem inneren und äußeren Wohlbefinden widmen wollte. Er hatte zu Hause hoch und heilig versprochen, vierzehn Tage lang ohne Affäre auszukommen, und das hatte er sogar ernst gemeint. Aber natürlich war ihm nicht entgangen, dass die einzige Frau in der Runde, die in sein Beuteschema passte, ihm an den Lippen hing. Daran war er gewöhnt, und letztlich hatte er nichts anderes erwartet. Die Frauen machten es ihm einfach zu leicht. Noch während er sich der Runde vorstellte, arbeitete er im Geiste bereits an einer Verführungsstrategie. Susanne Fischer ahnte nicht, dass sie bereits an seiner Angel hing.

»Wir wünschen Ihnen allen einen schönen Aufenthalt«, sagte Georg Böhler schließlich. »Heute gibt es am letzten Abend vor dem Fasten erst einmal einen leckeren, frischen Getreidebrei mit Dörrobst – das Essen kommt größtenteils aus unserem eigenen Garten, und ich kann Ihnen versichern, dass wir unser Gemüse und Obst ohne Gift anbauen. Nach dem Essen bekommt jeder eine Portion Bittersalz. Lösen Sie es in einem Glas mit lauwarmem Wasser auf, und trinken Sie es am besten in den frühen Morgenstunden, damit Sie eine ungestörte Nacht verbringen können. Anschließend sollten Sie ein großes Glas Leitungswasser zu sich nehmen.«

»Und an den folgenden Tagen«, fügte seine Frau hinzu, »bekommen Sie jeden Morgen einen Einlauf. Sie können ihn sich entweder selbst verabreichen, oder Sie sagen mir Bescheid, dann komme ich nach der Morgengymnastik zu Ihnen.«

Ein Raunen ging durch die Fastengruppe. Katrin, Dani und Ariane wechselten entsetzte Blicke. Nina saß völlig unbeteiligt da und wich den Blicken der Freundinnen aus. »Hast du das etwa gewusst? Warum hast du nichts davon gesagt?«, zischte Ariane, die neben ihr saß.

»Habe ich das nicht erwähnt?« Nina tat ganz unschuldig.

»Äh, Entschuldigung«, sagte Katrin laut. »Ich lege keinen Wert auf einen täglichen Einlauf. Muss das denn sein?«

»Ja, genau, ist das wirklich nötig?«, fragte Dani. »Wenn wir nichts zu essen kriegen, ist doch auch nichts im Darm.«

Ilse Böhler musterte sie streng. »Sie würden sich wundern, was sich alles noch im Darm versteckt, auch wenn Sie gar nichts essen«, erwiderte sie. »Zum Fasten gehört die Darmreinigung einfach dazu, zumal nur bei leerem Darm wirklich gewährleistet ist, dass sich kein Hungergefühl einstellt. Es tut mir leid, aber ich kann es Ihnen nicht ersparen. Bei den anwesenden Männern setzt Herr Dr. Müller das Klistier. Aber keine Sorge«, fügte sie beruhigend hinzu. »Es ist nicht schlimm, das kann ich Ihnen versichern.«

»Na, was für ein Glück, dass uns wenigstens Herr Müller erspart bleibt«, murrte Ariane leise. »Ich mache es sowieso lieber selber. Soll ich euch vielleicht helfen?«, wandte sie sich an die Freundinnen.

»Nein, danke«, antworteten alle drei in seltener Einmütigkeit.

Nach einer mehr oder weniger unruhig verbrachten Nacht gesellten sich die vier Freundinnen am nächsten Morgen um halb sieben bleich und mit tiefen Ringen unter den Augen zu dem kleinen, tapferen Trüppchen vor dem Haupteingang des Hotels, das sich um Ilse Böhler geschart hatte.

»Mir ist ganz elend«, jammerte Dani. »Da habt ihr mir ja ein schönes Geschenk gemacht. Ich würde am liebsten wieder ins Bett gehen!«

»Jetzt sei nicht undankbar.« Ninas Stimme hatte auch schon mal kräftiger geklungen. »Du wirst sehen, gleich geht es dir bestimmt besser.«

»Meinst du?«, warf Katrin missmutig ein und schlang sich die Arme um den Oberkörper. »Ich habe immer noch Bauchkrämpfe. Ich glaube, das Zeug ist mir nicht bekommen. Und es hat widerlich geschmeckt!«

»Also, so schlimm war es ja nun auch wieder nicht«, mischte sich die Frankfurter Zicke ein. »Nach dem Qigong werdet ihr euch wie neugeboren fühlen. Mir schenkt es immer jede Menge Energie. Und außerdem, seht doch nur, wie schön die Sonne scheint!«

»Wer hat dich denn um deine Meinung gebeten?«, murmelte Ariane halblaut. Sie hatte ihre müden Augen hinter einer großen, dunklen Sonnenbrille versteckt. »Von so viel positiver Haltung kriegt man ja Kopfschmerzen.« Leise fügte sie zu Nina gewandt hinzu: »Nicht, dass die in irgendeiner Sekte ist.«

Die junge Frau neben ihr kicherte. »Ich habe es gar nicht genommen«, gestand sie leise. »Ich habe die ganze Portion meinem Verlobten gegeben.«

Da riss selbst Ariane die Augen auf. Sie kam jedoch nicht mehr dazu, etwas zu sagen, weil Ilse Böhler, die im Gegensatz zu ihren Gästen frisch und ausgeruht wirkte, mit den frühmorgendlichen Qigong-Übungen begann. Sie erklärte kurz, dass die uralte Tradition des Qigong die Lebensenergie stärkte und so das Leben verlängerte. Der Körper werde durch die meditativen Übungen ins Gleichgewicht gebracht, und das »Qi«, die innere Kraft, könne frei fließen. Es dauerte nicht lange, und die Konzentration auf die langsamen Bewegungen tat ihre Wirkung. Als die halbe Stunde vorbei war, fühlten sich tatsächlich alle einigermaßen gut.

Im Speisesaal wartete bereits Bittertee auf sie – er galt als besonders gut für die Leber und musste einige Zeit vor dem »Frühstück« getrunken werden.

»Wenn ich nicht wüsste, dass das gesund ist, bekäme ich die Brühe nicht herunter«, stöhnte Nina.

»Halt dir die Nase zu, dann merkst du wenigstens nicht, wie eklig das riecht«, riet ihr Katrin. Und Dani, die die »Orgie« im Zug und das gestrige Erlebnis immer noch nicht ganz verwunden zu haben schien, fügte ungerührt hinzu: »Wer viel Alkohol trinken kann, kann auch ab und zu mal was für seine Leber tun.«

Den anderen schien es jedoch ebenso zu gehen – überall sah man gequälte Gesichter, und einige stellten nach dem ersten Schluck den Becher einfach ab und verschwanden wieder.

Ariane schaute sich missmutig in dem großen, alten Speisesaal um. Das erhebende Gefühl, das sie nach den Qigong-Übungen verspürt hatte, war nach dem bitteren Tee etwas abgeschwächt. »Na, großartig«, murmelte sie. »Erst Bittersalz, dann Bittertee. Das kann ja lustig werden.«

»Nein, da verwechselst du was«, seufzte Nina. »Dazu müsste das Zeug sauer sein.«

8.

Endlich war der erste Tag überstanden. Dani war er vorgekommen wie der längste Tag ihres Lebens. Ich wäre bestimmt schon abgereist, wenn die anderen nicht dabei wären, dachte sie, als sie im Bett lag und sich unbehaglich auf der harten Matratze hin und her wälzte. Wenn es wenigstens ein bisschen komfortabler wäre … Die Zimmer hier hatten was von Ferienlager. Seufzend schob sie die dünne Bettdecke beiseite. Dass sie schon wieder so schwitzte, lag nicht an dem unbequemen Bett und auch nicht an der warmen Nacht. Und als ob es nicht schon genug wäre, dass ihr das Wasser aus den Haaren lief, fühlte sie sich auch noch so traurig, dass sie am liebsten losgeheult hätte. Ja, ja, ich weiß, dachte sie mutlos, das sind bloß die Hormonschwankungen. Aber lustig ist das alles nicht. Und der Tag heute war echt anstrengend.

Nach dem scheußlichen Bittertee waren alle auf ihre Zimmer verschwunden, um sich noch ein wenig auszuruhen und sich umzuziehen, bevor es um halb neun Frühstück gab. Der große Tisch in der Mitte des Speisesaals war für die Fastengruppe gedeckt, und um die vier Freundinnen herum saßen Dimitri, der Russe, und Michael, der Pilot, aber leider auch die beiden fastenerprobten Ziegen.

Dimitri, der wirklich nett, aber anscheinend auch ein

wenig naiv war, hatte gleich für Aufsehen gesorgt, als er zielstrebig zum Büfett marschiert war und sich den Teller vollgeladen hatte. Schwer bepackt war er mit Müslischale, Obstteller und zwei Bananen extra wieder zum Tisch gekommen, und vor lauter Staunen hatten alle vergessen, ihren Gemüsesaft zu löffeln.

»Äh, Dimitri«, sagte Nina vorsichtig, »wir sind zum Fasten hier. Es gibt nur Saft und Tee zum Frühstück.«

Dimitri runzelte die Stirn und blickte sie fragend an. »Kein Frühstück?«, sagte er zweifelnd.

Die Freundinnen schüttelten die Köpfe. »Nein, kein Frühstück«, bestätigte Katrin.

Die beiden Ziegen stupsten sich an und kicherten blöde, aber Nina warf ihnen so einen giftigen Blick zu, dass sie verstummten und sich über ihren Saft beugten.

Dimitri seufzte schwer und stand auf, um seinen Teller zurückzubringen. »Schade«, sagte er mit Nachdruck.

Dani lächelte ihn an. »Ja, schade«, erwiderte sie. Der Mann wurde ihr immer sympathischer.

»Meint ihr, man darf sich noch einen Saft nehmen?«

Der Pilot, Michael, hatte seinen Gemüsesaft bereits ausgetrunken, dabei waren sie ausdrücklich darauf hingewiesen worden, dass sie ihn so langsam wie möglich zu sich nehmen sollten, am besten mit dem Teelöffel. »Und gut kauen!«, hatte Nina gewitzelt. Aber der Mann hatte von Anfang an besonders unruhig gewirkt, und wahrscheinlich brauchte er noch etwas Zeit, um richtig anzukommen. Beim Qigong heute Morgen war er auf jeden Fall nicht dabei gewesen.

»Nein, bestimmt nicht«, meinte Dani. »Gestern Abend hat es doch geheißen, Gemüsesaft ist auf ein Glas pro Mahlzeit beschränkt. Ein kleines Glas.«

»Ja, das stimmt«, ergriff Susanne, die jüngere Ziege, die Gelegenheit, mit ihm ins Gespräch zu kommen. »Und du musst es ganz langsam löffeln, damit sich die Wirkung voll entfalten kann. Aber den Hafertee kann ich dir empfehlen. Er schmeckt wie Porridge, und du hast das Gefühl, etwas Substantielles zu dir zu nehmen.« Sie lächelte ihn strahlend an.

»Ah ja«, sagte Michael und musterte sie so interessiert, als sähe er sie zum ersten Mal. Ariane stieß Dani unter dem Tisch mit dem Fuß an. Aber dann blickte der Pilot auf seine Armbanduhr und erhob sich, gerade als Dimitri wieder an den Tisch kam, bewaffnet mit einer Tasse Gemüsebrühe und einem Glas Gemüsesaft. »Ich muss mal versuchen, bei meiner Fluggesellschaft anzurufen«, erklärte er. »Wir haben heute wichtige Kunden.«

Susanne sah ihm wehmütig nach. »In meinem Job bin ich auch häufig mit dem Flugzeug unterwegs«, sagte sie zu der älteren Ziege. Allerdings war deutlich zu merken, dass diese Information an den gesamten Tisch gerichtet war. »Ich arbeite nämlich bei einer großen Unternehmensberatung in Frankfurt.«

Die ältere Frau warf ihr einen bewundernden Blick zu. »Oh, dann hast du aber sicher lange studiert«, sagte sie ehrfürchtig. »Und das ist ja auch bestimmt sehr, sehr anstrengend.«

»Ja, das ist leider so. Einen Achtstundentag kenne ich nicht«, bestätigte Susanne. Sie blickte in die Runde, aber anscheinend hatte niemand außer Hiltrud ihre Worte gehört. Die vier Freundinnen unterhielten sich darüber, dass die Küche ja wenigstens ein paar Karottenscheibchen in der Brühe hätte lassen können, und Dimitri löffelte andächtig sein flüssiges Frühstück. Er sah sowieso nicht so aus, als ob er etwas davon verstehen würde, wie viel Verantwortung sie in ihrem Job trug. Wahrscheinlich war er Handwerker oder Arbeiter. Na ja, solche Menschen musste es auch geben. Susanne stieß ein wenig gequält die Luft aus und wandte sich wieder Hiltrud zu. Diese hatte bei einer großen Versicherung gearbeitet und wusste, was es bedeutete, viel Verantwortung zu tragen und keinen Achtstundentag zu haben. »Kürzlich war ich erst eine Woche in London«, begann sie. »Deshalb ist mir auch sofort aufgefallen, dass der Hafertee eigentlich genau wie Porridge schmeckt.« Da niemand außer Hiltrud in ihre Richtung schaute, fuhr sie leiser fort: »Natürlich ist es in meinem Job ein absolutes Muss, fließend mehrere Fremdsprachen zu sprechen …«

Nach dem Frühstück hatte es keine Ruhepause gegeben, weil die ärztliche Untersuchung anstand. Die vierzehn Personen, die sich im Wartezimmer der kleinen Arztpraxis einfanden, brauchten nicht lange zu warten. Dr. Müller beschränkte sich darauf, Größe, Gewicht und Bauchumfang jedes Einzelnen zu notieren und sie dann auf eine Waage zu stellen, die zu Danis Entsetzen auch den Körperfettanteil berechnete. »Allein schon das Wort«, hatte sie angewidert erklärt. »Das hört sich doch furchtbar an. Wer erfindet denn solche Messungen?« Anschließend wurde der Blutdruck kontrolliert, und der Arzt fragte nach chronischen Erkrankungen und regelmäßig einzunehmenden Medikamenten. Er arbeitete seinen Fragenkatalog ab und wechselte so gut wie kein persönliches Wort mit seinen Patienten, und so erfuhr er auch nicht, dass Ariane eigentlich Kollegin war. Sie hatte allerdings auch nicht den Eindruck, als ob es ihn sonderlich interessieren würde. Aber sie wollte sich sowieso auf keinen Fall mit ihm unterhalten. Der Mann war ihr unsympathisch, obwohl sie ihn ja gar nicht kannte und auch auf Anhieb keinen richtigen Grund dafür hätte benennen können. Seine dunklen, kalten Knopfaugen erinnerten sie an etwas, aber bisher war ihr nicht eingefallen, woher sie ihn kennen könnte. Auf jeden Fall verursachte er ihr ein vage unangenehmes Gefühl, und zum wiederholten Mal mahnte sie sich im Stillen, sich nicht so anzustellen.

»Ich weiß gar nicht, warum ich auf so merkwürdige Gedanken komme«, sagte sie später zu den Freundinnen. »Der Mann hat mir doch nichts getan, und von der kurzen Untersuchung mal abgesehen, hat er ja auch mit der Fastenkur kaum etwas zu tun.«

»Na ja, immerhin ist er hier der Hotelarzt, und er hat uns im Zug beim Trinken beobachtet«, warf Katrin ein. »Allerdings hat er das ja mit keiner Geste zu erkennen gegeben. Und gesagt hat er auch bei der Untersuchung nichts.«

»Ja, das stimmt«, gab Ariane zu. »Aber er hat doch eine komische Art, oder? Als er gestern seinen Kurzvortrag gehalten hat, da hat er hinterher so unbeweglich dagestanden, als wenn er ein Automat wäre. Du weißt schon, diese Figuren mit der Flügelschraube im Rücken, an der man sie aufziehen kann.«

Dani kicherte. »Ja, da hast du recht. Das ist mir auch aufgefallen. Andererseits sagt das aber nicht wirklich etwas über ihn aus. Vielleicht redet er nur nicht gerne vor vielen Leuten.«

»Nein, klar«, erwiderte Ariane. »Mir geht es ja eigentlich auch nur darum, dass ich ihm schon einmal begegnet sein muss. Ich habe so ein Gefühl, als ob irgendetwas nicht richtig wäre.«

»Ach was«, sagte Nina, »du bist einfach nur überreizt. Wahrscheinlich sieht er jemandem ähnlich, den du nicht leiden kannst. Oder er ähnelt einem Schauspieler, den du mal in einer unsympathischen Rolle gesehen hast. Warte erst mal, bis wir uns hier an den Rhythmus gewöhnt haben und ruhiger geworden sind, dann legt sich das wieder. Hast du ihm gesagt, dass du eine Magenoperation hinter dir hast, Dimitri?«, wandte sie sich an den Russen, der gerade aus dem Untersuchungszimmer gekommen war.

»Habe ich versucht, aber wollte er nicht wissen«, erwiderte Dimitri. »Ist wahrscheinlich nicht wichtig.«

»Nicht wichtig? Na, ich weiß ja nicht.« Dani zog die Augenbrauen hoch. Sie hatte ihren Körperfettanteil noch nicht verwunden. »So richtig kompetent kam er mir auch nicht vor. Ach, und das habe ich euch noch gar nicht erzählt: Er war ein bisschen merkwürdig«, fügte sie hinzu. »Ich habe gar nichts gesagt oder getan, da schnauzt er mich auf einmal aus heiterem Himmel an: ›Ein bisschen mehr Respekt, bitte!‹«

»Was?« Ariane fing an zu lachen. »Was soll das denn? Und wie hast du reagiert?«

Dani stimmte in ihr Lachen ein. »Ich habe ›Wie bitte?‹ gesagt, und da hat er sich sofort entschuldigt. ›Oh, Entschuldigung, Entschuldigung, ich war in Gedanken.‹«

»Seht ihr!« Ariane wandte sich an Nina und Katrin. »Ich habe es doch gesagt: Irgendetwas stimmt da nicht! Und er hätte sich zumindest für Dimitris Operation interessieren müssen. Am Ende darf er nämlich gar nicht fasten, das könnte gut möglich sein!« Sie wandte sich an Dimitri: »Wenn dir schlecht wird oder du dich sonst irgendwie komisch fühlst, sagst du sofort Bescheid, hast du gehört?«

Dimitri nickte gehorsam, aber Ariane fand, er sah nicht aus wie jemand, der sich große Gedanken um seine Befindlichkeit machte. Sie würden ihn im Auge behalten müssen.

»Wer weiß, woran er gerade gedacht hat«, warf Nina ein. »Vielleicht hatte er Krach mit seiner Frau oder so. Außerdem hat er ja sicher seine Erfahrung mit Fasten. Auf die meisten Erkrankungen soll es sich ja segensreich auswirken. Ich fand ihn jedenfalls nicht so auffällig wie ihr alle.«

»Nein, ich eigentlich auch nicht«, pflichtete Katrin ihr bei.

Ariane war nicht so überzeugt, aber sie erwiderte nichts mehr. Sie kam sich ja selbst albern vor.

Dani drehte sich erneut um, aber sie fand nicht die richtige Lage im Bett. Außerdem taten ihr die Gliedmaßen weh. Ob das wohl auch von den Wechseljahren kam? Oder hatte es etwas mit dem Fasten zu tun? Ilse Böhler hatte sie gewarnt – in den ersten Tagen würde ihnen der Entzug von Koffein bestimmt zu schaffen machen. Außerdem konnte es sein, dass die Muskeln schmerzten, weil Eiweiß abgebaut wurde.

Am liebsten hätte Dani geweint. Warum musste sie sich das jetzt zu allem Überfluss auch noch antun? Reichte es denn nicht schon, dass sie sich körperlich und seelisch wie ein Wrack fühlte? Na ja, dachte sie dann, andererseits war diese Fastenkur jetzt die Chance für sie, ein für alle Mal aus diesem Tief herauszukommen. Es war ja kaum noch auszuhalten, wie deprimiert sie durchs

Leben schlich. Wenn man die Berichte der anderen anhörte, dann war Fasten wirklich eine Kur für alles. Und immerhin war sie ja nicht allein hier.

Nein, dachte sie, das Geschenk ist schon lieb gemeint. Ich kann von Glück sagen, dass ich solche Freundinnen habe. Bei diesem Gedanken traten ihr erneut die Tränen in die Augen. Du bist eine sentimentale alte Kuh, schimpfte sie sich im Stillen. Heulst wegen jeder Kleinigkeit!

Eine leichte Brise war aufgekommen und wehte durch die offene Terrassentür kühlend über ihr schweißnasses Gesicht. Wie still es hier war. Ganz anders als zu Hause, wo zwar auch kein nächtlicher Durchgangsverkehr herrschte, das Rauschen der Autobahn jedoch allgegenwärtig war. Und dieser Wanderführer, der ist auch ganz nett, dachte sie noch, bevor ihr endlich die Augen zufielen. Den Gedanken nahm sie mit in den Schlaf, und im Traum sah sie das braun gebrannte, kantige Gesicht von Hubertus Rodach vor sich. Er musterte sie freundlich aus seinen blauen Augen und erklärte ihr mit sonorer Stimme, dass der Nadelwald hauptsächlich aus Fichten bestünde. Was der Volksmund gerne als Schwarzwaldtannen bezeichnete, kam mittlerweile im Schwarzwald nur noch relativ selten vor und wurde erst in den letzten Jahren vermehrt wieder in Schonungen gezogen. Und dann hatte er ihnen noch erklärt, man könne die echten Tannen jedoch ganz leicht daran erkennen, dass ihre Nadeln abgerundet seien und die Zapfen aufrecht auf den Zweigen stünden. Fichtennadeln hingegen seien spitz und die Zapfen hingen nach unten. Er hatte so eine schöne Stimme und erzählte so anschaulich und spannend, dass ihm alle interessiert zuhörten. Dani war fast ein bisschen eifersüchtig, weil sich die beiden Fastenziegen so dicht an ihn drängten, dass sie gar nicht an ihn herankam. Sie waren auch beim Wandern ständig in seiner Nähe, vor allem die ältere. Die jüngere lief allerdings auch schon mal dem Piloten hinterher. Dämliche Ziegen, dachte sie. Und dann schlief sie tief und fest.

Im Zimmer nebenan lag Katrin und dachte ebenfalls nach. Auch ihr tat alles weh, und auch sie konnte nicht einschlafen, allerdings aus anderen Gründen als Dani. Sie machte sich Sorgen um ihren Mann und um ihre häusliche Situation. In den drei Jahren, seit Rainer arbeitslos geworden war, hatte sich die Atmosphäre zu Hause stetig verschlechtert. Natürlich hatten sie keine finanziellen Sorgen. Er hatte eine hohe Abfindung bekommen, die er gleich geschickt als Teil ihrer Altersversorgung angelegt hatte, und sie musste ihm auch zugutehalten, dass er nicht untätig herumsaß und seine Zeit mit sinnlosen Grübeleien vergeudete. Er hatte seine Kontakte genutzt und sich schon bald als Unternehmensberater und Coach selbständig gemacht. Damit verdiente er zwar keine Reichtümer – und in der letzten Zeit hatte er auch nicht allzu viele Aufträge gehabt –, aber sie kamen ganz gut über die Runden, zumal sie beide sparsame Menschen waren, die sich keinen persönlichen Luxus erlaubten. Dazu gehörte unter anderem auch, dass Katrin sich die neue Regenjacke, die für diesen Urlaub fällig gewesen wäre, verkniffen hatte, schließlich kostete das Geschenk einschließlich ihres eigenen Aufenthalts schon genug Geld. Diese Kosten hatte sie allerdings aus ihren eigenen Einnahmen bestritten, so dass Rainer nicht wirklich etwas sagen konnte.

Aber genau darin lag das Problem. Ständig musste sie dafür sorgen, dass er nichts sagte. Seitdem er nicht mehr der große Manager war, klammerte er sich mehr denn je an sie und versuchte, ihr Leben zu regeln. Das hatte er schon früher getan, aber damals war es ihr nicht so aufgefallen, weil er beruflich so eingespannt war, dass sie das meiste doch alleine entschieden hatte. Aber damit schien es jetzt vorbei zu sein. Selbst die berufliche Freiheit, die sie ihm mühsam abgetrotzt hatte und die ihnen jetzt finanziell half, störte ihn. Überhaupt jegliche Freiheit, die sie sich nahm, und wenn sie noch so klein war. Und sie hatte das Gefühl, dass er mit zunehmendem Alter immer unnachgiebiger und starrsinniger wurde. Ob er wohl depressiv war? Oder ob eine andere Krankheit dahintersteckte? Aber er sagte ja nichts, und sie wollte auch nicht ständig in ihn dringen.

Er hatte tatsächlich Anstalten gemacht, ihr die Reise mit den Freundinnen verbieten zu wollen, letztendlich jedoch hatte er eingelenkt, weil sie ihm klargemacht hatte, dass sie ja ihren Teil zu Danis Geschenk beitragen musste. Und außerdem hatte er auch viel zu viel Respekt – und ein bisschen Angst – vor Ariane und Nina, wahrscheinlich weil sie erfolgreiche Frauen waren, die scheinbar alles mit links bewältigten: Partnerschaft, Familie und Beruf. Also hatte er angesichts so viel geballter Frauenpower klein beigegeben, aber er hatte heute schon dreimal an der Rezeption angerufen. Dass er sie auf dem Handy nicht erreichen konnte, war ihm ein Dorn im Auge. Wahrscheinlich würde sie jede Menge SMS und Nachrichten darauf vorfinden, wenn sie es wieder benutzen konnte. Die Gründe, aus denen er angerufen hatte, waren fadenscheinig. Außerdem hatte sie ihre älteste

Tochter, die mit ihrer Familie im Nachbarort wohnte, gebeten, sich ein bisschen um den Vater zu kümmern, damit er in den zwei Wochen nicht so einsam war. Auch die anderen Kinder würden sicher ab und zu mal zu Hause vorbeischauen.

»Ach, versuch doch einfach, die zwei Wochen hier zu genießen«, murmelte sie und drehte sich auf die andere Seite. Vielleicht ergab sich bei den Wanderungen ja die Gelegenheit, mit einer der Freundinnen darüber zu reden. Katrin gehörte eigentlich nicht zu den Frauen, die ihr Herz auf der Zunge trugen. Es fiel ihr schwer, sich anderen anzuvertrauen, auch wenn es sich dabei um langjährige Freundinnen handelte, aber alles konnte sie auch nicht alleine mit sich abmachen. Und vielleicht wussten die Mädels ja auch Rat.

Durch die offene Balkontür drang der Ruf eines Käuzchens, ein unheimlicher, klagender Laut. Katrin lief ein Schauer über den Rücken, und unwillkürlich musste sie an ihre Oma denken, die Käuzchen immer als Totenvögel bezeichnet hatte. »Jetzt geht einer über dein Grab«, war einer ihrer Lieblingssätze gewesen, und die kryptische Aussage hatte für Katrin schon als Kind eine düstere Faszination gehabt, der sie sich bis auf den heutigen Tag nicht entziehen konnte. Energisch rief sie sich zur Ordnung. Oben im Wald hatte sie auf ihrem ersten Erkundungsspaziergang eine Burgruine und eine kleine Kapelle gesehen, natürlich gab es dort auch Käuzchen oder Eulen. Und in so einer hellen Nacht waren die Vögel sicher auf der Jagd.

Bewusst entspannte sie Beine und Arme und zwang sich, an etwas Angenehmes zu denken. Der Universalino ging ihr durch den Kopf. Das war wirklich eine tolle Sache gewesen. Wenn sie Dani das Gerät geschenkt hätten, könnten sie jetzt gemütlich zu Hause sitzen und sich etwas Leckeres damit kochen. Und Rainer wäre auch versorgt. Noch während sie sich auf diese tröstlichen Gedanken konzentrierte, schlief sie ein.

Ariane schlief den Schlaf der Gerechten. Sie neigte nicht dazu, nachts wach zu liegen und sich grübelnd hin und her zu wälzen. Zudem besaß sie die seltene Gabe, wann und wo sie wollte, einen zwanzigminütigen Power Nap einlegen zu können, aus dem sie ausgeruht und voller Tatendrang wieder erwachte. Und nachts reichten ihr sechs Stunden Schlaf, um am nächsten Tag wieder leistungsfähig zu sein.

»Gute Gene und ein gutes Gewissen«, hatte sie achselzuckend erwidert, als die Freundinnen sie mehr als nur ein bisschen neidisch darauf angesprochen hatten.

»Na, du machst mir Spaß!« Nina hatte laut gelacht. »Das mit den Genen lasse ich ja noch gelten, aber ein gutes Gewissen?« Insgeheim dachte sie, dass »gutes Gewissen« nur eine positive Umschreibung für Oberflächlichkeit war. Andererseits war die Freundin eine schlagfertige, amüsante Gesprächspartnerin, und das machte in Ninas Augen einiges wett.

»Na, warte mal ab, bis du die fünfzig überschritten hast«, hatte Dani der vier Jahre jüngeren Freundin gedroht. »Dann kannst du auch nicht mehr in jeder Lebenslage schlafen.«

Aber mittlerweile war sie schon einundfünfzig, und es hatte sich noch nichts geändert. Sie hatte einfach keine Probleme mit den Wechseljahren. Sie sah immer noch jugendlich aus, war sportlich und bis auf ein paar Pölsterchen an den üblichen Stellen schlank, und sie schlief jede Nacht ihre sechs bis sieben Stunden. Es lag wohl doch an den Genen. Und das gute Gewissen war auch nicht so weit hergeholt, denn was am Tag passiert war, verarbeitete sie in ihren Träumen. Wenn sie dann morgens aufwachte, hatte in ihrem Kopf sozusagen ein kleiner Hausputz stattgefunden.

Sie wusste, dass zumindest Nina sie für ein bisschen oberflächlich hielt, aber das störte sie nicht weiter. Sie ließ eben nur die wirklich wichtigen Dinge an sich herankommen. Über alles andere lachte sie einfach. Warum sollte sie sich das Leben unnötig schwermachen?

Und so träumte sie in dieser zweiten Nacht im Schwarzwald vor allem von der langen, anstrengenden Wanderung am Nachmittag. Sie ging den endlos ansteigenden Pfad durch den Wald an einem breiten Bach entlang, der über dicke, bemooste Felsen plätscherte, sich anstaute, wo ein Baumstamm ins Wasser gefallen war, und sich neue Wege suchte, wo ihm die alten versperrt waren. Hubertus, ihr Wanderführer, hatte ihnen erklärt, dass das Wasser und die Luft hier ganz besonders mit Sauerstoff angereichert waren und dass sie deshalb tief durchatmen sollten.

Die Wanderung war zwar anstrengend gewesen, aber sie hatte doch auch Spaß gemacht, und erstaunlicherweise war keinem von ihnen aufgefallen, dass es nichts zu essen gab. Es wurde allerdings peinlich genau darauf geachtet, dass sie genügend Flüssigkeit zu sich nahmen, und für jeden Teilnehmer an der Wanderung standen zwei Flaschen Quellwasser bereit.

Ariane reckte sich und lächelte im Traum. Das Wasser hatte wirklich gut geschmeckt. Und weil der Abend so schön war, hatte sie sich anschließend mit Nina noch zum Schwimmen verabredet. Die Türen der Schwimmhalle standen bei diesem Wetter weit offen. Es duftete nach frisch gemähtem Gras, die Vögel zwitscherten und die fernen Berge lagen im Dunst. Auf einmal schob sich ein engstehendes, dunkles Augenpaar vor die Idylle. Ariane zuckte zusammen. Wo kam das denn jetzt so plötzlich her? Unruhig murmelnd drehte sie sich um. Ihre Augenlider flatterten, kurz öffnete sie die Augen, aber dann sank sie wieder in die Dunkelheit zurück.

Auch Nina schlief. Tief und fest. Sie träumte vom Rudern. Im Traum glitt das Elbsandsteingebirge mit seinen bizarren Felsformationen an ihr vorbei, und sie genoss die gleichmäßige Bewegung an der frischen Luft. Es wurde nur plötzlich so viel geredet, und vor ihr im Boot saß auf einmal nicht mehr Melanie, ihre schlanke, durchtrainierte Ruderpartnerin, sondern die übergewichtige Sheila, die amerikanische Professorin aus der Fastengruppe, die sich ständig umdrehte und auf sie einredete. Das Boot geriet ins Schwanken, und Nina murmelte unruhig im Schlaf. Sie hatte sich heute notgedrungen den ganzen Tag mit Sheila unterhalten, weil sie nicht von ihrer Seite gewichen war. Schon während der Wanderung hatte sie sich die ganze Zeit an Nina gehalten, die ihr aus irgendeinem Grund mehr Vertrauen einzuflößen schien als die anderen Fastenwanderer. Vielleicht lag es auch an Ninas leuchtend roten Haaren. Schon am ersten Abend hatte Sheila Nina bedrängt, ihr doch endlich zu sagen, womit sie sich die Haare färbte. »Was ist das für ein Produkt? Und welche Farbe nimmst du?«, hatte sie gefragt. Und als Nina – zwei Finger hinter dem Rücken gekreuzt – erklärt hatte, das sei ihre natürliche Haarfarbe, hatte sie es ihr nicht geglaubt.

»Ach, komm«, hatte Sheila immer wieder gesagt. »Mir kannst du es doch verraten. Ich sage es auch keinem weiter. Die Farbe ist sensationell. So etwas bekommst du nirgendwo in den Staaten.« In ihrem beinahe akzentfreien Deutsch hatte sie Nina erzählt, dass sie übers Internet einen Mann in Valencia in Spanien kennengelernt hatte, den sie besuchen wollte. Da sie ein Sabbatjahr eingelegt hatte, verfügte sie über genügend Zeit, und nachdem sie sich zunächst zwei Wochen bei einer Freundin in Baden-Baden aufgehalten hatte, war sie auf deren Empfehlung hin erst einmal zum Fasten gefahren.

»Ich habe ihm ein altes Foto von mir geschickt, da war ich schlanker. Ich glaube, jetzt bin ich ein bisschen zu dick, you know«, sagte sie verschwörerisch zu Nina. »Wenigstens für einen spanischen Mann. Aber ich habe nur vier Wochen, bis wir uns treffen, und deshalb will ich schnell so viel wie möglich abnehmen.« Sie senkte die Stimme. »Das darf ich hier aber nicht laut sagen. Das wird nicht gern gehört.« Sie lächelte in Erwartung des großen Erfolgs, der sich hier innerhalb von vier Wochen einstellen sollte.

So ganz war Nina davon nicht überzeugt, aber sie wollte die Frau nicht kränken.

»Hm-mh«, erwiderte sie unverbindlich. Zu Dani sagte sie später: »Ich weiß nicht, was Sheila sich so vorstellt. So als ob das hier die Wunderkur wäre. Wenn du die im Badeanzug gesehen hättest – ich glaube, die Amerikaner haben eine andere Einstellung zu ihrem Fett.«

»Ich finde sie erstaunlich fit dafür, dass sie so dick ist«, hatte Dani erwidert. »Sie sah ja in ihren Shorts und dem T-Shirt echt zum Fürchten aus, aber sie ist gut mitgekommen. Und wir sind ja wahrhaftig nicht langsam gegangen.«

»Nein«, gab Nina zu. »Das muss man Hubertus lassen – er legt ein ziemliches Tempo vor.«

Und es stimmte tatsächlich, für ihre Leibesfülle bewegte Sheila sich flink. Zumindest war sie nicht aus der Puste gekommen. Sie hatte nicht nur mit Nina Schritt gehalten, sondern auch noch pausenlos geredet.

»Oh, wie ich diese Schwarzwaldhäuser liebe«, hatte sie geschwärmt. »Und die Kuckucksuhren. Und die Hüte mit den roten Kugeln.«

»Hüte mit roten Kugeln?«, fragte Nina verblüfft.

»Ja, diese flachen Hüte, die die Frauen hier tragen mit ihrem … wie heißt das? Mit ihrem typischen Kleid?«

»Mit ihrer Tracht?«, mischte Ariane sich ein. »Und du meinst sicher Bollenhüte.«

»Ja, ja, genau«, sagte Sheila, wandte sich aber sofort wieder Nina zu. Ariane schien ihr nicht zu liegen. Na, dann eben nicht, dachte Ariane und fiel ein paar Schritte zurück, neben Dani und Katrin. Sie war es eigentlich nicht gewohnt, links liegengelassen zu werden, aber die Amerikanerin war sowieso eine seltsame Person, beschloss sie. Stirnrunzelnd beobachtete sie, wie Nina sich weiter angeregt mit ihr unterhielt. Sie hatte doch nur nett sein wollen. Manchmal war das Leben schwierig, dachte sie seufzend. »Ist was?«, fragte Katrin, fuhr aber, ohne die Antwort abzuwarten, gleich fort: »Mann, mir tun die Füße weh. Ich habe mir bestimmt eine Blase gelaufen.«

Danis Beine schmerzten, und als Ariane noch beitrug, dass sie leichtes Kopfweh hatte, steckten sie bald schon in einer erhitzten Diskussion über ihre Leiden. »Ich finde Wandern blöd«, jammerte Katrin. »Das war wirklich eine besonders dämliche Idee von Nina!« Sie warf einen giftigen Blick nach vorne.

»Sie hat es doch nur gut gemeint«, verteidigte Dani die Freundin, aber es klang halbherzig. Für die Schönheiten der Natur, die sie umgaben, hatte auf einmal niemand mehr einen Blick. Es war so anstrengend, ständig bergauf zu laufen, und das Tempo war schon anspruchsvoll. Aber wenigstens waren sie nicht alleine und konnten sich unterhalten.

»Habt ihr gesehen, wie die beiden Fastenziegen sich an Hubertus ranschleimen?«, fragte Dani die Freundinnen. Missbilligend blickte sie nach vorne, wo Hubertus mit Hiltrud und Susanne sozusagen die Vorhut bildete. »Vor allem die ältere geht mir auf die Nerven. Die jüngere verschwindet ja wenigstens von Zeit zu Zeit mit diesem Michael in den Büschen, um zu telefonieren.«

»Wie, in den Büschen?« Ariane grinste. »Meinst du wirklich, die telefonieren dort nur? Ich hatte eher den Eindruck, dass sie den Mann sehr attraktiv findet.«

»Möglich. So genau habe ich nicht hingeschaut.« Dani zuckte mit den Achseln. »Die haben doch ständig ihre Smartphones in der Hand und lauern auf ein Netz.«

»Was die immer mit ihren Handys haben«, entgegnete Ariane kopfschüttelnd. »Ich kann es nicht nachvollziehen. Die müssen ja beide ungeheuer wichtig sein.«

»Ja«, pflichtete Katrin ihr bei, »und dann sagt diese Susanne auch noch ständig, wir gingen viel zu langsam.« Sie äffte die junge Frankfurterin nach: »›Können wir nicht ein bisschen schneller gehen? Hier schläft man ja ein. So erreichen wir nie einen Trainingseffekt.‹ Trainingseffekt!« Sie schnaubte verächtlich. »Wir sind doch keine Hochleistungssportler!«

Dani nickte. »Und die andere ist immer ihrer Meinung. Die findet uns auch zu langsam. Na ja, solche Leute gibt es wahrscheinlich in jeder Gruppe. Weißt du noch, damals in der Kindergarten-Freizeit?« Sie wandte sich an Ariane. »Als wir den Eltern-Waldlauf gemacht haben? Da war es genauso. Ich bereue es heute noch, dass ich da mitgemacht habe.«

Ariane lachte, und einen Moment lang vergaß sie den mühsamen Anstieg, den sie gerade bewältigen mussten. »Ja, genau. Das war auch schrecklich anstrengend. Und dann war es auch noch so heiß, und es ging die meiste Zeit bergauf. In meinem ganzen Leben habe ich noch nicht so geschwitzt.« Sie warf Dani einen mitleidigen Blick zu. »So muss es wohl sein, wenn einem in den Wechseljahren das Wasser aus den Haaren läuft! Furchtbarer Gedanke!«

»Ja, danke für dein Mitgefühl«, erwiderte Dani trocken. »Hoffentlich kommst du auch noch dahin.«

Ariane ignorierte den frommen Wunsch und fuhr fort: »Und Nina ist einfach hinter dem nächsten Baum verschwunden und ward nicht mehr gesehen.«

»Nein, natürlich nicht, sie ist ja zurückgelaufen. Oder eher gekrochen.« Die beiden Freundinnen kicherten.

Und jetzt lagen alle mehr oder weniger schlafend in ihren Betten. In ein paar Tagen würde Vollmond sein, und auch heute schon hing der Mond groß am Himmel und tauchte alles in ein gelblich weißes Licht. Schwarz zeichneten sich die Bäume vor dem nachtblauen Himmel ab, und von der nahe gelegenen Burgruine schrie das Käuzchen.

9.

Schon am vierten Tag hatte sich Routine eingestellt. Der streng geregelte Tagesablauf ließ nicht viel Raum für Alleingänge, und weil sie viel Zeit miteinander verbrachten, hatten sich alle bereits ganz gut kennengelernt. Innerhalb der großen Gruppe hatten sich kleine Grüppchen gebildet. Die vier Freundinnen machten zwar die meisten Unternehmungen gemeinsam, aber sie waren auch offen für andere, und während der langen Fußmärsche gingen Dimitri und Nina oft nebeneinander her und führten tiefsinnige Gespräche. Sheila versuchte zunächst, den Platz an Ninas Seite weiter zu beanspruchen, aber als sie merkte, dass sie Dimitri, der ihr anscheinend ebenso wenig lag wie Ariane, nicht vertreiben konnte, machte sie sich an Vera heran, die jetzt ebenfalls manchmal mit wanderte, nachdem sie sich die ersten Tage geschont hatte und nur in der Umgebung des Hotels geblieben war. Die pensionierte Sekretärin gehörte zwar zu den essenden Gästen, hielt sich bei den Wanderungen jedoch auch an die Fastenregeln. Sie redete nicht viel, konnte aber gut zuhören – glaubte Sheila. Diese konnte ja nicht ahnen, dass Vera einfach nur über die Fähigkeit verfügte, einen interessierten Eindruck zu vermitteln, obwohl sie in Wirklichkeit mit ihren Gedanken ganz woanders war.

Hiltrud und Susanne, die beiden fastenerfahrenen Ziegen, denen es nie schnell genug gehen konnte, umschwärmten vom ersten Tag an Hubertus und versuchten, ihn mit ihrer Kondition und ihrem Wissen zu beeindrucken. So sehr sich Dani auch bemühte, mit dem Wanderführer ins Gespräch zu kommen, es gelang ihr nicht, weil die beiden Frauen ihn so mit Beschlag belegten. Und obwohl Susanne ab dem dritten Tag immer häufiger mit Michael vom Weg abwich, so blieb doch immer noch Hiltrud eisern an Hubertus' Seite, und Dani kam nicht an ihn heran. Ein wenig frustriert hielt sie sich neben Katrin. Ihre Stunde kam bestimmt noch!

»Es ist doch immer wieder interessant zu beobachten, welche Grüppchen sich bilden«, sagte Ariane zu Beat, der neben ihr hertrottete. Sie hatte festgestellt, dass er nicht nur nett aussah, sondern in seiner zurückhaltenden Art auch wirklich nett war. Als sie erfahren hatte, dass er eine große Möbel-Schreinerei in der Schweiz besaß, hatte sie ihm sofort vom Fertighaus-Unternehmen ihres Mannes erzählt, für das sie die Presse- und Marketingabteilung leitete. Vom ersten Augenblick an hatten sie sich gut verstanden, was zum Teil sicher am beruflichen Hintergrund lag. Und da sie sich so angeregt unterhielten, empfanden sie die Wanderung als nur halb so anstrengend.

»Guck, die drei jungen Leute haben sich gleich zusammengefunden«, fügte sie hinzu und zeigte auf Franziska, die, trotz der Hitze mit langer Trainingshose und weitem T-Shirt mit Vanessa und ihrem jungen Mann ein wenig verbissen im Mittelfeld lief. »Obwohl, begeistert sehen die alle nicht aus!«

Beat lächelte. »In dem Alter hatte ich auch noch Besseres zu tun, als ohne etwas zu essen durch den Wald zu laufen. Warte mal gerade.« Er blieb stehen und holte seine Wasserflasche aus dem Rucksack. »Das ist warm heute, oder? Hoffentlich geht's gleich wieder bergab. Ich bin ja Berge gewohnt, aber bei der Hitze und dann ohne Bäume …«

Er schaute sich um. Hier oben waren anscheinend zahlreiche Fichten dem letzten großen Orkan zum Opfer gefallen. Die Schneisen zogen sich breit die Hänge herunter, und die neu angepflanzten Bäumchen boten noch keinen Schatten. Dimitri, der heute noch ein bisschen grauer aussah als sonst, hatte sich aus seinem Stofftaschentuch einen provisorischen Sonnenschutz gebastelt. Das Taschentuch mit den vier geknoteten Zipfeln sah lustig aus, aber Ariane warf ihm einen besorgten Blick zu. Sicherheitshalber blieb sie ein bisschen neben ihm, während Nina zur Abwechslung mit Beat voranging. »Wie war das eigentlich so, als ihr vor zwölf Jahren nach Deutschland gekommen seid?«, erkundigte sie sich. »Ist euch das nicht schwergefallen?«

»Ja«, erwiderte Dimitri. »Aber wir haben gedacht, hier ist es besser. In Ukraine keine Arbeit, kein Geld, keine Schule für Kinder.«

»Und? War es hier besser?«, fragte Ariane.

Dimitri zuckte mit den Schultern. »Ja«, antwortete er. »Aber zuerst waren wir in Unna-Massen. Und das war großes Lager.«

»Ja, ja, ich weiß«, warf Ariane ein. »Das ist doch dieses Durchgangslager, oder?«

»Hm«, sagte Dimitri. »Das war nicht gut. Nicht viel Platz, Kinder laufen den ganzen Tag herum, kein Raum für dich. Aber dann habe ich Stelle in Duisburg bekommen.«

»Was machst du denn überhaupt?«, fragte Ariane.

»In Russland ich war Ingenieur. Hier ich habe Arbeit als Schlosser. Aber gute Arbeit. Gut bezahlt.« Er nickte zufrieden. »Eine Tochter studiert und andere hat guten Mann. Ich bin Großvater«, sagte er zu Ariane und lächelte stolz. »Zwillinge – Junge und Mädchen!«

»Hey, herzlichen Glückwunsch«, erwiderte Ariane. »Dahin habe ich es noch nicht gebracht. Aber das ist nur eine Frage der Zeit«, fügte sie hinzu.

»Ja, sicher.« Dimitri lächelte sie an. »Heiß heute, nicht?«

»Ja«, erwiderte Ariane. »Und konntest du schon vorher so gut Deutsch, oder hast du das hier gelernt?«

»Konnte ich bisschen«, sagte Dimitri. »Aber das meiste habe ich hier gelernt. Ich spreche nicht so gut. Meine Frau und meine Töchter sprechen viel besser. Meine Frau ist Sozialarbeiterin bei Stadt Duisburg für russische Spätaussiedler.«

»Ja, ich kann mir schon denken, dass es Probleme gibt, wenn die Leute so aus ihrer Heimat verpflanzt werden, nur weil sie vor dreihundert Jahren mal deutsche Vorfahren gehabt haben«, meinte Ariane. »Umso wichtiger ist es dann wahrscheinlich, dass sich jemand wie deine Frau ihrer annimmt.«

»Viele Probleme«, erwiderte Dimitri. »Aber das ist ähnlich mit anderen, wie Türken oder so. Du bist kein Russe, weil du deutschstämmig bist, aber hier bist du kein Deutscher, weil man hört, wo du herkommst.« Erneut zuckte er mit den Schultern. »Leben ist manchmal schwierig.«

In diesem Moment drehte Hubertus sich um und rief: »Da vorne machen wir Pause!« Er zeigte auf ein kleines

Waldstück mit Laubbäumen, an dessen Rand ein kleiner Bach entlangsprudelte.

Beat und Ariane hatten sich bereits auf einem umgestürzten Baumstamm niedergelassen. »Setz dich erst mal«, wies Nina Dimitri an und dirigierte ihn neben Beat. »Kommt her«, rief sie dann Dani und Katrin zu, »wir haben einen guten Platz gefunden.« Sie begann, sich Schuhe und Strümpfe auszuziehen, um sich die Füße im Wasser ein wenig abzukühlen. »Habt ihr es auch schon gemerkt?«, wandte sie sich an die anderen. »Heute ist der erste Tag, an dem gar nichts mehr wehtut. Mir jedenfalls nicht.«

»Hattet ihr in den ersten Nächten auch solche Muskelschmerzen?«, erkundigte sich Beat. »Ich habe ganz unruhig geschlafen. Aber heute Nacht war es zum ersten Mal gut. Ich fühle mich auch viel leistungsfähiger als sonst.« Er lächelte Dani zu. Sie gefällt ihm, dachte Nina, der selten etwas entging. Ihr war schon einige Male aufgefallen, dass Beats Blicke Dani häufig folgten. Aber ihre Freundin hatte ja nur Augen für Hubertus. Leise seufzend rieb sie über ihre Waden.

»Habt ihr gesehen?« Katrin trat zu ihnen. Sie hockte sich auf den Baumstamm neben Ariane und begann, sich ebenfalls Schuhe und Strümpfe auszuziehen. »Bei den jungen Leuten gibt's Ärger.« Sie wies unmerklich mit dem Kopf zur Seite. Franziska und Vanessa standen sich mit hochroten Köpfen gegenüber und gifteten sich an.

»Ich warne dich! Lass bloß die Finger von meinem Timo!«, zischte Vanessa. »Sonst … sonst …«, stieß sie drohend hervor.

»Ich mache doch gar nichts«, verteidigte sich die arme

Franziska. Ihr standen die Tränen in den Augen. »Ich bin doch bloß neben euch hergegangen.«

»Tu doch nicht so scheinheilig! Ich habe doch genau gemerkt, dass du auf ihn stehst!« Vanessa baute sich drohend vor der vermeintlichen Rivalin auf.

»Das habe ich schon die ganze Zeit kommen sehen«, wisperte Katrin. »Vanessa glaubt anscheinend, Franziska will ihr den Mann ausspannen.«

»Den Verlobten«, korrigierte Ariane grinsend. »Noch kann er sich zum Glück problemlos anders entscheiden.«

»Ach, sind die beiden gar nicht verheiratet? Ich habe gedacht, sie seien auf der Hochzeitsreise.«

»Nein, nein, Vanessa hat gesagt, er sei ihr Verlobter. Und so wie ich das mitbekommen habe, möchte sie gerne ein bisschen abnehmen, damit sie bei der Hochzeit in ihr Traumkleid passt. Und er muss mit, ob er will oder nicht.« Ariane verdrehte die Augen. Für dicke junge Frauen hatte sie kein Verständnis. Ihrer Meinung nach waren sie träge und undiszipliniert. Und bei Vanessa schien sie noch nicht einmal so falschzuliegen. »Der arme Timo – viel zu sagen hat er schon jetzt nicht.«

Aber dieses Mal hatte Vanessa es offensichtlich übertrieben, denn Timo stellte sich in einem für ihn heroischen Akt zwischen die beiden. Sein Kopf war sogar noch eine Spur röter als die Köpfe der Mädchen, allerdings schwitzte er nicht so. Aber die Situation war ihm sichtlich peinlich. »Sie hat doch gar nichts gemacht«, trat er für Franziska ein. »Lass sie in Ruhe.« Seine Aufforderung klang ein wenig kraftlos, da er stark lispelte. Nina unterdrückte ein Lächeln. Der arme Kerl – eingekeilt zwischen zwei Wuchtbrummen. Wie mochte er sich fühlen?

Aber er hatte Erfolg. Vanessa wandte sich murrend ab und stapfte zu einem Baumstumpf, auf dem sie sich niederließ. »Komm her«, sagte sie scharf zu Timo. Dieser hätte den Befehl gar nicht gebraucht, er folgte ihr sowieso wie ein Schatten. Die arme Franziska blieb unschlüssig stehen und blickte sich suchend um. Dani winkte ihr, und dankbar nahm sie das Angebot an. Das arme Kind, dachte Dani mitleidig. Als ob sie an ihrem Gewicht nicht schon schwer genug zu tragen hätte. »Komm, setz dich zu mir«, sagte sie freundlich. »Möchtest du dir nicht auch ein bisschen die Füße abkühlen?«

Franziska schluckte, und Dani sah ihr an, dass ihr die Tränen ziemlich locker saßen. »Nein«, erwiderte sie leise. »Ich glaube, ich habe mir eine Blase gelaufen. Und wenn ich jetzt den Schuh ausziehe, kriege ich ihn bestimmt nicht mehr an.«

»Lass mal sehen«, befahl Ariane. Ab und zu konnte sie eben die Ärztin nicht verleugnen. »Ich habe Pflaster und Salbe dabei, vielleicht können wir dich ja verarzten. Welcher Fuß ist es denn?«

»Ich glaube, beide. Es tut ziemlich weh.« Unglücklich sah das Mädchen sie an. Sie hat so ein hübsches Gesicht, dachte Ariane. Warum haben diese dämlichen Apotheker-Eltern bloß zugelassen, dass sie so übergewichtig geworden ist? Das ist doch eine einzige Quälerei für das Kind. Und einen Freund findet sie so auch nie.

Vorsichtig schälte sie die Socken erst von dem einen, dann von dem anderen Fuß. Franziska hatte recht gehabt. »Ach, du liebe Güte«, rief sie unwillkürlich aus. »Das ist aber nicht erst heute passiert, oder? Warum hast du denn nichts gesagt?«

Hubertus, der den beiden Fastenziegen gerade eine botanische Besonderheit erklärte – eine Farnart, die nur in dieser Gegend vorkam –, blickte auf und kam zu ihnen. »Was ist passiert?« Besorgt betrachtete er die beiden blutverschmierten Blasen an Franziskas Fersen. »Kannst du überhaupt noch laufen?«, fragte er.

»Ja, mach dir keine Sorgen«, beruhigte Ariane den Wanderführer. »Ich verarzte sie jetzt, und dann hält sie es bis ins Hotel aus. Allerdings sollte sie morgen wohl besser mal einen Tag aussetzen.«

Dani richtete sich kerzengerade auf. So nahe war Hubertus ihr noch nie gewesen. Ihre Nasenflügel blähten sich, als sie seinen Geruch einsog.

Vom ersten Tag an hatte der Mann sie fasziniert. Groß, mit breiten Schultern, die wie geschaffen zum Anlehnen waren, dazu dichte, dunkle Haare und dunkelblaue Augen mit den längsten Wimpern, die sie je bei einem Mann gesehen hatte. Und seine Hände! Ausdrucksstark, mit langen Fingern und schön geformten Nägeln. Sie war hin und weg gewesen, als er sich ihnen vor der ersten Wanderung vorgestellt hatte.

So musste Liebe auf den ersten Blick sein, dachte sie. Allerdings beruhte das wohl kaum auf Gegenseitigkeit, denn er hatte sich sofort mit Susanne und Hiltrud zusammengetan und an den Rest der Gruppe nur die nötigsten Worte gerichtet. Andererseits galten natürlich seine Erklärungen ihnen allen, und wenn Dani es so richtig überlegte, dann war er sowieso eher der wortkarge Typ, denn auch mit den Fastenziegen unterhielt er sich nicht so ausgiebig. Vielleicht bestand ja noch Hoffnung. Wie war das noch mal mit den Pheromonen? Vielleicht musste er nur einmal ihren Duft in die Nase bekommen, um sich auch für sie zu interessieren. Nur wie konnte sie ihn auf sich aufmerksam machen?

Ariane hatte Franziska mittlerweile mit Pflastern und einem Verband um jede Ferse versorgt, und das junge Mädchen schlüpfte vorsichtig wieder in die Schuhe.

Hubertus schaute sich um, um sich zu vergewissern, dass seine Truppe vollzählig war, und klatschte in die Hände. »Pause ist vorbei«, rief er. »Achtet bitte bei diesen Temperaturen darauf, dass ihr genug trinkt. Und setzt eure Sonnenhüte auf. Jetzt gehen wir weiter. Wir sind auf dem Plateau angekommen, und zunächst ist der Weg eben. Danach geht es nur noch bergab. In einer Stunde sind wir wieder im Hotel.«

Die beiden Ziegen waren neugierig näher gekommen. Anscheinend konnten sie es nicht ertragen, wenn sich ihr Hubertus länger als eine Minute von ihnen entfernte. Dann mussten sie gleich hinterher und nachschauen, was er ohne sie wohl machte.

»Was hast du denn?«, fragte Susanne Franziska und musterte sie abschätzig. Man sah ihr förmlich an, was sie über das junge Mädchen dachte.

»Ich habe mir an beiden Füßen Blasen gelaufen«, erwiderte Franziska. »Aber Ariane hat sie verbunden, und jetzt tut es fast gar nicht mehr weh.«

»Ja«, meinte Susanne spitz, »dir schwellen ja bestimmt auch immer die Füße so an, oder? Das ist leider so, wenn man zu dick ist.«

»Besser Blasen an den Füßen als Blasen an den Lippen«, warf Ariane fröhlich ein. »Könnte es sein, dass du da einen Herpes kriegst?« Sie blickte betont auf Susannes Oberlippe.

Sofort blieb die Ziege stehen und zog einen Taschenspiegel aus der Gesäßtasche. Aufmerksam musterte sie ihre Lippen. Die anderen gingen weiter und hörten kurz darauf einen leisen, entsetzten Aufschrei.

»Gut gemacht«, lobte Katrin die Freundin. »Das ist aber auch eine Giftspritze!«

»Man könnte meinen, du hättest ihr den Herpes höchstpersönlich angehext«, kicherte Dani. »Das war wirklich gekonnt.« Sie stupste Franziska mit dem Ellbogen an. »Komm, mach nicht so ein trauriges Gesicht. Das Wetter ist schön, die Wanderung ist gleich vorbei, und die ersten anderthalb Kilo haben wir bestimmt alle schon abgenommen!«

»Wisst ihr, ich hätte Lust, noch ein bisschen zu laufen!«, erklärte Nina, als sie ihren abendlichen Gemüsesaft zu sich genommen hatten. Sie waren mittlerweile so daran gewöhnt, dass ihnen das kleine Glas mit Tomaten- oder Karottensaft vorkam wie eine vollwertige Mahlzeit. Allerdings dauerte es auch eine Ewigkeit, bis man das Gläschen mit einem Teelöffel leergelöffelt hatte. Dazu dann lauwarme Gemüsebrühe und frisches Quellwasser, und der Magen war voll.

»Ja, zum Schwimmen habe ich heute auch keine Lust. Und einen Vortrag gibt es doch nicht, oder?«, fragte Katrin.

»Doch, aber ihr werdet es nicht glauben.« Ariane grinste. »Ratet mal, was heute am Schwarzen Brett angekündigt war!«

»Ein Küchengerät wird verkauft«, erklärte Dimitri, der die Notiz offenbar auch gesehen hatte. »Universal oder so ähnlich.«

Die Freundinnen kreischten so laut, dass alle zu ihnen

herübersahen. »Ich fasse es nicht!«, quietschte Nina. »Hat man denn vor denen nirgends seine Ruhe?«

»Na, so schlimm ist es nun auch wieder nicht«, warf Katrin, die stets bereite Verteidigerin des Universalino, ein. »Siehst du, ich habe doch gesagt, dass sich das Gerät für Fastenkost auch lohnt.«

»Aber was macht man denn hier damit?«, fragte Nina. »Mineralwasser quirlen? Oder Tee kochen? Ich meine, die müssen doch irgendwas vorführen, wir haben ja schließlich auch gekocht an dem Abend.«

»Na ja, man kann natürlich Tomaten und Karotten und so pürieren, für die Säfte vielleicht«, sagte Dani. »Aber du hast recht – wirklich kochen kann man hier nicht gut damit. Es sei denn, die Veranstaltung ist auch für die essenden Gäste gedacht.«

Ariane verzog nachdenklich das Gesicht. »Ich finde das alles sehr merkwürdig. Meint ihr nicht auch, dass hier ärztliche oder meinetwegen auch botanische Vorträge angebrachter wären?«

»Ja, aber solche Veranstaltungen finden doch auch statt«, warf Beat ein. Er hatte sich zu ihnen gesetzt, weil Michael näher an Susanne gerückt war. Die gesamte Fastentruppe hatte inzwischen mitbekommen, dass sich zwischen den beiden etwas tat.

Michaels Taktik funktionierte so gut wie immer. Zuerst hielt er sich zurück und warf seinem Opfer, dessen Interesse ihm natürlich schon längst aufgefallen war, nur gelegentlich einen Blick zu. Wenn er dann seine Beute wie ein Angler »angefüttert« hatte, suchte er häufiger ihre Nähe, um in scheinbar harmlosen, aber vertraulichen Gesprächen, bei denen er auch immer nebenbei seine psychisch labile, selbstmordgefährdete Ehefrau erwähnte, die Voraussetzungen für eine Affäre auszuloten. Wie zufällig berührte er sie dabei am Arm oder an der Schulter, um den vorletzten und für seine Strategie entscheidenden Schritt vorzubereiten. Er suchte mit seiner Angebeteten einen besonderen Ort auf: ein romantisches Plätzchen in der Natur, eine versteckt gelegene Kapelle, einen spektakulären Aussichtspunkt oder Ähnliches. Dort gestand er ihr, dass er sich Hals über Kopf in sie verliebt habe und nicht in der Lage sei, seine Gefühle länger zu unterdrücken. Wies die Frau ihn dann empört ab, war nicht viel verloren, weil er ja kaum Zeit investiert hatte. Aber die wenigsten konnten ihm widerstehen, und Susanne Fischer machte da keine Ausnahme.

Bei ihr dauerte es noch nicht einmal drei Tage, schließlich musste Michael sich beeilen. Er hatte nicht vor, die vollen zwei Wochen hier zu verbringen, dazu war ihm sein kleines Flugunternehmen zu wichtig. Nach einer Woche wollte er wieder nach Hause fahren. Eine Eroberung musste in dieser Zeit doch drin sein. Den idealen Ort dafür hatte er schnell ausgemacht. Und so saß er am Abend des dritten Tages mit Susanne im Meditationspavillon, nutzte die sternenklare laue Nacht, die stille, friedliche Atmosphäre des Raums und raspelte Süßholz.

»Dieser Ort hier hat mich überwältigt«, sagte er gerade mit leiser Stimme. »Gestern Abend habe ich hier gesessen, und auf einmal ist mir bewusst geworden, was du mir bedeutest. Nein, sag jetzt nichts«, fuhr er fort, als sich Susanne zu ihm wandte und den Mund aufmachte. »Ich weiß ja, dass es eine verbotene Liebe wäre, aber Susanne«, er drehte sich zu ihr und schaute sie ernst an, »ich kann nicht dagegen an. Ich habe noch nie in meinem

Leben so tief empfunden. Es hat mich wie ein Blitz getroffen. Ich habe mich in dich verliebt.«

Susannes Gesicht schimmerte im Mondlicht. »Das geht mir alles zu schnell«, flüsterte sie mit belegter Stimme. »Ich habe mich ja gerade erst von meinem Freund getrennt.«

Das interessierte Michael zwar nicht, aber er war natürlich auch auf so eine Reaktion vorbereitet. »Ja, das verstehe ich gut«, sagte er sanft. »Ich will dich auch nicht drängen. Aber darf ich dich wenigstens ein bisschen halten?« Er schaute sie so lieb und verständnisvoll an, dass Susanne sich unwillkürlich dichter an ihn schmiegte und nichts dagegen einzuwenden hatte, als er seinen Arm um sie legte.

Und jetzt hatte er gewonnen. Heute Abend würde er nicht weiter gehen. Sie würden auf der Bank sitzen, nicht viel reden, die Wellen im Sand betrachten und sich aneinanderkuscheln. Dann würde er sie zu ihrem Zimmer bringen und sich vor der Tür mit einem zarten Kuss von ihr verabschieden. Sie würde von ihm träumen, und morgen war sie reif. Das wusste er.

Noch am Nachmittag hatten sich Ariane und Nina über ihn aufgeregt.

»Ist dir das auch aufgefallen?«, hatte Ariane gesagt. »Dieser Michael nutzt jede Gelegenheit zum Telefonieren.«

»Ja, der scheint sowieso nicht ganz sauber zu sein«, ereiferte sich Nina. »Ständig setzt er sich von der Gruppe ab, sobald er merkt, dass er ein Netz hat. Und er läuft ja auch dauernd mit dem Handy in der Hand herum. Es ist ein Wunder, dass er beim Gehen nicht über irgendwelche

Wurzeln oder Steine stolpert. Ich frage mich, warum Hubertus das mitmacht. Und diese Susanne ist auch nicht viel besser. Sie rennt ihm ja immer hinterher, weil sie auch ständig versucht, in ihrer Unternehmensberatung anzurufen. Oder läuft da was ganz anderes?« Sie zog die Augenbrauen hoch. »Vielleicht tun wir ihnen ja unrecht, und in Wirklichkeit entspinnt sich da eine Schwarzwald-Romanze.«

Ariane grinste. »Möglich ist alles. Ich finde es nur störend für die Gruppe, und Hubertus gegenüber ist es unhöflich, schließlich muss er uns ja auch immer wieder wohlbehalten zum Hotel zurückbringen.«

»Es überrascht mich, dass er noch nichts gesagt hat«, meinte Nina. »Und du hast natürlich recht – das ist ja auch alles eine Frage der Sicherheit. Hier kann man sich leicht verlaufen. Außerdem lohnt es sich doch wirklich, Hubertus zuzuhören, wenn er zum Beispiel über die Pflanzenarten hier erzählt. Er gibt sich so viel Mühe und ist immer super vorbereitet. Und es ist doch auch interessant. Hast du vorher gewusst, dass hier sogar Orchideen wachsen? Also, ich nicht. Mich würde es ärgern, wenn da zwei aus der Gruppe ständig ausscheren, um zu telefonieren.«

»Ich fürchte, du wärst für den Beruf des Fastenwanderführers auch nicht geeignet«, erwiderte Ariane weise.

Als Susanne und Michael dann jedoch am Abend am Tisch die Köpfe zusammensteckten und miteinander lachten und tuschelten, waren die Freundinnen fast ein bisschen gerührt.

»Och, guck mal!« Nina stieß Ariane mit dem Ellenbogen an. »Wir hatten recht – unsere beiden Wandertelefonierer! Sie haben wohl doch nicht in der Firma angerufen!«

»Aber hatte Michael bei der Vorstellung nicht gesagt, er sei verheiratet?«, meinte Ariane.

»Wer ist verheiratet?«, fragte Sheila, die auf dem Weg ans Saftbüfett gerade an ihnen vorbeikam.

Ariane ignorierte sie. Diese Frau hatte eine Art, sich in Unterhaltungen anderer Leute zu mischen, die ihr auf die Nerven ging. Sie drehte ihr betont den Rücken zu und fuhr an Nina gewandt fort: »Aber es geht uns ja nichts an. Sollen sie doch turteln.«

Den wütenden Blick, den Sheila ihr zuwarf, bemerkte sie gar nicht.

Beat hatte sich Dani zugewandt. »Diese Verkaufsveranstaltung ist wahrscheinlich nur eine einmalige Geschichte«, sagte er und nickte ihr zu. »Morgen Abend ist dieses Streichquartett aus Freiburg da, und übermorgen findet eine szenische Lesung statt. Und nächste Woche hält der Arzt einen Vortrag, und die Böhlers machen einen Diaabend mit Bildern von ihrer Yogareise nach Indien. Für heute bin ich ganz froh, dass mich das Thema nicht interessiert. Wenn ihr mich mitnehmt, komme ich gerne zu einer weiteren Wanderung mit. Ich habe heute auch das Gefühl, ich könnte Bäume ausreißen.«

»Ja«, Ariane nickte, »das soll ja angeblich nach dem vierten Tag eintreten. Und es stimmt offenbar, denn wir sind ja alle ganz gut drauf.«

»Nehmt ihr mich auch mit?«, fragte Franziska schüchtern. »Meine Blasen tun gar nicht mehr weh, und ich habe auch noch bequemere Schuhe dabei«, fügte sie hastig hinzu.

»Willst du nicht lieber hierbleiben und dich ausruhen?«, fragte Ariane. »Du solltest heute Abend besser keine längere Strecke mehr laufen.«

Franziskas große Augen füllten sich schon wieder mit Tränen. Sie biss sich auf die Lippe und blickte verstohlen zum Nachbartisch, wo Vanessa und Timo saßen. Anscheinend befürchtete sie, es könne wieder zu einer Auseinandersetzung kommen, wenn sie den beiden alleine begegnen würde.

»Natürlich kannst du mitkommen«, sagte Dani, die Weichherzige, und hakte das junge Mädchen unter. »Wir lassen dich doch nicht hier! Dann gehen wir eben nicht so weit. Dimitri, machst du auch mit?«

»Nein.« Der Russe schüttelte den Kopf. »Ich möchte lieber in Sauna. Und dann ich gehe früh ins Bett.«

Dani fuhr aus dem Schlaf hoch. Sie setzte sich im Bett auf und rieb sich die Augen. Das war doch gerade ein Schrei gewesen? Ja, da war es wieder, ein dumpfes Stöhnen, und dann schrie jemand »Ah! Au! Aua! Hilfe! Hilfe!«

Dani knipste die Nachttischlampe an und lief an die offene Balkontür. Nina im Zimmer nebenan war offenbar auch wach geworden. Die beiden Frauen beugten sich über das Geländer. Was mochte passiert sein?

»Kannst du was sehen?«, fragte Nina. »Ich muss meine Brille holen, die liegt noch auf dem Nachttisch.« Sie lief ins Zimmer zurück.

Erneut hörte Dani ein Stöhnen und Murmeln, als ob jemand im Schlaf reden würde. Und dann raschelte es, und auf einmal ertönte ein markerschütternder Schrei, so entsetzlich, dass Dani das Blut in den Adern gefror.

Jetzt war die gesamte Balkonfront des Hotels wach. »Was ist los?« Schlaftrunken kamen Ariane und Katrin aus ihren Zimmern. »Warum macht ihr denn so einen Krach?«

Mittlerweile hatte Nina ihre Brille aufgesetzt und beugte sich erneut über die Brüstung. »Da liegt jemand!«, rief sie aufgeregt. »Ariane, ich glaube, da ist jemand vom Balkon gefallen.«

»Das ist Timo!«, kreischte Vanessa, die in einem wallenden weißen Nachthemd am Ende des langen Balkons aufgetaucht war. Sie war es, die so laut geschrien hatte. »Timo! Timo!«, schrie sie. »Was machst du da unten?«

»Ich fasse es nicht«, murmelte Ariane. »Was machst du da unten?«, äffte sie die dicke junge Frau nach und wandte sich zu ihrem Zimmer, um sich ihren Morgenmantel überzuziehen. »Ich gehe mal nachschauen, ob ich dem armen Jungen helfen kann«, sagte sie zu ihren Freundinnen. »Weckt ihr in der Zwischenzeit jemanden vom Hotel. Vielleicht brauchen wir ja einen Krankenwagen.«

»Timo!«, schrie Vanessa immer weiter. Sie war völlig außer sich. Katrin ging auf sie zu und versuchte, sie am Arm zu fassen, aber die junge Frau riss sich los. »Er wollte bestimmt zu der Schlampe!«, kreischte sie. »Wo ist sie?«

Zum Glück ging Franziskas Zimmer nach hinten heraus, so dass sie von dem ganzen Aufruhr wahrscheinlich gar nichts mitbekommen hatte. Katrin und Nina bemühten sich nach Kräften, die tobende Vanessa zu beruhigen, aber es gelang ihnen zunächst nicht. Schließlich griff Nina zu rabiateren Mitteln. »Wenn du jetzt nicht sofort still bist, knalle ich dir eine!«, zischte sie wütend. »Du bist ja die reinste Furie!«

Ariane war mittlerweile bei der dunklen Gestalt angekommen, die stöhnend auf dem Rasen lag. »Bleib liegen, beweg dich nicht«, sagte sie zu ihm, als er sich aufrichten wollte. Dani hatte Adrian Böhler geweckt, der in Shorts und T-Shirt angelaufen kam und das Licht vor dem Haus einschaltete. »Ich habe schon den Krankenwagen verständigt«, sagte er atemlos. »Der kommt sicher gleich. Bei Dr. Müller habe ich geklopft, aber da macht niemand auf. Vielleicht ist er ja nicht zu Hause«, fügte er stirnrunzelnd hinzu.

Er beugte sich über Timo, der in einer seltsam verdrehten Haltung dalag und jammernd mit beiden Händen sein Bein hielt. Ariane tastete es vorsichtig ab. »Was ist denn passiert?«

»Keine Ahnung«, erwiderte Ariane. »Wir sind alle erst aufgewacht, als er hier unten geschrien hat. Kannst du sagen, was mit dir passiert ist?«, wandte sie sich an Timo. »Und nimm die Hände vom Bein!« Sie fasste nach seinem Unterarm, zog aber sofort die Hand zurück, als Timo aufschrie. »Ach, du lieber Himmel, was hast du denn da?«

Timos Handgelenke waren mit Handschellen gefesselt. Ariane verkniff sich ein Grinsen. Vorsichtig schob sie die Hände vom Bein, um den Unterarm abtasten zu können.

Dem Jungen stand der Schweiß auf der Stirn. Seine Zähne klapperten. »N-nein, ich … ich weiß nicht«, stammelte er. »Auf … auf einmal lag ich hier. Es tut so weh!« Er stöhnte.

Adrian hatte mittlerweile ebenfalls die samtgefütterten Handschellen entdeckt. »Na, großartig«, meinte er trocken. »Wenigstens die Handgelenke sind weich gefallen.«

»Das Bein scheint nicht gebrochen zu sein«, erklärte

Ariane. »Aber der Unterarm sieht böse aus. Wahrscheinlich ist er daraufgefallen.« Erneut tastete sie ihn mit vorsichtigen Bewegungen ab. Der Junge stöhnte leise. »Ein paar Rippen sind bestimmt gebrochen und die Schulter möglicherweise auch«, sagte sie dann. »Ich hoffe nur, dass er keine Rückenverletzungen hat. Viel kann ich im Moment nicht machen. Nicht bewegen!«, befahl sie Timo erneut. Dann wandte sie sich wieder an Adrian. »Hoffentlich kommt der Krankenwagen bald.«

In diesem Moment hörten sie schon das Martinshorn, und kurz darauf knirschten die Reifen des Krankenwagens auf dem Kies. Der Notarzt sprang heraus und beugte sich über den Verletzten. Ariane teilte ihm ihre Diagnose mit, und es dauerte nicht lange, bis Timo notdürftig versorgt im Krankenwagen lag und ins Krankenhaus nach Bad Säckingen gebracht wurde.

Katrin und Nina hatten Vanessa mit vereinten Kräften zur Vernunft gebracht – eine Ohrfeige war zum Glück nicht nötig gewesen, obwohl es Nina in den Fingern gejuckt hatte –, und sie hatte sich hastig angezogen und war mitgefahren. Auch den Schlüssel für die Handschellen hatte sie herausgerückt. Offenbar war Timo Schlafwandler, wie sie zerknirscht berichtet hatte, und die Aufregung um seine Person in Verbindung mit dem Vollmond war zu viel für seine angegriffenen Nerven gewesen. »Ich habe nicht genug auf ihn aufgepasst«, hatte Vanessa reumütig geschluchzt. »Ich hätte doch noch die Balkontür zumachen müssen. Wenn er jetzt für immer gelähmt ist …« Laut aufheulend hatte sie sich so heftig in Katrins Arme geworfen, dass die zierliche Frau ins Schwanken geraten war.

Gleich morgens um sieben wählte Adrian die Nummer des Kreiskrankenhauses. »Grüß dich, Josef, Adrian hier vom Hotel ›Einkehr‹«, sagte er zu dem Mann in der Zentrale. »Heute Nacht ist einer unserer Gäste, Timo Koslowski, eingeliefert worden. Ich wollte mal hören, wie es ihm geht.«

Er wurde mit der Chirurgie verbunden, wo man ihm mitteilte, dass der Junge ein paar Rippen und den rechten Unterarm gebrochen hatte. Sein rechtes Schlüsselbein war ebenfalls angebrochen, aber ansonsten war er bis auf Prellungen glimpflich davongekommen.

»Gott sei Dank«, sagte Adrian kurz darauf zu Ariane, die an den Empfang gekommen war, um sich nach Timos Befinden zu erkundigen. »Na ja, natürlich nicht Gott sei Dank, es ist ja schlimm genug, aber es sind wohl glatte Brüche, und er ist ja noch jung, da heilt es wahrscheinlich schnell.«

»Sicher«, sagte Ariane. »Und vielleicht geben sie ihm im Krankenhaus auch noch ein paar Ratschläge, was gegen seinen Somnambulismus hilft. Das scheint bei ihm schon ein ernsteres Problem zu sein.«

»Was ist das denn überhaupt?«, erkundigte sich Adrian.

»Er ist Schlafwandler. Deshalb ist er doch überhaupt vom Balkon gestürzt. Und deshalb auch die Handschellen«, fügte sie mitfühlend hinzu. »Er hat wohl geglaubt, dass sie ihn davon abhalten, nachts durch die Gegend zu wandern. Aber dazu hätte ihn seine Holde wenigstens ans Bett fesseln müssen.« Sie schüttelte lächelnd den Kopf. »Das hatten sie nicht so ganz im Griff.«

»Oh.« Adrian verzog betroffen das Gesicht. »Der arme Kerl. Das muss ja schlimm für ihn sein, wenn er schon zu so drastischen Mitteln greift. Und ich habe mich noch darüber lustig gemacht. Aber für unser Haus ist das natürlich keine gute Werbung. Kann man denn so etwas bei der ärztlichen Untersuchung nicht feststellen?«

»Wenn der Betroffene es nicht angibt, nicht. Wieso fragen Sie?«

»Ach«, druckste Adrian herum. »Ich dachte bloß. Wozu haben wir schließlich Herrn Dr. Müller? Er soll ja eigentlich die Gäste vorher untersuchen, damit wir keinem mit dem Aufenthalt hier schaden. Aber ich will nicht ungerecht sein. Das kann er wahrscheinlich sowieso nicht leisten.« Er beugte sich dichter zu Ariane. »Sie sind doch auch Medizinerin. Was halten Sie denn von ihm?«

Ariane blickte ihn verwundert an.

»Oh, Entschuldigung. Das hätte ich wahrscheinlich nicht fragen dürfen.« Adrian wurde rot. »Ich weiß ja, eine Krähe hackt der anderen … oh, jetzt muss ich mich schon wieder entschuldigen. Also, nicht dass Sie etwas von einer Krähe an sich hätten …« Er verhaspelte sich immer mehr.

Ariane grinste. »Ist schon gut«, sagte sie großzügig. »Aber wenn Sie meine Meinung wissen wollen – also, ich weiß nicht so recht, was ich von Ihrem Dr. Müller halten soll. Ich muss allerdings sagen, ich bin froh darüber, dass sich seine ärztliche Tätigkeit hier auf Basis-Untersuchungen beschränkt. Ich weiß nicht, was ich ihm zutrauen soll. Und dass er sich in der Nacht nicht gemuckst hat … Hat er denn heute früh gesagt, warum er nicht zu erreichen war?«

»Nein«, erwiderte Adrian. »Er hat nur behauptet, er hätte mich nicht gehört. Seltsamer Vogel.« Er blickte nachdenklich vor sich hin. »Er ist noch nicht so lange hier«, fügte er dann hinzu. »Vielleicht weiß er auch noch nicht genau, was hier von ihm erwartet wird. Und ich muss zugeben, dass er mir von Anfang an nicht besonders sympathisch war.«

»Mir kommt er so bekannt vor«, gestand Ariane. »Irgendwo habe ich ihn schon einmal gesehen – ich weiß nur nicht mehr, wo oder in welchem Zusammenhang.«

»Er hat in Lambarene gearbeitet, im Albert-Schweitzer-Hospital«, sagte Adrian. »Vielleicht waren Sie ja mal dort?«

»Nein.« Ariane überlegte. »Ich war bisher nur ein einziges Mal in Afrika, und auch nur als Touristin. Damals habe ich eine Rundreise durch Südafrika gemacht. Wo liegt Lambarene eigentlich? In Kenia?«

»Nein, in Gabun«, erwiderte Adrian. »Das weiß ich aber auch nur aus den Bewerbungsunterlagen von Müller.« Leiser fügte er hinzu: »Es ist interessant, dass er Ihnen auch nicht ganz geheuer ist. Meiner Meinung nach stimmt mit ihm etwas nicht. Ich kann allerdings nicht sagen, was. Es ist nur so ein vages Gefühl.«

»Na, da sind wir ja schon zwei«, sagte Ariane trocken. »Wissen Sie was? Wir werden ihn einfach mal im Auge behalten.«

10.

»Hey, du hast dich aber schick gemacht«, stellte Katrin arglos fest. Sie musterte Dani bewundernd, als sie sich nach Leberwickel und Mittagsruhe alle unten vor dem Hotel einfanden, um die tägliche Wanderung anzutreten. Statt der üblichen Shorts und T-Shirt trug sie heute eine korallenrote, ärmellose Bluse, die in der Taille geknotet war, und einen weißen Jeansrock mit braunem Ledergürtel. Nur an den Füßen musste sie sich mit den klobigen Wanderstiefeln begnügen. Mit offenen Sandalen kam man hier keine fünfhundert Meter weit. Aber sie hatte sich immerhin für weiße Söckchen entschieden, die sie über den Rand der Schuhe gerollt hatte. Ihre Haare waren frisch gewaschen und glänzten in der Sonne.

»Das ist doch nichts Besonderes«, wehrte sie ab. »Ich wollte nur mal wieder vernünftige Sachen anziehen. Ich kann Shorts und T-Shirts und Trainingsanzüge nicht mehr sehen.«

»Auf jeden Fall siehst du richtig gut aus, vor allem in dieser Bluse. Die Farbe steht dir total.«

Dani wurde rot, aber zum Glück sah man das unter der Bräune nicht. »Meinst du denn, ich kann sie tragen?«, fragte sie verlegen.

»Ja, klar, warum denn nicht?« Katrin blickte sie verständnislos an.

»Ich meine ja nur wegen meiner Oberarme.« Dani zog die Schultern hoch und drehte sich ein bisschen vor der Freundin.

Katrin musterte sie kritisch. »Ach was, du hast ja zum Glück nicht solche Winke-Ärmchen«, stellte sie fest. »Nein, das ist wunderbar so. Aber das weißt du doch auch selber. Es ist ja schließlich deine Bluse.«

»Ich habe sie mir erst in Bad Säckingen gekauft«, gestand Dani. »Als ihr im Hutladen wart und die ganzen Hüte anprobiert habt.«

Die vier Freundinnen waren nämlich an einem Vormittag, an dem weder Yoga noch Rückengymnastik anstanden, nach Bad Säckingen gefahren, um sich ein wenig Abwechslung zu gönnen.

»Nach all den Tagen, in denen ich bloß einen kleinen Ausschnitt meines Gesichts im Badezimmerspiegel gesehen habe, möchte ich mich endlich mal wieder in voller Größe und Breite bewundern«, erklärte Nina. Kritisch musterte sie sich in einem Schaufenster. »Seht ihr«, sagte sie zu den Freundinnen. »Es hat sich schon gelohnt. Ich habe es ja an meinen Hosen gemerkt, aber jetzt, wo ich es sehe, muss ich doch feststellen, dass ich wirklich dünner geworden bin.« Zufrieden zog sie den Bauch noch ein bisschen mehr ein und drehte sich vor dem Schaufenster des Hutgeschäfts.

»Ach, ich dachte, es geht gar nicht ums Dünnerwerden«, neckte Dani sie. »Beim Fasten geht es doch nur ums Entschlacken. Aber alle reden ständig nur vom Dünnerwerden.« Sie lachte. »Lass das bloß nicht Frau Böhler hören, sonst hält sie uns wieder einen Vortrag.« Sie musterte sich ebenfalls in der spiegelnden Scheibe.

»Aber du hast recht – man kann wirklich schon einen Erfolg sehen.« Sie blinzelte in die Sonne. »Hach, ich finde, es geht uns richtig gut. Und hier ist es auch so schön!«

Der Ausflug in das kleine Städtchen kam ihnen nach den entbehrungsreichen Tagen im Fastenhotel vor wie eine Reise in die große Welt. Die überdachte Holzbrücke über den Rhein – »mit über 200 Metern die längste, gedeckte Holzbrücke Europas«, dozierte Nina – gingen sie sogar zweimal auf und ab, weil sie das Gefühl so herrlich fanden, auf der anderen Seite in der Schweiz zu stehen. »Ein bisschen wie zu Hause«, fand Ariane. »Schließlich ist hier und in Köln der Rhein.« Kurz überlegten sie, ob sie eine Schiffstour machen sollten, entschieden sich aber dagegen, weil das zu viel von ihrer kostbaren »Kulturzeit« gekostet hätte. Stattdessen gingen sie zum Schloss und in jedes noch so kleine Museum und schauten sich alle Sehenswürdigkeiten an.

»Natur haben wir um das Hotel herum genug. Wahrscheinlich sehnen sich meine Augen nach etwas, was nicht grün und lebendig ist«, sagte Nina, als sie aus dem Fridolinsmünster herauskamen.

»Ja, ja«, erwiderte Katrin und wies mit dem Kinn zu den Tischen eines Cafés auf dem Marktplatz. »Du bist ausgehungert nach Kultur, und andere Leute sind ausgehungert nach Zucker und Koffein.«

»Oh nein!«, stöhnte Ariane und verzog das Gesicht.

An einem kleinen Tisch an der Seite saß Franziska und verputzte genüsslich und systematisch einen riesigen Eisbecher mit Schokoladensauce und Sahne. Daneben stand eine Cola.

»Ich gehe hin und rede mit ihr«, sagte Dani entschlossen. »Das geht doch nicht! Das arme Kind! Sie macht sich ja alles kaputt!«

»Nein, nein!« Nina packte sie am Arm. »Das muss sie schon alleine entscheiden. Das geht dich nichts an, Dani. Lass sie!«

»Ja, aber ... die arme Maus. So bringt das doch nie was!«, wandte Dani ein.

»Ja, was willst du denn machen?«, fragte Katrin. »Glaubst du, sie lässt den Eisbecher stehen, wenn du jetzt auf sie einredest? Und ganz ehrlich, wenn sie es nach einer Woche Fastenwandern nicht begriffen hat, dann ist ihr wahrscheinlich sowieso nicht zu helfen.«

»Tja«, warf Katrin ein, »Gehirnzellen kommen und gehen, aber Fettzellen bleiben bestehen.« Sie kniff in die nicht vorhandene Rolle in ihrer Taille und blickte nachdenklich an sich herunter.

»Hmm.« Dani schaute unschlüssig zu dem dicken jungen Mädchen herüber. Franziskas Gesicht glänzte vor Glück. »Hoffentlich wird ihr nicht schlecht«, sagte sie.

Mittlerweile war schon Samstag, die erste Woche war vorbei, und das Saftfasten, verbunden mit dem strammen Wandern und der täglichen Gymnastik, hatte bei den meisten schon deutliche Auswirkungen gezeigt. Da fast die ganze Woche über die Sonne geschienen hatte, waren alle leicht gebräunt und wirkten gesünder und schlanker.

Entgegen allen Anfangsbefürchtungen, es nicht aushalten zu können, wenn es nichts zu essen gab und man sich dabei noch sportlich betätigen musste, ging es der gesamten Gruppe prächtig. Mit Ausnahme des armen Schlafwandlers natürlich. Der lag jetzt in seiner Heimatstadt Dortmund im Krankenhaus und wurde hoffentlich liebevoll von seiner jungen Verlobten gepflegt. »Obwohl sie ja eigentlich nie so mitfühlend war«, hatte Ariane gesagt und schaudernd daran erinnert, dass sie ihm am ersten Abend alle beiden Portionen Bittersalz untergejubelt hatte. »Und dann hat sie ihm auch noch die Handschellen angelegt. Das ist doch wirklich kein guter Anfang für eine Ehe«, erklärte sie. Die drei Frauen saßen nach einer ausgedehnten Wanderung entspannt am Schwimmbad und genossen die Sonne.

»Wieso, war es bei euch anders?« Nina lachte. »Aber im Ernst, kein Wunder, dass der arme Kerl in den Mond geguckt hat. Statt des wohlverdienten Urlaubs Fastenwandern, weil die junge Frau sich zu dick findet – das ist schon hart.«

»Und dazu noch so ein spartanisches Zimmer«, warf Katrin ein. »Hochzeitssuiten sehen doch normalerweise anders aus. Allerdings muss ich sagen, mir macht es mittlerweile gar nichts mehr aus, dass alles hier so bewusst einfach gehalten ist und ich weder Fernseher noch Radio habe. Im Gegenteil, ich genieße das richtig.«

»Ja«, stimmte Ariane ihr zu. »Ich habe auch zuerst gedacht, dass ich es ohne Smartphone und Computer nicht eine Stunde lang aushalte, aber es fällt mir gar nicht schwer.«

»Euch stört ja auch keiner«, brach es aus Katrin hervor. »Ich hätte es auch lieber ruhig, aber Rainer lässt mich einfach nicht in Ruhe. Ständig ruft er an der Rezeption an, manchmal fünf- oder sechsmal am Tag.«

Nina und Ariane wechselten einen fragenden Blick. »Was hat er denn?«, fragte Nina vorsichtig.

»Ach, er hat keinen besonderen Grund«, klagte Katrin.

»Er kann es einfach nur nicht ertragen, dass ich etwas ohne ihn mache. Seit er damals seinen Job verloren hat, ist es immer schlimmer geworden. Ich würde ja nichts sagen, wenn er einmal am Tag anrufen würde, aber er meldet sich wirklich dauernd wegen irgendwelcher Nichtigkeiten. Ich mag schon gar nicht mehr an der Rezeption vorbeigehen. Dabei fährt Sarah täglich vorbei und schaut nach dem Rechten.«

Nina betrachtete die Freundin nachdenklich. Sie hatte Katrin immer beneidet, weil sie so ein geruhsames, normales Leben führte. Aber auch hier gab es wohl einen Unterschied zwischen dem äußeren Schein und der Realität.

»Na ja, er ist doch nicht bettlägerig«, warf Ariane ein. »Hatte er denn was dagegen, dass du mit uns hierher fährst?«

»Ja, recht war es ihm nicht«, gab Katrin zu. Sie schniefte. »Ich bin das so leid, ich kann es euch gar nicht sagen.«

»Och, Mensch, du Ärmste.« Nina legte tröstend den Arm um die Freundin. »Warum hast du denn nie was gesagt?«

»Was hätte das denn genützt? Wollt ihr etwa mit ihm reden? Ich habe versucht, ihm klarzumachen, dass es so nicht weitergehen kann, aber er begreift es einfach nicht. Auf dem Ohr ist er absolut taub. Und manchmal frage ich mich, ob nicht doch noch etwas anderes dahintersteckt.«

»Wie, meinst du, Rainer hat eine Freundin?« Ariane sah sie entgeistert an. »Also, das glaube ich nicht.«

Katrin musste unwillkürlich grinsen. »Nein, so ein Quatsch! Er hat keine Freundin.« Sie wurde wieder ernst. »Ich habe nur überlegt, ob vielleicht eine Krankheit dahintersteckt. Ich habe mal gelesen, dass Alzheimer-Kranke im Frühstadium so eine Persönlichkeitsveränderung durchmachen und kontrollsüchtig werden. Und jetzt habe ich Angst, dass das bei ihm vielleicht auch so ist.«

»Nein«, beruhigte Ariane sie. »Die Persönlichkeitsveränderung tritt ein, wenn die Krankheit schon fortgeschritten ist, und das hättet ihr beide gemerkt. Ich denke, bei Rainer hat es viel damit zu tun, dass er seine Arbeit verloren hat. Du weißt doch, wie Männer sich über ihren Job definieren, und der berufliche Status hat ja auch viel mit dem Selbstwertgefühl zu tun. Guck mal, die Kinder sind aus dem Haus, du hast dir dein eigenes Ding aufgebaut, und jetzt fährst du auch noch ohne ihn in Urlaub. Er fühlt sich alt und überflüssig und wehrt sich dagegen.«

»Da braucht dann nur noch hinzuzukommen, dass seine Unternehmensberatung nicht so läuft, wie er sich das vorstellt«, sagte Nina, »und schon hast du ihn an der Backe.«

Katrin war schon wieder halbwegs getröstet. Sie löste den Haargummi aus ihren halblangen, feinen dunkelblonden Haaren und wand ihn erneut fest um den Pferdeschwanz. »Ja, ihr habt recht. Ich muss es wahrscheinlich auch erst lernen, mich unabhängig von ihm zu bewegen, obwohl er zu Hause ist. Früher war er ja nie da. Und ich sollte wohl bald damit anfangen, denn mit meinen Figuren werde ich auch immer erfolgreicher. Habe ich euch eigentlich schon erzählt, dass ich in drei Monaten eine Ausstellung in einer Galerie in Domburg habe?«

»Nein, wirklich? Klasse, da fahren wir alle zusammen hin. Ist die Eröffnung an einem Wochenende?«, fragte Nina aufgeregt. »Das wäre doch wunderbar, da könnten wir einen kleinen Kurzurlaub einlegen. Nur wir Frauen! Du kommst doch auch mit, Ariane, oder?«

»Ja, klar, das lasse ich mir nicht entgehen. Vorher ist doch auch noch diese Kunstmeile am Stadtgraben, oder?«, wandte sich Ariane an Katrin. »Und hattest du nicht gesagt, dass du eine Ausstellung in Bedburg hast? Du bist wirklich ganz gut im Geschäft, was?«

»Ja, in der letzten Zeit hatte ich ständig irgendwelche Anfragen. Die ganze Post und fast alle Anrufe waren für mich. Rainer war ziemlich sauer, aber welcher Mann verträgt das schon, wenn nur noch die Frau im Mittelpunkt steht?«

»Und ich habe schon geglaubt, du hättest finanzielle Probleme«, warf Nina ein. »Du weißt schon, weil du keine gescheite Regenjacke dabeigehabt hast und bei der Abfahrt am Bahnhof so nass geworden bist. Aber das scheint ja nicht so zu sein, wenn du so viele Aufträge und Ausstellungen hast.«

»Das hast du gedacht?« Katrin schaute die Freundin perplex an. »Oh, tut mir leid, dass ich so einen Eindruck gemacht habe. Nein, nein, mach dir keine Sorgen! Wir hätten auch ohne meine Figuren genug zum Leben. Aber ihr wisst ja, wie Rainer ist. Er spart so gerne, und ich will nicht auch noch in dieser Hinsicht Krach mit ihm kriegen.«

»Manchmal denke ich, ohne Männer wären wir oft besser dran«, sagte Nina nachdenklich. »Von kleinen Streitereien abgesehen geht es doch bei uns eher harmonisch zu. Ich will jetzt nicht damit sagen, dass ich lieber mit Frauen zusammenleben würde«, fuhr sie hastig fort, als Ariane sie unterbrechen wollte. »Keine Angst, Ariane, ich mache dir keinen Antrag.«

»Ich hätte gar nichts dagegen«, unterbrach Ariane sie. »Ich habe schon zu Eberhard gesagt: ›Wenn einer von uns beiden stirbt, ziehe ich mit den Mädels zusammen.‹«

»Du mit deinen blöden Kalauern.« Nina ließ sich nicht aus dem Konzept bringen. »Jetzt hast du dir alle Chancen wieder vermasselt. Aber im Ernst«, fügte sie hinzu, »wir können schon froh sein, dass wir einander haben, um unseren Frust loszuwerden.«

»Apropos Frust loswerden«, sagte Katrin. »Wo ist eigentlich Dani? Hat einer von euch sie gesehen?«

Dani lief durch den Wald. Ein bisschen kam sie sich vor wie in einem Krimi. Leise und vorsichtig huschte sie von Baum zu Baum, damit Hubertus sie bloß nicht bemerkte. Er hatte einen flotten Schritt, aber das war ihnen ja schon während der Wanderungen aufgefallen. Obwohl die Sonne nicht mehr hoch am Himmel stand, brach Dani der Schweiß aus. Na ja, sie hatte schließlich auch nichts im Magen, und dann solche sportlichen Höchstleistungen! Wo wohnte der Mann bloß? Andererseits war es natürlich ein Glück, dass er zu Fuß nach Hause ging, sonst hätte sie ihm ja nicht hinterherschleichen können.

Sie hatte den Entschluss ganz spontan gefasst. Gestern Nachmittag während der Wanderung hatte sie mitbekommen, wie Hubertus zu einer der beiden Fastenziegen sagte: »Ja, relativ einsam im Wald. Es ist ein ehemaliges Forsthaus und wirklich sehr abgelegen. Aber das ist mir nur recht so. Ich liebe die Einsamkeit, und das Getriebe in der Großstadt wäre nichts für mich.«

Hmm, hatte Dani gedacht, das bezieht sich doch bestimmt auf seine Wohnung. Danach hatte sie allerdings nicht mehr sehr viel gedacht, sonst wäre sie jetzt wahrscheinlich nicht hier. Sie wusste nur, er war der Mann ihrer Träume. Wenn sie in seine dunkelblauen Augen schaute, dann wurde ihr ganz anders.

So etwas hatte sie noch nie erlebt, und sie wusste nicht, wie ihr geschah. Sie kam sich vor wie in einem Roman. Oder in einem Film. Bei jedem Schritt stellte sie sich vor, wie es sein mochte, wenn er sie in die Arme nahm; sie hing ihm an den Lippen, wenn er der Gruppe etwas erklärte, und am liebsten hätten sie die beiden Fastenziegen, die immer – immer! – neben ihm gingen, ermordet. Abends vor dem Einschlafen durchzuckte sie manchmal der Gedanke, dass sie gar nicht sie selbst war, dass sie sich benahm, als hätte ihr jemand etwas in den Tee getan, aber in der Nacht träumte sie wieder von ihm, sah seine männliche Gestalt, roch ihn und spürte ihn, und wenn sie dann erwachte, wünschte sie sich nichts sehnlicher, als ihm nahe zu sein.

Hätte sie sich ihren Freundinnen anvertraut, hätten die sie sicher wieder auf den Boden der Tatsachen zurückgeholt, aber sie ließ sich nichts anmerken und interpretierte lieber jede Geste, jedes Wort, jeden Blick von ihm so, als ob er genauso empfinden würde.

Und jetzt lief sie hinter ihm her, ohne auf den Weg zu achten. Sie würde ein wenig warten, wenn er in seinem Haus verschwunden war, und dann würde sie klingeln – oder klopfen, wenn es keine Klingel gab – und mit hilflosem Augenaufschlag vor der Tür stehen. »Ach, du wohnst hier?«, würde sie scheinheilig fragen. »Was für ein Glück! Ich habe mir den Fuß umgeknickt, und ich fürchte, ich habe mich verlaufen!«

Im Stillen repetierte sie den Text noch einmal, aber sie fand nichts daran auszusetzen. Er wusste ja auch, dass sie mittlerweile alle so viel Energie hatten, dass ihnen eine Wanderung am Tag zu wenig war. Und er würde sich bestimmt nichts dabei denken, dass sie alleine losgezogen war.

Dani wischte sich den Schweiß von der Stirn. Bevor sie bei ihm klingelte, würde sie sich noch mal ein bisschen frisch machen müssen. Aber sie hatte ja Puderdose und Lippenstift eingesteckt. Oh, da vorne war tatsächlich ein Haus. Rasch huschte sie hinter eine dicke Eiche und spähte vorsichtig um die Ecke. Er ging zielstrebig auf die Haustür zu. Aber was machte er jetzt? Er bog ab und ging rechts am Haus vorbei. In diesem Moment kam ihm ein schwarzer Labrador entgegengerannt. Lachend wehrte Hubertus den Freudentanz des Hundes ab. Hinter dem Hund tauchte eine blonde Frau auf. Sie war schlank, hatte die Haare im Nacken zusammengebunden und trug Shorts und T-Shirt. Aufgeregt rief sie ihm etwas entgegen, was Dani nicht verstehen konnte. Sofort hörte er auf, den Hund zu streicheln, und lief ihr entgegen. Sie fiel ihm um den Hals, und er wirbelte sie liebevoll herum. Es war eine Szene wie aus einem Heimatfilm.

Dani stand wie erstarrt hinter der Eiche. Das konnte doch gar nicht sein. Hatte er etwa eine Frau? Wie war sie bloß darauf gekommen, dass er allein lebte? Das war ja furchtbar. Sicher, er trug keinen Ehering, aber du liebe Güte, das hieß schließlich gar nichts. Fassungslos umklammerte sie den Baumstamm. Was war nur in sie gefahren? Hatte sie völlig den Verstand verloren? Keuchend zog sie die Luft ein. Am liebsten wäre sie vor Scham im Boden versunken. Was für ein Glück, dass er sie nicht gesehen hatte. Einen Moment lang drehte sich alles um sie. Dann wandte sie sich um und rannte davon, als seien sämtliche Teufel der Hölle hinter ihr her.

Sie hastete durch das Unterholz, kletterte über umgestürzte Baumstämme, riss sich die Waden an Dornenranken auf und wäre einmal fast in einen kleinen Tümpel gestürzt, der so dicht von Farn umgeben war, dass sie ihn nicht gesehen hatte. Nach und nach wurde sie immer langsamer, bis sie schließlich keuchend stehen blieb. Was hatte sie sich bloß dabei gedacht? »Oh Mann, Dani«, sagte sie laut zu sich, »drehst du jetzt völlig am Rad? Hast du auch noch das letzte Restchen Gehirnmasse ausgeschwitzt? Das kommt davon, wenn man so lange alleine ist.«

Schwer atmend stützte sie sich mit den Händen auf die Knie. Ihr war ein wenig schwindlig, und sie merkte erst jetzt, wie durstig sie war. Und ihre Beine waren völlig zerschrammt und blutig. »Oh Mann«, sagte sie noch einmal. Sie hatte das Gefühl, dass der dichte Wald um sie herum jedes Geräusch sofort schluckte.

Wo war sie überhaupt? Immer noch keuchend, richtete sie sich auf und schaute sich prüfend um. Ein Weg war hier eher nicht zu erkennen. Sie blickte nach oben. Hinter den Wipfeln der hohen Bäume konnte sie gerade noch die Sonne ausmachen, die sich auf den Horizont zubewegte. Hmm, da hinten war also Westen. »Im Osten geht die Sonne auf, im Westen geht sie unter«, rief sie sich zur Sicherheit noch einmal ihr altes Schulwissen ins Gedächtnis. Westen. Frankreich lag da hinten. Aber das nützte ihr jetzt nichts. Wo war denn das Hotel? Auch im Westen? Im Osten?

Dani überlegte fieberhaft und kam zu dem Schluss, dass das Hotel im Osten liegen musste, weil sie die

Sonne von ihrem Bett aus sah, wenn sie morgens aufwachte. Also – energisch schlug sie auf ihren Unterarm, es gab hier haufenweise Mücken – musste sie nach links gehen, dann würde sie irgendwann auf das Hotel stoßen. Oder?

Zögernd setzte sie sich in Bewegung. Jetzt erst wurde ihr richtig bewusst, wie weit sie vom Weg abgekommen war. Es war mühsam, sich durch die dichten Farnwedel und die Brombeerranken einen Weg zu bahnen. Ab und zu stolperte sie über einen Baumstumpf oder blieb mit dem Fuß an einer Wurzel hängen. »Das ist ja der reinste Urwald hier«, sagte sie gereizt. Es war so still, dass sie das Bedürfnis nach einer menschlichen Stimme verspürte, auch wenn es nur ihre eigene war. Aber richtig lange traute sie sich nicht, den Mund aufzumachen. In der Ferne rief ein Kuckuck, und sonst hörte sie nur das Knacken im Unterholz und das Surren der Insekten, die jetzt an diesem warmen, hellen Abend in Ausgehstimmung waren und sie in dichten Wolken umschwärmten. Na ja, wenigstens gibt es hier keine Schlangen, dachte sie. Oder doch? Nein, nein, höchstens Blindschleichen, beruhigte sie sich. Aber Zecken gab es bestimmt. Zum Glück hatte sie sich impfen lassen. Hirnhautentzündung würde sie schon mal nicht bekommen. Trotzdem war es kein schöner Gedanke, vollgesaugte Zecken von sich absammeln zu müssen.

Dani lief ein Schauer über den Rücken. Was hatte sie sich nur dabei gedacht? Gar nichts, wenn sie ehrlich war. Ihr Verstand hatte völlig ausgesetzt, und wie so oft in den letzten Jahren hatten einfach ihre Hormone ihr Verhalten gesteuert. »Ich könnte mich ohrfeigen«, murmelte sie, klappte aber sofort den Mund wieder zu, weil schon wieder mindestens fünf Mücken den Weg zwischen ihre Lippen gefunden hatten. Sie hatte Hubertus einfach von Tag zu Tag interessanter und attraktiver gefunden, ohne auch nur einen Gedanken daran zu verschwenden, dass er verheiratet sein könnte. Du lieber Himmel, sie hätte ja bloß einmal ganz harmlos danach fragen müssen!

Kopfschüttelnd stapfte Dani eine kleine Böschung hoch. Oh, hier lichtete sich das Unterholz! Was für ein Glück! Zwischen den Bäumen wuchs hauptsächlich Moos, und auf diesem weichen Teppich konnte sie auch viel besser laufen. Jetzt musste sie nur noch in die richtige Richtung gehen, dann war sie bestimmt gleich im Hotel.

Sie blieb stehen und wischte sich den Schweiß von der Stirn. Es war aber auch noch warm für diese Uhrzeit! Wie spät war es? Sie warf einen Blick auf ihre Armbanduhr. Viertel nach neun. Du liebe Güte! Wie lange blieb es hell? Kein Grund zur Sorge, sagte sie sich, im Juni waren die Tage lang. Vor halb elf wurde es bestimmt nicht dunkel. Aber wenn sie ehrlich war, hatte sie keine Ahnung, wo sie sich befand. Sie hatte Durst, und als sie an sich herunterschaute, stellte sie fest, dass der Zustand ihrer Beine jämmerlich war – zerkratzt, zerstochen und, iihh, da hing tatsächlich eine Zecke. Unwillkürlich führte sie einen kleinen Veitstanz auf, weil sie sich vor diesen Viechern so ekelte, dass sie am liebsten in Tränen ausgebrochen wäre.

Wie war das noch mal? Man musste sie gegen den Uhrzeigersinn drehen und dann mit einem Ruck herausreißen. Oder im Uhrzeigersinn? So oder so, sie hatte gelesen, dass sie allein schon beim Herausreißen noch einmal einen kräftigen Giftstoß in den Körper ihres Opfers abgaben. Aber sie konnte sie ja nicht am Bein hängen lassen.

Mit spitzen Fingern packte sie das Tier, das noch nicht allzu viel Zeit gehabt hatte, sich vollzusaugen. Es war schwierig, den schlaffen Körper festzuhalten, aber mit dem Mut der Verzweiflung gelang es Dani, die Zecke zu entfernen. Ihr wurde richtig übel, als sie das winzige Vieh zwischen Daumen und Zeigefinger hielt. Hatte sie auch den Kopf erwischt? Ja, Gott sei Dank, das sah danach aus. Igitt, diese Beinchen … Und jetzt, wohin damit? Mit der freien Hand zog sie ihr Taschentuch aus der Tasche, packte die Zecke hinein und schleuderte das kleine weiße Päckchen in eine Farngruppe. Bis sich das eklige Insekt aus dem Taschentuch befreit hatte, war sie längst weg.

Dani schüttelte sich. Hoffentlich hatte sich sonst nirgendwo etwas festgesetzt. Sie durfte gar nicht daran denken. Entschlossen stapfte sie weiter. Brombeerranken zerkratzten ihr die Beine, aber lieber nahm sie das in Kauf, als sich durch den dichten Farn zu kämpfen, in dem es von Spinnen, Zecken und anderen Krabbeltieren nur so wimmelte.

Der Schweiß lief ihr übers Gesicht. Ihre Wasserflaschen waren leer, und die Zunge pappte ihr am Gaumen, so durstig war sie. Sie musste dringend auf den Weg zum Hotel gelangen. In einer Stunde würde es dunkel werden, und wie sollte man sie hier in dieser Wildnis finden? Hier gab es bestimmt auch noch größere Tiere als Insekten, und sie wagte sich nicht auszumalen, wie es in der Dunkelheit zugehen würde. Nachtaktive Raubvögel, Wildschweine, vielleicht sogar Wildkatzen? Und waren sie jetzt nicht alle besonders gefährlich, weil sie Junge hatten?

Sie schrie fast auf vor Erleichterung, als sie plötzlich auf einen Weg stieß. Hastig krabbelte sie über eine kleine Böschung hinauf und blickte sich suchend um. Da vorne lichteten sich die Bäume. Vielleicht konnte sie von dort aus ja etwas sehen. So schnell sie konnte, rannte sie hin und gelangte auf einen kleinen freien Platz. Von dort aus blickte man tatsächlich weit übers Land. Allerdings erstreckte sich der Wald hier bis zum Horizont. So sehr sie sich auch bemühte, außer Bäumen war nichts zu erkennen.

Der Blick öffnete sich auch nicht nach Westen, denn sie sah weder die Schweizer Alpen noch die untergehende Sonne. Ja, genau, wo war die Sonne eigentlich? Suchend blickte sie sich um. War sie schon hinter dem Horizont verschwunden? Es war ja schon spät. Und es wurde mit jeder Minute später. Dani drehte sich um. Da hinten gabelte sich der Weg. Auch das noch! In welche Richtung sollte sie nur gehen? Verzweifelt lehnte sie sich an eine dicke, alte Buche und schlug die Hände vors Gesicht. Ihr war klar, dass es keinen Zweck hatte, aber sie konnte nur noch weinen. Dicke Tränen kullerten zwischen ihren Fingern hervor über ihre Wangen.

»Das kann auch nur mir passieren!«, schluchzte sie und rutschte an dem dicken Baumstamm herunter. »Was soll ich nur tun?«

11.

Es war wirklich ein außergewöhnlich schöner Abend. Beat saß auf dem Balkon vor seinem Zimmer und blickte zu den drei Frauen, die am Schwimmbad saßen und sich angeregt unterhielten. Diese Freundinnen aus Köln waren wirklich sehr nett. Ob er sich ein bisschen zu ihnen setzen sollte? Nein, ihm war nicht so nach lebhafter Gesellschaft heute Abend. Außerdem war ausgerechnet Dani nicht bei ihren Freundinnen, und zu seinem eigenen Erstaunen verspürte er ein leises Gefühl des Bedauerns. Kurz entschlossen legte er sein Buch zur Seite, ging in sein Zimmer und zog sich die Wanderschuhe an. Er würde noch ein bisschen durch den Wald laufen. Die Bewegung in der frischen Abendluft würde ihm guttun und ihn auf andere Gedanken bringen.

Vor dem Hotel begegnete ihm Vera, die offensichtlich auf die gleiche Idee gekommen war wie er. »Na, ausnahmsweise ohne amerikanische Begleitung?«, sagte er freundlich.

Vera lachte. »Die junge Frau kann sehr anstrengend sein«, sagte sie. »Ich dachte, ich erhole mich ein bisschen von ihr und laufe noch ein wenig ohne sie herum. Wollen Sie mich ein Stück begleiten?«

»Ja, gerne, wenn ich darf. Ich wollte in Richtung Burgruine gehen.«

»Ja, da wollte ich auch hin. Waren Sie schon auf dem Turm? Die Aussicht ist grandios! Allerdings traue ich mich nicht viel weiter als bis zur Burg. Ich habe schon ein bisschen Angst, mich zu verlaufen, wenn ich alleine unterwegs bin. Der Wald hier ist sehr dicht.«

»Ja, das stimmt«, pflichtete Beat der älteren Dame lächelnd bei. »Aber mit mir kann Ihnen nichts passieren! Ich habe Kompass und Karte dabei!« Er klopfte auf seinen Rucksack, den er über eine Schulter geschlungen hatte.

Schweigend gingen sie eine Zeitlang nebeneinander her. Klatschmohn und Wiesenschaumkraut blühten am Wiesenweg, der zum Waldrand führte. Die Sonne stand noch ziemlich hoch, und um sie herum summte und zwitscherte es. Auf einer Weide standen braune Kühe, die träge die Köpfe hoben, als sie vorbeikamen. »Es ist so idyllisch hier, dass es einem beinahe schon kitschig vorkommt«, sagte Vera. »Finden Sie nicht auch?«

»Ja, aber ich liebe diese Art von Kitsch«, gestand Beat. »Ich bin am Thunersee zu Hause, und da gibt es auch noch viel unberührte Natur.«

»Oh, wie schön, Sie kommen aus der Schweiz«, sagte Vera. »Hat Ihre Frau Sie zum Abspecken nach Deutschland geschickt? Oh, Entschuldigung«, fügte sie hinzu. »Nicht, dass Sie es nötig hätten.«

Beat lächelte wehmütig. »Nein, meine Frau ist vor zwei Jahren gestorben«, sagte er. »Ich bin hier, weil ich etwas für mich tun wollte. Und da ich mir unsere teuren Schweizer Sanatorien nicht leisten kann, bin ich hierhergekommen. Es ist ja nicht so weit.«

»Oh, das tut mir leid«, sagte Vera mitfühlend. »Ihre Frau muss noch jung gewesen sein. Darf ich fragen, woran sie gestorben ist?«

»Ja, sicher. Ihr Herz hat plötzlich versagt. Es ist alles sehr schnell gegangen. Sie ist einfach umgefallen und war tot.«

Vera schwieg. Schließlich räusperte sie sich. Dann sagte sie: »Mein Mann ist damals auch an plötzlichem Herztod gestorben.« Sie schluckte, weil sie spürte, dass der Tod dieser fremden Frau, die sie ja gar nicht gekannt hatte, die Erinnerung an die schlimme Zeit danach wieder hochkommen ließ. »Ich habe mir damals die größten Vorwürfe gemacht, dass ich vorher nichts gemerkt habe.« Sie warf Beat einen Blick von der Seite zu. »Aber das ist natürlich Unsinn. Es heißt ja nicht umsonst plötzlicher Herztod. Oft gibt es eben gar keine Anzeichen einer Erkrankung.«

Beat schwieg, und sie glaubte beinahe schon, ihn gekränkt zu haben, als er sich plötzlich räusperte. »Ich war nicht da, als es passiert ist«, sagte er schließlich. »Meine Frau sagte morgens, dass sie sich nicht wohl fühlen würde, aber ich wollte unbedingt auf den Golfplatz, weil so schönes Wetter war. Wenn ich zu Hause geblieben wäre …« Er ließ den Satz unvollendet.

»Dann hätten Sie auch nichts daran geändert«, erwiderte Vera. »Es wäre genau dasselbe passiert. Der Tod fragt uns nicht, wann es uns recht ist«, fügte sie leiser hinzu. »Und in den seltensten Fällen lässt er uns genügend Zeit, um richtig Abschied zu nehmen.«

»Ja, das stimmt«, gab Beat zu. »Das habe ich auch irgendwann begriffen. Der Tod kommt immer zur Unzeit.« Er schaute sie nachdenklich an. »Und wir Überlebenden müssen eben sehen, wie wir damit zurechtkommen. Aber es ist wohl wichtig, dass wir uns dem Leben stellen und uns nicht zu Hause vergraben. Ich finde es sehr mutig von Ihnen, dass Sie alleine verreisen. Ich war lange Zeit dazu gar nicht in der Lage.«

Vera lächelte ein wenig wehmütig. »Auch in so einem Fall heilt die Zeit alle Wunden«, erwiderte sie. »Obwohl ich es im ersten Moment nicht für möglich gehalten habe, ist mein Leben damals ja weitergegangen. Mein Mann ist früh gestorben, ich war erst Anfang vierzig. Was hätte ich denn davon gehabt, wenn ich mich in unserem Reihenhaus in Essen vergraben und die Wände angestarrt hätte?« Sie straffte die Schultern und schritt schneller aus. Beat fand sie überhaupt sehr schlank und sportlich für ihr Alter. Wie alt mochte sie sein? Ende sechzig? »Damit ist keinem geholfen«, fuhr sie fort. »Natürlich heilen manche Wunden nie, aber ich lebe ja und will das Beste aus meinem Leben machen. Und jetzt, mit siebenundsiebzig, kann ich sagen, dass ich ein schönes Leben gehabt habe.«

Alle Achtung, dachte Beat. »Wie lange waren Sie verheiratet, als Ihr Mann gestorben ist?«, fragte er.

»Siebzehn Jahre. Wir haben es noch nicht einmal bis zur Silberhochzeit geschafft.« Sie schniefte ein wenig. »Und Sie?«, fragte sie dann.

»Bei uns waren es schon siebenundzwanzig Jahre. Ich weiß nicht, aber die Zeit ist so schnell vergangen«, sagte Beat. »Wir haben das Geschäft aufgebaut, und während wir versucht haben, unser Leben zu organisieren, ist es uns unter den Händen weggeflossen. Im Nachhinein hätten wir viel mehr schöne Dinge miteinander machen sollen. Wir haben leider keine Kinder bekommen, und wir hätten vielleicht viel mehr reisen sollen, uns mehr Freizeit gönnen, ich weiß nicht, eben nicht nur arbeiten. Man vergeudet oft einfach seine Zeit.« Das Reden fiel ihm auf einmal leicht, an diesem warmen Sommerabend, mit dieser liebenswürdigen alten Dame, die aus eigener Erfahrung genau wusste, wie ihm zumute war.

Vera schaute ihn an. Mit ihren kurzen grauen Haaren und den ebenmäßigen Gesichtszügen war sie trotz ihrer Falten immer noch eine schöne Frau. »Ja, das stimmt. Das habe ich nach dem Tod meines Mannes auch so empfunden, wissen Sie, und deshalb habe ich hinterher versucht, bewusster zu leben und alles mehr zu genießen. Aber es gelingt einem natürlich nicht immer. Die Arbeit und all die Verpflichtungen, die man so hat.« Sie runzelte die Stirn. »Das ist mir noch einmal so richtig zu Bewusstsein gekommen, als ich dann später sehr krank geworden bin. Manchmal denke ich, wir haben so vieles gar nicht in der Hand. Oft werden uns die Entscheidungen vom Leben einfach abgenommen. Vielleicht hat ja alles tatsächlich einen tieferen Sinn.«

»Oder gar keinen«, warf Beat ein.

Vera zuckte die Schultern. »Wie auch immer, Sie haben jetzt jedenfalls die Gelegenheit, ein neues Leben anzufangen, ob Sie es nun gewollt haben oder nicht«, sagte sie. »Sie sind ja noch jung. Doch, doch«, unterbrach sie ihn, als er protestieren wollte. »Auch wenn man nicht daran glauben will, bietet das Leben nach so einem Schicksalsschlag oft eine neue Chance. Aber die muss man dann auch ergreifen und das Beste daraus machen.«

Mittlerweile waren sie an der steinernen Brücke über den Bach angekommen. Hier gabelte sich der Weg. Über die Brücke gelangte man zur Burgruine und weiter bis zum nächsten Dorf, und geradeaus ging es zur Orchideenwiese und dann im weiten Bogen wieder zurück zum Hotel.

Vera wandte sich zu Beat. »Haben Sie etwas dagegen, wenn ich mich hier von Ihnen verabschiede?«, fragte sie. »Ich kann nicht so weit laufen, und außerdem möchte ich ein bisschen mit mir alleine sein.« Beat blickte sie stirnrunzelnd an. Was war das für eine Krankheit, die sie erwähnt hatte? Ob es etwas Ernstes war?

Vera bemerkte seinen besorgten Blick und lachte leise. »Gucken Sie nicht so. Keine Angst, ich tue nichts Gefährliches, ich möchte einfach nur ein bisschen hier sitzen und mit mir allein sein.«

»Ja, natürlich«, erwiderte Beat. »Entschuldigen Sie. Ich wollte sowieso noch weitergehen. Dann also noch einen schönen Abend. Wir sehen uns sicher morgen. Ade.«

Er zog seinen Rucksack über beide Schultern und marschierte weiter. Beinahe tat es ihm ein bisschen leid, dass sie hierbleiben wollte. Sie war eine wirklich angenehme Begleiterin gewesen. Er nahm sich vor, sich an einem der nächsten Abende noch einmal mit ihr zu unterhalten. Es hatte ihm gutgetan, mit ihr zu reden. Wie die meisten Männer neigte er eher dazu, alles mit sich alleine abzumachen, aber bei ihr war es ihm ganz leichtgefallen, sich zu öffnen, und ein wenig verwundert stellte er fest, dass der Kummer nicht mehr so drückte, wenn man ihn mit jemandem teilte.

In Gedanken versunken ging er weiter. Was hatte sie noch gesagt, über die Chancen, die einem das Leben unvermutet bot? Er solle das Beste daraus machen. Den ersten Schritt hatte er ja schon getan – es war eine gute Entscheidung gewesen, hierher zu kommen, um sich körperlich und seelisch zu erholen. Er fühlte sich so leicht wie seit Jahren nicht mehr. Entschlossen rückte er den Rucksack zurecht und schritt schneller aus.

Der Abend war perfekt für Michaels Vorhaben. Beinahe unirdisch schön ging die Sonne unter, der Himmel war von einem tiefen, rauchigen Blau, das am Horizont in sanfte Pastelltöne überging. Die Luft war mild, und es duftete nach Wiesenblumen und Fichtennadeln. Besser hätte er es nicht inszenieren können. Leider war der Meditationspavillon von anderen Gästen besetzt gewesen, als sie sich nach einem Abendspaziergang dorthin gewendet hatten, aber für diesen Fall hatte Michael vorgesorgt. Er hatte eine einsame Bank entdeckt, nicht allzu weit von der Kapelle entfernt, von der aus man ebenfalls einen wunderbaren weiten Blick in die Landschaft hatte. Dorthin führte er Susanne jetzt.

Fürsorglich wischte er mit seinem Taschentuch über die Holzbretter der Bank, bevor er zuließ, dass Susanne sich hinsetzte. Sie fühlte sich so geborgen in seiner Gegenwart. Er behandelt mich, als sei ich unendlich kostbar, dachte sie. Es war ein schönes Gefühl. Sie lächelte ihn an, als er sich vor sie kniete und seinen Kopf in ihren Schoß legte.

»Susanne«, murmelte er erstickt, während sie ihm durch die dichten, dunklen Haare streichelte, »wenn ich doch diesen Augenblick für immer festhalten könnte.« Seine Hände glitten über ihre Oberschenkel zu ihrer Taille. Dann hob er den Kopf, und wie an einem unsichtbaren Faden gezogen, beugte Susanne sich ihm entgegen, und ihre Lippen fanden sich zu einem langen Kuss.

Auftrag erfüllt. Und während Susanne Fischer glaubte, am Anfang einer großen Liebesgeschichte zu stehen, wusste Michael Heyse, dass er am Ziel angekommen war. Die Nacht würde er noch mitnehmen, und morgen würde er abreisen.

Helene Ludwig langweilte sich. Sie saß auf ihrem Lieblingssessel, rauchte eine Zigarette und blickte in den Garten, wo Apricot-Pudel Benny gerade einer Amsel nachjagte. Immer wenn er gerade glaubte, an sie herangekommen zu sein, flog sie schimpfend auf. Natürlich hatte er mit seinem holperigen Altherrentrab absolut keine Chance gegen den Vogel, aber die hätte er auch nicht gehabt, wenn er nicht so ein arthritischer alter Hund gewesen wäre.

»Männer«, sagte Helene halblaut und bedachte ihren Hund mit einem verächtlichen Blick. »Ihr lernt es nie! Amseln können flie-gen«, fügte sie hinzu. »Alte Hunde nicht! Schweine im Übrigen auch nicht«, sagte sie zu sich selber und musste über ihren eigenen Witz kichern.

Müßig griff sie wieder zu ihrem Rätselheft und blätterte es durch. Die Rätsel waren auch alle langweilig. Immer dasselbe. Missmutig legte sie das Heft wieder weg. Aber was sollte sie sonst tun? Immer nur fernsehen war auch keine Alternative. Ob sie ein bisschen mit Benny spazieren gehen sollte? Aber alleine?

Normalerweise waren ihr die Engel ja ein Trost. Nachdem ihr Walter gestorben war, hatte eine Freundin ihr ein Engel-Tarot geschenkt. Zuerst hatte sie nichts damit anfangen können, aber nachdem sie das Anleitungsbuch zweimal von hinten bis vorne durchgeackert und jeden Tag einmal die Karten gemischt und ausgelegt hatte, hatte sie festgestellt, dass sie wirklich Antwort auf ihre Fragen bekam. Jetzt war es ihr schon lange zur liebgewonnenen Gewohnheit geworden, jeden Tag die Engel zu befragen. Karten brauchte sie dazu eigentlich nicht mehr, weil sie ihre Lichtwesen im Kopf hatte, aber sie trug das Deck trotzdem, eingeschlagen in ein schönes Seidentuch, in ihrer Handtasche mit sich herum. Die Kinder hielten natürlich nichts davon und machten sich manchmal sogar lustig darüber, aber sie ließ sich nicht beirren. In ihrem Alter brauchte der Mensch Trost, und es war einfach eine wunderbare Vorstellung, dass es Wesen gab, die einen an der Hand nahmen und aus allen Sorgen und Nöten führten.

Heute jedoch hatte selbst das keinen Reiz für sie. Sie war unleidlich.

Verärgert verzog sie die Mundwinkel. Da setzte man vier Kinder in die Welt, und später kümmerten sie sich nicht um einen. Ihr Herr Sohn kam ja sowieso nur alle Jubeljahre mal zu Besuch. Er wohnte mit seiner Familie in Hamburg und hatte praktisch nie Zeit. Es war geradezu ein Wunder, dass er es zu ihrem achtzigsten Geburtstag geschafft hatte. Aber wenigstens hatte sich Nina dieses Mal ein bisschen gekümmert. Obwohl, so viel war ja gar nicht zu tun gewesen.

Die Feier im Schlosshotel hatte Helene ganz alleine organisiert. Ihre Kinder konnten so etwas nicht. Aber woher auch? Sie hatte ihnen ja immer alles abgenommen. Helene wusste, wovon sie redete. Sie hatte jahrelang im Vorzimmer des Direktors der Kölner Messe gesessen und unzählige Empfänge und Festlichkeiten organisiert. Sie ließ sich nicht über den Tisch ziehen, sie nicht. Und so war auch ihr achtzigster Geburtstag eine perfekt geplante Feierlichkeit geworden. Wirklich, sehr stimmungsvoll und passend alles.

Helene lächelte leise, als sie daran dachte. Nina hatte eine Rede gehalten – na ja, gut, das war schließlich ihr Beruf –, und es war wirklich rührend gewesen, dass die Enkelkinder ihr anschließend ein Ständchen gebracht hatten. Das Lied hatte wahrscheinlich auch Nina gedichtet. Ja, und das Geschenk hatten ihr dann alle vier Kinder gemeinsam überreicht – eine Kurzreise nach Dresden. Sehr nett alles, wirklich sehr nett.

Seufzend drückte Helene ihre Zigarette aus und nahm sich einen Keks aus der Schale auf dem Couchtisch. Aber die Reise war jetzt schon wieder zwei Monate her.

Ob sie sich einen Kaffee kochen sollte? Unschlüssig drehte sie den Kugelschreiber, mit dem sie ihre Rätsel immer löste, zwischen den Fingern. Aber dann sah sie, dass Benny sich in gekrümmter Haltung mitten auf dem Rasen niederlassen wollte. Empört sprang sie auf.

Oh, das war zu hastig gewesen. Ihr wurde schwindlig, und sie sank wieder zurück auf ihren Sessel. Blinzelnd griff sie nach ihrem Stock, der neben dem Sessel lehnte, und dieses Mal gelang es ihr, aufzustehen und an die Terrassentür zu treten.

»Benny«, rief sie scharf, »weg da! Du sollst doch nicht in den Garten machen! Pfui!«

Der Hund blickte sie schuldbewusst an und machte einen Satz zur Seite. Offensichtlich zu spät. Mitten auf dem Rasen prangte eine kleine Hundewurst. Na ja, morgen kam Frau Haug zum Saubermachen, dann würde sie ihr sagen, sie solle sie wegnehmen, dachte Helene. Sie fühlte sich plötzlich völlig erschöpft. Und einsam.

Langsam drehte sie sich um und ging wieder ins Haus zurück. In der Küche schenkte sie sich ein Gläschen von dem Schlehenlikör ein, den sie immer dort stehen hatte.

Isa und Ana, die Zwillinge, waren jetzt in Südfrankreich. Die beiden jetteten als Models um die ganze Welt. Helene trank einen Schluck von dem süßen, dunklen Likör. Ich hätte meine Träume leben und Schauspielerin werden sollen, dachte sie bitter und zupfte an ihren orangeroten Löckchen. Dann wäre mein Leben anders verlaufen. Aber ich musste ja unbedingt Walter heiraten und Kinder bekommen. Wie blöd kann man sein? Und dann stirbt er auch noch und lässt mich mit den Kindern allein.

Zum Glück hatte sie einen interessanten Job gehabt und die Kinder hatten keine nennenswerten Probleme gemacht. Eigentlich war das Leben ganz in Ordnung gewesen. Eigentlich. Wenn sie nur nicht so einsam gewesen wäre. Einen neuen Partner fand sie nicht mehr, und die Kinder gingen bald schon eigene Wege, gründeten Familien und hatten kaum noch Zeit für ihre alte Mutter.

Obwohl, mit Nina in Dresden war es ja wider Erwarten ganz nett gewesen. Sie hatte zuerst gedacht, sie würde lieber mit einem der anderen Kinder fahren, weil sie ihr alle näherstanden als gerade ihre älteste Tochter, die sie nie verstanden hatte. Sie war einfach so anders. »Immer hat sie aufbegehrt«, murmelte sie vor sich hin und nahm noch einen Schluck. War es nicht eigentlich noch zu früh am Tag, um Alkohol zu trinken?

Ach was, dachte sie, in meinem Alter darf man das! Wilhelm Busch fiel ihr ein, und sie kicherte vor sich hin. »Es ist ein Brauch von alters her, wer Sorgen hat, hat auch Likör«, rezitierte sie leise. Erstaunlicherweise war sie mit Nina in Dresden gut ausgekommen. Sie hörte ihr zwar meistens nicht zu, wenn sie etwas erzählte, aber so war sie immer schon gewesen. So desinteressiert. Oder? Sie seufzte und trank schnell noch einen Schluck.

Wenn es ihr nur nicht so langweilig wäre … Ob sie verreisen sollte? Aber wohin? Alleine wollte sie auf keinen Fall wegfahren. Dann konnte sie genauso gut zu Hause bleiben. Sollte sie die Zwillinge in Südfrankreich besuchen? Ach was, das war viel zu weit, zu heiß, und außerdem wusste sie gar nicht, wie lange die beiden dort blieben. Am Ende kam sie dort an, und Ana und Isa waren schon längst wieder woanders. Nachdenklich runzelte sie die Stirn. Vielleicht sollte sie ihre Tochter und deren Freundinnen im Schwarzwald überraschen! Immerhin hatte sie ihre Tochter ja überhaupt erst auf die Idee gebracht, dorthin zu fahren! Selbstkritisch schaute sie an sich herunter. So ein bisschen fasten täte ihr sicher auch gut, und die Wanderungen brauchte sie ja nicht mitzumachen. Es gab doch auch ein Schwimmbad da, soweit sie sich erinnerte. Wo hatte sie denn noch mal den Prospekt hingetan, den Nina ihr gegeben hatte? Hatte sie ihn in die Schublade der Anrichte gelegt? Ob man dort wohl Hunde mitbringen konnte? Ohne Benny würde sie nicht fahren. Der arme Hund war ja ganz verstört gewesen, als sie aus Dresden wiedergekommen war.

Am Vorabend ihrer Rudertour hatte Nina sie zum Flughafen gebracht. Helene schüttelte den Kopf, als sie daran dachte. Manchmal tat ihre Tochter so, als ob sie schon dement sei und man ständig auf sie aufpassen müsse. Sie hatte sie bis zum Gate gebracht, und Helene hatte sie gerade noch im letzten Moment daran hindern können, die Frau hinter dem Schalter zu bitten, ein Auge auf ihre alte Mutter zu haben. Am liebsten hätte sie ihr wahrscheinlich ein Schild um den Hals gehängt. Die kleine Helene fliegt nach Köln, oder so. Und die ganze Zeit über hatte sie ihr eingeschärft, nur ja nicht zu rauchen. Du liebe Güte! Sie mochte ja alt sein, aber natürlich wusste sie, dass man heutzutage in der Öffentlichkeit so gut wie nirgendwo mehr rauchen konnte. Natürlich war alles völlig glattgegangen – es wäre ja gelacht, wenn sie so etwas Einfaches wie einen Flug zwischen zwei Städten nicht mehr fertigbrächte. Und in Köln hatte sie eine Überraschung erwartet – ihr Enkel hatte sie abgeholt.

Zwar argwöhnte sie, dass Nina ihn geschickt hatte, aber er versicherte ihr glaubhaft, dass er sich doch noch von ihr verabschieden wollte, bevor er nach Vancouver ginge.

Das war sehr schön gewesen. Sebastian war wirklich ein lieber Junge. Nachdenklich trank Helene noch einen Schluck. Sie schob die Unterlippe vor. Weniger schön war allerdings dann der Zustand ihres Hundes gewesen, als sie ihn aus der Hundepension abgeholt hatten.

Sie war doch nur vier Tage weg gewesen, aber er hatte abgenommen und zitterte richtig, als er ihr entgegenkam. Dass ihr Sohn ihn aber auch in die Tierpension geben musste! Es hatte mal wieder niemand Zeit gehabt, sich um den Hund zu kümmern! Mein armer kleiner Benny!, dachte sie. Sie ließ es sich zwar nicht anmerken, aber der kleine Pudel war ihr Ein und Alles, und von ihrem Enkel Sebastian einmal abgesehen – der zudem noch nicht einmal ihr richtiger Enkel war –, bedeutete er ihr mehr als jeder Mensch.

Es kam also überhaupt nicht in Frage, ihn hierzulassen. Sie leckte den süßen Schlehenlikör aus den Mundwinkeln. Gleich morgen früh würde sie im Schwarzwald anrufen und fragen, ob sie den Hund mitbringen könnte. Und natürlich auch, ob sie überhaupt noch ein Zimmer frei hätten. Wenn ja, dann hatte sie sogar schon eine Idee, wie sie dorthin kommen würde. Mit der Eisenbahn würde sie nämlich auf keinen Fall fahren. Benny war ein alter Hund und hatte eine schwache Blase. Die Zugfahrt dauerte mindestens vier Stunden, überlegte sie, und was sollte der Arme dann machen? Und außerdem gab es ja noch nicht einmal mehr bei der Bahn Raucherabteile. Also, eine Bahnfahrt kam nicht in Frage!

Aber der nette Herr Kranz von City Taxi hatte schon ein paarmal zu ihr gesagt: »Frau Ludwig, wenn ich Sie mal irgendwohin fahren soll, rufen Sie einfach an! Viermal die Drei, und Sie haben mich an der Strippe!« Genau das würde sie jetzt tun. Herr Kranz konnte sie und Benny bestimmt mit seinem Taxi in den Schwarzwald fahren. Das wäre ja viel komfortabler als mit dem Zug, und natürlich wäre es auch besser für Benny, weil sie unterwegs anhalten könnten. Helene runzelte die Stirn. Über den Preis würden sie verhandeln müssen, aber das machte ihr keine Sorgen. Im Verhandeln war sie immer schon gut gewesen. Im Urlaub war es ihrem Mann und den Kindern sogar oft peinlich gewesen, wie sie die Preise gedrückt hatte.

Zufrieden schenkte sie sich den Rest des Schlehenlikörs ein. Oh, die Flasche war wahrhaftig schon wieder leer. Hatte sie eigentlich noch Aufgesetzten im Keller? Sie musste doch einmal nachschauen, vielleicht konnte sie ja eine oder zwei Flaschen mit in den Schwarzwald nehmen. Die anderen Gäste würden sich bestimmt freuen.

Sie trat an den kleinen Altar, den sie sich auf dem Sekretär am Fenster eingerichtet hatte. Zwei Engelsfiguren standen vor einem Bild, auf dem ein Engel mit langen Haaren in einem fließenden weißen Gewand und großen weißen Flügeln sich schützend über ein kleines Mädchen beugte, das in seinem Bettchen schlief. Es war ein ziemlich kitschiges Bild, das musste selbst Helene zugeben, aber ihr traten doch jedes Mal die Tränen in die Augen, wenn sie die Szene betrachtete. Daneben stand eine kleine Wasserschale, in der wie Seerosen geformte Kerzen schwammen. Diese zündete sie jetzt an, blieb noch einen Moment nachdenklich vor dem Altar stehen und nickte dann mit dem Kopf. »Ihr habt mir bisher immer den richtigen Weg gewiesen«, sagte sie leise.

Dann setzte sie sich wieder aufs Sofa, schaltete den Fernseher ein und zündete sich eine Zigarette an. Als Benny von draußen hereingelaufen kam, klopfte sie einladend auf die freie Fläche neben sich. »Komm her, mein kleiner Stinker, wir sehen jetzt ein bisschen fern. Und wenn alles klappt, fahren wir übermorgen in den Schwarzwald.«

12.

»Habe ich jetzt vom Fasten schon Halluzinationen?« Nina erhob sich halb aus ihrem Stuhl und spähte über das Geländer ihres Balkons. Unten war ein Taxi vorgefahren. Es dämmerte zwar schon, aber die orangeroten Löckchen auf dem Kopf des einzigen Fahrgasts, der ausgestiegen war, leuchteten sogar im schwindenden Licht.

Nina keuchte erschrocken auf. »Das kann doch nicht sein«, flüsterte sie ihren Freundinnen aufgeregt zu. »Wo kommt denn meine Mutter jetzt auf einmal her?«

Katrin riskierte ebenfalls einen Blick. »Das ist Taxi Kranz«, stellte sie fest. Sie schlug sich die Hand vor den Mund, um ein Kichern zu unterdrücken. »Sie wird doch nicht die ganze Strecke mit dem Taxi gefahren sein? Wie viel das wohl gekostet hat?«

»Hör auf zu kichern!«, zischte Nina. »Seht mal, wie viel Gepäck sie dabeihat! Wie lange will sie denn hierbleiben? Zwei Monate? Und Benny ist auch mit von der Partie.«

»Das hilft ja nun alles nichts«, erklärte Ariane. »Wir gehen jetzt runter und begrüßen sie.«

»Nein, auf keinen Fall!«, erwiderte Nina. »Wenn sie schon hier absteigen muss, dann will ich wenigstens heute Abend noch meine Ruhe haben. Morgen früh ist früh genug.«

»Zu spät«, sagte Ariane lapidar. »Sie hat uns schon gesehen.«

Helene Ludwig blickte sich zufrieden um. Auf ihre Engel war Verlass. Sie hatten sie sicher hierhergeleitet, und sie hatten sogar dafür gesorgt, dass im Hotel noch ein Zimmer zu bekommen war, obwohl sie sich doch so kurzfristig entschieden hatte. Aber der junge Mann an der Rezeption hatte ihr erklärt, er könne ihr ein Doppelzimmer anbieten, das unerwartet frei geworden sei. Und, ja, selbstverständlich könne sie auch ihren Hund mitbringen. Sogar für den Taxifahrer hatten sie für eine Nacht noch ein kleines Zimmer frei.

Allzu viel sah man ja nicht mehr. Herr Kranz hatte erst nach vierzehn Uhr aufbrechen können, und weil sie alle hundert Kilometer eine ausgiebige Pause gemacht hatten, hatten sie für die knapp 550 Kilometer über acht Stunden gebraucht. Aber schließlich wollte Benny zu seinem Recht kommen, und auch Helene war es lieb gewesen, dass sie sich zwischendurch die Beine vertreten konnte. Herr Kranz war ebenfalls Raucher, auch wenn er ein Nichtrauchertaxi fuhr, und das hatte die Fahrt angenehm und kurzweilig gemacht.

Mittlerweile ging es auf halb elf zu, und es war schon fast dunkel. Die wuchtige Fassade des Hauses ragte vor ihr auf. Beleuchtet war nur noch das Fenster neben dem Eingang. Dort befand sich vermutlich die Rezeption. Als sie das Zimmer gebucht hatte, hatte sie Bescheid gesagt, dass sie wahrscheinlich erst spät am Abend kommen würde.

»Benny, bleib hier«, befahl sie ihrem Hund, der sich nach der für ihn ungewohnt langen Autofahrt daranmachen wollte, die fremde, aufregend duftende Umgebung zu erkunden. Der Taxifahrer lud bereits ihr Gepäck aus. Sie hatte ihm ebenfalls eine Übernachtung im Hotel spendiert. Er hatte ihr zwar versichert, er könne auch in der Nacht wieder zurückfahren, aber davon wollte Helene nichts wissen. »Das kommt ja überhaupt nicht in Frage«, hatte sie erwidert. »Man liest so viel von Unfällen, die verursacht werden, weil die Fahrer übermüdet sind. Sie schlafen im Hotel, und morgen früh fahren Sie dann in aller Ruhe wieder zurück.«

Jetzt ging die Eingangstür des Hotels auf, und ein junger Mann trat auf sie zu. »Frau Ludwig, ich freue mich, dass Sie wohlbehalten den Weg zu uns gefunden haben«, begrüßte er sie mit strahlendem Lächeln. »Mein Name ist Adrian Böhler, ich bin der Sohn des Hauses. Kommen Sie, ich zeige Ihnen Ihr Zimmer. Die Formalitäten erledigen wir dann morgen Vormittag. Wie versprochen, konnte ich Ihnen ein Zimmer mit Balkon reservieren. Es liegt gleich hier oben im ersten Stock. Jetzt ist es ja schon zu dunkel, aber morgen früh werden Sie feststellen, was für eine wunderbare Aussicht Sie von dort aus haben.«

Helene schaute nach oben. Über den gesamten ersten Stock des Hauses erstreckte sich ein breiter Balkon, der vor den einzelnen Zimmern mit hölzernen Trennwänden unterteilt war. Sieht gemütlich aus, dachte sie. Aber anscheinend gingen die Leute hier früh zu Bett. Alles war dunkel und still. Nur da hinten an der Ecke schien noch jemand wach zu sein. Sie sah Schatten und hörte leises Getuschel. Helene kniff die Augen zusammen. War das nicht der rote Lockenkopf ihrer Tochter?

»Huhu, Nina«, rief sie fröhlich. »Überraschung!« Von oben kam ein unterdrückter Aufschrei, dann war auf einmal nicht nur der rote Haarschopf, sondern der gesamte

Oberkörper ihrer Tochter zu sehen. Neben ihr tauchten zwei ihrer Freundinnen auf.

»Mutter!«, sagte Nina. Täuschte sie sich, oder klang sie gequält? »Wo kommst du denn her?«

Helene schüttelte den Kopf. Blöde Frage. »Na, von zu Hause natürlich«, erwiderte sie ungehalten. »Guten Abend, ihr drei!« Sie musterte die drei Frauengestalten am Geländer. »Ich dachte, ihr seid zu viert hier! Wartet, ich komme nach oben. Ich habe euch auch etwas mitgebracht!«

Ninas Aufstöhnen hörte sie schon nicht mehr, weil sie, gefolgt von dem armen Herrn Kranz, der sich mit dem gesamten Gepäck abschleppte, mit Adrian Böhler ins Haus ging.

»Also, ich lege mich jetzt schlafen«, erklärte Katrin hastig. »Bestell deiner Mutter schöne Grüße von mir, ich sehe sie ja sicher morgen früh.«

»Ja, ich bin auch müde«, sagte Ariane. »Komm, Katrin, morgen früh um sechs ist die Nacht zu Ende.«

»Aber ihr wolltet doch noch mit auf Dani warten«, wandte Nina ein. »Wir wissen doch gar nicht, wo sie ist. Macht ihr euch denn keine Sorgen?«

»Dani ist erwachsen«, erwiderte Ariane. »Sie wird schon wiederauftauchen.«

»Genau«, fügte Katrin hinzu. »Sie hatte sich auch so schick gemacht – vielleicht hatte sie eine Verabredung.«

»Mit wem soll sie sich hier denn verabreden?« Kopfschüttelnd blickte Nina die Freundinnen an. »Aber geht ihr nur ins Bett – ich kann ja zusehen, wie ich mit meiner Mutter klarkomme.«

»Schon gut, schon gut.« Ariane verdrehte die Augen und lehnte sich mit verschränkten Armen an die Holzwand. »Ich bleibe, aber nicht mehr lange, das sage ich dir.«

»Ich muss ins Bett. Ich bin wirklich müde.« Katrin wandte sich zum Gehen, sie kam jedoch nicht weit. Es klopfte, und die Stimme von Ninas Mutter ertönte: »Kind? Kann ich hereinkommen?« Ohne eine Antwort abzuwarten, öffnete sie die Tür und betrat das Zimmer.

Der Rundweg, den Beat sich vorgenommen hatte, dauerte länger, als er gedacht hatte. Es dämmerte schon, und er war immer noch nicht an der Abzweigung angelangt, die ihn dann zum Hotel zurückführen würde. Aber das störte ihn nicht, im Gegenteil. Was sollte ihm schon passieren? Er hatte genug zu trinken dabei, und in seinem Rucksack steckten Karte und Kompass. Es war so ein schöner, milder Abend. Tief atmete er die würzige Luft ein und spürte förmlich, wie sein Kopf klar wurde. Es war wirklich eine gute Idee gewesen, zum Fastenwandern hierher zu kommen, dachte er zufrieden. Er fühlte sich nicht nur körperlich leichter, auch seelisch war er wieder unbeschwerter. Und außerdem hatte er hier so viele nette Leute kennengelernt. Unwillkürlich musste er an Dani denken. Sie hatte heute Abend nicht mit ihren Freundinnen am Pool gesessen. Wo sie wohl gewesen war? Er mochte die vier Freundinnen, aber Dani gefiel ihm ganz besonders gut. Vom Typ her war sie seiner Frau nicht ähnlich, aber sie hatte so etwas Fürsorgliches, Liebes … und vor allem ihre großen braunen Augen hatten es ihm angetan.

Es raschelte im Gebüsch, und Beat hob den Kopf. Ach, nur eine Amsel. Ob es hier Wildschweine gab? Wahrscheinlich. Na, sie würden ihn schon in Ruhe lassen.

Zügig marschierte er weiter. Seit ein paar Tagen hatte er Energie ohne Ende. So hatte es ja auch im Prospekt gestanden, aber er hatte es nicht geglaubt, wenn er ehrlich war. Und doch merkte er schon nach diesen acht Tagen, wie gut es ihm tat, im wahrsten Sinne des Wortes allen Ballast abgeworfen zu haben.

Der Weg öffnete sich auf eine kleine Lichtung. Da vorne war die Gabelung. Jetzt brauchte er sich nur noch links zu halten, dann war er in zwanzig Minuten wieder im Hotel, wenn er in diesem Tempo weiterging. Mittlerweile war es doch schon ziemlich dunkel geworden, aber als erfahrener Wanderer hatte er seine Taschenlampe eingesteckt. Außerdem war der Himmel sternenklar, und auch der Mond war noch fast voll – er würde schon genug sehen.

»Ihr seid doch nicht etwa schon müde?« Helene Ludwig schaute ihre Tochter fragend an. »Nehmt euch mal ein Beispiel an einer alten Frau. Ich bin die ganze lange Strecke gefahren und bin immer noch hellwach!«

Nina verdrehte die Augen. »Mama, wirklich! Was denkst du dir eigentlich dabei, einfach mitten in der Nacht …«

»Kind, ich bitte dich! Es ist doch noch nicht mitten in der Nacht!«, unterbrach ihre Mutter sie.

»… mitten in der Nacht hier aufzukreuzen«, fuhr Nina unbeirrt fort, »und in unsere Fastenkur hineinzuplatzen?«

»Ich dachte, du freust dich.« Helene Ludwig sah auf einmal alt und klein aus. Hilfesuchend blickte sie sich um. »Hast du hier keinen Stuhl? Und es wäre auch schön, wenn du deiner alten Mutter ein Glas Wasser anbieten könntest. Oder nein, noch besser! Ich habe Schlehenlikör dabei – wollen wir nicht anstoßen?« Strahlend blickte sie in die Runde. Das war doch jetzt mal ein Angebot!

Hilfsbereit schob Katrin ihr einen Stuhl unter.

»Mama!«, sagte Nina wieder. »Welchen Teil von Fastenkur hast du nicht verstanden? Fastenkur! Wir fasten! Wir trinken keinen Schlehenlikör!« Sie fand es immer wieder faszinierend, wie ihre Mutter von einer Sekunde auf die andere ihren Gesichtsausdruck verändern konnte. Sie wäre eine begnadete Schauspielerin geworden.

»Ach so!«, erwiderte Helene, als sei ihr das nicht klar gewesen. »Ja, ich dachte eben schon, ihr seht alle ein bisschen angegriffen aus. So ätherisch«, fügte sie spöttisch hinzu. »Jetzt verstehe ich erst. Aber habt ihr denn wenigstens gutes Mineralwasser hier?«

Nina merkte, wie ihr Geduldsfaden zum Zerreißen gespannt war. »Nein«, erklärte sie erschöpft, »das Leitungswasser hier kommt direkt aus dem Berg. Es ist viel besser als jedes Mineralwasser.«

Ihre Mutter blickte sie unschlüssig an. »Hm. Ja, na gut, wenn ihr nichts anderes habt, dann gib mir eben ein Glas Leitungswasser.« Sie überlegte kurz, und ihr Gesicht hellte sich auf. »Ich kann ja im Zimmer noch einen Schlehenlikör trinken.« Sie blickte in die Runde. »Und, will nicht doch eine mithalten?«

»Nein«, zischte Nina. Sie reichte ihrer Mutter ein Glas Wasser. »Hier, aber danach gehst du ins Bett.« Ein schrecklicher Verdacht keimte in ihr auf. »Du hast doch ein Zimmer, oder?«

»Natürlich!« Die alte Frau blickte sie entrüstet an. »Glaubst du etwa, ich hätte vor, bei dir in der Besucherritze zu schlafen? Natürlich habe ich ein Zimmer. Da hinten am Ende des Flurs.«

Ariane öffnete den Mund, als ob sie etwas sagen wollte, aber Nina trat ihr gegen den Knöchel. »Aua!« Empört blickte Ariane die Freundin an.

Helene Ludwig trank durstig. »Das Wasser hier schmeckt wirklich gut!«, sagte sie anerkennend. »Wo ist denn eigentlich Dani? Ist sie schon im Bett?«

»Ja«, log Nina. Wenn ihre Mutter jetzt erfuhr, dass Dani noch nicht wieder nach Hause gekommen war, dann bat sie bestimmt die Engel um Beistand, und die nächtliche Sitzung in ihrem Zimmer würde noch länger dauern. »Und du gehst jetzt auch besser schlafen. Das ist ja alles viel zu anstrengend für dich. Morgen erzählst du uns dann, was dich hierherverschlagen hat.«

Es klopfte erneut. Ob Dani wohl endlich nach Hause gekommen war? Aber es war nur Adrian, der den Kopf zur Tür hereinsteckte. »Frau Ludwig, ich war mit Ihrem Hund noch einmal draußen, und wenn Sie wollen, können Sie sich jetzt in Ihr Zimmer zurückziehen. Ach, kann ich Sie noch einmal kurz sprechen?«, wandte er sich an Ariane. »Ich weiß, es ist schon spät, aber es dauert nur einen Moment.«

»Na, hier herrscht ja ein Betrieb mitten in der Nacht, wie auf der Hohen Straße!«, stellte Helene, die alte Kölnerin, fest. »Bist du sicher, dass ich bei der Unruhe hier überhaupt ein Auge zukriege, Kind?«

»Müde genug müsstest du eigentlich sein«, erwiderte Nina trocken. »Jetzt sieh mal zu, dass du ins Bett kommst. Warte, ich bring dich in dein Zimmer.« Am Ende kam ihre Mutter noch auf die Idee, nachts durchs Haus zu geistern. Bei ihr konnte man wirklich nie wissen. Sie hakte Helene unter und verfrachtete sie mitsamt Benny über den Flur in das Zimmer, das durch die vorzeitige Abreise von Vanessa und Timo frei geworden war. Ihrer Mutter würde sie die Geschichte aber besser nicht erzählen, sonst glaubte diese am Ende noch, das Zimmer sei schlecht bestrahlt oder so, dachte sie.

Auch Katrin nutzte die Gelegenheit, um zu verschwinden, während Ariane und Adrian sich an die Rezeption begaben. »Ich brauche Ihren Rat«, begann er.

Beat blinzelte. Da vorne war etwas. Selbst in der beginnenden Dämmerung konnte er einen korallenroten Fleck erkennen. So große Blumen gab es hier doch gar nicht! Und der Fleck bewegte sich – ein Tier? Unwahrscheinlich. Entschlossen ging er darauf zu. Schon von weitem rief er: »Hallo! Hallo! Ist da wer?« Der korallenrote Fleck sprang auf, und in diesem Moment erkannte Beat, dass es Dani war, die offensichtlich neben einem Baum auf der Erde gekauert hatte.

Er begann zu laufen. »Dani?«, sagte er. »Dani? Was machst du denn hier?« Mit einem Aufschrei stürzte sie sich in seine Arme. Sie schluchzte und lachte gleichzeitig, und die unzusammenhängenden Worte, die sie stammelte, waren kaum zu verstehen. Außerdem hatte sie das Gesicht an seine Brust gedrückt, und er spürte, wie ihre Tränen sein T-Shirt durchweichten.

Verlegen stand Beat da und tätschelte ihr den Rücken. »Ist ja schon gut! Ist ja schon gut!«, murmelte er. Und weil er das bei seiner Frau auch immer so gemacht hatte, wenn er sie trösten musste, drückte er ihr einen Kuss auf den Scheitel. Er dachte gar nicht weiter darüber nach, und als sie dann das Gesicht hob und ihn aus tränenfeuchten, großen braunen Augen ansah, senkte er automatisch den Kopf und küsste sie auf den Mund.

Dani stieß einen kleinen Seufzer aus, und zu Beats Überraschung schmiegte sie sich enger an ihn und öffnete sich seinem Kuss. Eng umschlungen standen sie mitten auf dem Waldweg und küssten sich, tastend und vorsichtig zuerst und dann immer kühner und leidenschaftlicher.

Schließlich lösten sie sich leise keuchend voneinander. Beat ließ die Arme sinken. Plötzlich wusste er nicht mehr, wohin mit den Händen. Sein Brustkorb hob und senkte sich unter seinem schweren Atem. »Entschuldige«, sagte er mit rauer Stimme. »Ich weiß nicht, was über mich gekommen ist. So etwas tue ich für gewöhnlich nicht.«

Dani war hochrot im Gesicht, und auf ihren Wangen glitzerten Tränenspuren. Auch sie atmete schwer. »Ich auch nicht«, erwiderte sie. Sie schlug sich die Hand vor den Mund und begann zu lachen. Beat schaute sie verblüfft an. »Entschuldige«, prustete sie. »Tut mir leid. Ich lache dich nicht aus. Es ist nur …« Der Rest des Satzes ging in Gelächter unter.

Schließlich beruhigte sie sich und wischte sich die Lachtränen aus den Augen. »Entschuldige«, sagte sie noch einmal. »Ich bin wahrscheinlich absolut hysterisch. Ich habe mich verlaufen, und ich war völlig verzweifelt, weil ich schon geglaubt habe, ich müsste die Nacht im Wald verbringen. Und dann warst du auf einmal da.« Sie warf ihm einen raschen Blick unter gesenkten Lidern zu, und Beat konnte nur denken, wie hübsch sie doch war. »Wie ein Ritter auf einem weißen Pferd.«

»Na ja, wohl eher zu Fuß«, brummte Beat verlegen.

Dani verzog die Lippen zu einem Lächeln. »Ich war so

froh, Beat, das kannst du dir gar nicht vorstellen. Auch, dass gerade du es warst … also, nicht jemand anderer … ich hatte solche Angst, dass …« Sie verhaspelte sich immer mehr, und die Röte auf ihren Wangen wurde tiefer. »Und das Küssen war wirklich sehr schön«, fügte sie beinahe trotzig hinzu.

Jetzt musste auch Beat ein bisschen lachen. »Ja, das war schön«, sagte er mit seinem Schweizer Akzent, den Dani so nett fand. Er kam ihr überhaupt auf einmal bemerkenswert nett und attraktiv vor. Er sah so … so anständig aus. Warum war ihr das bisher eigentlich noch nicht aufgefallen? Sie hatte nur Augen für Hubertus gehabt.

»Aber so schön es auch war, jetzt sollten wir nicht mehr hier herumstehen«, fuhr er fort. »Es ist schon ziemlich dunkel, und deine Freundinnen machen sich bestimmt Sorgen.« Er zeigte auf den Waldweg, der an der Gabelung links verlief. »Komm, wir müssen da entlang. Es ist nicht mehr allzu weit bis zum Hotel. In einer Viertelstunde sind wir da, wenn wir uns ein bisschen beeilen. Du kannst doch laufen, oder?«, erkundigte er sich besorgt.

»Ja, natürlich. Ich bin nicht verletzt«, beruhigte Dani ihn. »Oh Mann, ich bin so froh, dass du hier bist. Ich glaube, alleine wäre ich keinen Schritt mehr gegangen. Und was wäre dann nur aus mir geworden? Wie hätte ich die Nacht alleine im Wald überlebt? Am Ende wäre ich noch von irgendwelchen Tieren angefallen worden. Von Wölfen, Bären oder Wildschweinen.« Vor lauter Aufregung plapperte Dani ohne Punkt und Komma.

Beat musste lächeln. Er legte Dani den Arm um die Schultern und zog sie im Gehen ein wenig an sich. »Das wohl kaum. Höchstwahrscheinlich wärst du letztendlich einen der beiden Wege gegangen«, sagte er tröstend. »Und sie führen beide zum Hotel.«

»Keine Sorge, ich halte Sie nicht lange auf, Frau Mäurer«, sagte Adrian, als er mit Ariane an der Rezeption stand. »Ich habe mir nur überlegt, ob wir uns vielleicht gemeinsam daranmachen könnten, im Internet etwas über Dr. Müller herauszubekommen. Ich habe zwar keine Ahnung, wonach wir überhaupt suchen sollen, aber da Sie ja auch schon die ganze Zeit das Gefühl haben, ihn irgendwoher zu kennen, habe ich gedacht, Sie könnten mir vielleicht helfen, indem wir bei Ihrem oder seinem Studium ansetzen? Vielleicht stoßen wir ja auf Gemeinsamkeiten. Ich kenne mich beim Medizinstudium nicht so gut aus, und ...« Er blickte Ariane bittend an.

Ariane nickte. »Ja, sicher, gerne. Aber Sie wollen nicht heute Abend schon anfangen, oder?«

»Nein, um Himmels willen, es ist ja schon viel zu spät. Sie sollen sich hier ja erholen! Vielleicht morgen nach der Wanderung? Ginge das? Oder finden Sie auch, wie meine Eltern, dass ich übertreibe?«

»Nein, ich verstehe Sie«, erwiderte Ariane langsam. »Natürlich fragt man sich, ob es legitim ist, jemandem im Internet nachzuforschen, aber ich werde ja dieses nagende Unbehagen in Bezug auf Müller auch nicht los. Außerdem«, fügte sie grinsend hinzu, »habe ich schon als Kind gerne Detektiv gespielt.«

13.

Das Wetter war schlechter geworden, und am späten Vormittag hatte ein dünner Landregen eingesetzt. Tiefhängende Wolkenfetzen trieben über die Rheinebene, und die Gipfel der Schweizer Berge waren gar nicht erst zu sehen. Wenn es nicht so warm gewesen wäre, hätte man meinen können, es sei schon November.

Am frühen Nachmittag saß Adrian an seinem Schreibtisch am Empfang und trug die letzten Buchungen ein. Ab und zu blickte er auf, wenn draußen vor dem Fenster eine Gestalt im Regenponcho vorbeilief oder die Türen des Aufzugs sich mit einem leisen »Pling« öffneten und ein Gast durch die Lobby kam. Die ersten Fastenwanderer sammelten sich schon für die heutige Wanderung. Es war immer interessant zu beobachten, wer nur bei schönem Wetter vor die Tür ging und wer auch bei Regen tapfer mit marschierte. Das sagte einiges über Charakter und Durchhaltevermögen aus.

»Brr, eine Luft wie in der Waschküche«, schimpfte ein Mann, der zu den essenden Gästen gehörte. »Sagen Sie«, wandte er sich an Adrian, »ist der Doktor heute noch zu sprechen? Meine Frau hat solche Atemnot bei dieser Witterung, und wir möchten sichergehen, dass es nichts Ernstes ist.«

Adrian runzelte die Stirn. Es war ungewöhnlich, dass

Müller während der Praxiszeiten nicht greifbar war. »Ich frage mal nach«, sagte er zu dem Mann. »Eigentlich müsste die Praxis besetzt sein.« Er wählte die Nummer der Praxisräume. Die Sprechstundenhilfe, Frau Rickenbach, hatte heute ihren freien Tag, und normalerweise half dann immer Adrians Mutter während der Sprechstunde aus. Zurzeit hatten sie allerdings eine Praktikantin, eine sechzehnjährige Schülerin, und da Ilse Böhler heute einen unaufschiebbaren Termin wahrnehmen musste, war das Mädchen ausnahmsweise mit dem Doktor alleine in der Praxis.

Das Telefon klingelte ungewöhnlich lange, und schließlich kam Dr. Müller selbst an den Apparat.

»Herr Dr. Müller«, sagte Adrian erstaunt, »ist denn Steffi heute nicht da?«

»Nein«, blaffte ihn der Arzt an. »Sie ist nach Hause gegangen.«

»Oh, ja … äh … bei mir steht ein Gast, Herr Bendler. Seiner Frau geht es nicht gut. Sie waren heute wohl schon einmal an der Praxis und haben Sie aber nicht angetroffen. Kann ich sie jetzt bei Ihnen vorbeischicken?«

»Ja, selbstverständlich«, erwiderte Müller barsch. »Ich war die ganze Zeit da.«

Adrian verzichtete auf einen Kommentar, zumal Herr Bendler immer noch an der Rezeption stand und das Gespräch verfolgte. In Anwesenheit eines Gastes konnte er sich ja wohl kaum mit diesem unmöglichen Mann auseinandersetzen. »Dann sage ich dem Ehepaar Bendler Bescheid, dass sie jetzt vorbeikommen können«, schloss er verbindlich und legte auf.

Als die Gäste gegangen waren, saß Adrian nachdenklich vor seinem Computer. Auf seine Buchungen konnte er sich im Moment nicht konzentrieren. Nach einer Weile griff er erneut zum Telefonhörer und rief bei der Praktikantin zu Hause an. Die Mutter erklärte ihm überrascht, ihre Tochter sei nicht da und sie ginge davon aus, dass das Mädchen in der Praxis sei.

»Sie hat sich anscheinend nicht gut gefühlt und ist früher nach Hause gegangen«, log Adrian. »Ich wollte mich nur erkundigen, wie es ihr jetzt geht. Sagen Sie ihr doch bitte, sie soll mich anrufen, wenn sie zu Hause ist.«

Als er auflegte, beschlich ihn ein merkwürdiges Gefühl.

Es lag wohl am Regen, dass sie bei der Wanderung nicht vollzählig waren. Vielleicht hatte es aber auch etwas damit zu tun, dass Hubertus heute von seiner Schwägerin Pia vertreten wurde, Adrians Schwester, die sonst im Hotel als Kosmetikerin arbeitete. Als sie die Anwesenden begrüßte und erklärte, dass sie die Wanderung leiten würde, weil ihr Schwager aus familiären Gründen verhindert sei, rümpfte Hiltrud, die ältere der beiden Fastenziegen, die Nase und verdrückte sich leise murrend. Susanne, die jüngere, war seltsamerweise gar nicht erst aufgetaucht.

Dimitri war sowieso nicht dabei, er hatte beim mittäglichen Gemüsesaft erklärt, es ginge ihm heute nicht gut und er wolle sich hinlegen. »Ihr müsst wandern«, hatte er mit seinem schweren Akzent gesagt und die Freundinnen freundlich angelächelt. »Für euch ist es gut.«

»Ja, klar«, sagte Nina, »für mich kommt sowieso nichts anderes in Frage. Da hinten sitzt nämlich meine Mutter.« Sie wies mit dem Kinn auf die Tische mit den essenden Gästen. »Sie ist gestern Abend gekommen«, erklärte sie Dimitri.

»Warum?«, fragte der Russe.

»Da fragst du was. Ich weiß es ehrlich gesagt nicht«, erwiderte Nina.

»Vielleicht hat sie Sehnsucht nach dir gehabt«, mischte Ariane sich ins Gespräch.

»Das wüsste ich«, sagte Nina. »Aber in gewisser Weise hast du natürlich recht. Sie hat wahrscheinlich einfach nur Langeweile gehabt, und man muss sagen, sie hat das alles hervorragend organisiert. Aber das ist echt typisch meine Mutter, findest du nicht auch, Dani?«

»Was?« Dani war so in Gedanken versunken, dass sie von dem Gespräch gar nichts mitbekommen hatte. Nina, Ariane und Katrin wechselten vielsagende Blicke. Ihre Freundin war seit gestern Abend wie ausgewechselt. Bisher wusste noch niemand, was eigentlich genau passiert war. Fest stand nur, dass sie mitten in der Nacht mit Beat zusammen aus dem Wald gekommen war. Nina war kurz davor gewesen, die Polizei zu verständigen, weil sie sich große Sorgen um Dani gemacht hatte, aber das war durch das plötzliche Auftauchen ihrer Mutter in den Hintergrund getreten.

Helene hatte die Situation gleich durchschaut. Anscheinend hatte sie vom Balkon aus beobachtet, wie Dani und Beat zum Hotel zurückkamen. Zum Glück jedoch war sie nicht noch einmal aus ihrem Zimmer gekommen, um Nina darüber zu informieren, sondern hatte lediglich am Morgen ein paar kryptische Engelsprüche zum Besten gegeben.

»Ist schon gut«, sagte Nina jetzt. »Kommst du mit zum Wandern? Dimitri fühlt sich nicht wohl, er bleibt hier.«

»Nein, ehrlich gesagt möchte ich auch lieber hierbleiben«, erwiderte Dani. »Ich mache höchstens einen kleinen Spaziergang oder so. Es war doch ein bisschen anstrengend heute Nacht.«

»Ja, apropos«, sagte Ariane. »Was ist denn überhaupt vorgefallen? Und wo steckt eigentlich Beat?«

Dani wurde knallrot. »Keine Ahnung«, erwiderte sie leicht gereizt. »Warum fragst du gerade mich?«

»Na ja, immerhin seid ihr zusammen mitten in der Nacht nach Hause gekommen«, warf Katrin ein.

»Wer sagt das denn?«, fragte Dani erschreckt.

»Meine Mutter«, erwiderte Nina und signalisierte der Freundin mit den Augen, sie solle sich nicht aufregen. »Sie hat euch nach Hause kommen sehen.«

»Aus dem Wald«, ergänzte Ariane in süffisantem Tonfall. »Was habt ihr da eigentlich gemacht?«

»Gar nichts«, erwiderte Dani defensiv. »Was du immer gleich denkst.«

»Was denke ich denn?«, fragte Ariane und grinste.

»Hört auf«, kam Nina der Freundin zu Hilfe. »Ihr merkt doch, dass Dani nichts erzählen will.« Sie hätte auch zu gerne gewusst, was los war, aber sie kannte ihre Freundin. Irgendwann würde sie schon mit der Geschichte herausrücken.

Nina stand auf. »Ich habe jetzt eine Verabredung mit meinem Leberwickel«, verkündete sie. Mit einem Seitenblick auf ihre Mutter vergewisserte sie sich, dass Helene immer noch ins Gespräch mit Vera vertieft war. Gut, dachte sie, so kann es bleiben. Sie wird ja wohl kaum erwarten, dass ich mich hier genauso intensiv um sie kümmere wie in Dresden.

»Ja, ich auch«, schloss sich Ariane ihr an.

»Hey, lasst mich nicht alleine.« Katrin kam ihnen nachgelaufen. Dani blieb mit Dimitri alleine am Tisch sitzen.

»Sehr interessant, das mit Dani und Beat«, sagte Ariane, als sie zu ihren Zimmern gingen. »Wirklich sehr interessant. Was mag da wohl passiert sein?«

»Na, die Geschichte schuldet sie uns noch«, erklärte Katrin. »Aber wir werden es ja hoffentlich erfahren.«

In ihrem Zimmer schlüpfte Nina aus ihrer Trainingshose. Man kann sich daran gewöhnen, immer so schlampig angezogen herumzulaufen, dachte sie. Das hat wohl auch sein Gutes für die Seele – einfach mal fünfe gerade sein lassen ... Bewaffnet mit einem feuchtwarmen, sorgfältig ausgewrungenen Waschlappen, einem Handtuch und einem Badetuch trat sie an ihr Bett. Bei so einem Wetter machte die Mittagspause mit dem entgiftenden Leberwickel besonders viel Spaß. Sie drückte den Waschlappen auf ihre rechte Seite, wo sie die Leber vermutete – es würde schon stimmen –, und wickelte schnell, damit er nicht verrutschte, das Handtuch darum. Dann schlang sie das Badetuch um sich und sank mit einem zufriedenen Seufzer aufs Bett. Einen Moment lang blickte sie in die graue, regenverhangene Landschaft jenseits des Balkons, aber dann schloss sie die Augen und überließ sich der entspannenden Wärme des Leberwickels. Der letzte Gedanke, der ihr kam, bevor sie in einen erholsamen Mittagsschlummer hinüberglitt, galt Dani. Es wäre zu schön, wenn sich zwischen ihr und dem netten Schweizer etwas anbahnen würde ...

Am Nachmittag brachen sie in stark reduzierter Besetzung zu ihrer Wanderung auf. Beat war immer noch nicht aufgetaucht, und Vera war offensichtlich so von Ninas Mutter gefesselt, dass sie heute nicht teilnahm. Blieben nur Sheila, die bisher schon erstaunlich viel abgenommen hatte – wenn man auch sagen musste, dass sie von allen am allerdicksten gewesen war –, Franziska, die aufgrund ihrer Ausflüge nach Bad Säckingen noch fast genauso aussah wie vor der Fastenkur, und Katrin, Ariane und Nina.

Die Abnehmerfolge konnte ihnen heute allerdings sowieso niemand ansehen, weil sie alle in weite, hoteleigene Regenumhänge gehüllt waren. So vor den Unbilden des Wetters geschützt, marschierten sie fröhlich mit Pia über völlig neue Wege.

»Wir gehen heute in diese Richtung.« Pia zeigte auf einen Pfad, der am Waldrand entlangführte und den sie mit Hubertus noch nie gegangen waren. »Das ist unser ›Erlebnispfad‹ – ihr werdet gleich sehen, warum er so heißt.«

Zum Glück legte Pia nicht so ein Tempo vor wie Hubertus, und sie konnten sich unterhalten, ohne außer Puste zu geraten.

»Ist euch eigentlich auch schon aufgefallen, dass wir uns in den letzten Tagen immer häufiger über Kochrezepte unterhalten haben?«, fragte Ariane.

»Ja, habe ich auch schon gemerkt, aber Hunger kriege ich seltsamerweise nicht davon«, erwiderte Katrin. »Ach, übrigens, habe ich euch von diesem sensationellen Orangenkuchen erzählt?«

»Haben wir den bei dir schon gegessen?«, fragte Nina.

»Nein, auf keinen Fall. Ich habe erst kürzlich in der Zeitung davon gelesen, und es hörte sich so gut an, dass ich es unbedingt ausprobieren musste. Er war so lecker, dass Rainer und ich ihn ganz alleine aufgegessen haben. Er hält sich aber auch echt lange frisch. Die Erfinderin hat wohl einen Preis dafür bekommen.«

»Hm, ein preisgekrönter Orangenkuchen? Noch nie gehört.« Nina runzelte die Stirn. »Wie geht der denn?«

»Du musst auf jeden Fall Bioorangen dafür nehmen und sie mindestens zwei Stunden lang ganz weich kochen. Dann entfernst du Stielansatz und Kerne und pürierst sie, mit Schale und allem. Du schlägst sechs Eier schaumig …« Katrin überlegte. »Zucker kommt natürlich rein, und … Die anderen Zutaten kriege ich jetzt mengenmäßig nicht mehr zusammen, aber auf jeden Fall nimmst du statt Mehl gemahlene Mandeln. Ach ja, und Backpulver natürlich auch. Ich kopiere es euch, wenn wir wieder zu Hause sind.«

»Ich habe es ja nicht so mit Backen«, sagte Ariane. »Obwohl, Kuchen essen mag ich natürlich schon. Meine Schwiegermutter war da unübertroffen. Wenn ich an ihren Käsekuchen auch nur denke … Am besten lädst du uns zum Kaffee ein, damit wir ihn mal probieren können, den preisgekrönten Kuchen.«

»Ja, und ich bringe dann den Nachtisch mit, den ich letztens auf dem Fest bei Osterwalds gegessen habe«, sagte Nina. »Ich hätte mich reinsetzen können. Natürlich nicht so ganz kalorienreduziert, aber jedes Gramm Fett lohnt sich. Die Creme war aus Joghurt, Quark, Sahne und Mascarpone. Wow, ich sage euch …«

»Und dann kommt noch hinzu, dass Fett Geschmacksträger ist, wie wir alle wissen«, erklärte Katrin mit erhobenem Zeigefinger.

Die Freundinnen lachten. Pia drehte sich zu ihnen um. »Habe ich das richtig gehört? Ihr redet übers Essen? Macht euch das keine Probleme? Ihr habt doch jetzt die ganze Zeit schon nichts im Magen, außer ein bisschen Gemüsesaft und Hafertee.«

»Ja, gerade deshalb«, antwortete Nina. »Es macht einfach Spaß, sich die Gerichte vorzustellen und daran zu denken, was uns erwartet, wenn wir wieder zu Hause sind. Ich hätte auch nie geglaubt, dass ich mal übers Essen reden könnte, ohne dass mir das Wasser im Munde zusammenläuft. Das ist wirklich ein entschiedener Vorteil beim Fasten.«

»Bei mir klappt das nicht«, warf Franziska ein. Sie war mit Sheila hinter ihnen hergetrottet und kam jetzt das erste Mal zu Wort.

Die Freundinnen drehten sich zu ihr um. »Das ist ja auch kein Wunder. Wir haben dich in Bad Säckingen gesehen«, rutschte es Nina heraus. Ariane und Katrin stießen sie beide gleichzeitig an, aber es war zu spät.

Franziska wurde knallrot, als Sheila fragte: »Was hat sie denn da gemacht?« Neugierig blickte sie von einer zur anderen.

»Nichts, gar nichts«, erwiderte Katrin, aber die Freundinnen sahen Sheila an, dass sie sich damit nicht zufriedengeben würde. Zum Glück waren sie am Ziel ihrer Wanderung angelangt. Pia wies auf ein quadratisches Wasserbecken, das am Rand und in der Mitte mit einem Handlauf aus Edelstahl versehen war. »Man sollte zwar meinen, es reicht schon, dass ihr von oben nass werdet, aber ich werde euch jetzt auch noch bitten, Schuhe und Strümpfe auszuziehen. Wer lange Hosen trägt, muss sie bitte bis zum Knie hochkrempeln.« Sie schaute in die Runde. »Aber ihr habt ja alle Shorts an.«

Alle entledigten sich ihrer Schuhe und Socken, die dann, damit sie nicht nass wurden, in die offene Hütte neben dem Wasserbecken gestellt wurden. Pia ging voraus, und nacheinander stiegen alle über die kleine

Treppe in das Becken, wo sie wie die Störche hinter ihrer Wanderführerin her staksten.

»Wir befinden uns hier in einem Kneipp-Becken«, erklärte Pia. »Ihr wisst ja sicher, dass Pfarrer Sebastian Kneipp im letzten Jahrhundert das sogenannte Kneippen erfunden hat. Dazu gehen wir in diesem Wasserbecken herum, wobei ein Fuß immer ganz aus dem Wasser herausgenommen werden muss, bevor er wieder aufgesetzt wird. Das ist der sogenannte Storchengang.« Sie demonstrierte übertrieben, wie die Frauen sich bewegen mussten. »Eure Füße waren nach der Wanderung warm«, fuhr sie fort, »und jetzt sind sie in diesem kalten Wasser einem Kältereiz ausgesetzt, der die arterielle Durchblutung fördert und gut gegen Krampfadern ist.«

»Ich komme mir ein bisschen albern vor«, beklagte sich Ariane, während sie übertrieben die Beine hob. »Kneippen ist doch eher was für alte Leute, oder?«

»So jung bist du ja auch nicht mehr«, sagte Sheila spitz und bedachte sie mit einem vorwurfsvollen Blick. »Du hast immer etwas auszusetzen, nicht wahr? Du bist eine schwierige Person«, fügte sie hinzu.

Ariane zog die Augenbrauen hoch. Was hatte die blöde Kuh bloß immer mit ihr? Anscheinend passte ihr Arianes Nase nicht. Nina, die hinter ihr ging, streichelte ihr kurz und begütigend über die Schulter. »Nichts passiert!«, murmelte sie leise. Laut sagte sie: »Ich habe gelesen, dass man sich nach dem Kneippen nicht die Beine abtrocknen soll.«

»Ja, das stimmt«, entgegnete Pia. »Wir sollten das Wasser nur von den Unterschenkeln abstreifen. Und wenn ihr das Gefühl habt, eure Beine werden kalt, dann müsst ihr das Becken verlassen und euch warm laufen.«

Sie wiederholten das Wassertreten noch zweimal, aber auch danach durften sie ihre Schuhe noch nicht wieder anziehen.

»Da vorne beginnt der Barfußweg«, erklärte Pia. »Unsere Füße sind oft im Alltag so eingezwängt in enge Schuhe, dass wir gar nicht mehr wissen, wie sich Natur anfühlt. Wenn ihr euch unsicher fühlt, könnt ihr euch am Geländer an der Seite festhalten.«

Der Weg bestand aus unterschiedlichen Belägen, aus Holzbohlen, Kieselsteinen, Rasen oder grobem Rindenmulch, und es kostete die Frauen einige Überwindung, barfuß darüberzulaufen. »Als Kinder sind wir manchmal den ganzen Sommer über barfuß gelaufen«, sagte Nina. »Damals habe ich bestimmt dicke Hornhaut an den Fußsohlen gehabt. Nicht einmal glühend heißer Asphalt hat mir was ausgemacht.«

»Bei uns in Frankfurt wäre es gar nicht in Frage gekommen, dass ich ohne Schuhe herumlaufe«, sagte Ariane. »Ich hätte ja in irgendwas hineintreten können, vom Hundehaufen bis hin zu Glasscherben.«

»Ich habe mir mal einen rostigen Nagel in den Fuß getreten«, verkündete Franziska, die endlich ihre Sprache wiedergefunden hatte. »Er ragte aus einem Brett heraus, und er hat sich durch die Fußsohle gebohrt und ist oben auf dem Fuß wieder herausgekommen.«

»Ach, du lieber Himmel«, sagte Nina mitfühlend. Sie wollte unbedingt wiedergutmachen, dass sie Franziska vorhin beinahe verraten hätte. »Das hat bestimmt wehgetan, oder?«

»Ich kann mich nicht mehr erinnern«, erwiderte Franziska. »Ich war damals vielleicht fünf oder so. Mein Vater hat den Nagel rausgezogen, und im Krankenhaus haben sie mir dann eine Tetanusspritze gegeben und mir einen Verband um den Fuß gemacht. Aber mehr weiß ich nicht mehr.«

»Das lag am Schock«, erklärte Ariane. »Es hat mit Sicherheit wehgetan, aber die Schmerzen hast du verdrängt.«

»So wie wir es jetzt im Moment machen, oder?« Katrin verzog das Gesicht, als sie über einen Abschnitt mit spitzen, scharfkantigen Schottersteinen liefen. »Also, für mich bräuchte es hier nur Rasen und Mulch zu geben«, sagte sie zu Pia.

»Das geht den meisten Gästen so. Unsere Fußsohlen sind eben zu weich. Aber die härteren Materialien sind wichtig, weil sie wie eine Art Fußreflexzonenmassage funktionieren«, erklärte Pia.

»Genau, alles sehr gesund«, murmelte Nina.

»Und nass«, ergänzte Ariane.

»Was war denn mit Franziska?«, fragte Sheila überraschend.

Ariane blickte sie kopfschüttelnd an. »Was soll das? Wir haben doch gesagt, es war nichts.«

Sheila bedachte sie mit einem giftigen Blick. »Du grenzt mich aus«, sagte sie betont. »Ich habe doch nur gefragt.«

»Frag ruhig, so viel du willst«, erwiderte Ariane ungerührt. Nina und Katrin wechselten einen leicht amüsierten Blick. Sheila konnte ja nicht wissen, dass solche Vorwürfe an der unabhängigen Ariane abperlten wie die Regentropfen auf ihren Capes. »Ich weiß nur nicht, ob du eine Antwort bekommst.«

Pia spürte, dass Krieg im Anzug war. »Hey«, sagte sie munter. »Weil ihr so tapfer wart und mit mir durch den

Regen spaziert seid, habe ich mir eine kleine Belohnung für euch ausgedacht. Alle, die heute an der Wanderung teilgenommen haben, bekommen eine Gesichtsbehandlung gratis. Und für die Rezeptfanatiker unter euch …«, sie lächelte die fünf Frauen unschuldig an, »… gibt es gratis auch noch das Rezept für meine berühmte Gurken-Quarkmaske. Nur essen dürft ihr sie anschließend leider nicht. …«

»Ich kann mich gar nicht genug bei dir bedanken«, sagte Dani. »Wenn du mich nicht gefunden hättest – ich weiß nicht, was aus mir geworden wäre.« Gemächlich wanderte sie mit Beat den Weg zur Ruine hinauf. »Ich habe wirklich nicht mehr weitergewusst, und ich wäre wahrscheinlich einfach da liegen geblieben.«

Beat warf ihr einen verhaltenen Blick zu. »Ach was«, meinte er gespielt munter. »So einen hilflosen Eindruck machst du gar nicht. Irgendwann wärst du bestimmt aufgestanden und weitergegangen.«

Sie waren sich nach der Mittagspause vor dem Hotel begegnet, von Zufall konnte allerdings keine Rede sein. Dani hatte sich einfach so lange in der Hotelhalle aufgehalten, bis Beat herunterkam. Dafür hatte sie sogar auf ihren Leberwickel verzichtet, obwohl sie sich eigentlich gerne ein wenig hingelegt hätte. Ihr war schon klar, dass er sich absichtlich zurückgezogen hatte, weil er auch zum Frühstück nicht erschienen war, aber das wollte sie nicht gelten lassen.

»Nein, nein, da gibt es nichts zu diskutieren«, erklärte Dani entschieden. »Ich wäre liegen geblieben und in meinem Selbstmitleid ertrunken. Weiß der Himmel, was ich mir dabei gedacht habe, ohne jedes Hilfsmittel abends durch den Wald zu laufen! Und ich kann es nicht oft genug sagen – wenn du nicht vorbeigekommen wärst!«

»Ja, jetzt reicht es aber auch«, erwiderte Beat verlegen. Er war es nicht gewöhnt, als Retter angehimmelt zu werden. Außerdem wusste er nicht, wie er mit der Situation umgehen sollte. In der Nacht hatte er keinen Schlaf gefunden. Ruhelos hatte er sich im Bett hin und her gewälzt. Sein Verhalten war ihm auf einmal einfach nur peinlich. Was war ihm nur eingefallen, Dani zu küssen? Zwar musste er sich eingestehen, dass es ihm ganz gut gefallen hatte, sie im Arm zu halten, aber er war ja schließlich keine zwanzig mehr! In seinem Alter küsste man nicht mehr wild in der Gegend herum. Brütend blickte er zu Boden.

»Ist was?«, fragte Dani und schaute ihn aus ihren großen braunen Augen an.

Er schüttelte den Kopf. »Nein, nein«, brummte er. »Ich habe nur gerade nachgedacht. Also, das mit dem Kuss heute Nacht«, fuhr er verlegen fort. »Also, das, ich hoffe, es ist dir klar, das hatte nichts zu bedeuten. Ich wollte keineswegs die Situation ausnützen.«

Danis Schritt stockte. Verletzt blickte sie ihn an. »Nein, sicher … äh … ich meine, ja, das weiß ich natürlich«, erwiderte sie. Ihre Wangen färbten sich zartrosa. Sie errötete schnell, das war ihm schon aufgefallen. Obwohl sie ein bisschen mollig war, hatte sie so etwas Zartes, fand er.

Er hätte nicht gedacht, dass es ihn in seinem Alter noch einmal so erwischen könnte. Und es war ihm auch nicht recht. Ein wenig hatte er das Gefühl, seine Frau zu betrügen, auch wenn sie schon ein paar Jahre tot war, und diesen Gedanken musste er erst einmal verarbeiten.

Er war nichtsahnend durch den Wald spaziert, und auf einmal war da Dani gewesen, den Tränen nahe und vor Angst fast außer sich. Ein bisschen war Beat sich tatsächlich vorgekommen wie der Retter in der Not – ein schönes Gefühl. Und als sie dann ins Hotel zurückgegangen waren, war trotz des Kusses keine Verlegenheit zwischen ihnen gewesen – sie hatten sich so vertraut unterhalten, als ob sie sich schon seit Jahren kennen würden. Erst später, als er im Bett lag, war ihm abwechselnd heiß und kalt geworden. Das konnte doch nicht wahr sein. Er fuhr zum Fasten und lachte sich einen Kurschatten an. Nein, hatte er beschlossen, so schnell ging es nicht bei ihm. Er bildete sich das alles nur ein.

Verstohlen warf er Dani einen Blick zu. Sie ging mit gesenktem Kopf neben ihm her und achtete sorgfältig darauf, ihn nicht zufällig zu berühren. Wahrscheinlich hatte seine Bemerkung sie gekränkt. Na gut, das konnte er jetzt auch nicht mehr ändern. Er räusperte sich.

»Wir sollten jetzt besser wieder zurückgehen, oder?«, schlug er vor.

»Ja«, sagte Dani und wich seinem Blick aus. »Ja, das sollten wir.«

»Herr Dr. Müller?« Adrian klopfte an die Tür des Sprechzimmers.

»Ja, was gibt es?«, blaffte der Arzt von drinnen.

Adrian öffnete die Tür. »Herr Dr. Müller, kann ich kurz mit Ihnen sprechen? Steffi hat mich gerade angerufen«, sagte er.

Der Arzt hatte sich hinter seinem großen Schreibtisch verschanzt wie in einer Festung. Er blickte Adrian stirnrunzelnd an. »Ja, und?«

»Nun«, begann Adrian unbehaglich, »ich weiß nicht, wie ich es formulieren soll, Herr Müller …«

»Sie sollten mich schon mit meinem Titel anreden«, unterbrach Müller ihn in schneidendem Tonfall. »Soweit mir bekannt ist, sind Sie nicht promoviert.«

»Herr Dr. Müller«, korrigierte sich Adrian, ohne sich anmerken zu lassen, wie wütend er war. »Steffi ist sechzehn, Herr Dr. Müller. Sie macht hier lediglich ein Praktikum. Es gibt absolut keinen Grund, sie so zu maßregeln, dass sie weinend nach Hause läuft.«

»Wie kommen Sie darauf, dass ich das Mädchen gemaßregelt habe?«, erkundigte sich der Arzt kühl und musterte ihn aus seinen dunklen Knopfaugen.

»Steffis Mutter hat mir bestätigt, dass ihre Tochter völlig außer sich war, als sie nach Hause gekommen ist. Sie sagt, Sie hätten sie aus einem nichtigen Grund angebrüllt und ihr angedroht, sich in der Schule über sie zu beschweren.«

»Ach was, Gewäsch«, erwiderte Müller abweisend. »Weiß der Himmel, was für Probleme ein Mädchen in diesem Alter hat. Wenn man mit den jungen Dingern mal ein bisschen strenger ist, brechen sie gleich vor Entsetzen zusammen. Ich habe sie jedenfalls nicht angebrüllt.« Er blickte auf das Krankenblatt, das vor ihm lag. »Ist das alles, oder haben Sie noch etwas vorzubringen? Ich habe Wichtigeres zu tun.«

Adrian lief die Galle über. »Da Sie nun einmal unser Hotelarzt sind, werden Sie sich wohl oder übel anhören müssen, was ich Ihnen zu sagen habe, Herr Dr. Müller«, sagte er betont. »Ich fürchte, das Mädchen wird nicht mehr zurückkommen. Sie weigert sich, hier weiterhin zu arbeiten.« Adrian blickte Müller ernst an. Als wenn ich es gewusst hätte, dachte er. Kaum ist der Mann da, macht er Ärger. »Gut ist das nicht für uns, Herr Dr. Müller«, sagte er bestimmt. »Hier in diesem Haus geht man mit Angestellten so nicht um, und schon gar nicht mit minderjährigen Mädchen. Es wird Gerede geben.«

Dr. Müller wurde rot, und seine arrogante Fassade bröckelte ein wenig. Aber er hatte sich schnell wieder in der Gewalt. »Ach, und wenn schon. Das interessiert mich nicht. Ich habe mir nichts vorzuwerfen. Sollen die Leute doch reden. Die jungen Dinger heutzutage sind einfach zu empfindlich. Und jetzt gehen Sie bitte. Ich habe zu tun. Gehen Sie, gehen Sie!« Wolfgang Müller wedelte mit der Hand, als sei die Audienz beendet und sein Untertan entlassen.

Adrian presste die Lippen zusammen. Das hatte so keinen Zweck. Wenn sie doch nur einen anderen Arzt hätten … Er würde mit Steffis Eltern reden und ihnen vorschlagen, dass Steffi ihr Praktikum im Hotel beenden könnte. Vielleicht machte es ihr ja Spaß, seiner Schwester in der Kosmetikpraxis zu helfen. Zu diesem unmöglichen Müller würde er sie jedenfalls nicht mehr lassen. Und jetzt hatte er auch keine Lust mehr, sich mit diesem schrecklichen Mann auseinanderzusetzen. Er musste erst mit seinen Eltern reden.

Es regnete nicht mehr, als er über den Vorplatz zurück zur Rezeption ging. Vereinzelt trieben graue Wolkenfetzen über den Himmel, aber ab und zu schaute die Sonne wieder heraus. Auf dem Weg am Parkplatz vorbei sah er seine Schwester mit der kleinen Wandertruppe näher kommen. Grüßend hob er die Hand.

»Heute schaffe ich es nicht mehr«, sagte er zu Ariane. »Aber morgen, ja? Ich habe Ihnen einiges zu erzählen.«

14.

Dass es an diesem Abend zu einem Eklat im Speisesaal kam, hatte mehrere Gründe.

Die meisten Fastengäste hatten sich zum abendlichen Löffeln der Getränke eingefunden. Es war noch früh am Abend, und da sie auf eine der kürzesten Nächte des Jahres zusteuerten, war es beinahe noch taghell. Den ganzen Tag über war es drückend heiß gewesen, und auch jetzt hatte es sich noch nicht wesentlich abgekühlt. Die Schwalben schossen tief am Balkon vorbei über den Rasen, auf der Jagd nach Insekten.

Am Fastentisch war die Stimmung heiter und gelöst, und auch von den wenigen Tischen mit den essenden Gästen waren Gelächter und angeregte Gesprächsfetzen zu hören.

»So eine Abendwanderung könnten wir noch einmal machen«, schlug Katrin gerade vor. »Ich habe in den letzten Tagen das Gefühl, ich könnte Bäume ausreißen.«

»Ja, ich auch«, stimmte Ariane ihr zu. »Wobei ich ja zugeben muss, dass ich am Anfang eher skeptisch war. Und abnehmen brauche ich ja nun wirklich nicht, im Gegensatz zu anderen Leuten.« Eher unabsichtlich ließ sie ihren Blick über Sheila gleiten, die ihr schräg gegenübersaß. Da sie sich gleich wieder Katrin zuwandte, sah sie nicht, dass die Amerikanerin knallrot anlief.

»Aber schon wieder in eines dieser öden Dörfer hier zu wandern, dazu habe ich eigentlich keine Lust«, meinte sie.

»Wieso? Das ist doch alles ganz hübsch hier. So ein bisschen wie in der Puppenstube«, meinte Katrin. »Ich finde es immer ganz interessant, wie in anderen Gegenden Deutschlands gebaut wird und wie die Gärten um die Häuser aussehen und so …«

Ariane schüttelte den Kopf. »Nein, finde ich gar nicht. Das ist doch sterbenslangweilig. Guck mal, es war erst halb zehn, als wir in diesem einen Dorf waren. Und da waren doch schon sämtliche Bürgersteige hochgeklappt. Nein, wirklich, Fasten und das Hotel hier, das ist ja alles ganz in Ordnung, das muss ich zugeben, auch wenn ich es nicht geglaubt hätte. Aber die Umgebung … Ich kann nur sagen, Schwarzwald ist nicht so mein Ding.«

»Nein, eher wohl …«, erwiderte Katrin, aber sie wurde unterbrochen. Sheila beugte sich mit hochrotem Kopf über den Tisch. »Du bist so eine arrogante Frau«, zischte sie Ariane an.

Ariane blickte verblüfft auf. »Was? Was hast du gesagt?«

»Arrogante Frau!«, wiederholte Sheila lauter. Ihr Doppelkinn bebte empört.

»Na, hör mal! Was soll das denn jetzt? Dir bekommt wohl das Fasten nicht!«

»Ariane!« Katrin stieß sie in die Seite. »Halt doch den Mund!«

Nina zog die Augenbrauen hoch. Was war denn mit Sheila los? »Sheila«, sagte sie begütigend. »Was ist denn in dich gefahren?«

»Ach, lass mich doch in Ruhe«, giftete Sheila. »Du

hältst immer nur zu deiner Freundin. Deine Freundin …« Zur Verstärkung wiederholte sie es noch einmal. »Deine Freundin hat was gegen mich. Immer seid ihr zusammen, und über mich macht ihr euch nur lustig. Ich«, betonte sie, »ich finde die Dörfer hier schön«, wandte sie sich wieder an Ariane. »Ich bin Amerikanerin. Ich kenne den Schwarzwald nicht, und ich finde alles ganz wundervoll hier. Die Natur, die Landschaft und diese sauberen kleinen Dörfer! Einfach *marvellous*!«

»Ja, ist ja gut«, wehrte Ariane ab. »Deswegen brauchst du mich ja nicht gleich so niederzumachen. Meinetwegen kannst du hier alles so schön finden, wie du willst. Das Dorf war trotzdem langweilig, aber ihr Amerikaner habt ja keine Ahnung«, fügte sie trotzig hinzu.

Katrin schüttelte den Kopf. Ariane konnte es einfach nicht lassen. Ständig verbrannte sie sich die Zunge. Sheila war wahrscheinlich einfach nur ein bisschen eifersüchtig. Sie war alleine hier und verkraftete es nicht, ständig mit dem Freundinnen-Quartett konfrontiert zu werden. Und Ariane hatte wirklich ein freches Mundwerk.

Das sah Sheila genauso. Sie schrie empört auf und spuckte erstaunlich geläufig einen ganzen Schwall Schimpfwörter aus. Dabei regte sie sich so auf, dass ihr die Tränen in die Augen traten. Genau in diesem Augenblick kam Lisa-Marie mit ihrer Mutter in den Speisesaal. Sie waren am Wochenende angereist, hatten sich allerdings bis jetzt noch keiner Gruppe angeschlossen und auch nicht an den Wanderungen teilgenommen. »Mama, die Frau hat gerade Arschloch gesagt«, sagte sie laut zu ihrer Mutter. »Das darf man doch nicht. Das dürfen meine Kinderohren noch gar nicht hören«, setzte sie geziert hinzu.

Helene Ludwig, die mit Vera an einem Zweiertisch am Rand des Speisesaals saß, drehte sich genervt um. »Ach, da kommt ja unser kleiner Klugscheißer wieder«, sagte sie einen Tick zu laut.

»Mutter«, mischte sich Nina ein. »Musst du zu allem und jedem deinen Senf dazugeben?« Kopfschüttelnd hob sie die Hände und warf ihrer Mutter einen verweisenden Blick zu.

»Mäßige deinen Ton, mein Kind, du redest mit deiner alten Mutter«, erwiderte Helene quer über die Köpfe der anderen Gäste hinweg, die fasziniert und stumm der Unterhaltung lauschten, die immer mehr aus dem Ruder geriet. »Und lass die Hände sinken, das tut man nicht. Die Hand, die sich gegen die Mutter erhebt, wächst aus dem Grab heraus.« Nina bekam einen roten Kopf. Was dachte sich ihre Mutter dabei, sie vor allen Leuten so zu maßregeln, als sei sie noch ein Kind? Das würde sie nicht einfach so hinnehmen.

Katrin zog die Augenbrauen hoch. Sie kam sich ein bisschen so vor, als steuerten sie führerlos auf einen Abgrund zu. Hilflos schaute sie von einem zum anderen. Wo war denn bloß Dani? Immer wenn man sie und ihre ausgleichende Art brauchte, war sie nicht da. Katrin seufzte. Am besten wäre es wahrscheinlich, wenn sie jetzt einfach aufstünde und in ihr Zimmer ginge. Am Ende gab das hier noch eine Saalschlacht.

»Ich habe ganz genau gehört, was Sie gesagt haben«, schrie Lisa-Maries Mutter Helene empört an. Da sie mit ihrer Tochter erst seit zwei Tagen da war, hatte ihr noch niemand das Du angeboten. »Was bilden Sie sich ein? Ich verlange, dass Sie sich bei meinem Kind entschuldigen.«

»Wie käme ich dazu, mich bei Ihrem verzogenen Balg zu entschuldigen? Ihnen hat wahrscheinlich auch keiner beigebracht, dass man mit alten Menschen nicht so spricht«, erwiderte Helene spöttisch und wandte sich wieder ihrem gefüllten Teller zu.

Lisa-Maries Mutter schnaubte empört, traute sich aber nicht, noch etwas zu sagen. »Komm«, wandte sie sich an ihre Tochter. »Die Mama geht jetzt mit dir schwimmen. Bei diesen Leuten bleiben wir nicht!« Sie drehte sich um und wollte die widerstrebende Lisa-Marie hinter sich herziehen. Die Kleine wehrte sich jedoch aus Leibeskräften – wahrscheinlich fand sie es im Speisesaal spannender.

Vera warf Helene einen Blick zu und verzog die Mundwinkel zu einem leisen Lächeln. »Sie provozieren wohl gerne, was?«

Helene Ludwig erwiderte ihr Lächeln verschwörerisch. »Man hat ja sonst nichts mehr vom Leben«, erwiderte sie.

Ariane und Sheila ließen sich von diesem Nebenschauplatz nicht ablenken. Sie fixierten sich wie zwei Kampfhähne.

»Findest du nicht, du übertreibst ein bisschen?«, fragte Ariane kühl. »Du bist doch eine erwachsene Frau. Ich käme mir albern vor an deiner Stelle.«

»Ja, immer so von oben herab«, erklärte Sheila höhnisch. »Das habe ich gleich gemerkt! Worauf bildest du dir eigentlich so viel ein?«

Jetzt fühlte sich Ariane doch ein bisschen verletzt. Sie ließ sich nicht ständig nachsagen, dass sie hochmütig war. »Ach, fuck off!«, sagte sie wegwerfend und wandte sich zum Gehen.

»Mama, was heißt Fackoff?«, ertönte Lisa-Maries

Stimme, aber da hatte Ariane schon den Speisesaal verlassen.

Sheila hyperventilierte, dass ihr Doppelkinn und ihr gewaltiger Busen nur so bebten. Lisa-Maries Mutter gelang es endlich, ihre wissbegierige kleine Tochter aus dem Speisesaal zu ziehen, und die übrigen Anwesenden wechselten ratlose Blicke.

Susanne und Hiltrud bekamen von alldem nichts mit. Sie saßen in der Schwitzhütte, und Susanne klagte der älteren Frau ihr Leid. Auf diese Weise schlug sie zwei Fliegen mit einer Klappe – sie reinigte sich innerlich und äußerlich.

Michael hatte eine Nacht mit ihr verbracht, eine wundervolle Nacht, und war dann am nächsten Tag sang- und klanglos abgereist. Er hatte noch am Frühstück teilgenommen und sich dann anschließend bei der gesamten Gruppe verabschiedet.

»Ich kann leider nicht mehr bleiben«, hatte er entschuldigend gesagt. »Ich muss dringend zurück in mein Unternehmen, wir haben Termine mit wichtigen Kunden.« Dann hatte er allen, auch ihr, seine Visitenkarte in die Hand gedrückt und gemeint: »Wenn ihr mal einen Privatpiloten braucht, wendet euch an mich. Ich wünsche euch noch eine schöne Zeit.« Und damit war er gegangen.

Susanne hatte einen Moment lang wie betäubt auf die Visitenkarte gestarrt, dann war sie aufgesprungen und hinter ihm hergelaufen.

»Michael!«, hatte sie atemlos gerufen. »Michael, warte doch! Wie soll es denn weitergehen mit uns?«

Er war stehengeblieben. »Bellissima«, hatte er gesagt, »was meinst du mit weitergehen? Es kann nicht weitergehen, ich bin verheiratet. Das weißt du doch.« Er hatte ihr tief in die Augen geschaut. »Es darf nicht weitergehen, auch wenn es wunderschön war mit dir.«

»Du musst doch auch gemerkt haben, wie er mir den Hof gemacht hat!«, sagte sie jetzt anklagend zu Hiltrud. »So wie er mich umworben hat, das muss er doch einfach ernst gemeint haben! Er hat sich ja solche Mühe gegeben. Das macht man doch nicht einfach so.« Aufgebracht strich sie sich die feuchten, dunklen Haare aus der Stirn. »Vielleicht hält ihn ja seine Frau so fest, dass er sich nicht befreien kann. Was weiß ich, vielleicht hat sie das Geld und hat ihm seine Firma finanziert. Meinst du, ich soll zu ihm fahren? Vielleicht wartet er ja darauf.«

Hiltrud hing zwar für gewöhnlich an den Lippen der attraktiven jungen Frau, aber das bedeutete noch lange nicht, dass sie immer ihrer Meinung war. Sie dachte sich ihr Teil. In ihrem relativ ereignislosen Leben hatte sie gelernt, den Mund zu halten und zuzuhören, um interessante – oder manchmal auch nicht so interessante – Dinge zu erfahren. Jetzt zum Beispiel ging ihr gerade durch den Kopf, dass man sich nach zwei Tagen in einem Fastenhotel unmöglich einbilden konnte, der Liebe fürs Leben begegnet zu sein. Und davon, dass Michael Susanne so nachdrücklich den Hof gemacht hatte, hatte sie eigentlich nichts gemerkt. Sie hatte eher den Eindruck gehabt, als ob er routiniert sein Programm abspulen würde, wie ein Don Juan.

»Nein, auf gar keinen Fall«, erwiderte sie bestimmt. »Du kanntest ihn doch gar nicht wirklich, und es könnte sein, dass du eine große Enttäuschung erlebst, wenn du zu ihm fährst«, fügte sie hinzu.

»Ja«, beharrte Susanne, »aber er hat gesagt, mit seiner

Frau versteht er sich schon lange nicht mehr und sie seien de facto getrennt.«

»Hm.« Hiltrud war nicht überzeugt. »Das sagen sie alle«, erklärte sie, »ich hatte auch einmal …« Sie kam nicht dazu, von ihren eigenen Erfahrungen zu berichten. Davon wollte Susanne nichts hören. Na, dann eben nicht. Hiltruds Langmut war unerschöpflich, auch wenn sie gerne einmal eine mitfühlende Zuhörerin für ihre eigenen traurigen Erfahrungen mit der Männerwelt gehabt hätte. Seufzend faltete sie die Hände im Schoß und hörte Susannes Lamento zu.

»Weißt du, nach der Trennung von Torsten hatte ich ja eigentlich auch gar keine Lust mehr auf eine neue Beziehung, zumindest nicht sofort hinterher«, fuhr Susanne fort. »Obwohl, Angebote hatte ich ja genug …« Selbstgefällig strich sie sich die verschwitzten Haare aus der Stirn. »Aber bei Michael war es wirklich etwas anderes. Er hat sich Hals über Kopf in mich verliebt. ›Bellissima‹ hat er mich immer genannt. Das heißt ›Allerschönste‹«, fügte sie erklärend hinzu.

Ja, dachte Hiltrud innerlich seufzend. Das weiß ich.

»Und es war ihm wirklich ernst. Ich hätte es doch gemerkt, wenn es anders gewesen wäre«, klagte sie. »Soll ich uns noch mal einen Aufguss machen? Ach, ich habe das Gefühl, ich muss richtig Dampf ablassen.«

Hiltrud reichte es eigentlich, und sie hatte gerade vorschlagen wollen, den ersten Durchgang zu beenden, aber ehe sie etwas sagen konnte, hatte Susanne schon eine Handvoll Kräuter auf das Becken mit den heißen Steinen gestreut und goss mit einer Schöpfkelle Wasser aus dem Zuber auf dem Boden darauf. Es zischte und nach Zitronenverbene duftender Dampf stieg auf. Hiltrud lief der Schweiß über Rücken und Brust, und sie bekam zunehmend schwerer Luft. »Ich glaube …«, sagte sie, aber Susanne hatte sich schon wieder auf ihrem Handtuch niedergelassen und redete weiter.

»Also, ich hatte wirklich genug Bewerber, aber man soll ja auch eine Beziehung erst einmal verarbeiten, bevor man eine neue beginnt«, erklärte sie. »Nur jetzt habe ich halt gedacht, dass ich schon wieder so weit sei, mich neu verlieben zu können. Und du musst zugeben, er war schon sehr attraktiv. Und so erfolgreich! Privatpilot! So ein interessanter Beruf!« Sie schob die Unterlippe vor und schaute grübelnd vor sich hin. Beinahe tat sie Hiltrud ein bisschen leid.

»Verbuch ihn einfach unter Erfahrungen.« Tröstend tätschelte sie der jüngeren Frau die nackte Schulter. Dann erhob sie sich entschlossen. »Ich muss hier raus. Fürs Erste reicht …«

Sie kam nicht dazu, den Satz zu beenden. Draußen ertönte ein schriller Schrei, und dann rief eine Frauenstimme: »Hilfe! Hilfe! Warum hilft denn keiner?«

»Was ist denn da los?« Susanne und Hiltrud blickten sich erschrocken an. Hastig wickelten sie sich in ihre Badetücher und schlüpften in ihre Badelatschen. Hiltrud riss gerade die Tür der Schwitzhütte auf, als eine Mädchenstimme aufgeregt fragte: »Ist der Mann tot, Mama? Warum liegt er so still da, Mama? Atmet er noch?«

Ariane war gerade in ihrem Zimmer angekommen, als sie die Schreie vom Pool her hörte. Sie trat auf den Balkon, konnte aber nichts erkennen, weil die Sonnenschirme an der Terrasse noch aufgespannt waren. Den Stimmen nach zu urteilen, war die Frau mit der grässlichen kleinen

Lisa-Marie am Poolhaus. Irgendetwas Schlimmes musste passiert sein, sonst würde sie nicht so panisch um Hilfe schreien.

Hier ist was los, dachte Ariane, als sie zum Pool lief. Von wegen ruhiger Kuraufenthalt.

Auch im Speisesaal waren die Hilfeschreie anscheinend gehört worden, denn auch von dort bewegte sich ein kleineres Grüppchen hastig in Richtung Schwimmbad.

Als Ariane näher kam, sah sie, dass es Dimitri war, der auf den Platten vor dem Poolhaus lag. »Um Gottes willen«, keuchte sie und beschleunigte ihre Schritte.

Rasch hockte sie sich neben den zusammengekrümmten, leblosen Körper. Lisa-Maries Mutter hatte ihre Tochter schützend in die Arme genommen und ihr wohl zum ersten Mal in ihrem jungen Leben das Sprechen verboten. Mit schreckgeweiteten Augen schaute sie auf Dimitri, der eben erst aus dem Wasser gekommen sein musste, denn er trug eine Badehose und auf seiner Haut perlten noch Wassertropfen. Auf der anderen Seite standen die beiden Fastenziegen, die anscheinend gerade in der Sauna gesessen hatten. Sie hatten sich in ihre Badetücher gewickelt. Kreidebleich beobachteten sie die Szene.

Ariane fühlte Dimitri den Puls. Er schlug schwach, aber gleichmäßig. Erleichtert atmete sie auf. Aus den Augenwinkeln sah sie, dass Adrian sich neben sie hockte.

»Rufen Sie den Notarzt an«, sagte sie zu ihm. »Dimitri hat offenbar einen Schwächeanfall gehabt. Aber es kann natürlich auch etwas Ernsteres sein. Dr. Müller soll kommen.«

Adrian war bereits aufgesprungen und wandte sich zum Haus. »Wenn er da ist«, rief er über die Schulter zurück, während er über die Wiese sprintete.

Ariane brachte den Bewusstlosen in die stabile Seitenlage und schaute sich nach etwas um, womit sie ihn zudecken konnte. Auf einer der Sonnenliegen lag ein Badetuch, das anscheinend Dimitri gehörte. »Gehen Sie mit dem Kind bitte ins Haus«, sagte sie zu Lisa-Maries Mutter, die immer noch schreckensstarr dastand. Erstaunlicherweise gehorchte sie widerspruchslos. Auch die beiden Fastenziegen wandten sich zum Gehen, und die übrigen Gäste wurden von Helene und Vera resolut ins Haus gescheucht. »Kommen Sie, kommen Sie, hier gibt es nichts zu sehen!«

Der Krankenwagen kam, und schon wieder wurde einer der Gäste abtransportiert, ohne dass Dr. Müller in Erscheinung getreten wäre. Dimitri war mittlerweile wieder bei Bewusstsein und protestierte mit schwacher Stimme, er wolle nicht ins Krankenhaus, aber Ariane und der Notarzt blieben hart.

»Viel los bei euch im ›Einkehr‹«, sagte der Notarzt zu Adrian. »Die gute Luft hier oben haut die Leute um, was?«

Adrian lächelte säuerlich. »Schön wär's«, meinte er. »Ich melde mich später und frage, wie es dem Patienten geht. Sagst du Bescheid, ja?«

»In Ordnung.« Der Notarzt klopfte Adrian auf die Schulter. Dann wandte er sich an Ariane. »Sind Sie die neue Hotelärztin hier, Frau Kollegin?«

Ariane lachte. »Nein, nein«, wehrte sie ab. »Ich bin nur Gast. Und wir haben uns heute wahrscheinlich – oder hoffentlich – zum letzten Mal gesehen. Ich fahre am Wochenende nach Hause.«

»Schade«, erwiderte der Notarzt. »Na, dann noch einen schönen Restaufenthalt.«

Adrian warf ihr einen raschen Seitenblick zu. »Gar keine schlechte Idee«, murmelte er nachdenklich. Laut sagte er: »Haben Sie noch einen Moment Zeit, um mit in mein Büro zu kommen? Ich wollte noch etwas mit Ihnen besprechen.«

»Ja, klar«, erwiderte Ariane bereitwillig. »Ich wollte Sie sowieso noch was fragen.«

Dani bekam von alldem nichts mit. Obwohl sie eigentlich ein bisschen Höhenangst hatte und ihr schon auf der Haushaltsleiter schwindlig wurde, war sie über die ausgetretene Sandsteintreppe auf den Turm der Burgruine geklettert und lehnte jetzt oben zwischen den Zinnen. Von hier aus hatte man eine wunderbare Aussicht.

Aber Dani hatte heute keinen Blick für die Schönheit der Landschaft. Sie wollte nur alleine sein. Beats abrupter Rückzug hatte sie zutiefst verletzt, und sie kam sich ungeliebter und hässlicher denn je vor. Natürlich war sie nicht in ihn verliebt, nein, auf gar keinen Fall, aber sie musste sich eingestehen, dass sie seit dem einen, spontanen Kuss mehr an ihn dachte, als ihr lieb war. Es war so, als hätte die Schwärmerei für Hubertus – ihr stieg immer noch die Schamesröte ins Gesicht, wenn sie daran dachte, wie sie ihm hinterhergelaufen war! – bei ihr die Mauern niedergerissen, die sie seit der Scheidung um sich errichtet hatte. Sie wollte endlich wieder als Frau wahrgenommen werden, nicht nur als Rechtspflegerin, Mutter, Oma und Freundin, und Beats Kuss hatte lange vergessene Empfindungen in ihr ausgelöst. Auf einmal war sie sich wieder begehrenswert und verführerisch vorgekommen.

»Pustekuchen!«, murmelte sie. »Da habe ich mich wohl vertan.« Aber was bildete sie sich auch ein. Sie war eine übergewichtige Fünfundfünfzigjährige in den Wechseljahren. Und daran hatte auch der Aufenthalt im Fastenhotel nichts geändert. Sie war anscheinend weder attraktiv noch liebenswert. Blicklos starrte sie in die Ferne. Es ging ihr gar nicht gut. Nein, wirklich nicht.

Nach einer Weile wollte sie sich gerade zum Gehen wenden, als sie eine Gestalt auf dem Weg bemerkte, die rasch näher kam. Als sie genauer hinsah, stellte sie fest, dass es Beat war. Wollte er etwa auch auf den Turm? Anscheinend hatte er die gleiche Idee gehabt wie sie. So was Blödes, dachte Dani. Jetzt begegne ich ihm hier auch noch. Das musste ja jetzt wirklich nicht sein.

Hastig eilte sie die Treppe hinunter. Die Stufen waren glatt und ausgetreten, und in ihrer Eile achtete sie nicht auf ihre Schritte. An der letzten Biegung passierte es. Sie stolperte über ihre eigenen Füße, rutschte ab, und während sie noch mit den Armen ruderte und vergeblich nach Halt suchte, kullerte sie auch schon, Kopf voran, die restlichen Stufen herunter.

Am Fuß der Treppe blieb sie benommen liegen. Dann hob sie ganz vorsichtig den Kopf. Er tat weh, weil sie gegen die Mauer geschlagen war, aber er schien heil zu sein. Vorsichtig fuhr sie mit der Hand über die Haare und tastete sie ab. Sie hielt sich die Hand vor die Augen. Kein Blut.

Wie in Zeitlupe richtete sie sich auf alle viere auf. Aua, das tat weh. Alles tat weh, wenn sie ehrlich war.

Und dann war auf einmal Beat da. »Dani, um Gottes willen, Dani! Liebe Dani, was ist mit dir?«

Mühsam hob sie den Kopf und schaute ihn an. Schon diese kleine Bewegung tat weh. »Ich … ich bin wohl die Treppe heruntergefallen«, stammelte sie. Sie blinzelte, weil eine Schmerzwelle sie überrollte. Keuchend wartete sie, bis der Schmerz nachließ. »Ich wollte gerade aufstehen.«

»Nein, pass auf, warte, ich helfe dir.« Beat ließ seinen Rucksack fallen und hockte sich neben sie. »Hast du dir etwas gebrochen?«, fragte er besorgt.

»Ich … ich weiß nicht. Ich glaube nicht«, erwiderte Dani. Sie stützte sich auf seine Schulter und versuchte, ein Knie zu beugen. »Nein, nein, das geht so nicht«, stöhnte sie. »Stell dich vor mich, und dann versuche ich, mich an dir hochzuziehen.«

Unter Schmerzen hockte sie sich auf die Knie, und Beat stellte sich vor sie hin und reichte ihr beide Hände. Ganz langsam stellte sie zuerst den einen Fuß, dann den anderen auf und zog sich an ihm hoch, als sei er ein Geländer. Es dauerte eine Ewigkeit, aber schließlich stand sie schwer atmend vor ihm. »Oh, Mann«, keuchte sie, »das war Schwerarbeit. Aber jetzt stehe ich wenigstens.«

»Ja, Gott sei Dank«, sagte er. Sein Gesicht war auf einmal ganz nah vor ihrem, und sie sah die Angst in seinen Augen. Er küsste sie ganz zart mitten auf den Mund. »Geht's denn?«, fragte er liebevoll.

»Ich … ich weiß nicht«, erwiderte Dani. »Vielleicht könntest du mich noch mal küssen?«

»Ich fasse es nicht.« Ariane schaute Katrin ungläubig an. »Langsam ist es aber wirklich genug. Wir wissen noch nicht einmal, wie es Dimitri geht, und jetzt steht schon wieder ein Krankentransport an?«

Katrin zuckte hilflos mit den Schultern. »Ja, ich weiß ja auch nicht. Ich fahre auf jeden Fall mit Dani ins Krankenhaus. Sie wollen sie röntgen. Vielleicht muss sie sogar in die Röhre, keine Ahnung.«

Ariane wollte aufspringen, aber Katrin hielt sie zurück. »Bleib sitzen, du kannst im Moment doch sowieso nichts für sie tun. Ich kann mich ja in Bad Säckingen auch gleich nach Dimitri erkundigen. Dann melde ich mich aus dem Krankenhaus und sage Bescheid, wie es allen geht. Was macht ihr hier überhaupt?«, fügte sie hinzu und betrachtete die Freundin und Adrian neugierig. Sie hatten nebeneinander am Computer gesessen und die Köpfe zusammengesteckt, als sie in das kleine Zimmer neben der Rezeption gekommen war.

»Das ist ehrlich gesagt eine lange Geschichte«, erwiderte Adrian. »Aber wir können im Moment noch nichts dazu sagen. Ariane und ich recherchieren nämlich etwas.«

»Ja, und bis jetzt ist noch nichts dabei herausgekommen«, sagte Ariane. »Es hat mit dem Arzt zu tun, weißt du? Adrian hat genauso ein komisches Gefühl bei ihm wie ich.«

»Ja, dann …« Katrin wandte sich zum Gehen. Mit dieser Info konnte sie im Moment gar nichts anfangen. Ihr fiel nur auf, dass sich die beiden mittlerweile duzten. Lief da etwa was? Stirnrunzelnd warf sie der Freundin einen kurzen Seitenblick zu. Nein, das konnte nicht sein. Sie regte sich doch dauernd über Ninas Hang zu jungen Männern auf.

Laut sagte sie: »So, ich fahre dann jetzt erst einmal mit Dani ins Krankenhaus. Die Ärmste, sie kann sich ja kaum noch bewegen. Was für ein Glück, dass Beat sie gefunden und hergebracht hat.« Schon zum zweiten Mal, setzte sie in Gedanken hinzu. Na, wenn das nichts zu bedeuten hatte. »Das hätte wirklich übel ausgehen können! Drückt mal die Daumen, dass sie sich nichts gebrochen hat, das hätte uns gerade noch gefehlt.«

Als sie weg war, warf Adrian Ariane einen resignierten Blick zu. »Meinst du, ich hätte mitfahren sollen?«, fragte er und seufzte. »Schließlich ist sie ja Gast in meinem Hotel.«

»Nein, nein, das ist schon in Ordnung«, beruhigte Ariane ihn. »Sie ist bestimmt froh, dass Katrin dabei ist. Lass uns mal lieber weitersuchen. Ich wüsste ja doch zu gerne, was mit unserem Freund Müller nicht stimmt.«

Adrian hatte ihr erzählt, wie der Hotelarzt mit der jungen Praktikantin umgegangen war. »Du kannst mir glauben«, hatte er gesagt, »der Mann ist mir so unangenehm, ich würde ihn lieber heute als morgen fortschicken. Aber das geht natürlich auch nicht so einfach. Käme die Stelle wirklich nicht für dich in Frage? Du warst doch jetzt sowieso schon die ganze Zeit im Einsatz, weil Dr. Müller nachts wohl grundsätzlich nichts hört.« Kopfschüttelnd hatte er hinzugefügt: »Keine Ahnung, ob er überhaupt da war. Weiß der Himmel, wo sich der Mann nachts herumtreibt!«

»Nein, nein«, hatte Ariane abgewehrt. »Dein Angebot ehrt mich, aber abgesehen davon, dass mein Mann mich in unserem Familienunternehmen braucht, habe ich über zwanzig Jahre lang nicht mehr als Ärztin gearbeitet. Ich könnte mich wahrscheinlich hier nicht so einfach niederlassen. Und wie gesagt – unsere Firma …«, sie lachte leise, »… und natürlich mein Mann brauchen mich. Außerdem macht mir meine Arbeit Spaß, und ich könnte mir gar nicht mehr vorstellen, als Ärztin zu arbeiten. Aber ich höre mich gerne mal um. Vielleicht kann ich euch jemanden empfehlen.«

»Schade, schade!« Adrian seufzte wieder. Er warf ihr einen Blick von der Seite zu. »Mir würde es gefallen, wenn du hier arbeiten würdest. Sehr sogar!«, fügte er leiser hinzu. »Aber du hast ja recht. Erst einmal müssen wir ihn loswerden. Wenn ich nur wüsste, nach was wir suchen sollen«, sagte er leicht verzweifelt. »Solange unsere Gäste dauernd im Krankenhaus landen, kann ich mich so schlecht konzentrieren. Vielleicht fällt dir ja doch noch ein, woher du ihn kennst.«

»Ich finde es ja merkwürdig, dass der Mann so einen tiefen Schlaf hat«, sagte Ariane. »Meine Güte, er wohnt doch hier auf dem Gelände, er muss doch irgendwas mitkriegen. Betrieb ist hier schließlich genug. Aber er wirkt so …« Sie überlegte. »… so desinteressiert. Irgendwie abwesend.« Sie schüttelte den Kopf. »Manchmal hat man geradezu das Gefühl, dass er nicht ganz dicht ist. Diese Stimmungsschwankungen! Einmal überhöflich, fast schon schleimig, und dann wieder barsch und unfreundlich. Ich will ja nicht den Teufel an die Wand malen, aber er kommt mir schon ein bisschen gestört vor.« Sie schürzte die Lippen und blickte Adrian nachdenklich an. »Weißt du, wie ich das meine?«

»Ja, definitiv. Deshalb war er mir ja auch von Anfang an so unangenehm. Ich hätte nicht zulassen dürfen, dass meine Eltern ihn einstellen. Aber wir brauchten eben dringend Ersatz für Marianne, und es gab ja keinen anderen Bewerber.«

»Hm, das ist ja auch verständlich. Eure Gäste haben sich bisher ja auch nicht beschwert, oder?« Ariane blickte Adrian fragend an.

»Nein, nicht wirklich, sieht man davon ab, dass er manchmal einfach nicht in der Praxis ist, wenn er da sein sollte, und dass sein Umgangston gewöhnungsbedürftig ist. Aber im Großen und Ganzen tut er seine Arbeit, und grobe Fehler hat er sich bisher nicht geleistet. Er ist allerdings auch erst seit einem Monat da.«

Ariane schwieg und starrte nachdenklich vor sich hin. Auf einmal hellte sich ihr Gesicht auf. »Weißt du was?«, sagte sie. »Ich glaube, das Fasten beeinträchtigt mein Gehirn. So richtig gut denken kann ich nicht. Ich glaube, morgen – oder nein, am besten noch heute – höre ich auf zu fasten. Wie nennt man das noch mal?«

»Fastenbrechen«, sagte Adrian.

»Ja, genau.« Sie verdrehte die Augen. »Ich muss sowieso gleich brechen. Kalauer komm raus, du bist umzingelt ... Aber jetzt im Ernst: Ich höre mit dem Fasten auf. Ich glaube nämlich, ich brauche einen Schnaps. Und zwar jetzt gleich.«

»Das ist aber kein sinnvoller Abschluss für eine Fastenkur«, wandte Adrian grinsend ein. »Obwohl ich eigentlich nichts dagegen hätte, wenn du einen kleinen Schwips hättest. Im Hinblick auf die Fastenkur allerdings weiß ich natürlich nicht, ob ich das verantworten kann.«

»Du glaubst gar nicht, wie egal mir das ist! Außerdem – wer ist hier der Arzt?« Ariane blickte den jüngeren Mann lächelnd an. Flirtete er etwa mit ihr? Er war so ein netter Kerl! Warum mochte er wohl keine Frau haben? Wenn ich ihn so ansehe, dachte sie, kann ich verstehen, warum Nina auf Jüngere steht. Aber, rief sie sich energisch zur Ordnung, ich habe ja Eberhard – und bin auch ganz zufrieden mit ihm, setzte sie im Stillen hinzu.

»Nee, lass das mal lieber.« Bei Adrian siegte die Vernunft. »In ein paar Tagen ist die Fastenkur sowieso zu Ende. Samstag ist euer Abfasten-Tag. Du musst ganz langsam anfangen, mit einem Apfel, sonst verkraftet der Körper das nicht. Am Ende muss ich dich auch noch ins Krankenhaus bringen lassen! Und vergiss nicht, wir haben hier eine wichtige Mission!«

»Na gut!« Seufzend fügte sich Ariane, und sie wandten sich beide wieder dem Computer zu.

Vor dem Hotel stieg Katrin in den wartenden Krankenwagen. Dani hatte sich zunächst mit Händen und Füßen dagegen gewehrt, in die Klinik gefahren zu werden. Sie wollte unbedingt im Hotel bleiben.

»Halb so wild«, hatte sie keuchend hervorgestoßen, als sie, gestützt von Beat, in die Hotelhalle gehumpelt kam. »Ich muss mich nur ein bisschen hinlegen. Morgen früh bin ich wieder fit.«

Als sie jedoch versucht hatte, sich auf den Sessel in der Hotelhalle zu setzen, hatte sie einen leisen Schmerzensschrei ausgestoßen. »Ich glaube, ich kann mich nicht setzen«, hatte sie erklärt und sich hilfesuchend an Beat geklammert. Katrin hatte nur einen einzigen Blick auf das leichenblasse Gesicht der Freundin, der der kalte Schweiß auf der Stirn stand, geworfen und sofort den Notruf gewählt. Und als der Krankenwagen kam, hatte Dani sich widerspruchslos von den Sanitätern ins Auto bringen lassen.

»Die Nacht verbringst du besser im Krankenhaus«, erklärte Katrin der Freundin. »Dann kannst du morgen früh gleich alle notwendigen Untersuchungen durchführen lassen. Ich hoffe zwar, dass nichts Ernstes ist, aber an deiner Stelle würde ich kein Risiko eingehen. Ich hole dir noch rasch deine Sachen für die Nacht, und dann komme ich mit.«

Zu Beat gewandt, der nervös danebenstand, fügte sie hinzu: »Du bleibst besser hier. Im Krankenhaus kannst du sowieso nichts ausrichten. Ich bin sicher, dass Dani spätestens morgen wieder nach Hause kann.«

Fragend blickte er Dani an, aber als auch sie mit schwacher Stimme erklärte, dass er sich keine Sorgen machen und im Hotel bleiben solle, fügte er sich widerstrebend.

Als sie schließlich im Krankenwagen saß, sagte Katrin zu dem Fahrer: »Demnächst sollten Sie vielleicht ein Taxi-Unternehmen aufmachen. Das wäre sicher lukrativer.«

Der Mann lachte. »Ja, in der letzten Zeit fahre ich andauernd hierher. Ich komme aus Berlin und habe immer gedacht, dass die Großstadt gefährlich sei. Aber die Gegend hier toppt alles!«

15.

»Mama, ich muss mit dir reden!« Nina stand in der Tür zu Helenes Zimmer und blickte ihre Mutter aufgebracht an.

»Hat das nicht Zeit bis morgen? Vera und ich wollten noch ein Gläschen trinken. Sie wartet schon auf mich.« Helene legte sich die Kaschmirstola um und fuhr sich glättend durch die orangefarbenen Löckchen. »Ach, ich wollte ja noch Lippenstift auflegen.« Sie verschwand im Badezimmer, und Nina hörte, wie sie in ihrem Beautycase herumkramte.

»Du liebe Güte«, sagte sie gereizt, »du tust ja gerade so, als hättest du ein Date!«

»Was?« Helene tauchte wieder in der Tür auf und schmatzte einmal nachdrücklich die Lippen aufeinander. »So!«, stellte sie befriedigt fest. Ihr Lippenstift hatte dieselbe Farbe wie ihre Löckchen. Selbst Benny, der auf dem Läufer vor dem Bett in seinem Reisekörbchen lag und döste, hob den Kopf und staunte sein Frauchen an.

Nina riss missbilligend die Augen auf. »Mama«, sagte sie, »also wirklich. Man kann es auch übertreiben.«

»Was, mein Kind?« Helene nahm ihren Handspiegel vom Nachttisch und musterte sich selbstgefällig. »Meinst du denn, es ist ein Privileg der Jugend, sich schön zu machen?«

»Nein, natürlich nicht«, gab Nina zu. »Aber du gehst doch nur zwei Türen weiter zu Vera. Findest du nicht, dass es da ein dezenterer Lippenstift auch getan hätte?« Sie musterte ihre Mutter kritisch.

»Nein, finde ich nicht«, entgegnete Helene spitz. »Und ich sehe auch nicht, was dich das angeht.« Sie blickte auf ihre Armbanduhr. »Wir müssen unser Gespräch leider auf später vertagen.« Sie griff sich die Flasche Schlehenlikör, die auf dem kleinen Tisch am Fenster stand, streichelte Benny übers Köpfchen und wandte sich zur Tür. »Ach, übrigens, wenn du schon mal da bist, könntest du noch schnell mit dem Hund rausgehen«, schlug sie ihrer Tochter vor. »Dann brauche ich mich nachher nicht mehr darum zu kümmern.«

»Ja, ja, wie immer«, murmelte Nina einigermaßen verbittert. Insgeheim wies sie sich zurecht. Warum ließ sie sich von ihrer Mutter immer wieder so frustrieren? Aber sie konnte in Helenes Gegenwart einfach nicht gelassen bleiben. »Das ist ja mal wieder typisch. Zeit hast du immer nur für andere, nie für mich, aber von mir erwartest du, dass ich all die Pflichten, die du mir aufbürdest, brav erfülle, damit du deinem Vergnügen nachgehen kannst.«

Das war nicht nur überspitzt formuliert, das war auch Blödsinn, dachte Nina in einer Anwandlung von Selbsterkenntnis. Außerdem hatte es ja doch keinen Zweck. Resigniert ließ sie die Schultern sinken. Den letzten Teil des Satzes hatte ihre Mutter sowieso schon nicht mehr gehört. Sie ging bereits mit beschwingten Schritten den Gang entlang zu Veras Zimmer. Von hinten wirkte sie beinahe wie eine junge Frau. Was so ein Ortswechsel und neue Bekanntschaften doch ausmachten. Sie sollte es ihr gönnen. »Wer weiß, wie ich in dem Alter bin«, murmelte sie. Furchterregende Vorstellung. Sie schüttelte sich. »Na gut. Viel Spaß«, rief sie ihr großmütig hinterher. »Und rauch nicht so viel.«

Dann beugte sie sich zu dem alten Pudel herunter. »Na komm, Benny. Du kannst ja nichts dafür, und du musst sicher mal raus. Sollst schließlich auch nicht leben wie ein Hund!«

Entmutigt sank Ariane auf dem Stuhl zurück. Sie schaute auf ihre Armbanduhr. »Es ist ja schon nach neun. Ich habe gar nicht bemerkt, wie die Zeit vergangen ist. Lass uns Schluss machen für heute, wir kriegen ja sowieso nichts heraus.«

»Nein.« Ratlos kratzte Adrian sich am Kopf. »Ich kann mir nicht erklären, dass es Dr. Wolfgang Müller offenbar gar nicht gibt. Meinst du nicht, dass wir wenigstens auf der Website des Albert-Schweitzer-Hospitals etwas über ihn hätten finden müssen?«

Ariane nickte. »Ja, wenigstens da, wenn es schon in der Charité und so keinen Hinweis auf ihn gibt. Über seine Dissertation haben wir ja auch nichts gefunden. Ich weiß nicht mehr weiter.« Sie fuhr sich mit beiden Händen durch die welligen blonden Haare.

»Wo hast du eigentlich studiert?«, fragte Adrian.

»Zuerst in Göttingen, bis zum Physikum, und dann in Köln«, gab Ariane Auskunft. »In Köln, das war eine schöne Zeit, da habe ich auch meinen Mann kennengelernt.«

»Sollen wir mal gucken, ob sich darüber im Internet was findet?«, schlug Adrian vor.

»Ja, meinetwegen. Guck mal unter Albertus-Magnus-Universität in Köln, da war ich ja am längsten. In Köln habe ich auch mein praktisches Jahr an der Uniklinik gemacht«, erwiderte Ariane.

Adrian begann zu suchen. »Hier«, sagte er auf einmal. »Das sind alte Fotos. Der Campus der Kölner Uni Mitte der achtziger Jahre. So hat das damals da ausgesehen.«

Ariane beugte sich interessiert vor. »Da sind ja auch Bilder von der Uniklinik«, rief sie aus. »Ich weiß noch, als ich zur Schule gegangen bin, gab es noch die alten Klinikgebäude. Niedrige Backsteingebäude mit riesigen Krankensälen. Teilweise standen sie noch, als ich da studiert habe, waren aber nicht mehr in Betrieb. In der Zwischenzeit war das große Bettenhaus gebaut worden. Siehst du? Das da ist es.« Sie unterbrach sich und kniff die Augen zusammen. »Da sind ja tatsächlich Aufnahmen von den einzelnen Abteilungen. Wann sind die denn gemacht worden? Hier, das war mein Chef, Professor Strobel. Und das hier ist die Oberärztin, Gisela Orth. Mit ihr habe ich mich damals wirklich gut verstanden. Iiih, ich fasse es nicht – guck mal, die Bohnenstange mit dem Giraffenhals, das bin ich. Du liebe Güte, war ich dünn damals!« Fasziniert betrachtete sie das körnige Foto, auf dem anscheinend die gesamte Chirurgie, in der sie damals gearbeitet hatte, abgebildet war.

Adrian betrachtete das Foto interessiert. »Also, als Giraffenhals würde ich das aber nicht bezeichnen«, erklärte er und ließ seinen Blick zwischen Foto und Original hin und her wandern. »Eher ein Schwanenhals«, sagte er charmant.

Ariane lachte. »Genau das hat Eberhard auch immer gesagt. Er wollte allerdings nie, dass ich mir die Haare abschneiden lasse, dazu war ihm mein Hals dann doch zu lang.«

Plötzlich merkte sie, wie sich ihre Nackenhaare aufstellten. Ihr Mund wurde ganz trocken. »Adrian«, flüsterte sie, »Adrian, da steht Dr. Müller.«

Adrian drehte sich unwillkürlich zur Tür um. »Nein«, er schüttelte den Kopf, »hier ist niemand. Wir hätten gehört, wenn jemand hereingekommen wäre.«

»Ich meine doch nicht an der Tür!«, flüsterte Ariane aufgeregt. »Guck mal hier, auf dem Foto. Da hinten, ganz an der rechten Seite. Das ist er doch!«

Adrian musterte das Foto mit zusammengekniffenen Augen. »Hm, du könntest recht haben. Ja, das könnte er tatsächlich sein.« Er holte eine Lupe aus der Schreibtischschublade und betrachtete das Foto eingehend. »Er ist natürlich jünger, aber das sind eindeutig seine Augen. Und diese Frisur ist immer noch dieselbe.«

»Es gab aber keinen Dr. Müller bei uns«, sagte Ariane langsam. »Das weiß ich hundertprozentig. Und das auf dem Bild ist eindeutig einer der Pfleger. Er steht ja auch bei den anderen Pflegern und Krankenschwestern. Hier, das ist die Stationsschwester, Schwester Herlinde. Wenn du bei der nicht gespurt hast, dann halleluja! Wir hatten alle ein bisschen Angst vor ihr.«

»Na ja.« Adrian zuckte mit den Schultern. »Vielleicht ist es ja doch nicht Müller.«

»Doch, ich glaube schon«, beharrte Ariane. »Er kam mir ja gleich so bekannt vor. Ich wusste nur nicht, wo ich ihn einordnen sollte. Aber wenn er während meines praktischen Jahrs in der Chirurgie in Köln gearbeitet hat, ist mir natürlich alles klar.«

»Dann wird er wohl anschließend noch Medizin studiert haben«, meinte Adrian.

»Ja, das muss ja wohl so sein. Obwohl – stand in der

Vita irgendwas davon, dass er zuerst Krankenpfleger war?«

Adrian überlegte. »Nein, ich kann mich nicht erinnern. Das war so ein ganz glatter Lebenslauf – du weißt schon, Grundschule, Gymnasium, Abitur, kein Wehrdienst, aber auch kein Ersatzdienst, weil er aus irgendeinem Grund untauglich war. Auf jeden Fall hat er aus freien Stücken in Berlin studiert und nicht, um dem Wehrdienst zu entgehen.«

»Warum verschweigt jemand, dass er vor dem Medizinstudium auf der Krankenpflegeschule war? Das ist doch nichts Ehrenrühriges«, überlegte Ariane laut.

»Bist du denn ganz sicher? Kann er nicht doch Arzt gewesen sein?«

»Nein, das wüsste ich. Er ist ja wohl kaum älter als ich, und dann hätten wir mehr miteinander zu tun gehabt. Und einen Wolfgang Müller gab es bei uns definitiv nicht.« Ariane überlegte. Gerade wollte sie etwas sagen, als das Telefon klingelte.

»Oh, das ist bestimmt Katrin. Hoffentlich hat sie gute Nachrichten.« Adrian nahm den Hörer ab. Es war tatsächlich Katrin, aber weil genau in diesem Augenblick ein Auto vor das Hotel gefahren kam, reichte er Ariane das Telefon. »Sprich du mit ihr. Ich schaue rasch, wer um diese Uhrzeit noch hier vorfährt.«

»Also, das mit Dani ist glimpflich abgegangen«, berichtete Katrin. »Ich bringe sie gleich mit zurück. Sie hat anscheinend nur Prellungen und blaue Flecken. Sie hatten zuerst Verdacht auf eine leichte Gehirnerschütterung, weil sie mit dem Kopf aufgeschlagen ist, aber sie scheint einen harten Schädel zu haben.«

»Na, Gott sei Dank«, sagte Ariane. »Es reicht ja auch

langsam mit den Hiobsbotschaften. Was ist denn mit Dimitri?«

»Den bringe ich ebenfalls wieder mit. Du hattest recht. Er war noch viel zu geschwächt von der Operation und hätte gar nicht fasten dürfen. Aber es ist Gott sei Dank nichts Ernstes. Sie entlassen ihn unter der Bedingung, dass er ganz normal isst, um wieder zu Kräften zu kommen.«

»Wie fühlt er sich denn?«, fragte Ariane.

»Ich glaube, er war froh, mich zu sehen. Er ist ja viel zu schüchtern und zurückhaltend, um seine Wünsche laut zu äußern, und wenn ich nicht gekommen wäre, hätten sie ihn wahrscheinlich noch ein paar Tage dabehalten. Er hat Suppe gegessen und etwas Brot, und es geht ihm wieder ganz gut. Er hat gesagt, dass er auf jeden Fall noch bis zum Wochenende im Hotel bleiben will, dann allerdings bei den essenden Gästen. Und die frische Kost im Hotel wird ihm guttun. Was ist denn da bei euch los?«

Adrian war wieder an die Rezeption gekommen. In seiner Begleitung war ein Mann, der sich lautstark beschwerte. »Seien Sie doch bitte ein bisschen leiser. Ein Teil unserer Gäste schläft schon. Wir sind ein Kurhotel«, versuchte Adrian den Mann zu beschwichtigen.

»Ich denke ja nicht daran«, brüllte der Mann. »Bringen Sie mich gefälligst sofort zu meiner Frau!«

Sowohl Ariane als auch Katrin hörten, wie Adrian ein wenig gequält antwortete: »Sie ist aber leider nicht hier.«

»Ach, du lieber Himmel«, stieß Katrin hervor. »Hörst du auch, was ich höre? Das ist doch Rainer! Was will der denn?«

»Sie muss hier sein«, tobte der Mann. »Wo soll sie denn um diese Uhrzeit in dieser gottverlassenen Gegend sonst sein?«

»Im Krankenhaus«, entfuhr es dem sichtlich genervten Adrian.

»Warte mal, Katrin«, sagte Ariane, »ich gehe mal zu ihm.«

»Nein, nein«, beschwor Katrin sie. »Vielleicht fährt er ja wieder.«

»Quatsch«, erwiderte Ariane. »Der reist doch nicht sechshundert Kilometer weit an, um sofort wieder heimzufahren. Ich gehe jetzt raus und rede mit ihm. Du kümmerst dich um deine Kranken und bringst sie heil ins Hotel zurück. Kommt ihr mit dem Krankenwagen?«

Draußen brüllte ein entsetzter Rainer: »Um Gottes willen, im Krankenhaus? Was macht sie denn im Krankenhaus? Was ist ihr denn passiert?«

»Nein, wo denkst du hin.« Katrin seufzte. »Oh, mein Gott, ich kann gar nicht hinhören. Nein, wir nehmen uns ein Taxi. Ich muss nur noch kurz abwarten, weil sie Dani noch eine schmerzstillende Spritze geben wollen.«

»Ja, okay. Also, lass dir Zeit und mach dir keine Sorgen. Mit deinem wild gewordenen Ehemann werde ich schon noch fertig.«

Ariane legte auf und marschierte hinaus an die Rezeptionstheke. Rainer riss die Augen auf, als er sie sah. Er war krebsrot im Gesicht, und seine dünnen grauen Haare klebten ihm feucht an der Stirn. Sein Leinenjackett war völlig zerknittert, und auf dem rechten Hosenbein hatte er etwas, das wie ein Ketchup-Fleck aussah. Beinahe tat er Ariane leid, aber eigentlich hatte er kein Mitleid verdient. Was hatte er sich nur dabei gedacht, einfach ins Auto zu steigen und seiner Frau hinterherzufahren?

Gereizt musterte er Ariane. »Was machst du denn hier?«, fragte er. Wenigstens redete er jetzt ein bisschen leiser. Sein Blick huschte zwischen Adrian und Ariane hin und her. »Weiß Eberhard, was du hier treibst?«, fügte er hinzu.

Ariane konnte nicht anders – sie brach in herzhaftes Gelächter aus. Adrian verzog unwillkürlich das Gesicht, um mit zu lachen – das ging den meisten Leuten so, wenn Ariane lachte –, aber dann besann er sich noch gerade rechtzeitig und machte wieder ein ernstes Gesicht.

»Das ist Herr Lagemann«, sagte er überflüssigerweise.

»Ja, das ist mir bekannt.« Ariane wurde wieder ernst. »Deine Frau ist im Krankenhaus«, erklärte sie, »weil Dani gestürzt ist und wir nicht wussten, ob sie etwas gebrochen hat. Katrin hat sich bereit erklärt, sie zu begleiten. In spätestens einer Stunde ist sie wieder da. Und wenn du dich weiter so aufregst, kriegst du am Ende noch einen Herzinfarkt. Oder einen Schlaganfall.« Sie musterte ihn. »Oder beides«, setzte sie gehässig hinzu.

Rainer ließ sich jedoch nicht so leicht besänftigen. »Ja, aber …«, setzte er an, aber Ariane unterbrach ihn. »Nichts ja aber«, fiel sie ihm ins Wort. »Was denkst du dir dabei, hier einfach so aufzutauchen? Jetzt kann Katrin sich nicht mehr in Ruhe erholen, und du machst dich total lächerlich.«

Rainer verzog mürrisch das Gesicht. »Ich habe mir Sorgen gemacht«, erklärte er brummig. »Ich habe Katrin auf dem Handy nie erreicht, und jedes Mal, wenn ich hier angerufen habe …« Er warf Adrian einen vorwurfsvollen Blick zu. »… dann war sie angeblich immer unterwegs. Das kann doch gar nicht sein!«

»Natürlich kann es sein.« Ariane seufzte. »Was glaubst

du denn, was wir hier machen? Meinst du, wir sitzen den ganzen Tag in der Sonne? Hier wird nicht nur gefastet, hier wird auch gewandert, und das stundenlang jeden Tag. Und sie hatte dir doch sicher gesagt, dass wir hier keinen Handyempfang haben.«

»Ja«, gab Rainer widerstrebend zu. »Aber ich habe gedacht, dass das vielleicht nicht immer gilt. Ich habe Katrin eben vermisst. Tut mir leid, wenn es bei dir und Eberhard nicht so ist …« Wieder wanderte sein Blick zu Adrian, der tatsächlich ein wenig rot wurde. Ariane verdrehte innerlich die Augen. »Ich bin es nicht gewohnt, so lange von ihr getrennt zu sein.«

»Ach was!«, sagte Ariane ungläubig. »Du warst doch derjenige, der wochenlang auf Geschäftsreise war und in der Weltgeschichte herumgegondelt ist. Katrin musste immer zu Hause bleiben und auf die Kinder aufpassen. Damals scheinst du sie nicht besonders vermisst zu haben.«

»Das war etwas ganz anderes«, rechtfertigte sich Rainer. »Ich habe ja schließlich die Brötchen verdient. Aber darüber brauche ich mit dir nun wirklich nicht zu diskutieren.«

In diesem Moment betrat Nina mit Benny die Eingangshalle. »Rainer!«, sagte sie erstaunt. »Was machst du denn hier?«

»Hallo, Nina«, sagte er steif. »Ich bin gekommen, um Katrin abzuholen.«

Nina warf Ariane einen verwunderten Blick zu. »Habe ich was verpasst?«, fragte sie. »Ich denke, Katrin ist mit Dani ins Krankenhaus gefahren?«

»Nein, du hast nichts verpasst«, erwiderte Ariane seufzend. »Und ja, sie ist im Krankenhaus. Mit Dani ist so weit alles in Ordnung, sie müssten jetzt schon wieder auf dem Heimweg sein.« Sie wandte sich an Adrian. »Dimitri kommt übrigens auch gleich mit, du kannst ihn schon mal zu den essenden Gästen rechnen. Er hätte gar nicht fasten dürfen.« Sie ignorierte Rainer und fuhr an Nina gewandt fort: »Und Rainer ist hier eben aufgetaucht wie der Teufel aus der Schachtel. Hast du ihn draußen nicht brüllen hören?«

»Ach, mit euch unterhalte ich mich doch gar nicht.« Rainer trat zu einem der Ledersessel in der Halle und sank hinein. Er verrenkte sich, um ein zerknülltes Stofftaschentuch aus der Tasche zu ziehen, mit dem er sich die Stirn abwischte. »Kann ich etwas zu trinken bekommen?«, fragte er gereizt. »Ein Bier?«

»Alkohol haben wir leider nicht«, erwiderte Adrian. »Wie schon gesagt, wir sind ein Kurhotel. Ich kann Ihnen ein Quellwasser anbieten.«

»Ja, dann geben Sie mir in Gottes Namen ein Quellwasser.« Rainer dehnte das Wort verächtlich.

Nina sagte leise etwas zu Ariane. Sie nickte, und Nina verschwand mit dem Hund nach oben, während Ariane sich auf den Ledersessel neben Rainer niederließ.

»Ich habe dich nicht gebeten, mir Gesellschaft zu leisten«, sagte er unfreundlich zu ihr. »Dräng mir bloß kein Gespräch auf.«

Sie lächelte ihn nachsichtig an. »Nichts liegt mir ferner. Ich warte nur auf das Taxi aus Bad Säckingen.«

Adrian kam und brachte Rainer das Wasser. »Wir machen morgen weiter, oder?«, sagte er zu Ariane. »Jetzt ist es sowieso zu spät.«

»Ja, klar«, antwortete sie. »Gleich um neun komme ich zu dir ins Büro. Ach, da ist ja auch Nina wieder.«

Nina kam die Treppe heruntergelaufen und setzte sich ebenfalls in einen der Ledersessel.

»Was soll das hier werden?«, fragte Rainer gereizt. »Die Aufpasser vom Dienst?«

»Nimm dich bloß nicht so wichtig«, antwortete Nina fröhlich. »Stell dir mal vor, ausnahmsweise geht es gar nicht um dich. Wir warten nur auf Katrin und die beiden Kranken.«

»Na, das scheint ja ein äußerst erholsamer Aufenthalt hier gewesen zu sein«, stellte Rainer sarkastisch fest. »Landen Ihre Gäste immer im Krankenhaus?«, wandte er sich an Adrian.

Der junge Hotelier wurde einer Antwort enthoben, weil in diesem Augenblick das Taxi vorfuhr. Er eilte nach draußen, um Katrin, Dani und Dimitri in Empfang zu nehmen. Nina und Ariane schlossen sich ihm an.

Auch Rainer sprang auf, als er seine Frau sah. Er wirkte auf einmal gar nicht mehr so selbstsicher, sondern eher ein wenig schuldbewusst. Katrin musste ihn gesehen haben, aber sie kümmerte sich zunächst nicht um ihn, sondern half Dani aus dem Auto.

»Na, du machst ja Sachen«, schalt Nina die Freundin und umarmte sie. »Ich habe einen solchen Schreck bekommen, mir ist jetzt noch ganz übel.«

»Vorsichtig«, sagte Dani mit erstickter Stimme. »Drück nicht so fest.«

»Oh, entschuldige, das ist nur die Freude darüber, dass dir nichts passiert ist.«

»Ja«, warf Ariane ein, »mich hat das Ganze so mitgenommen, dass ich sogar kurz versucht war, die Fastenkur hinzuschmeißen und mir einen Schnaps zu genehmigen. Ihr zwei …«, sie drehte sich nach Dimitri um, der ohne

Hilfe aus dem Wagen gestiegen war, aber auch noch ein bisschen blass um die Nase wirkte, »... ihr zwei habt wirklich den Vogel abgeschossen.«

»Ich habe gegessen«, erklärte Dimitri.

»Ja, das will ich hoffen«, erwiderte Nina. »Das war alles ein bisschen viel für dich, oder?«

Er nickte grinsend. »Ich darf nicht immer auf Frauen hören«, stellte er fest. »Aber ist nicht so schlimm.«

Mit vereinten Kräften brachten Ariane und Nina die beiden Kranken in die Hotelhalle. Adrian bezahlte das Taxi, und auch Katrin blieb draußen und blickte Rainer abwartend entgegen. »Hallo«, sagte er unsicher und blieb in sicherem Abstand stehen.

»Hallo«, erwiderte Katrin und schaute ihn an.

Da sie nichts weiter sagte, erklärte er trotzig: »Ich habe es ohne dich nicht mehr ausgehalten. Ich bin gekommen, um dich abzuholen.«

Katrin zog die Augenbrauen hoch. »Wie kommst du denn auf so eine Schnapsidee?«, fragte sie kühl. »Wissen die Kinder, wo du bist?«

»Seit wann muss ich denn die Kinder informieren, wo ich hinfahre? Ich habe mir gedacht, dass dein Urlaub ja in ein paar Tagen sowieso zu Ende ist«, erwiderte er. »Und es ist doch viel angenehmer, mit mir im Auto nach Hause zu fahren als im Zug.«

»Du übersiehst eine Kleinigkeit«, entgegnete Katrin. »Wir vier Frauen befinden uns auf der Reise, die wir Dani zum Geburtstag geschenkt haben. Wir sind zusammen hingefahren, und wir werden auch wieder zusammen zurückfahren. Du hast hier gar nichts zu suchen.«

Rainer zuckte zusammen. Dann sagte er hitzig: »Aber du bist schließlich immer noch meine Frau. Also ...«

»Was soll das denn heißen?« Jetzt wurde auch Katrin trotz der späten Stunde etwas lauter. »Willst du nach über dreißig Jahren Ehe anfangen, Besitzansprüche zu stellen? Nein, mein Lieber, so funktioniert das nicht. Ich bin hier mit meinen Freundinnen, und du fährst am besten wieder nach Hause. Und damit basta!« Sie überlegte einen Moment und fügte dann in versöhnlichem Tonfall hinzu: »Heute Nacht kannst du sicher hier schlafen, aber morgen früh siehst du zu, dass du Land gewinnst.«

Wenn ihr die gesamte Situation nicht so gegen den Strich gegangen wäre, wäre sie beinahe ein bisschen stolz auf sich gewesen. So deutlich hatte sie Rainer noch nie Kontra gegeben.

Ihr Mann schien das genauso zu empfinden, denn er starrte sie mit offenem Mund an. Offensichtlich hatte es ihm die Sprache verschlagen. Wie schon häufiger in der letzten Zeit fiel ihr auf, wie sehr er gealtert war. Es war sicher nicht einfach für ihn gewesen, nach so vielen Berufsjahren den Job zu verlieren. Männer definierten sich ja über beruflichen Erfolg, und er war nicht mehr jung und vor allem nicht mehr flexibel genug gewesen, um sich auf die neue Situation wirklich einzustellen.

Katrin seufzte innerlich. Drei Kinder reichten ihr eigentlich, da musste sie doch nicht auch noch so ein Riesenbaby zu versorgen haben. Sie trat auf Rainer zu, der mit hängenden Schultern dastand, hakte ihn unter und sagte: »Komm, wir gehen jetzt erst einmal auf mein Zimmer. Ich bin hundemüde. Das war ein anstrengender Tag heute.« Widerstandslos ließ er sich von ihr hineinführen.

Die Hotelhalle war schon leer. Nur Adrian war noch im Büro, um alles abzuschließen und den Computer herunterzufahren.

»Gute Nacht, Herr Böhler«, rief Katrin ihm zu. »Es ist doch in Ordnung, dass mein Mann heute hier übernachtet, oder?«

Adrian kam aus dem Büro heraus. »Ja, selbstverständlich. Ich wünsche Ihnen eine gute Nacht. Die anderen haben sich auch schon auf ihre Zimmer zurückgezogen.«

Auf dem Weg nach oben murmelte Rainer: »Ariane duzt den jungen Mann. Du aber nicht, oder?«

Katrin lächelte. »Und wenn schon? Wäre das so schlimm?«

Rainer schaute sie ihn an und druckste ein bisschen herum. Schließlich sagte er: »Du willst dich aber nicht von mir trennen, oder?«

Katrin blieb stehen. Was war nur aus ihrem selbstbewussten, unabhängigen Mann geworden, der so unbekümmert durchs Leben ging? »Wie kommst du denn darauf?«, sagte sie fassungslos.

Rainer wurde rot. »Na ja, ich dachte nur. Du hast in den letzten Monaten nie mehr Zeit für mich gehabt. Ständig hast du an deinen Figuren gearbeitet, und jetzt auch noch dieser Urlaub mit deinen Freundinnen …«

Katrin blickte ihn an. »Na, du kommst ja auf Ideen«, sagte sie leicht erschüttert. »Komm, jetzt lass uns erst einmal zu Bett gehen. Ich fürchte, für diese Unterhaltung müssen wir uns länger Zeit nehmen.«

»Ja, und? Willst du dich trennen oder nicht?«, beharrte Rainer störrisch.

»Nein!«, zischte Katrin. »Aber wenn du dich weiter so benimmst, überlege ich es mir vielleicht noch. Und jetzt komm weiter, du weckst noch das ganze Hotel!«

16.

»Sie kommen mir so bekannt vor, junger Mann!«, sagte am nächsten Morgen Ninas Mutter zu Rainer Lagemann, als Katrin mit ihrem Mann im Speisesaal erschien.

»Kein Wunder, Frau Ludwig«, erwiderte Katrin. »Das ist mein Mann. Sie haben ihn bestimmt schon auf Ninas Geburtstagsfesten kennengelernt.«

Interessiert musterte Helene Ludwig die beiden. »Ah ja«, sagte sie. »Und was machen Sie hier?«, fragte sie Rainer inquisitorisch.

»Mama«, ertönte eine Stimme hinter ihr. Auch Nina war jetzt erst aufgestanden und gesellte sich zu dem kleinen Grüppchen. »Das geht dich gar nichts an. Lass Rainer in Ruhe!«

»Ach«, meinte Katrin fröhlich, »unterhaltet ihr beiden euch ruhig. Rainer, du kannst doch Frau Ludwig Gesellschaft leisten. Hier ist nämlich der Essbereich. Siehst du, da an der Seite ist das Büfett. Nina und ich gehen nach vorne, zu unseren Fastengetränken.«

Unwillkürlich wandte sich auch Rainer zum Gehen. »Da kann ich doch auch …«

»Nein«, erwiderte Katrin und warf ihm einen betonten Blick zu, »du möchtest doch sicher wenigstens ein Müsli essen.«

»Ja, kommen Sie, junger Mann«, warf Helene ein. »An unserem Tisch ist noch ein Platz frei.« Sie nickte Vera zu, die mittlerweile ebenfalls ihren Platz eingenommen hatte. »Das ist Herr Lagemann, Vera – ich weiß zwar nicht, was er hier macht, aber er wird es uns sicher gleich erzählen.«

Nina verdrehte die Augen und sah zu, dass sie zu ihrem Morgensaft kam. Es war ihr noch nicht gelungen, mit ihrer Mutter ein klärendes Gespräch zu führen – vielleicht bot sich ja heute Abend irgendwann die Gelegenheit dazu. Für den Nachmittag war zwar eine große Abschlusswanderung geplant, denn morgen Mittag wurde das Fasten gebrochen, und übermorgen fuhren sie nach Hause, aber anschließend war ja immer noch Zeit genug.

»Und?«, sagte sie zu Katrin, die bereits eine Tasse Gemüsebrühe in der Hand hielt und sich gerade einen Teelöffel nahm, »alles klar bei Rainer und dir?«

Jetzt war es an Katrin, die Augen zu verdrehen. »Ich bin todmüde«, antwortete sie. »Wir haben noch die halbe Nacht geredet. Aber ich glaube, wir haben alles soweit geklärt. Er hat wohl Angst gehabt, ich komme ihm abhanden. Seit er mehr zu Hause ist, ist ihm aufgefallen, was ich für ein selbständiges Leben führe, und das war ihm einfach unheimlich. Und als ich dann auch noch mit euch verreist bin, hat er es nicht mehr ausgehalten. Er hat allen Ernstes geglaubt, ich wolle ihn verlassen!« Kopfschüttelnd setzte sie sich an den Tisch.

Die Frauen begannen einträchtig, ihre Brühe zu löffeln. »Männer haben es manchmal schwer«, bestätigte Nina. »Wenn ihre Berufe sie nicht mehr so auf Trab halten, dann kommen auf einmal alle alten Verlustängste wieder hoch. Sie definieren sich ja eben auch so über den Beruf.«

»Ja, ja, genau das war das Problem«, erwiderte Katrin. »Aber ich hoffe mal, dass ich es ausgeräumt habe. Er fährt auf jeden Fall heute Vormittag wieder nach Hause. Ich habe ihm klargemacht, dass ich nicht bereit bin, auf die letzten zwei Tage hier zu verzichten. Und jetzt, wo das mit Dani passiert ist, schon gar nicht. Wir sind zusammen hierhergekommen, und wir fahren auch zusammen wieder nach Hause.«

Nina lächelte die Freundin an. »Genau. Aber verstehst du jetzt, warum ich meine Beziehungen so vage halte? Ich kann dir sagen – nach meinen zwei gescheiterten Ehen sind diese jungen Männer wirklich eine Erleichterung.«

»Na ja, manchmal ist es auch schön, so vertraut miteinander zu sein. Das erreichst du mit deinem David wahrscheinlich nie.«

»Ja, das stimmt«, gab Nina zu. »Aber mich stört es ehrlich gesagt nicht. Apropos junge Männer, meinst du eigentlich, da läuft was zwischen Adrian Böhler und Ariane?«

Katrin runzelte die Stirn. »Ich weiß nicht«, sagte sie gedehnt. »Ich will es mal nicht hoffen. Aber eigentlich kann ich es mir nicht vorstellen.«

»Nein, ich ja eigentlich auch nicht. Aber sie hocken schon wieder zusammen in seinem Büro. Ich habe sie eben gesehen, als ich die Treppe heruntergekommen bin.«

»Ja, aber sie recherchieren wohl irgendwas. Nein, Nina, ich glaube das nicht. Aber wir können sie ja trotzdem mal im Auge behalten.« Katrin streckte sich. »Ich hole mir noch einen Hafertee. Ein Kaffee wäre mir ja jetzt lieber, aber ich werde mich wohl mit einem Stückchen Traubenzucker begnügen müssen.«

»Du hast es nicht anders gewollt.« Lachend erhoben sich die Freundinnen und traten erneut an das Fastenbüfett.

Das frühmorgendliche Qigong mit Ilse Böhler hatte in verschwindend geringer Besetzung stattgefunden. Die Gruppe, die durch vorzeitige Abreisen und Krankheitsfälle sowieso schon dezimiert war, war noch kleiner geworden, weil die letzte Nacht so lang gewesen war – heute hatten nur Hiltrud, Sheila und Franziska teilgenommen. Letztere vor allem deshalb, weil sie hoffte, dadurch sozusagen auf die letzte Minute doch noch ein bisschen abzunehmen.

Dani war erst spät eingeschlafen, weil es sich als beinahe unmöglich erwiesen hatte, eine Position im Bett zu finden, in der sie ohne Schmerzen liegen konnte. Vor allem, wenn sie sich umdrehte, was nur im Zeitlupentempo zu bewerkstelligen war, hätte sie am liebsten laut aufgeschrien. Aber nicht nur dieser Umstand hatte sie wach gehalten, sondern auch die – durchaus angenehmen – Gedanken an Beat, der sich im Übrigen aus beinahe den gleichen Gründen schlaflos in seinem Bett hin und her wälzte. Und wenn man einmal davon absah, dass Dani von ihren Schmerzen abgelenkt wurde, so dachten sie beide an den jeweils anderen und daran, dass sich da möglicherweise etwas sehr Schönes zwischen ihnen entwickelte. Präziser und detaillierter waren die Gedankengänge noch nicht – außer ein bisschen Küssen war ja nichts vorgefallen –, aber als dann schließlich bei beiden die Müdigkeit siegte, lächelten sie im Schlaf.

Susanne hingegen hatte nicht im Schlaf gelächelt. Ihr ganzes Elend mit der vermeintlich entgangenen Beziehung hatte sie mit Wucht erneut überfallen, als sie nach den aufregenden Vorfällen ihr Zimmer betreten hatte. Ihr kamen die Tränen, wenn sie bloß daran dachte, und sie war erst gegen Morgen eingeschlafen, von Wut und Selbstmitleid geschüttelt.

Jetzt war sie schon wieder wach, lag mit verquollenen Augen und schmerzendem Kopf auf dem Rücken in ihrem schmalen Bett und starrte an die Decke, auf der sich Sonnenkringel malten.

Beinahe kam es ihr so vor, als sei durch das Fasten ihr Innerstes nach außen gestülpt worden. Noch nie war ihr so zu Bewusstsein gekommen, wie viel Klarheit es einem schenkte, wenn man auf feste Nahrung verzichtete. Ihre Zukunft lag auf einmal offen und eindeutig vor ihr. Wenn sie so weitermachte, würde sie nur unglücklich werden. Sie musste ihr Leben ändern! Sie musste aufhören, an Äußerlichkeiten zu hängen, sich über den Erfolg in ihrem stressigen Beruf zu definieren, aufhören, auf andere herabzusehen. Ihr Freund hatte recht gehabt – sie war oberflächlich und süchtig nach Aufmerksamkeit und Karriere gewesen. Sie musste endlich lernen, auf ihre und die Bedürfnisse anderer Menschen einzugehen und nicht ständig irgendwelchen Trugbildern hinterherzulaufen.

Entschlossen stand sie auf. Sie würde jetzt unter die Dusche gehen, und dann würde sie am Yoga-Kurs teilnehmen. Das konnte ihr nur guttun.

»So kommen wir nicht weiter.« Frustriert starrte Ariane auf den Bildschirm. »Lass uns noch einmal rekapitulieren. Das auf dem Bild ist eindeutig Dr. Müller, aber ich weiß ganz genau, dass wir keinen Dr. Müller auf der Station hatten.«

»Außerdem ist er wohl auch kein Arzt, sonst stünde er nicht mit den Schwestern und Pflegern zusammen.«

»Ja gut, das ist immerhin fünfundzwanzig Jahre her. Theoretisch besteht natürlich die Möglichkeit, dass er seitdem noch Medizin studiert hat, selbst wenn er damals Krankenpfleger war. Aber wir hatten definitiv niemanden auf der Station, der Müller hieß. Es gab noch nicht einmal einen Wolfgang.« Ariane kaute nachdenklich auf dem Knöchel ihres Zeigefingers, wie immer, wenn sie tief in Gedanken versunken war. »Und eigentlich kann er auch gar nicht der Krankenpfleger auf dem Foto sein, weil er ja angeblich 1986 in Berlin Examen gemacht hat.«

»Kannst du dich denn nicht erinnern, wie der Pfleger, der aussieht wie Müller, geheißen hat?«

Ariane zuckte ratlos die Schultern. »Nein, ich weiß bei den meisten die Namen nicht mehr. Behalten habe ich gerade mal die Namen vom Chefarzt, von der Oberärztin und von der Stationsschwester. Und den weiß ich auch nur noch, weil sie so einen seltenen Vornamen hatte. Schwester Herlinde. Herlinde Pauls.«

»Sie müsste ja eigentlich seinen Namen noch wissen. Aber du hast wahrscheinlich keinen Kontakt mehr zu ihr, oder?«

»Nein, natürlich nicht.« Ariane schüttelte den Kopf. »Vielleicht irre ich mich ja auch, und er sieht ihm nur so ähnlich, dass ich von Anfang an das Gefühl hatte, ihn zu kennen. Das gibt es ja manchmal, dass Menschen sich ähnlich sehen, die gar nichts miteinander zu tun haben.«

Adrian hatte die Unterlagen herausgekramt und betrachtete nachdenklich den Lebenslauf von Wolfgang Müller. »Wenn man in der Uni nachfragen könnte, ob tatsächlich jemand mit diesem Namen dort Examen gemacht hat …«

»Wieso?« Ariane blickte überrascht auf. »Glaubst du, er hat den Namen erfunden?«

»Ich kann es mir nicht vorstellen, aber es könnte immerhin sein. Sieh mal, du bist absolut überzeugt davon, dass dieser Krankenpfleger auf dem Bild Müller ist, gleichzeitig bist du dir aber sicher, dass er nicht Wolfgang Müller geheißen hat, und er kann sowieso nicht an zwei Orten gleichzeitig gewesen sein. Wenn wir jetzt das Pferd von hinten aufzäumen und in Berlin nachfragen könnten, ob tatsächlich ein Mediziner mit diesem Namen im Mai 1986 dort sein Zweites Staatsexamen gemacht hat, dann wüssten wir, dass es mit größter Wahrscheinlichkeit zwei verschiedene Personen sind.«

»Hm«, sagte Ariane, »das klingt aber jetzt kompliziert. Und bringt uns das wirklich weiter?«

»Keine Ahnung, und eigentlich ist es ja auch müßig, darüber nachzudenken, weil sie uns sowieso keine Auskunft geben würden. Schließlich kannst du nicht einfach irgendwo anrufen und Daten erfragen.«

»Nein, das kannst du nicht, aber wenn du wie ich mit dem Dekan der medizinischen Fakultät befreundet bist, dann kannst du natürlich schon Dinge in Erfahrung bringen.« Ariane schlug sich vor die Stirn. »Dass ich darauf nicht schon früher gekommen bin. Ekkehard Ulrich! Wir kennen uns seit dem Studium und haben all die Jahre losen Kontakt gehalten. Er hat bestimmt die Möglichkeit, alte Akten einzusehen!«

»Na, du bist ja immer für eine Überraschung gut!« Adrian schaute sie bewundernd an. »Dann mal los, Dr. Watson.«

»Ach, Sherlock Holmes bist wohl du?« Ariane lachte leise. »Das ist ja mal wieder typisch: die attraktivere Rolle immer für den Mann!«

»Na ja, was hast du denn gedacht? Ich mache schließlich alle logischen Ableitungen.« Adrian warf sich in die Brust.

Ariane zog ihr Smartphone aus der Tasche. »Warte, ich habe die Nummer gespeichert. Wir rufen ihn gleich an. Hoffentlich kann er was herausfinden, schließlich war das ja noch vor der Wiedervereinigung.«

Langsam leerte sich der Speisesaal. Die wenigen Fastengäste, die noch gesund und munter auf den Beinen waren, trafen sich zum morgendlichen Yogakurs, und unter Ilse Böhlers ruhiger Stimme lösten sich alle Sorgen und Probleme auf. Die Übungen, die sie machten, waren anstrengend und beruhigend zugleich, und Katrin und Nina waren sich einig, dass sie bei dieser Lehrerin auch zu Hause sofort weitermachen würden.

»Ich muss allerdings zugeben, dass es mir einigermaßen schwerfällt, auf einem Bein zu stehen, wie wir es beim ›Baum‹ machen müssen«, gestand Nina. »Am liebsten hätte ich dann immer was zum Festhalten.«

»Ja«, stimmte Katrin ihr zu. »Vorläufig ist es mir auch am liebsten, wenn ich am Ende auf dem Rücken liege und tief in den Bauch hinein atme. Aber wahrscheinlich wird das Gleichgewichtsgefühl besser, wenn man regelmäßig trainiert.«

Die kleine Turnhalle war halb leer, weil nur die beiden Fastenziegen, Franziska, Nina und Katrin und Sheila am Kurs teilnahmen. Beat war zum Golfen gefahren – offensichtlich seine Methode, um sein aufgewühltes Gemüt zu beruhigen –, Dimitri lag – ungewöhnlich für ihn – faul im Halbschatten im Garten auf einer Liege und las einen russischen Thriller, den er in dem kleinen Bibliotheksraum des Hotels entdeckt hatte. Er hatte einen Apfel und eine kleine Portion Müsli gefrühstückt und allen versichert, dass es ihm schon wieder viel besser ginge.

Sogar Dr. Müller hatte sich dazu herabgelassen, nach seinem Befinden zu fragen, aber Nina wurde den Eindruck nicht los, dass er fürchtete, Dimitri könnte ihm Vorwürfe machen, weil er seinen instabilen Gesundheitszustand nicht erkannt hatte. Er wirkte äußerst defensiv und war anscheinend froh, als er sich wieder verabschieden konnte.

Dani hatte beschlossen, sich einen Tag lang nur um ihre schmerzenden Muskeln und Sehnen zu kümmern. Sie räkelte sich wohlig in einem duftenden, warmen Heubad und freute sich schon auf die anschließende Massage.

Auch Vera und Helene hielten sich im Wellnessbereich auf und ließen sich verschönern. »Gut wäre es, wenn es hier auch noch einen Friseur gäbe«, meinte Helene und betrachtete kritisch den zartrosa Nagellack, den die Kosmetikerin ihr nach der Maniküre aufgetragen hatte.

Vera musterte sie prüfend. »Ich finde, deine Frisur sitzt noch einwandfrei«, meinte sie. »So kurze Haare wie meine muss man viel häufiger schneiden, weil sie schnell ungepflegt aussehen. Vielleicht sollte ich mir auch mal Löckchen machen lassen. Und wie ist das eigentlich, werden die Haare kräftiger, wenn man sie färbt? Je älter ich werde, desto dünner werden meine Haare. Und seit sie nach der Chemo nachgewachsen sind, sowieso.« Sie fuhr sich mit der frisch manikürten Hand über den Kopf.

Die beiden Frauen hatten über den Tod zueinander gefunden. Bei ihrer ersten Begegnung hatten sie festgestellt, dass sie beide verwitwet waren. Zunächst hatten sie Stunden damit verbracht, sich gegenseitig Geschichten aus ihrem Leben zu erzählen, und die Tatsache, dass ihre beiden Männer schon lange das Zeitliche gesegnet hatten und sie nicht nur juristisch, sondern auch emotional ungebunden waren, ließ sie trotz ihres Alters und ihrer Gebrechen unternehmungslustig werden. Sie verstanden sich so gut, dass sie beschlossen, noch zwei Wochen länger im Schwarzwald zu bleiben und Ausflüge in die Umgebung zu machen. Danach wollten sie, nach einer kurzen Stippvisite zu Hause, gemeinsam eine größere Reise in Angriff nehmen.

»Eigentlich ergänzen wir uns großartig«, stellte Helene fest. »Die Blinde und die Lahme. Ich kann nicht so schnell laufen, und du kannst bald nicht mehr richtig gucken.« Sie kicherte. »Na ja, noch kannst du ja sehen, aber wenn das nicht mehr der Fall ist, erzähle ich dir einfach alles, was es um dich herum zu sehen gibt.«

»Hoffentlich wirst du nicht vorher dement«, erwiderte Vera trocken.

Helene kicherte wieder. »Ich glaube, der Zug ist abgefahren. Bis jetzt arbeitet mein Verstand noch messerscharf.« Sie wurde ernst. »Und außerdem passen die Engel schon auf. Nicht nur auf mich. Das war Schicksal, dass wir uns begegnet sind. Du wirst sehen – wir werden noch viel Spaß miteinander haben.«

»Ich würde ja schrecklich gerne mal mit dem Postschiff ans Nordkap fahren«, meinte Vera. Als sie Helenes skeptischen Blick bemerkte, fügte sie rasch hinzu: »Aber es gibt auch viele andere Ziele, die ich gerne noch besuchen möchte. Ich habe vieles auf der Welt noch nicht gesehen.«

»Mit dem Schiff geht es wegen Benny nicht so gut«, erwiderte Helene. »Aber das kriegen wir bestimmt auch noch hin, er ist ja schon ein alter Hund.« Sie streichelte ihrem Apricot-Pudel liebevoll übers krause Köpfchen. »Und eigentlich ist es mir am Nordkap auch zu kalt. Was hieltest du denn von Marrakesch? Da wollte ich immer schon mal hin.« Ihr Gesicht bekam einen verträumten Ausdruck. »Das stelle ich mir vor wie in Tausendundeiner Nacht. Und die Wärme dort soll sehr angenehm sein. Benny kann ich bestimmt in so einem Transportkörbchen mit in die Flugzeugkabine nehmen.«

»Ja«, sagte Vera. »Und wenn das nicht gestattet ist, dann warten wir eben auch mit Marrakesch noch ab und lassen uns von deinem Herrn Kranz an den Wörther See fahren. Da soll es auch sehr schön sein.«

Die beiden alten Damen lächelten sich zufrieden an. Es ging doch nichts übers Pläneschmieden. Das hielt jung und lebendig. Und zu zweit machte eben alles noch viel mehr Spaß.

»Ein Wolfgang Müller hat definitiv im Mai 1986 in Berlin nicht sein Zweites Staatsexamen abgelegt«, sagte Ariane und legte den Hörer auf. »Sie haben einen Albert Müller, eine Wiebke Müller und einen Christoph Müllers, aber damit hört es auch schon auf. Er hat sogar mir zu Gefallen die Prüfungstermine ein Semester davor und dahinter überprüft, aber auch da ist er nicht fündig geworden. Es gibt zwar einige Studenten mit Namen

Müller, aber keinen Wolfgang.« Sie runzelte nachdenklich die Stirn.

»Tja«, sagte Adrian langsam. »Und was sagt uns das jetzt? Ich kann mir sowieso nicht vorstellen, dass er das Jahr verwechselt, in dem er Staatsexamen gemacht hat. Das wäre wirklich sehr merkwürdig.«

»Ja, unwahrscheinlich«, stimmte Ariane ihm zu. »Es sei denn, er hat einen Zahlendreher in seinen Unterlagen. Aber das konnten wir nicht nachprüfen, weil die Prüfungsjahrgänge bis 1980 noch nicht in der Zentraldatei aufgenommen sind.«

»Hm, ich weiß nicht«, erwiderte Adrian. »Laut Lebenslauf ist er 1958 geboren. Dann kann er 1978 noch nicht mit dem Studium fertig gewesen sein. Da hat er doch gerade mal Abitur gehabt.«

»Ja, da hast du recht.« Ariane runzelte die Stirn. »Irgendetwas stimmt da nicht. Möglicherweise hat er überhaupt kein Zweites Staatsexamen und darf gar nicht als Arzt arbeiten?«

»Oder er ist gar nicht Dr. Wolfgang Müller sondern von Beruf Krankenpfleger«, warf Adrian ein. »Aber was sollten wir in so einem Fall machen? Wir können ja nicht auf Verdacht die Polizei einschalten. Und ich wüsste nicht, wie wir es ihm nachweisen sollten.«

»Ich habe mir schon den Kopf zermartert, aber der Name des Pflegers fällt mir nicht ein. Doch das würde uns wahrscheinlich sowieso nichts nützen. Selbst dann könnten wir nicht mit hundertprozentiger Sicherheit sagen, ob er es tatsächlich ist. Andererseits war ich 1986, wo er angeblich in Berlin Examen gemacht hat, in meinem praktischen Jahr in Köln in der Chirurgie. Und wenn er tatsächlich ein und derselbe ist, können wir auf keinen

Fall so lange warten, bis er etwas falsch macht. Das wäre viel zu gefährlich.« Ariane kratzte sich am Kopf. »Wirklich eine schwierige Kiste. Vielleicht solltest du einmal mit ihm reden.«

»Um Himmels willen! Was soll ich ihm denn sagen? ›Mein lieber Herr Dr. Müller, wir haben den Verdacht, dass Sie gar nicht sind, wer Sie vorgeben zu sein‹?«

Ariane lachte. »Das wäre allerdings ziemlich ungeschickt. Und ›mein lieber‹ geht schon gar nicht. Fällt dir kein subtilerer Ansatz ein?«

»Ich bin von Anfang an nicht mit ihm klargekommen«, gestand Adrian. »Ich glaube, ich könnte keine drei Sätze mit ihm wechseln, ohne mich danebenzubenehmen. Aber ich werde meine Eltern informieren, vielleicht sollte mein Vater einmal mit ihm reden. Er ist auf jeden Fall diplomatischer als ich.«

Am Nachmittag fand die große Abschlusswanderung statt, die traditionell im Thermalbad endete.

Es war ein unglaublich heißer Tag. Die Sonne brannte vom blauen Himmel herunter, an dem kein einziges Wölkchen zu sehen war. Zum Glück verlief der größte Teil der Strecke durch den Wald am Bach entlang, und im Schatten der hohen Bäume war es angenehm, wenn man nicht zu schnell ging.

»So ganz ungefährlich scheint Fastenwandern nicht zu sein«, stellte Katrin fest und schaute sich um. Weit vor ihnen marschierten Hubertus und Hiltrud, die sich angeregt unterhielten. Die jüngere Fastenziege war nicht dabei. Sie hatte anscheinend die Abreise ihres attraktiven Ferienflirts noch nicht verwunden, dachte Katrin. »Das ist ja heute wohl die Minimalbesetzung. Wir können echt froh sein, dass wir morgen Mittag abreisen, sonst würde es uns am Ende auch noch erwischen. Wo ist denn eigentlich Ariane?«

»Sie hat sich bei Hubertus abgemeldet«, erwiderte Nina. »Sie wollte noch irgendwas wegen Dr. Müller recherchieren.«

»Es hat sie richtig gepackt, oder? Na, auch das ist morgen wahrscheinlich vorbei. Was soll denn da herauskommen?«

»Keine Ahnung«, meinte Nina. »Sie hat einfach das Gefühl, dass irgendetwas faul ist.«

Sheila, die neben ihnen hertrottete, warf giftig ein: »Das ist typisch für Ariane. An allen hat sie etwas auszusetzen. Nur sie ist über jeden Zweifel erhaben.«

»Sheila, ich glaube nicht, dass du dir über Ariane ein Urteil anmaßen kannst«, sagte Nina. »Lass es lieber. Es bringt ja doch nichts. Ihr werdet euch wohl kaum noch mal wiedersehen, wenn wir morgen Mittag abgereist sind.«

Sheila verzog schmollend das Gesicht, schwieg aber. Sie verlangsamte ihre Schritte, um sich Franziska anzuschließen, die wie immer das Schlusslicht bildete. Tief in Gedanken versunken ging das junge Mädchen den Waldweg entlang. Auf ihrer Stirn standen Schweißperlen. Sie hatte in den vierzehn Tagen nicht so viel abgespeckt wie die anderen, und auch ihre Fitness ließ immer noch zu wünschen übrig, weil sie dem Frühsport und dem Yoga meistens ferngeblieben war und auch an den Wanderungen nicht regelmäßig teilgenommen hatte. Lieber hatte sie auf ihrem Bett gelegen und verträumt an die Decke gestarrt oder war mit dem Bus ins Städtchen gefahren, um Eis oder Kuchen zu essen.

Sheila warf ihr einen Blick von der Seite zu. »Ich bin gespannt, wie viel ich abgenommen habe, wenn wir morgen gewogen werden«, sagte sie.

Franziskas Gesicht wurde noch röter. »Hm«, erwiderte sie einsilbig. »Mir ist das egal.«

Sheila redete einfach weiter. »Letzte Woche waren es bei mir schon drei Kilo. Vielleicht sind es jetzt auch wieder drei oder sogar vier.« Sie blickte sinnend an sich herunter. »Wenn ich in dem Tempo weiter abnehme, dann habe ich nach vier Wochen mindestens zwölf Kilo abgenommen. Das wäre toll!«, freute sie sich.

»Hm.« Ein weiterer Kommentar war Franziska nicht zu entlocken.

»Sei doch nicht immer so negativ!«, sagte Sheila anklagend, als sie merkte, dass von Franziskas Seite kein weiterer Gesprächsbeitrag zu erwarten war. »Du bist immer so negativ! Das macht keinen Spaß mit dir!«

»Dann lass mich doch einfach in Ruhe!«, fauchte Franziska sie an.

Erschrocken ging Sheila schneller und versuchte, Nina und Katrin zu überholen. Heute wollte wohl keiner mit ihr reden. Leise murmelte sie auf Englisch vor sich hin und wischte sich den Schweiß von der Stirn. Als Katrin aufblickte, bemerkte sie Sheilas hilflosen Gesichtsausdruck. Die Ärmste, dachte sie mitleidig. Wahrscheinlich war es nicht einfach für sie, so weit weg von zu Hause.

»Geh ein bisschen mit uns«, schlug sie vor. »Erzähl doch mal von deiner Arbeit. Du sprichst so gut Deutsch, hast du das in der Schule gelernt?«

Sheila zögerte ein wenig, wahrscheinlich weil Nina ihr eben die Meinung gesagt hatte, aber schließlich schloss sie sich den beiden an.

»Meine Mutter war Deutsche«, sagte sie, »und ich bin zweisprachig aufgewachsen. Während meines Studiums war ich ein Jahr lang in Würzburg. Dort habe ich Verwandte.«

»Aber hierzubleiben wäre für dich nicht in Frage gekommen, oder?«, fragte Nina.

»Doch, ich habe daran gedacht«, gab Sheila zu. »Es hat mir gut gefallen in Würzburg, und ich wäre gerne noch länger geblieben, aber dann musste ich wieder nach Athens zurück.« Sie stockte, dann fuhr sie fort: »Meine Mom hat schon früh Alzheimer bekommen, und Dad wollte sie in ein Heim geben. Ich habe das nicht gewollt. Ich bin das einzige Kind, und deshalb bin ich zurückgegangen, um sie zu pflegen.« Sie biss sich auf die Lippen und schwieg.

»Ach, du lieber Himmel«, sagte Katrin erschüttert. »Wann war das denn? Du musst ja noch ganz jung gewesen sein. Du bist doch höchstens fünfunddreißig.«

»Sechsunddreißig. Sie ist vor einem Jahr gestorben, und ich war fast elf Jahre lang für sie da. Am Schluss war es schwer, aber es gab auch schöne Momente. Wenn ich mit ihr gesungen habe, dann war sie beinahe wieder wie früher. Sie kannte noch alle Texte von den deutschen Kinderliedern, die sie mir früher vorgesungen hat.«

»Ja, das habe ich mal gelesen, dass Alzheimer-Kranke mit Musik zu erreichen sind«, sagte Katrin. »Und wenn du sagst, dass sie sich an die alten Kinderlieder erinnert hat, dann liegt das wahrscheinlich daran, dass das Langzeitgedächtnis am längsten intakt bleibt. Hat sie dich denn noch erkannt?«

»In den letzten anderthalb Jahren nicht mehr, und ich musste eine Pflegerin für sie engagieren, die auf sie aufpasste, wenn ich zur Arbeit gegangen bin. Dad sagte immer, er könne das nicht. Dabei ist er erst Mitte sechzig, und er ist gesund.«

»Du darfst ihm das nicht übelnehmen«, warf Nina ein. »Die meisten Männer sind ja schon überfordert, wenn ihre Frau eine Grippe hat oder so. Aber für so eine junge Frau hast du wirklich Ungeheures geleistet. Wir hatten ja alle keine Ahnung, was du durchgemacht hast«, fügte sie entschuldigend hinzu. »Wenn wir es gewusst hätten, wären wir bestimmt nicht so ungeduldig mit dir gewesen.«

Sheila zuckte mit den Schultern. »Kein Problem. Ich denke, ich bin auch ein bisschen komisch geworden. Ich muss mich erst wieder daran gewöhnen, unter Menschen zu sein. Ihr seht ja, wie fett und unbeholfen ich bin. Ich hatte kaum Möglichkeiten, mal mit Gleichaltrigen auszugehen oder so, weil ich ja immer möglichst schnell wieder nach Hause musste. Ich hoffe nur, dass der Mann, den ich übers Internet in Spanien kennengelernt habe, die Mühe wert ist. Ich möchte einfach mal ein ganz normales Leben führen.«

»Selbst wenn er sich nicht als deine große Liebe herausstellt, dann war es den Versuch auf jeden Fall wert«, meinte Katrin. »Ich finde, du hast mit dieser Fastenkur schon den richtigen Ansatz gefunden. Und du siehst was von der Welt. Das kann ja gar nicht falsch sein.«

Franziska, die stumm hinter ihnen hergetrottet war, hatte das Gespräch anscheinend mit angehört. Plötzlich sagte sie: »Sheila, ich wollte eben nicht so unfreundlich zu dir sein. Es tut mir leid. Ich habe noch nicht so viel abgenommen, weil ich es nicht schaffe, gar nichts zu essen. Ich war bloß neidisch auf dich. Entschuldige.«

»Ja, ist schon okay«, erwiderte Sheila. »Ich merke

manchmal nicht, wenn ich den Leuten auf die Nerven gehe.«

Als ob der Himmel ihre Worte unterstreichen wollte, rollte in diesem Augenblick ein gewaltiger Donner über sie hinweg. Erschreckt zogen alle die Köpfe ein.

»Ein Gewitter!«, sagte Nina. »Ich habe gar nicht bemerkt, wie dunkel es geworden ist. Kinder, ich fürchte, wir müssen einen Schritt zulegen.«

Hubertus hatte sich bereits umgedreht und bedeutete ihnen, sich zu beeilen. Im Westen türmte sich plötzlich eine dunkelgraue Wand auf.

»Uns bleibt aber auch gar nichts erspart«, seufzte Katrin und verfiel in einen gemäßigten Laufschritt. »Schneller kann ich nicht«, sagte sie zu Nina, die neben ihr herlief.

»Ich auch nicht«, keuchte Nina. »Das halte ich keine fünfzig Meter durch.«

Sheila und Franziska hatten es, obwohl sie jünger waren, noch schwerer als sie. Sie waren schon um einiges zurückgefallen.

Erneut dröhnte ein Donnerschlag. Sie waren mittlerweile am Waldrand angelangt und konnten das Thermalbad schon sehen. Von hier aus ging der Blick weit bis zum Horizont, und sie sahen, wie in der Ferne Blitze über den Himmel zuckten.

»Das Gewitter ist noch ein gutes Stück entfernt«, rief Hubertus ihnen zu. »Wir müssen uns aber trotzdem beeilen, damit wir es noch bis zum Thermalbad schaffen.« Er verfiel ebenfalls in Laufschritt. Hiltrud folgte ihm scheinbar mühelos.

Der Wind hatte aufgefrischt, ein sicheres Zeichen dafür, dass das Unwetter näher kam.

»Ich breche gleich zusammen«, keuchte Nina. »Du hast ja eine Wahnsinnskondition!« Sie warf der Freundin einen bewundernden Blick zu.

»Hast du eine Ahnung! Ich pfeife auch schon auf dem letzten Loch.« Katrin verlangsamte ihre Schritte und blickte sich nach Sheila und Franziska um, die kaum hinterherkamen. Franziska machte den Eindruck, als wolle sie sich jeden Moment zu Boden fallen lassen.

»Kommt, wir warten auf euch!«, rief sie.

»Ich kann nicht mehr! Ich laufe keinen Schritt mehr«, jammerte Franziska. Sie blieb stehen und beugte sich schwer atmend vor, wobei sie die Hände auf die Knie stützte.

Nina lief zu ihr und ergriff ihre Hand. »Komm jetzt, wir müssen uns beeilen. Es geht gleich los!«, drängte sie.

In diesem Moment zuckte ein greller Blitz über den mittlerweile pechschwarzen Himmel, und kurz darauf rollte der Donner so laut, dass man sein eigenes Wort nicht mehr verstand. Franziska schrie erschreckt auf und begann zu rennen. Im gleichen Moment setzte übergangslos heftiger Regen ein.

17.

»Das ist ja eine abenteuerliche Geschichte.« Georg Böhler schüttelte den Kopf. »Hast du eigentlich nichts Besseres zu tun, als hinter Dr. Müller herzuspionieren?«

»Ja, aber du weißt doch, Papa, wie unsympathisch mir Müller von Anfang an war …«

Adrians Vater runzelte die Stirn. »Wo kommen wir denn da hin, wenn wir über jeden, der uns unsympathisch ist, Nachforschungen anstellen? Ich kann doch meine Angestellten oder meine Gäste nicht bespitzeln!«

Adrian hob abwehrend die Hände. »Ganz so war es ja auch nicht. Von Bespitzeln kann ja keine Rede sein. Es ist ja nur so, dass auch Ariane … Frau Mäurer …, also, sie hat das Gefühl gehabt, ihn zu kennen, wusste aber nicht, wo sie ihn unterbringen sollte. Und da haben wir eben ein bisschen nachgeforscht. Dadurch sind wir auf das Foto gestoßen.«

»Und Frau Mäurer weiß nicht mehr, wie der Pfleger hieß?«, fragte Ilse Böhler.

»Nein. Du liebe Güte, das ist ja schon dreißig Jahre her. Und sie weiß auch nicht, wen sie fragen könnte. Sie hat mit niemandem von damals mehr Kontakt.«

»Und du sagst, an der Uni weiß niemand von einem Dr. Wolfgang Müller?«

Adrian schüttelte den Kopf. »Nein, 1986 nicht und

auch nicht ein Jahr davor oder danach. Aber das wäre sowieso unwahrscheinlich. Warum sollte er eine falsche Jahreszahl angeben? Da glaube ich eher, dass der gesamte Sachverhalt falsch ist.«

Georg Böhler nickte langsam. »Ja, ja, ich verstehe schon, wie du das meinst. Das ist eine üble Geschichte. Was sollen wir denn jetzt machen? Wir können ohne Beweise kaum die Polizei einschalten.«

»Nein, das geht sicher nicht. Ich habe gedacht, ob du ihm vielleicht mal ein bisschen auf den Zahn fühlst?«

Georg Böhler blickte seinen Sohn zweifelnd an. »Wie soll ich das denn anstellen? Selbst wenn er ein Hochstapler ist, wird er mir das ja wohl kaum auf die Nase binden.«

»Natürlich nicht«, warf seine Frau ein. »Aber er ist ja erst seit drei Monaten hier. Kannst du nicht vorgeben, du wolltest nach den ersten hundert Tagen ein Gespräch mit ihm führen? Dabei kannst du ihn ja ganz vorsichtig über seine klinischen Semester in Berlin und sein Staatsexamen aushorchen.«

»Na, ihr traut mir ja was zu.« Georg Böhler wirkte nicht überzeugt. »Er wird doch sofort merken, dass was im Busch ist.«

»Na ja, das soll er ja auch.« Ilse Böhler tätschelte ihrem Mann beruhigend den Arm. »An seiner Reaktion kannst du am besten ablesen, was wirklich mit ihm los ist. Du machst das schon«, fügte sie aufmunternd hinzu.

»Ja, bitte, Papa«, sagte Adrian. »Wir können es nicht einfach so stehen lassen. Ich würde dir das Gespräch ja gerne abnehmen, aber ich scheine ein rotes Tuch für Dr. Müller zu sein. Er redet einfach nicht mit mir. Als ich ihn auf die unangenehme Geschichte mit der Praktikantin angesprochen habe, hat er sehr barsch und abweisend reagiert, das habe ich dir ja erzählt.«

Georg Böhler nickte nachdenklich. »Ja, das hat mir auch nicht gefallen«, sagte er. »Letztendlich hast du sowieso recht. Ganz gleich, ob mit seiner Approbation alles in Ordnung ist oder nicht, er ist einfach ein unangenehmer Mensch und passt nicht in unser Hotel. Ich werde mit ihm reden.«

Ariane war entschlossen, die Aufklärung der Angelegenheit selbst in die Hand zu nehmen. Es quälte sie, dass ihr der Name des Krankenpflegers, mit dem sie damals auf derselben Station gearbeitet hatte, nicht einfiel. Vermutlich hatten sie nicht viel miteinander zu tun gehabt, denn sie schien ihm ja auch nicht aufgefallen zu sein, und wer weiß, woran es lag, dass sie ihn im Gedächtnis behalten hatte.

Jedenfalls konnte sie nicht in Ruhe an der Abschlusswanderung teilnehmen, solange die Sache nicht geklärt war. Sie entschuldigte sich bei Hubertus, wartete, bis die Sprechstunde begann, und ging dann in die Arztpraxis. Im Wartezimmer war nicht viel los. Ein Mann, der gerade aus dem Schwimmbad kam, hatte eine Zecke in der Leiste, die er sich fachmännisch entfernen lassen wollte. Er sorgte sich ein wenig, weil die Zecken in dieser Region ja außer Borreliose auch Hirnhautentzündung übertragen konnten. Zur Unterstützung hatte er seine Frau mitgebracht, die geduldig neben ihm ausharrte.

Schließlich ging die Tür des Untersuchungszimmers auf, und ein weiteres Ehepaar, das ebenfalls zu den essenden Gästen gehörte, kam heraus. Dr. Müller, der anscheinend mal wieder alleine in der Praxis war, richtete seine dunklen Knopfaugen auf die Wartenden und sagte mit monotoner Stimme: »Der Nächste, bitte.«

Beim Klang der Stimme richteten sich Arianes Nackenhaare auf. Jetzt nimm dich aber mal zusammen, mahnte sie sich im Stillen. Der Mann kann weder was für sein Aussehen noch für seine Stimme. Um sich abzulenken, griff sie nach einer Wohnzeitschrift, die neben anderen Magazinen auf dem niedrigen Tisch in der Mitte des Zimmers lag. Müßig blätterte sie darin und war bald schon in einen Artikel über die Renovierung eines alten Stadthauses in einer süddeutschen Kleinstadt vertieft. Häuser interessierten sie immer. Wenn es nach ihr gegangen wäre, wären sie mindestens alle fünf Jahre umgezogen, um alle möglichen Wohnmodelle auszuprobieren. Aber leider hatten weder Eberhard noch die Kinder mitgespielt, und so wohnten sie immer noch in dem soliden, etwas langweiligen Haus, das seinerzeit der Prototyp für ihre Stein-auf-Stein-Fertighäuser gewesen war. In der Zwischenzeit hatten sie wesentlich aufregendere und nach Arianes Meinung auch schönere Modelle entwickelt, aber ihr Mann und die Kinder hingen mit einer solchen Inbrunst an dem alten Haus, dass Ariane es aufgegeben hatte, einen Umzug vorzuschlagen. Stattdessen begnügte sie sich damit, in regelmäßigen Abständen zu renovieren, neue Materialien für Bodenbeläge und Wände auszuprobieren und davon zu träumen, eines Tages, wenn die Kinder alle aus dem Haus waren, doch noch mit Eberhard alleine in ein nach ihren Bedürfnissen gefertigtes Modulhaus zu ziehen. »Aber wahrscheinlich wird das Modul eher aus einer Mini-Wohnung im Seniorenheim bestehen, wenn wir alt und tatterig sind«, murmelte sie leise vor sich hin.

»Der Nächste, bitte«, ertönte wieder die leicht blecherne Stimme von Dr. Müller. Im selben Augenblick donnerte es draußen, als wolle der Himmel den Auftritt des Arztes untermalen. Ariane zuckte zusammen und sprang auf. Du liebe Güte, sei nicht so schreckhaft, schalt sie sich. Das ist doch nur ein Gewitter.

»Nun, wo drückt der Schuh?«, fragte der Arzt in väterlichem Tonfall, als sie vor seinem Schreibtisch saß.

Ariane räusperte sich. Es war sicher nicht klug, gleich mit der Tür ins Haus zu fallen, deshalb sagte sie: »Verzeihen Sie, dass ich Sie hier so überfalle, Herr Müller. Ich bin Kollegin und werde schon die ganze Zeit das Gefühl nicht los, dass wir uns schon einmal begegnet sind. Jetzt habe ich gedacht, ich frage einfach mal nach. Vielleicht können Sie mir ja auf die Sprünge helfen. Könnte es sein, dass wir uns vom Studium her kennen? Ich habe bis zum Physikum in Göttingen und danach in Köln studiert.«

Dr. Müller runzelte die Stirn. Umständlich schaltete er seine Schreibtischlampe ein, dann faltete er die Hände vor dem Bauch und musterte sie eindringlich aus seinen dunklen Knopfaugen. Draußen war es plötzlich finster geworden. Die Bäume vor den Fenstern der Praxis bogen sich im Wind, und der heftige Regen, der auf einmal eingesetzt hatte, prasselte gegen die Scheiben. Kurz dachte Ariane an die Wanderer, die hoffentlich bereits im Trockenen saßen. »Nein, ich kenne Sie nicht«, erwiderte er schließlich. »Ich habe Sie noch nie gesehen. Und ich war noch nie in Köln oder in Göttingen. Außerdem habe ich in Berlin studiert, da können wir uns gar nicht begegnet sein.«

»Ach ja?«, erwiderte Ariane freundlich. »In Berlin? Wann haben Sie denn Examen gemacht, wenn ich fragen darf?«

»1986«, sagte Müller kurz angebunden.

»Hm, das ist wirklich zu merkwürdig«, sagte Ariane. »Ich hätte schwören können, dass Sie 1986 einen Doppelgänger in der Uni-Klinik Köln gehabt haben. Allerdings war er nur Krankenpfleger.«

Die Wirkung ihres Satzes war verblüffend. Sie hatte sich vorher nicht überlegt, wie er wohl reagieren würde, aber dass er blitzschnell aufspringen und mit hassverzerrtem Gesicht auf sie zustürzen würde, hatte sie nicht erwartet. Erschreckt wich sie auf ihrem Stuhl zurück. Er würde doch wohl nicht tätlich werden?

»Was soll das?«, zischte er und packte sie am Handgelenk. Ariane war keine schwache Frau, aber er hatte das Überraschungsmoment auf seiner Seite, und es gelang ihm, sie hochzuziehen, bevor sie sich aus seinem Griff winden konnte. Sie wehrte sich, aber gerade als sie eine Hand freibekommen hatte, spürte sie einen heftigen Schlag an der rechten Schläfe und verlor das Bewusstsein.

Als Ariane wieder zu sich kam, stellte sie fest, dass sie an Händen und Füßen gefesselt war und einen Knebel im Mund hatte. Sie versuchte, ihn auszuspucken, aber es gelang ihr nicht, weil er mit einem Taschentuch oder etwas Ähnlichem zwischen ihren Lippen fixiert war. Ihr Kopf pochte, und ihr war übel. Um sie herum war es stockfinster, nur durch einen Spalt in der Decke drang ein wenig Licht. Es roch dumpf und muffig, und als sie den Kopf drehte, rieb ihre Wange über kühle, unebene Steinplatten.

Wie lange mochte sie hier schon liegen? Nach und nach gewöhnten sich ihre Augen an die Dunkelheit, und sie stellte fest, dass sie sich offensichtlich in einem Lagerkeller befand. Durch die Bretter einer Luke in der Decke, von der aus eine steile Holztreppe herunterführte, drangen schwache Lichtstreifen. Arianes Blick fiel auf eine Preußenkappendecke, eine Bauweise, die sie bestimmt interessiert hätte, wäre ihre Lage nicht so misslich gewesen. An den Wänden, die wohl aus Natursteinen bestanden, zeichneten sich die Umrisse von niedrigen Regalen ab, auf denen verstaubte Einmachgläser standen, deren Inhalt wahrscheinlich schon längst nicht mehr genießbar war. In der Ecke stand ein Fass, das wohl früher einmal für Sauerkraut oder Gurken verwendet worden war. Ein paar Zinkeimer in der anderen Ecke des Kellers vervollständigten die Ausstattung.

Arianes Gedanken überschlugen sich. Na großartig, dachte sie. Und jetzt? Sie wäre im Traum nicht auf die Idee gekommen, dass Müller in seiner Panik, entdeckt zu werden, zu so drastischen Mitteln greifen würde. Aber zumindest wusste sie jetzt, dass sie recht gehabt hatte. Müller war nicht Müller, und vermutlich war er auch kein Arzt. Nur, was nützte ihr dieses Wissen?

Einen Moment lang überwog die Wut auf diesen unsäglichen Müller und auf ihre eigene Dummheit. Heftig zerrte sie an ihren Fesseln. Aber sie hatte keine Chance. Er hatte sie verschnürt wie ein Paket. Ihre Arme waren auf dem Rücken zusammengebunden, und die Handgelenke schmerzten, weil der dünne Strick so tief einschnitt. Am unangenehmsten jedoch war der Knebel. Sie bekam kaum Luft durch die Nase, und der zusammengeknüllte Lappen, der in ihrem Mund steckte, gab ihr das Gefühl zu ersticken.

Nachdem sie eine Weile erfolglos gezappelt hatte, hielt sie erschöpft inne. Ich muss ruhig bleiben, mahnte sie sich, und meine Kräfte schonen. Die anderen werden mich vermissen, und dann werden sie nach mir suchen. Adrian kann sich bestimmt denken, dass ich bei Müller war. Und er wird ja auch wissen, dass es diesen Keller hier gibt. Hoffentlich, fügte sie hinzu und schickte ein kleines Stoßgebet zum Himmel. So langsam breitete sich Panik in ihr aus.

Ihr Blick fiel auf die Zinkeimer in der Ecke. Ob es etwas bringen würde, wenn sie sie umstieß? Vielleicht würde jemand den Krach hören und auf sie aufmerksam werden? Nein, wahrscheinlich wäre es nicht laut genug. Das niedrige Gewölbe dämpfte jedes Geräusch. Oder sollte sie die Einmachgläser auf den Regalen herunterstoßen? Nein, es würde viel zu viel Kraft und Akrobatik erfordern, sie zu Boden zu fegen, und am Ende läge sie mitten zwischen den Scherben und dem ekligen Inhalt, der sich noch in einigen Gläsern befand.

Seufzend versuchte sie, sich in eine möglichst bequeme Position zu bringen. Das Beste würde wirklich sein, wenn sie auf Hilfe wartete. Und in diesem Moment, in dem sie sich in ihrem Kerker einrichtete und sich in ihr Schicksal ergab, fiel ihr der Name ein.

Holger Schmitt! Dr. Wolfgang Müller war in Wirklichkeit Holger Schmitt! Und auf einmal hatte sie wieder Schwester Herlindes Stimme im Ohr, die sagte: »Dieser Mann bringt mich noch mal um den Verstand! Anscheinend fühlt er sich zu Höherem berufen, ständig hängt er bei den Operationen herum, statt hier seine Arbeit zu machen!«

Vage hatte sie das Bild eines Krankenpflegers vor Augen, der seine Arbeit so verträumt und in sich gekehrt verrichtete, dass ihm immerzu irgendwelche Fehler unterliefen. Sie hatte nicht viel mit ihm zu tun gehabt, aber ihrer Erinnerung zufolge war er harmlos gewesen, höchstens ein bisschen weltfremd und abgedreht.

Der Gedanke beruhigte sie ein wenig. Er würde sie bestimmt hier herausholen, wenn er erst einmal zur Besinnung gekommen war.

Sofort jedoch meldete sich wieder eine kleine bange Stimme in ihrem Hinterkopf. Holger Schmitt besaß ganz offensichtlich eine Menge kriminelle Energie, sonst wäre er nicht in der Lage gewesen, seine Zeugnisse zu fälschen und sich eine neue Identität zuzulegen. Und außerdem hatte er sie nicht nur aus dem Weg geräumt, sondern sie auch so gefesselt, dass sie sich nicht aus eigener Kraft befreien konnte. Aber wenigstens hatte er sie nicht umgebracht, tröstete sie sich. Bei dem Gedanken traten ihr unwillkürlich die Tränen in die Augen, und sie begann, verzweifelt hinter ihrem Knebel zu schluchzen. Allerdings verstärkte das ihre Atemprobleme nur noch, und so zwang sie sich, wieder ruhig zu werden. Bestimmt kam ihr bald jemand zu Hilfe.

Plötzlich vernahm sie Schritte über ihrem Kopf. Die alten Holzdielen knarrten. Und dann fiel auf einmal eine Tür zu, und sie hörte leise Stimmen.

»Besonders viel Lust, mit Müller zu reden, habe ich ja nicht«, sagte Georg Böhler zu seiner Frau. »Aber es wird mir wohl nichts anderes übrigbleiben. Wir müssen ihm auf den Zahn fühlen, bevor er womöglich noch Unheil anrichtet.«

»Soll ich mitkommen?«, fragte Ilse.

»Nein, lass mal. Ich schaffe es schon alleine. Du kannst dich ja in der Nähe aufhalten, und falls es laut werden sollte, kannst du eingreifen.« Er lächelte seine Frau an. »Die Wogen, die von dir nicht geglättet werden, müssen wohl erst noch erfunden werden.«

Gemeinsam gingen sie das kurze Stück zur Praxis. Das Gewitter war weitergezogen, und es hatte aufgehört zu regnen. Die Luft war frisch und kühler als vorher.

»Ich warte hier draußen auf dich«, sagte Ilse und blieb vor der Tür stehen, als ihr Mann eintrat. Im Wartezimmer war alles leer. Jetzt am späten Nachmittag war offenbar nicht mehr viel zu tun.

Georg klopfte an die Tür des Behandlungszimmers, und als niemand antwortete, öffnete er sie. Dr. Müller saß zusammengesunken an seinem Schreibtisch, den Kopf auf die Hände aufgestützt. Anscheinend hatte er ihn nicht gehört.

Als er den Hotelier erblickte, richtete er sich auf. Er wirkte erschöpft. »Herr Böhler«, sagte er überrascht, »was kann ich für Sie tun? Haben Sie Beschwerden?«

»Haben Sie einen Moment Zeit, Herr Doktor?«, fragte Georg Böhler zögernd. »Ich möchte etwas mit Ihnen besprechen.«

Müllers Gesichtsausdruck wurde wachsam. Er hob den Kopf. »Ja?«, sagte er gedehnt.

Georg räusperte sich. »Ich will gar nicht lange um den heißen Brei herumreden, Herr Dr. Müller. Wir haben Grund zu der Annahme, dass Sie möglicherweise … nun ja, dass Sie vielleicht …« Hilfesuchend blickte er auf den alten, abgetretenen Orientteppich, der den Holzdielenboden im Behandlungszimmer bedeckte. Er stammte noch von seinen Eltern und war schon ziemlich fadenscheinig. Während Georg noch nach Worten rang, dachte er unwillkürlich: Der Teppich müsste auch mal wieder gereinigt werden. Oder wir nehmen ihn ganz heraus, das sieht wahrscheinlich besser und hygienischer aus. Und wir müssen unbedingt den Keller unter der Praxis ausräumen und säubern. Erst da fiel ihm auf, dass die Bodenluke zu dem alten Vorratskeller, die normalerweise vom Teppich verdeckt wurde, halb frei lag. Irritiert schüttelte er den Kopf und blickte wieder Dr. Müller an.

Draußen knirschten Schritte über den Kies, und er hörte, wie die Tür zum Flur geöffnet wurde. Hoffentlich kam jetzt kein Hotelgast, der irgendwelche Beschwerden behandeln lassen wollte, dachte Georg Böhler. Aber wahrscheinlich war es nur seine Frau.

Einen Moment lang war er abgelenkt, dann fuhr er mit fester Stimme fort: »Wir, das heißt meine Frau und ich, haben Grund zu der Annahme, dass Sie möglicherweise nicht sind, wer Sie vorgeben zu sein, Herr Dr. Müller. Wir haben Nachforschungen angestellt und herausgefunden, dass Sie offenbar gar nicht in Berlin studiert haben. Es tut mir leid, dass ich Sie so unverblümt mit dieser Anschuldigung konfrontiere, aber ich trage die Verantwortung für meine Gäste und möchte die Angelegenheit überprüfen. Ich bin sicher, dass sich für alles eine Erklärung findet.«

Erwartungsvoll blickte er Wolfgang Müller an. Der Arzt war während seiner kleinen Rede puterrot angelaufen. Jetzt sprang er so heftig auf, dass sein Schreibtischsessel zurückrollte, und schnappte nach Luft wie ein Fisch auf dem Trockenen. »Sie … Sie …«, stieß er hervor. »Was bilden Sie sich ein? Für wen halten Sie sich? Wie kommen Sie alle darauf, in meinem Leben herumzubohren?«

Georg Böhler hatte sich vorher nicht so genau überlegt, wie Müller wohl reagieren würde, aber dass der Mann ihn so laut anbrüllen würde, damit hatte er nicht gerechnet. Ihm wurde ganz heiß.

»Beruhigen Sie sich doch bitte«, sagte er schließlich leise. »Ich habe doch gesagt, dass sich sicher alles erklären lässt.«

»Erklären!«, unterbrach Müller ihn erbost. »Was soll denn da erklärt werden! Ich bin Arzt, ich bin Ihr Hotelarzt und keineswegs nur ein einfacher Krankenpfleger! Sie schulden mir Respekt!«

Drohend baute er sich vor Georg Böhler auf. Der Hotelier war kleiner als er und auch nicht so kräftig, daher wich er ein paar Schritte zurück. »Bitte, Herr Dr. Müller, bitte, beruhigen Sie sich. Niemand hat behauptet, Sie seien nur Krankenpfleger. Ich sage doch lediglich …«

Erneut begann Müller zu brüllen, wurde aber abgelenkt, da Ilse Böhler auf einmal in der Tür stand. Normalerweise war sie die Sanftmut in Person, doch sie konnte es nicht ertragen, wenn man mit ihrem Mann so umsprang. Und außerdem hatte er ja gesagt, sie solle ihm beistehen, falls Müller laut würde.

Jetzt baute sie sich unerschrocken vor ihm auf und wies ihn scharf zurecht: »Herr Dr. Müller, wenn Sie nicht sofort aufhören, hier das gesamte Hotel zusammenzubrüllen, dann sind Sie die längste Zeit unser Hotelarzt gewesen. Ich dulde es nicht, dass Sie in diesem Tonfall mit meinem Mann reden!«

Die Wirkung war verblüffend. Müller sackte zusammen wie ein Ballon, aus dem jemand mit einer Nadel die Luft gelassen hatte. Er sank auf seinen Schreibtischsessel und sagte: »Ja, Frau Oberschwester.« Dann begann er zu weinen.

Ilse Böhler warf ihrem Mann einen verwirrten Blick zu. Was war denn jetzt los? Ratlos zuckte Georg Böhler mit den Schultern.

»Immer hacken alle auf mir herum«, schluchzte Dr. Müller. »Alle haben etwas an mir auszusetzen. Ich halte das nicht mehr aus. Ich halte das nicht mehr aus«, wiederholte er schniefend.

»Herr Dr. Müller.« Georg Böhler beugte sich vor. »Herr Dr. Müller, was ist mit Ihnen?« Zu seiner Frau gewandt sagte er leise: »Sollen wir im Krankenhaus anrufen?«

»Warte mal«, flüsterte Ilse Böhler zurück. »Vielleicht beruhigt er sich ja wieder.«

Stumm standen sie vor Müllers Schreibtisch und betrachteten den Hotelarzt, der völlig außer sich war. Laut schluchzend barg er den Kopf in den Händen und stieß unverständliche Sätze hervor. Das Ehepaar verstand nur Bruchstücke, aber offensichtlich ging es darum, dass niemand ihn zu würdigen wusste und dass alle nur immer gemein zu ihm waren, obwohl er doch so ein guter und großartiger Mensch war.

Und dann passierten mehrere Dinge auf einmal.

Aus der Luke im Fußboden drang ein lautes Scheppern, gefolgt von dumpfen Stöhnlauten, bei denen beiden Böhlers das Blut in den Adern gefror.

Gleichzeitig wurde die Tür zum Behandlungsraum aufgerissen. Adrian kam hereingerannt und schrie besorgt: »Was geht hier vor? Ist bei euch alles in Ordnung?«

Hinter ihm drängten sich Katrin und Nina, die beide so durchnässt waren, dass ihnen das Wasser aus den Haaren tropfte. Aufgeregt fragten sie, ob jemand Ariane gesehen hätte und wo sie wohl sein könnte.

Es war der reinste Hexenkessel.

Georg Böhler reagierte beherzt. »Um Gottes willen!«, stieß er hervor, und ohne auf die anderen zu achten, stürzte er zur Luke und zog sie hoch. Mit einem Blick erkannte er die Lage. Unten am Fuß der Hühnerleiter lag, verschnürt wie ein Postpaket, Ariane in einer Mischung aus Scherben und brauner Brühe und stöhnte laut.

Wie der Blitz war er bei ihr. Als Erstes löste er den Knebel. Allerdings hätte er damit wahrscheinlich besser gewartet, bis er sie von den Fesseln befreit hätte, denn in dem Moment, in dem er ihr das zusammengeknüllte Taschentuch aus dem Mund zog, holte sie tief Luft und stieß einen markerschütternden Schrei aus.

Das weckte Dr. Müller aus seiner schluchzenden Erstarrung. Er sprang auf und wollte die Luke wieder zuschlagen, aber Adrian hielt ihn fest und schrie Nina und Katrin zu, sie sollten die Polizei anrufen. Er hätte jedoch gar nichts sagen müssen, denn seine Mutter hatte geistesgegenwärtig bereits die 110 gewählt.

In der Zwischenzeit hatte Georg Böhler Arianes Fesseln gelöst. Zum Glück hatte sie das Schreien eingestellt und setzte sich auf, um ihre eingeschlafenen, schmerzenden Arme zu reiben.

»Kommen Sie«, sagte Georg Böhler. »Können Sie aufstehen?«

»Ich … ich weiß nicht«, krächzte Ariane. Sie hatte ein Gefühl wie Pappe im Mund und spürte weder ihre Arme noch ihre Beine. »Geben Sie mir noch eine Minute. Ich muss erst herausbekommen, ob alles funktioniert.«

Und dann fiel sie in Ohnmacht.

In der Ferne hörte man bereits das Martinshorn.

18.

An die Abschlussveranstaltung am Abend war natürlich nicht mehr zu denken gewesen, und so hatte das Fastenbrechen, das sonst auf feierliche Art und Weise begangen wurde, dieses Mal völlig unspektakulär stattgefunden.

Zwar hatte an jedem Platz ein Apfel gelegen, aber bei den wenigen Fastengästen, die sich noch im Speisesaal einfanden, wollte sich die andächtige Stimmung, die sonst den ersten Bissen begleitete, so gar nicht einstellen. Aufgeregt diskutierten sie die Ereignisse, die das sonst so stille Schwarzwaldhotel erschüttert hatten.

Die Freundinnen verzehrten ihren ersten Apfel nach vierzehn Tagen flüssiger Ernährung in den Privaträumen der Familie Böhler. Lediglich Dani, der es nach Heubad und Massage schon wieder viel besser ging, hatte es vorgezogen, mit Beat zusammen im Speisesaal zu essen. Da der Abschied bevorstand, wollten sie noch möglichst viel Zeit gemeinsam verbringen.

Ariane war nach einer kurzen Untersuchung durch den Notarzt entlassen worden. Alle hatten besorgt um sie herumgestanden, als sie aus ihrer Ohnmacht erwacht war. Ihre Augenlider hatten geflattert, und dann hatte sie laut und deutlich gesagt: »Ja, bringen Sie mir bitte ein Bier!« Der Notarzt, der genau in diesem Moment hastig hereingelaufen kam, hatte gelacht. »Ich nehme auch eins«, hatte er zu Adrian gesagt, bevor er sich daranmachte, Ariane zu untersuchen.

Sie hatte zum Glück keine bleibenden Schäden davongetragen, nur eine Beule oberhalb der Schläfe markierte die Stelle, wo der falsche Arzt zugeschlagen hatte. »Ich habe eben einen harten Schädel, und Gott sei Dank bin ich ja auch psychisch stabil. So ein falscher Doktor haut mich nicht um!«, erklärte sie, während sie ausgiebig auf einem Bissen Apfel kaute. »Oh, Gott, schmeckt das himmlisch«, stöhnte sie. »Das Essen hat mir wohl mehr gefehlt, als ich erwartet hätte.«

»Ach, ich hätte gedacht, das Trinken«, warf Nina ein, »jedenfalls deinen ersten Worten nach zu urteilen.«

Ariane bedachte sie mit einem verweisenden Blick, musste aber ebenfalls grinsen. »Ich habe euch doch erzählt, dass ich während der Ohnmacht vom Biergarten geträumt habe und dass genau in dem Moment, wo ich aufgewacht bin, eine Kellnerin auf mich zugekommen ist und mich nach meinen Wünschen gefragt hat. Und da habe ich mir eben ein Bier bestellt.« Nachdenklich kaute sie das Stückchen Apfel so gründlich, wie sie es in den vergangenen zwei Wochen mit der flüssigen Nahrung gelernt hatte. »Obwohl ich mir nicht ganz sicher war, ob es sich lohnt, weil ich das Gefühl hatte, es regnet.«

Nina kicherte. »Das muss daran gelegen haben, dass Katrin und ich dich nass getropft haben. Das war vielleicht ein Unwetter.« Sie schüttelte sich. »Wir sind pitschnass geworden, zum Glück ist nichts Schlimmeres passiert. Aber ich hatte schon ziemliche Angst, dass einer vom Blitz getroffen wird, vor allem, weil Franziska und Sheila nur so langsam vorankamen. Am Thermalbad haben wir uns dann ein Taxi genommen, und wir waren gerade erst ausgestiegen, als Adrian angelaufen kam und meinte, er habe dich gesucht und könne dich nirgendwo finden.« Sie schüttelte den Kopf. »Auf jeden Fall ist es ganz schön schräg, was du dir so zusammenträumst.«

»Jetzt lass Ariane in Ruhe«, griff Katrin ein. »Sie muss sich noch schonen.«

»Ja, und bis morgen Mittag werden wir Sie noch einmal richtig verwöhnen«, erklärte Ilse Böhler und lächelte Ariane liebevoll an. »Sind Sie sicher, dass Sie nicht noch wenigstens bis Sonntag hierbleiben wollen?«

»Nein, nein, vielen Dank für das Angebot, aber das geht leider nicht. Wir haben die Zugfahrt ja schon gebucht, und außerdem warten unsere Männer sicher sehnsüchtig auf uns.« Ariane grinste. »Das hoffe ich doch wenigstens. Ich habe meinem Mann allerdings noch nicht erzählt, wie aufregend es hier war. Na, der wird staunen!«

»Auf diese Art von Aufregung könnten wir gut verzichten.« Ilse Böhler verzog das Gesicht. »Jetzt müssen wir erst einmal zusehen, wo wir einen neuen Arzt herbekommen. Ich hätte nie im Leben gedacht, dass Herr Dr. Müller alle seine Zeugnisse gefälscht hat.«

»Nicht Herr Dr. Müller«, warf Nina ein. »Was hast du noch mal gesagt, wie er in Wirklichkeit heißt, Ariane?«

»Holger Schmitt.« Nachdenklich schnitt Ariane ein weiteres Stück Apfel ab und steckte es sich in den Mund. »Als ich da unten gelegen habe, habe ich mir überlegt, was wohl dahintersteckt, wenn sich jemand eine völlig neue Identität zulegt. Das erfordert schon eine gewisse kriminelle Energie.«

»Ziemlich viel kriminelle Energie sogar«, ereiferte sich Georg Böhler. »Sie hätten da unten umkommen können.

Stellen Sie sich vor, Sie hätten ein schwaches Herz gehabt oder so. Wollen Sie wirklich keine Anzeige erstatten?«

»Ach, ich weiß nicht«, sagte Ariane. »Eigentlich tut er mir nur leid. Er wird ja so oder so vor Gericht kommen. Und mir ist ja nichts passiert. Ich habe noch nicht einmal schrecklich viel Angst gehabt. Mir war die ganze Zeit über klar, dass Sie mich letztlich finden würden.«

»Ja«, sagte Katrin tröstend, »wir wären bestimmt nicht ohne dich nach Hause gefahren. Aber es war schon ein Glück, dass du diese Eimer und die Einmachgläser umwerfen konntest. Das hat ganz schön gescheppert. Ohne den Krach wären wir dir nicht so schnell auf die Spur gekommen.«

»Und ich habe noch überlegt, ob sich die Kraftanstrengung lohnt, weil ich gedacht habe, dass der niedrige Raum den Lärm dämpft. Aber als ich dann die Stimmen gehört habe, war mir klar, dass ich es versuchen muss. Und«, sie wandte sich an Ilse Böhler, »danke für den Yoga-Kurs. Vor vierzehn Tagen wäre ich noch nicht so gelenkig gewesen.«

»Du hast doch gesagt, du kennst Dr. Müller, also Holger Schmitt, von deinem praktischen Jahr in der Uniklinik in Köln«, fragte Nina. »War er denn damals so furchterregend? Als du noch nicht gewusst hast, wer er war, hast du doch immer gesagt, er wäre dir so unheimlich.«

»Hm, nein, eigentlich nicht«, erwiderte Ariane. »Rückblickend erinnere ich mich eher an einen Krankenpfleger, der nicht ganz in der Wirklichkeit zu Hause war. Am meisten hat mich wahrscheinlich irritiert, dass ich zwar wusste, ich habe ihn schon einmal gesehen, ihn aber nirgendwo unterbringen konnte.« Nachdenklich schüttelte sie den Kopf. »Einfach dieses quälende Gefühl, wenn einem etwas partout nicht einfallen will.« Sie zuckte mit den Schultern. »Andererseits hat er mich ja auch nicht wiedererkannt.«

»Ja, was für ein Glück. Wer weiß, wozu er sonst fähig gewesen wäre.« Katrin streichelte der Freundin über den Arm. »Wie ist es ihm eigentlich gelungen, diese ganzen Zeugnisse und Prüfungsurkunden zu fälschen? Er hat sie doch alle bei seiner Bewerbung eingereicht, oder nicht?«, fragte sie Adrian.

Adrian nickte. »Ich glaube, heutzutage ist das kein großes Problem, wenn man ein bisschen geschickt ist. Die Vorlagen hat er alle im Internet gefunden, aber wir müssen uns natürlich auch den Vorwurf gefallen lassen, dass wir nicht allzu genau hingeschaut haben. Wir hatten ja keinen anderen Bewerber und mussten dringend die Stelle besetzen.«

»Ich kann mir nicht vorstellen, dass ihr den Betrug hättet entdecken können«, sagte Ariane. »Falsche Ärzte hat es schon an großen Krankenhäusern gegeben, sie haben komplizierte Operationen durchgeführt, Vorträge gehalten und so weiter, und keiner der Kollegen hat gemerkt, was los war. Wenigstens hat er hier noch keinen Schaden anrichten können, dazu war er erst zu kurz da. Obwohl, wenn ich es mir richtig überlege, dann hätte die Sache mit Dimitri böse ausgehen können. So kurz nach einer schweren Operation darf man gar nicht fasten, und ein echter Mediziner hätte das gewusst. Ich hätte im Übrigen auch darauf kommen müssen, aber ich habe mich irgendwie nicht zuständig gefühlt und gar nicht darüber nachgedacht. Weiß man eigentlich schon, wo Schmitt vorher gearbeitet hat? War er wirklich in Lambarene?«

»Nein, die Polizei verhört ihn ja jetzt erst noch«, erwiderte Adrian. »Aber wir werden es sicher erfahren. Ich kann mir nicht vorstellen, dass er tatsächlich in Afrika war. Er wollte ja nicht Arzt sein, um zu helfen, sondern er wollte lediglich den Status und die Anerkennung. Du hast doch gesagt, dass eure Stationsschwester ihn immer so heruntergeputzt hat, und das wollte er wahrscheinlich abstellen.«

»Er wollte selbst Macht und Kontrolle ausüben, um das vermeintlich erlittene Unrecht zu kompensieren«, sagte Ariane nachdenklich. »Dazu passt ja auch, dass er eure junge Praktikantin so fertiggemacht hat, dass sie weinend geflüchtet ist.«

»Ja«, warf Nina ein. »Das ist wohl so eine Art narzisstische Persönlichkeitsstörung. Er nimmt sich und seine Person viel bedeutender wahr, als er in Wirklichkeit ist. Und mit der Realität kann er sich nicht abfinden. Ich meine, das ist jetzt Küchenpsychologie, aber so in etwa wird es wohl gewesen sein.« Nachdenklich zerteilte sie ihren Apfel. »Schon merkwürdig, auf was für Ideen manche Menschen kommen. Wahrscheinlich hat er noch nicht einmal das Gefühl, etwas Falsches getan zu haben.« Und dann schwieg sie, weil auch sie langsam und genussvoll ihren Apfel verzehrte.

Schließlich war der Tag der Abreise gekommen.

»Dimitri, pass gut auf dich auf, hörst du? Und melde dich mal, du hast ja meine Adresse, oder?« Nina umarmte den Russen, der immer noch ein bisschen angeschlagen wirkte.

»Ja, kein Problem, jetzt kommt meine Frau. Die passt auf«, meinte er lakonisch. Er fuhr nämlich erst in acht Tagen nach Hause. Böhlers hatten ihm und seiner Frau, die nachmittags erwartet wurde, den verlängerten Aufenthalt im Hotel geschenkt. Sie waren überglücklich, dass die unsachgemäße Behandlung des falschen Arztes keine schlimmeren Konsequenzen gehabt hatte, und wollten ihn entschädigen.

Nina wandte sich an ihre Mutter, die mit Vera ebenfalls beim Verabschiedungskomitee stand. »Und du pass auch auf dich auf, Mama«, sagte sie und umarmte ihre Mutter. »Ich verlasse mich darauf, dass ihr keine gefährlichen Wanderungen unternehmt, und vor allem, dass du nicht so unvernünftig bist und im Bett rauchst, hörst du?«

Vera lachte. »Sie trauen Ihrer alten Mutter ja ordentlich was zu«, sagte sie.

»Ja, genau«, ereiferte sich Helene. »Wann hätte ich jemals im Bett geraucht? Außerdem ist hier doch überall Rauchen verboten, oder?« Sie blickte sich scheinheilig um. Dann fügte sie beruhigend hinzu: »Nein, nein, keine Sorge, so schnell wirst du mich nicht los. Ich habe vor, noch einige Jahre durchzuhalten, damit Vera und ich gemeinsam verreisen und unser Leben genießen können. So dumm, im Bett zu rauchen, bin ich nicht. Und außerdem sind meine Engel Profis. Die passen schon besonders gut auf mich auf.« Sie hakte sich bei Vera ein und lächelte ihre Tochter liebevoll an. Zwar hatten sie nicht mehr die Zeit gefunden, um ein wirklich ausführliches Gespräch zu führen, aber der Aufenthalt im Hotel ›Einkehr‹ hatte sie beide verändert. Vor allem Helene war, seit sie Vera kennengelernt hatte, zufriedener und nicht mehr so fordernd ihrer Tochter gegenüber. Nina nahm dankbar zur Kenntnis, dass ihr Verhältnis jetzt wesentlich entspannter war als früher, wo sie die Mutter oft als Last empfunden hatte. Ihr war klar, dass ihre Beziehung nie problemlos sein würde, aber mit ein bisschen Toleranz auf beiden Seiten ging alles viel leichter.

Dani und Beat standen ein wenig abseits von den anderen. »Ich mache nicht gerne viele Worte, und es fällt mir schwer auszudrücken, was ich empfinde«, sagte Beat und nahm Dani in die Arme, »aber du musst mir versprechen, dass du in den nächsten zwei Wochen gut auf dich achtest. Ich will nur kurz nach Hause fahren, um ein paar persönliche Angelegenheiten zu regeln, und dann komme ich dich besuchen. Ich möchte doch gerne einmal sehen, wie du lebst, und ich möchte vor allem deine Familie kennenlernen. Vielleicht willst du ja danach ein paar Tage mit mir nach Spiez kommen. Aber das sehen wir alles noch. Jetzt wünsche ich dir erst einmal eine gute Reise. Meine Gedanken begleiten dich.«

Schließlich hatten sich die vier Freundinnen von allen verabschiedet und stiegen in den kleinen Hotelbus, in dem sie heute von Adrian höchstpersönlich zum Bahnhof in Bad Säckingen gebracht wurden. Ein letztes Mal fuhren sie durch die Landschaft, die ihnen in den vergangenen zwei Wochen so vertraut geworden war. Anders als bei der Hinfahrt kam ihnen der Weg heute jedoch nicht weit vor, und viel schneller, als ihnen lieb war, saßen sie im Zug und fuhren Richtung Heimat.

19.

»Fasten ist wie Rudern gegen den Strom«, sagte Nina mit erhobenem Zeigefinger. »Wenn man damit aufhört, fällt man zurück.«

»Oh, nein, nicht schon wieder, es reicht!«, riefen Ariane und Katrin, die ihr gegenübersaßen, in gespielter Verzweiflung. Die Familie Böhler hatte nicht nur Ariane die Kosten für den gesamten Aufenthalt erlassen, sondern ihnen allen auch die Rückfahrt in der ersten Klasse spendiert, und so saßen sie ab Basel in einem höchst komfortablen Abteil, in dem es sogar Service am Platz gab.

»Du immer mit deinen klugen Sprüchen!«, fügte Katrin hinzu. »Das muss jetzt aufhören. Wir haben genug gefastet! Jetzt wird erst mal wieder gelebt!«

»Genau«, warf Dani ein. »Wer möchte ein Stück Kuchen oder ein Eis? Ich gebe einen aus!«

»Ich habe doch nur Spaß gemacht.« Nina grinste. »Selbst wenn wir uns bis nächstes Jahr alles wieder angefuttert haben sollten – na und? Dann fahren wir eben noch einmal ins ›Einkehr‹.«

»Aber nicht wieder so ein Abenteuer-Urlaub!« Ariane hob gespielt abwehrend die Hände. »Richtig erholsam war es ja nicht. Eher ein bisschen unruhig und nicht ganz ungefährlich, oder? Zumindest für Dani und mich.« Sie schaute die Freundin an. »Hast du eigentlich mitbekommen, Dani, dass Holger Schmitt bei der Polizei ein umfassendes Geständnis abgelegt hat? Er war wohl vor dem ›Einkehr‹ Oberarzt in einem Kleinstadt-Krankenhaus und hat dort sogar Operationen durchgeführt.«

»Ach, du lieber Himmel!«, sagte Dani erschüttert. »Da habe ich ja Glück gehabt, dass er bei mir nur das Körperfett gemessen hat. Und das fand ich schon schlimm genug. Als ob ich es geahnt hätte!« Kopfschüttelnd ließ sie sich gegen die Rückenlehne sinken.

»Ja«, warf Nina nachdenklich ein, »das ist ja das Merkwürdige bei solchen Typen. Sie sind so von sich überzeugt, dass sie bedenkenlos mit dem Leben anderer spielen. Er wird gar nicht darüber nachgedacht haben, dass er Menschenleben aufs Spiel setzt. Ihm war viel wichtiger, dass seine Position mit Ansehen und Prestige verbunden war. Letztendlich allerdings ist ihm wohl der Boden unter den Füßen zu heiß geworden, weil er in diesem Kreiskrankenhaus so in der Öffentlichkeit stand, und da kam ihm unser abgeschiedenes Schwarzwaldhotel ganz gelegen.«

»Na ja, im ›Einkehr‹ konnte er wenigstens nicht so viel Schaden anrichten. Und Ariane ist ja zum Glück noch mal glimpflich davongekommen«, sagte Dani.

»Ja, ja«, erklärte Ariane fröhlich. »Unkraut vergeht eben nicht. Noch nicht einmal beim Fastenwandern. Und eigentlich bin ich sogar froh, dass wir uns gerade dieses Hotel ausgesucht haben, trotz aller Aufregungen. Es war doch wirklich eine schöne Zeit«, fügte sie mit Nachdruck hinzu.

»Und nette Männer gab es, alles, was recht ist.« Katrin warf Dani einen vielsagenden Blick zu. »Vor allem einen. Was ist denn jetzt mit deinem Beat?«

Vor dem Urlaub wäre Dani bestimmt die Wände hochgegangen, wenn jemand einen Mann als »ihren« bezeichnet hätte. Jetzt jedoch bekam sie einen ganz weichen, verträumten Gesichtsausdruck. »Er will mich besuchen. Er kommt schon in vierzehn Tagen nach Köln«, antwortete sie. »Und Katrins Ausstellung in Domburg interessiert ihn auch. Er will auf jeden Fall mitkommen.«

»Hey, wir wollten doch eine Frauentour …«, begann Nina, aber Ariane unterbrach sie: »Das muss ja nicht sein. Lass Beat ruhig mitfahren.« Sie warf Nina einen bedeutsamen Blick zu. »Es muss doch nicht immer nach deinem Kopf gehen. Vielleicht könnten wir alle unsere Männer mitnehmen.«

»Ja, klar, du hast ja recht«, lenkte Nina ein. »Allerdings weiß ich nicht, ob ich David mitnehmen möchte. Er hat ja doch andere Interessen.«

»Rainer würde sich bestimmt freuen«, meinte Katrin trocken. »Er hat zwar keine besonders hohe Meinung von meiner ›Kunst‹, aber vielleicht würde sich das dann ändern.«

Der Kellner kam, und die Frauen blickten sich unschlüssig an. »Einen kleinen Moment noch«, bat Ariane ihn. »Wir kommen gerade von einer Fastenkur und wissen noch nicht so recht, worauf wir Appetit haben.«

Der Kellner blickte sie staunend an. »Von einer Fastenkur?«, wiederholte er ungläubig im schönsten Sächsisch. »Das haben Sie doch gar nicht nötig, meine Damen, nu?«

»Meine Rede«, erwiderte Ariane grinsend. »Aber meine Freundinnen sind da anderer Meinung.«

Katrin stieß sie an. »Still jetzt! Ich nehme einen grünen Tee und ein Stück Butterkuchen«, sagte sie zu dem Kellner.

Auch die anderen bestellten, und als der Kellner gegangen war, sagte Dani: »Also, ich merke deutlich, wie sich mein Körpergefühl verbessert hat. Es hat mir einfach gutgetan, vierzehn Tage lang auf Genussmittel wie Kaffee, Alkohol oder Süßes zu verzichten. Ich fühle mich fit, und ich bin ja auch schlanker geworden.« Sie schaute zufrieden an sich herunter. »Ich habe nicht nur fünfeinhalb Kilo verloren, sondern auch sieben Prozent Körperfett!«, erklärte sie stolz und zog den Bund ihrer Leinenhose vom Bauch weg, um zu demonstrieren, wie sich die Kur ausgewirkt hatte.

Ariane nickte anerkennend. »Das kann man richtig sehen!«

»Und jetzt, wo du verliebt bist, nimmst du bestimmt noch mehr ab«, ergänzte Nina. »Bei mir war das immer so, wenn ich verliebt war. Glück zehrt!«

»Ach, bist du im Moment etwa nicht glücklich verliebt?«, neckte Katrin sie.

Nina ließ sich nicht irritieren. »Na, auf jeden Fall nicht so wie Dani, deshalb sind es bei mir nur knapp drei Kilo. Aber das ist nicht so schlimm. Dafür haben mir die vierzehn Tage was anderes gebracht. Ich habe so eine Klarheit im Kopf, ich kann es gar nicht beschreiben. Das hätte ich am Anfang nicht für möglich gehalten.«

»Nein«, warf Ariane ein, »ich auch nicht!«

»Menno! Lass mich doch mal ausreden!« Nina trat unter dem Tisch aus, traf jedoch nur den Mittelholm. »Ich meine, es wird ja in allen Fastenratgebern beschrieben, aber dass es sich so auszahlt, hätte ich nicht gedacht.« Nina schüttelte den Kopf. »Und noch was Gutes hat der Aufenthalt gebracht: Ich habe eine andere Einstellung zu meiner Mutter bekommen. Kaum zu glauben, dass wir noch einmal echtes Verständnis füreinander entwickeln, aber ich denke, ich sehe sie jetzt mit anderen Augen. Und ihr hat es gutgetan, dass sie Vera kennengelernt hat. Ich glaube, sie war schon ziemlich einsam.«

»Unser Hauptproblem mit unseren Müttern«, meinte Ariane, »ist wahrscheinlich, dass wir alle Angst haben, im Alter genauso zu werden.«

»Und daran kommt wohl niemand vorbei«, warf Dani ein.

»Aber so schlimm ist deine Mutter doch gar nicht«, erklärte Katrin. »Sie hat eine gute Portion Humor, und ich finde, für ihre achtzig Jahre ist sie noch ganz rüstig.«

»Das ist es ja gerade«, erwiderte Nina grimmig. »Manchmal ein bisschen zu rüstig vielleicht. In alles mischt sie sich ein, zu allem hat sie eine Meinung, und dabei kreist sie im Grunde genommen immer nur um sich selbst. Das war unser größtes Problem. Ich habe mich von ihr nie richtig wahrgenommen gefühlt.«

»Man sollte nicht meinen, dass diese Auseinandersetzungen sich bis ins hohe Alter fortsetzen. Ich meine, wir sind ja auch nicht mehr die Jüngsten«, sagte Dani. »Hört das denn nie auf? Irgendwann müsste man doch auch mal seinen Frieden mit seiner Mutter gemacht haben, schließlich haben wir alle selbst Kinder. Aber was tun wir stattdessen? Wir zanken uns bis zu ihrem Tod mit ihr herum.«

»Ja, und das ist genau der Punkt«, gab Nina zu. »Das ist mir im Schwarzwald klar geworden: Sie lebt nicht mehr ewig, und ich muss endlich anfangen, mich von ihr zu emanzipieren. Sie wird sich nicht mehr ändern, und das braucht sie auch nicht. Aber ich habe vermutlich noch ein paar Jahre mehr als sie vor mir, und deshalb bin ich an der Reihe, in mich zu gehen. Ein bisschen mehr Toleranz im Umgang mit anderen täte mir wahrscheinlich ganz gut. Ich möchte mich auch mit dir nicht mehr streiten, Ariane!« Sie schaute die Freundin an.

Ariane verzog verlegen das Gesicht. »Wir haben uns doch nicht gestritten. Wir sind nur nicht immer einer Meinung – und darauf möchte ich ehrlich gesagt auch nicht verzichten. Jetzt fang bloß nicht mit so einem Friede-Freude-Eierkuchen-Scheiß an!«

»Kuchen!« Der Kellner strahlte. »Hier ist er. Wie bestellt: viermal warmen Butterkuchen, zweimal grünen Tee und zwei Cappuccino.«

Während der ICE auf Köln zuraste, saßen Helene, Vera und Sheila auf den Gartenstühlen vor dem Eingang des Hotels in der Sonne und beäugten die neuen Fastengäste, die nach und nach eintrafen. Benny hockte schläfrig auf Sheilas Schoß und ließ sich kraulen.

»Oh, die ist noch viel dicker als ich!«, stellte Sheila schadenfroh fest, als eine stark übergewichtige Frau mittleren Alters vorfuhr. Sie war mit dem eigenen Auto angereist, einem offenen Sportwagen, der ihr eine Nummer zu klein zu sein schien. »Die sitzt ja im Auto wie der Korken in der Flasche!« Zufrieden schaute sie die beiden alten Damen an. »Ob sie da wohl herauskommt?«

Fasziniert beobachteten sie, wie die dicke Frau sich aus dem Cabrio wuchtete, den Kofferraum öffnete und vergeblich versuchte, einen ziemlich großen Rollkoffer herauszuheben. Hilfesuchend schaute sie sich um, aber da kam auch schon Adrian angelaufen.

»Schade«, meinte Helene und zündete sich eine Zigarette an. »Ich hätte gerne gesehen, wie sie sich mit ihrem

Riesenkoffer abmüht. Dass der überhaupt in den Kofferraum gepasst hat! Und was mag sie alles dabeihaben? Sheila, geben Sie mir mal bitte den Aschenbecher?«

»Sie rauchen zu viel, Frau Ludwig!«, stellte Sheila missbilligend fest, reichte ihr aber trotzdem gehorsam den Aschenbecher, der auf dem Gartentisch stand. »Darf man das hier überhaupt?«

»Nein, ich glaube nicht«, erwiderte Helene Ludwig ungerührt. »Aber immerhin stellen sie einem einen Aschenbecher hin, das muss ich doch ausnutzen. Als Raucher wird man doch heutzutage überall nur angefeindet.«

»Ja, Sie haben recht«, lenkte Sheila ein. »Meine Mutter hat auch geraucht. Und ich habe sie gelassen, sie hatte ja sonst keine Freude.« Nachdenklich blickte sie vor sich hin. Dann wandte sie sich wieder der dicken Frau zu, der Adrian gerade den Koffer aus dem Kofferraum hob. »Wahrscheinlich bleibt sie auch vier Wochen, so wie ich«, meinte Sheila und kraulte Benny, der genießerisch seufzte, hinter den Ohren.

In diesem Moment fuhr Anton mit dem kleinen Hotelbus vor, und ein paar Gäste stiegen aus, die anscheinend mit dem Zug gekommen waren.

»Hast du das käsige Ehepaar da vorne gesehen?«, fragte Helene Vera. »Der Mann sieht ja aus, als würde er jeden Moment umfallen. Kreidebleich! Und die Frau erst …«

»Ja«, kicherte Sheila, »der Mann sieht aus wie Ozzy Osbourne.«

»Wie wer?«, fragte Vera.

»Kennst du etwa Ozzy Osbourne nicht?« Helene warf der Freundin einen verweisenden Blick zu. »Na ja, du hast ja auch keine Enkelkinder. Dann weiß man so was wahrscheinlich nicht. Ich kenne mich auch bloß aus, weil mein Enkel als Schüler in einer Band gespielt hat. Und er hat mir beigebracht, dass Osbourne Metaller ist«, erklärte sie fachkundig.

»Was ist er?«, fragte Vera entgeistert. »In der Gewerkschaft?«

»Ein berühmter Sänger, der Heavy-Metal-Musik gemacht hat«, sagte Helene. »Er ist immer ganz schwarz angezogen und sehr blass im Gesicht.«

»Ach so«, sagte Vera, klang jedoch nicht besonders interessiert. »Das ist so gar nicht meine Musik. Muss man den denn kennen?«

»Nein, nicht unbedingt«, erwiderte Sheila. »Er ist neben seiner Musik vor allem dadurch berühmt geworden, dass er aus Versehen auf der Bühne mal einer lebenden Fledermaus den Kopf abgebissen hat.«

»Igitt!«, schrien Vera und Helene unisono. »Das ist ja widerlich!«

»Das hat Sebastian mir gar nicht erzählt«, meinte Helene nachdenklich. »Na ja, er wird schon seine Gründe gehabt haben. Der Junge ist ja so rücksichtsvoll.«

»Können wir nicht von was anderem reden?«, sagte Vera. »Mir wird gleich übel.«

»Ich höre ja schon auf. Es fiel mir nur gerade ein …«, erwiderte Sheila entschuldigend. »Und der Mann, der eben angekommen ist, sieht ihm wirklich ähnlich.«

Helene lehnte sich bequem auf ihrem Gartenstuhl zurück und faltete die Hände über dem Bauch. »Auf jeden Fall ist hier immer was los«, stellte sie zufrieden fest. »Ich glaube, langweilig wird es uns in den nächsten vierzehn Tagen nicht.«

Die vier Freundinnen im Zug kämpften mit dem Butterkuchen. »Ich glaube, ich kriege gleich einen Zuckerschock«, schnaufte Katrin und ließ die Kuchengabel sinken. »Puh, ist das süß!«

Ariane kicherte. »Wir sind mittlerweile vor allem so daran gewöhnt, jeden Bissen, auch die flüssigen, hunderttausendmal zu kauen, dass wir nur noch im Zeitlupentempo essen können.« Sie betrachtete das Stück, das auf ihrem Teller lag. »Wenn das so weitergeht, bin ich bis Köln noch nicht damit fertig.«

»Das ist das Gute an so einer Fastenkur«, sagte Nina. »Du isst bewusster hinterher, genießt jeden einzelnen Bissen mehr. Und ich finde auch, es schmeckt alles intensiver. Der Apfel beim Fastenbrechen war doch wirklich der Hammer, oder?«

Die Freundinnen stimmten ihr zu. »Ich finde sowieso, das Beste am Fasten ist das Essen hinterher«, meinte Dani. Sie rutschte ein wenig auf ihrem Platz hin und her, um die bequemste Position zu finden. Ihr Rücken schmerzte immer noch ein bisschen, und ihre linke Schulter war bis hinunter zum Schulterblatt von einem riesigen blauschwarzen Fleck bedeckt, der sich an den Rändern bereits grünlich gelb verfärbte. »Aber das Highlight war natürlich, dass ich Beat kennengelernt habe«, fügte sie hinzu.

»Ja, genau«, sagte Ariane, die sich sicherheitshalber die Sonnenbrille aufgesetzt hatte, weil sich unter ihrem rechten Auge ebenfalls ein schwarzgelber Fleck breitmachte. Holger Schmitt war nicht gerade sanft mit ihr umgegangen. »Dafür hat es sich doch schon gelohnt, dass wir beide diverse verfärbte Körperstellen aufzuweisen haben.«

Katrin lachte. »Wenn man dann noch die blauen Flecken auf Ninas und meiner Seele dazurechnet, dann war das wirklich ein intensives Erlebnis. Ich hätte im Leben nicht gedacht, dass es im tiefsten Schwarzwald so aufregend sein kann.«

»Ja, das wollte ich auch noch anmerken«, sagte Ariane. »Ich habe noch nie in meinem Leben ein Veilchen gehabt. Offensichtlich musste ich dazu erst zum Fastenwandern fahren.«

»Also bist du doch froh, dass du mit uns gekommen bist, statt in den Oman zu fliegen«, stellte Nina zufrieden fest. »Mit deinen langweiligen Golf-Frauen hättest du bestimmt nicht so eine aufregende Zeit verbracht, und ein blaues Auge hättest du auch nie bekommen. Da hätte dir schon eine einen Golfball an den Kopf schmettern müssen. Wir sollten nächstes Jahr wieder gemeinsam verreisen. Wer weiß, was noch alles drin ist.«

»Ja, aber vielleicht nicht gerade zum Fastenwandern«, meinte Dani. »Ich weiß nicht, ob ich das jedes Jahr haben muss. Und vierzehn Tage müssen es auch nicht unbedingt sein. Aber einmal im Jahr eine Freundinnen-Reise, ein paar Tage gemeinsam irgendwohin fahren, das fände ich schon schön. Das sollten wir uns wirklich vornehmen.«

Während der Zug durch die Rheinebene ratterte, kehrte Stille im Abteil ein. Das monotone Fahrgeräusch, verbunden mit den Aufregungen der letzten vierzehn Tage und dem viel zu mächtigen Stück Butterkuchen, machte die Freundinnen schläfrig, und sie dösten vor sich hin, jede in ihre eigenen Gedanken versunken.

Dani schaute verträumt aus dem Fenster auf die sonnenbeschienene Landschaft, die vorbeiflog. Jetzt begann der Alltag wieder, aber zum ersten Mal seit langem lag die Zeit nicht wie eine trübe, schwere Last vor ihr. Alles wurde leicht und schön, wenn sie an Beat dachte und an das Glück, diesem wunderbaren Mann begegnet zu sein.

Katrin schloss die Augen und atmete tief durch. Sie freute sich auf zu Hause, auf ihr Atelier, auf ihren Garten, der jetzt in voller Blüte stand, und das erste Mal seit langem freute sie sich auch wieder auf Rainer.

Nina legte den Kopf an die Rückenlehne und lächelte zufrieden. Die Reise war in jeder Hinsicht ein voller Erfolg gewesen. Sie hatte doch immer noch die besten Ideen.

Arianes Kopf war an Katrins Schulter gesunken. Ihr Mund war leicht geöffnet, und sie schnarchte leise. Offensichtlich war sie fest eingeschlafen. Aber für die Ärmste waren die letzten Tage ja auch am anstrengendsten gewesen.

Leicht gerührt betrachtete Nina die Freundin. Und dann fielen auch ihr die Augen zu.